Rose and Renaissance II
Copyright © 2019 by Zhi Chu

ISBN 978-1-77408-017-7

Published by:

Via Lactea

info@vialactea.ca

Printed in Canada

ROSE AND
RENAISSANCE

AUTHOR
ZHI CHU

[VOLUME 02]

◆ ◆ ◆

CONTENT

就这么被周自珩抱着，夏习清惬意到可以直接睡去，可他又觉得自己这样实在是太奇怪了。明明周自珩比自己小了五岁，之前还那么幼稚傻气，一逗就炸毛，现在怎么变成这样了。

这么温柔，让人受不了，又推不开。

他把头埋在周自珩的颈间，牙齿咬住他黑色短袖的领口，往外拽了拽，又用牙齿尖轻轻磨了一下凸起的锁骨。

太像猫了。还是那种不怎么听话的猫。

"不能咬。"周自珩捏住了他的后脖子，"要拍戏了。"

"知道，大明星嘛。"夏习清抬起头，舌尖伸出来舔了一下嘴唇，很快的一下，又缩了回去，嘴唇亮亮的，看得周自珩心痒。

"我发现你最近特别喜欢把我当小孩。"夏习清看着周自珩的眼睛，伸手将他顺下来的额发薅到后面，露出凸出的眉骨。周自珩日常的样子完全就是个大学生，看起来乖顺清爽，虽然夏习清以往不好这种小奶狗，喜欢更带劲的，但如果是周自珩的话反而有种很舒服的魅力。

"是吗？我不觉得啊。"周自珩微微抿着嘴唇笑。

"你每次想嘚瑟又不敢嘚瑟的时候就这么笑。"跟他一块腻味久了，夏习清都总结出规律了。他的手慢慢滑下来，摸着周自珩的侧脸，拇指来回蹭着他那双形状好看的嘴唇，视线也落到了上面："嘚瑟什么呢。"

他的声音又变得轻飘飘的，勾着周自珩的心直往天上去，氢气球一样。

夏习清就这么低垂着眼看着他的嘴唇，两丛睫毛轻轻颤着，像两只快要飞走的黑色蝴蝶。看着看着，周自珩的呼吸都忍不住放轻放慢了。

怕惊动，怕他飞走。

夏习清却忽然抬眼，蝶翼展开，瞳孔里映着客厅的顶灯，像是黑夜裹着月亮。

"怎么不说话？"

太漂亮了。如果说出来他一定会生气，但周自珩心里就是这么觉得。

周自珩还是不说话，静静地看着他，视线从他的双眼下移，顺着挺立的鼻梁滑落，一直到那个微翘的鼻尖，鼻尖上小小的一个点。

造物主捏造你的时候一定非常宠爱你，小心翼翼地握着画笔，犹豫了很久，还是在你的鼻尖轻轻点了一个小点，让你那么与众不同。

他还将画笔放在你的手里，让你可以尽情使用世间所有的线条和色彩，让你才华横溢。

你是上帝最眷顾的小孩。

"想说的话太多了，"周自珩的手摸着他后背凸起的脊骨线条，"但是没有一句你爱听。"

"那还是算了，闭嘴。"夏习清笑起来。

那颗小痣的魅力实在要命，不笑的时候勾人得很，一笑起来又显得这张脸这么天真。周自珩终于忍不住亲了一口他的鼻尖。

"谁允许你亲这里的。"夏习清不满地挑眉，掐住了周自珩的脖子。他讨厌别人亲他的鼻子，搞得好像他是女生一样。

男生女相让夏习清小时候受了不少的嘲笑，长大也没摆脱这样的偏见。他又那么要强，厌恶所有把他女性化的举动甚至形容。

周自珩假装快要窒息的样子猛地咳嗽了几声，夏习清这才松开手，却还是刻薄地戳穿他："戏精。"

"你不觉得你的鼻子很好看吗？"

夏习清白了他一眼："鼻子是挺好看，痣我不喜欢，赶明我就去点了。"

周自珩急了："不行。"

"怎么不行，长我脸上我想怎么着就怎么着。"夏习清一脸痞子相，正想站起来却发现一直盘着的腿彻底麻掉了，"我去，我腿麻了。"

周自珩坏心眼地捏了一把他的大腿。

"卧槽！周自珩！"

"你别盘着腿，你得动一动。"

"别别别碰我，好麻。"

周自珩伸直了自己的腿，用手抓着夏习清的腿往自己的身后放："这样好一点。"

"好什么好啊！"夏习清快被他烦死了，现在这个姿势完全变成他跨坐在周自珩身上的姿势了啊，试着挪了一下自己的腿，"嘶……好麻啊。"

"你就别乱动了，乖一点。"

"乖你大爷。"

"我给你按摩一下，就不麻了。"说着，周自珩揉了揉夏习清的大腿。

"操……你别揉。"

周自珩根本没管他，他心里想的也挺纯洁，腿麻了就是得动一动按一按啊，一边这么想一边就继续给他按。

夏习清按住了他的手："我叫你别揉了你听不懂人话吗？"

他的气息不太稳了，轻微地喘着气，周自珩终于发现他们现在的动作有多暧昧，放在他大腿根的手心发烫，想动又不敢动。

如果现在做点什么，夏习清应该不会拒绝吧。

但是不是太趁火打劫了。

周自珩纠结得要命，正想清清嗓子缓解尴尬，忽然被夏习清吻住。

“唔……”

柔软的唇舌湿润而充满攻击性，恶意地舔舐着周自珩的上腭，吻得他又痒又麻，呼吸一下子就乱了。

“现在怎么……怎么不揉了……”深吻的间隙夏习清也不忘挑衅。

趁火打劫……周自珩觉得自己简直太天真了。

被夏习清这么一激，周自珩也懒得再替他考虑了，宽大干燥的手掌恶意揉搓着，力道拿捏得暧昧极了，哪里都顾及到，可就是不碰夏习清想让他碰的地方。

“周自珩……”夏习清几乎是咬着牙喊着他的名字，周自珩太受用了，他亲吻着夏习清软软的嘴唇，双手摩挲着他的脊背骨，夏习清强忍着想要吸咬他脖子的冲动，哪里都是禁区，只能用舌尖描摹他的耳廓。

刻意压住的喘息声蒙着水汽在耳边扩散，被距离无限放大，一下一下敲击在心脏上，扰乱本就已经失去正常节奏的心跳。火焰从耳尖烧下去，燃起燎原之势。

毛茸茸的地毯散发着柔和的温度，灯光一寸寸打亮眼前人白皙的皮肤，还有他瞳孔深处一点点漾出的水光。

夏习清脸上的表情倔强又诱人，语气满是挑衅：“你不行吧。”

周自珩低头用自己的嘴唇轻轻蹭了一下夏习清的侧颈，又不真正去吻，只是缓缓摩擦着往上，停在他的耳垂，声音有些沙哑：“好像是你不行了。”

夏习清要被他逼疯了。

说他是奶狗完全是误解，这他妈根本就是一条狼狗，还是超级能忍的那种。

“我是不行了。”他细细地舔着周自珩的耳朵，上气不接下气那样小声喘着，两条长腿绷着，“想睡你，特别想睡你。”

“不，你不想。”周自珩虽然还在笑，额角已经蒙了汗。

“你别吊我胃口，把我逼急了我就去找别——”狠话还没放完，周自珩的手一握，夏习清就忍不住低声叫了出来。

“我操你大爷！周自珩！你……”

“在。”周自珩轻轻笑了一声，手劲放缓了，轻柔地捏了捏，又亲了一下夏习清的耳朵，“你好凶哦。”

服了。夏习清觉得自己遇到了二十五年以来最大的麻烦。

真的是“最大”的麻烦。

两个人黏黏糊糊折腾了一个多小时，最后夏习清也没能得偿所愿，他本来想生气摔门回家，可周自珩家的沙发实在是太舒服了，结束之后他什么都不想干，就想趴在沙发上，周自珩给他盖了个超级长的毛毯，软乎乎的，从头盖到脚，沙发很大，他就躺在夏习清的身边，把他抱在怀里。

“我要说多少遍不要抱我你才能长记性。”

夏习清的声音闷闷的，在周自珩听来可爱得不行。

“你不觉得抱着很舒服吗？”

“不觉得。”好吧有一点点。

“我觉得，我想抱你，你就让我抱一下嘛。”他的手轻轻拍着夏习清的后背，有时候还会揉一把他的头发。

这么黏人，又这么会照顾人，居然是个母胎单身。夏习清不敢想象。

他想起之前真心话大冒险时他说起的那个女生。

是有多喜欢她才会这么多年都不恋爱？也不一定，他的工作性质这么特殊，这么忙，又要拍戏又要上学，哪有那么多闲工夫谈恋爱。

可是这个圈子里那么多人不照样谈了？跟工作性质有什么关系，还是因为喜欢她吧。

不是。夏习清忽然清醒，他这是在干吗？他为什么要纠结周自珩喜不喜欢那个女的？

气不顺，没来由地烦躁，夏习清转了个身背过去，不想看到周自珩的脸。

周自珩没有发现他这一系列的心理活动，也没察觉出夏习清的不对，仍旧温柔地吻着他的后脑勺，从背后抱着他，像两把相亲相爱的汤匙。

“我如果进组的话，可能要去外地拍戏。”

在夏习清迷迷糊糊快睡着的时候，听见周自珩这么说，他又醒了一半，开口问道："去哪儿……"刚问完，感觉自己声音太黏糊了，夏习清又咳嗽了一声清了清嗓子，"你拍几个月？"

"现在腾了四个月的档期给这部戏，还不确定。"

四个月？小半年呢。

周自珩继续道："而且这个戏里我得演一个艾滋病人，所以这个月开始我得减重，要去接受训练，可能也不会回——"

还没等他说完，夏习清就抢先截断："哦。"

说完这个字，自己觉得心里扎得慌，他也不知道为什么。

周自珩本来还想说的，见他似乎不怎么想听，后半截话又咽了回去，闭上了眼睛。他后悔极了，为什么要跟他说这些，感觉好像在交代什么，自己跟他是什么关系，为什么要做没有必要的事。

心越来越沉，快要落到底。

触底之后，又反弹回来。

"你们剧组需要美术吗？我的意思是，就是那种设计，也不对，"夏习清有些烦躁，话怎么都组织不好，这太不像他了，最后索性转过身子，一本正经地开口，"要不然我投资吧，我可以投资吗？我也想当一次金主。"

周自珩愣了愣。

他这些话是什么意思？

"不过你也不用我包养，你可是有背景的人。要不我去包养个小演员什么的……"夏习清眼珠转了转，很快被周自珩捏住嘴："你再说一遍，你包养谁？"

"你。包养你行了吧。"夏习清就纳闷了，这人脑子有泡吧上赶着被包养。

"就算当金主，金主也不能天天驻扎剧组……"

"你去剧组干什么？"周自珩心里有点开心。

"你说我干什么，我费了那么大的工夫才把你勾得跟我'同流合污'，结果你现在跟我说你要进组了，小半年见不上，我还吃个鬼啊。"

周自珩憋着笑："所以呢？"

"欸？要不我今晚就把你办了吧。"夏习清两只手"啪"的一下捧住周自珩的脸，揉了一把，脸上开心的表情刚维持了没有两秒，又皱起眉头，"不行，这一开荤万一我吃上瘾了怎么办，到时候能活活憋死我。"

周自珩终于忍不住笑起来："你脑子里一天到晚都在想什么啊。"

"想睡你，想上你，想生吞活剥了你。"

"行，我记下了。"

以后就这么照办。

"烦死了，我要是投资你们剧组的话可以天天过去吗？欸对，我可以当制片啊，我可以吗？"

"可以，但没必要。"周自珩轻轻地捏着他的耳朵尖，"其实有一个办法……"

"什么办法。"夏习清抬了抬眉，眼睛更大了一些。

周自珩长长地"嗯"了一声，语气有些犹豫："本来我们早就该开机了，拖了好久，可是女主试了太多人都没找到合适的，浪费了不少时间，那天昆导吃饭的时候跟我说他看了《逃出生天》，本来我以为是客套话，没想到他还拿出了网上的剪辑。"

夏习清没明白周自珩要说什么，只觉得这样仰着脖子有点累，于是往上钻了钻，看着周自珩的眼睛："然后呢？"

"先跟你说一下剧情吧，我演的那个小混混得了艾滋，想报复社会，就跟踪女主，想对她下手，然后我们这个戏有一个挺重要的镜头就是我得把那个女主抵在墙上捂住她的嘴，但是他们面了好几个女演员，都演不出那种碰撞感，你明白吗？"

夏习清可太明白了。他一下子就想到了《逃出生天》第一期节目里他被周自珩拉到熄灯的书房那一幕。

"不是，你们不会是想让我演那个……女主吧？"夏习清的眉心拧到了一块，被周自珩伸手揉开。

"没有，不是让你反串。"完了他又小声嘟囔了一句，"虽然你这张脸也可以。"

"昆导说让我跟你说一下，他觉得我们当时那个镜头就是他想要的效果，有碰撞有情绪，所以他让我拜托你，看你愿不愿意来试试，而且许编说可以改剧本。"

"卧槽许其琛这是要坑我啊。"夏习清翻了个白眼，"他想怎么改？"

"许编说如果不行就去掉爱情这条线，改成双男主。女主后天失聪而且有自闭症，改成男生也行得通，反正整体是相互救赎的主题。"

"失聪？还自闭？"夏习清轻笑一声，"许其琛是怎么想的，这么高难度的角色也敢撂给我。"

周自珩看着夏习清的脸，有些犹豫要不要说出许其琛也想让他出演的原因。

那个女主原本的设定里，有受到过家庭暴力的经历。

出生在底层家庭，父亲嗜赌成性，母亲靠卖笑为生，两人经常在家发生矛盾，一言不合就动手，她的耳朵就是被打残的。

当时许其琛说出这一版剧本构思的时候，周自珩觉得他实在是太残忍了，明明他是夏习清的朋友。

是很残忍，但他不能一辈子靠醉生梦死来逃避噩梦。

周自珩到现在都能回忆起许其琛当时淡漠又冷静的表情。

夏习清的人生迄今为止都是自欺欺人，不根除这块心病，他永远没办法学会爱自己。

周自珩深呼吸了一下，觉得这些话如果由自己来说，或许这件事就成不了了。他只能摸着夏习清的头发："他觉得你可以，肯定有他的道理。许编还说，如果你这边有意愿，他想和你谈一下剧本。"

"我没演过戏。"说完这句话，夏习清自己都觉得可笑。他活了多久，就演了多久的戏才对。

“我觉得你挺有天分的。”

“你是觉得我挺能装的吧。”夏习清想坐起来，他有点困了，“这件事再说吧，许其琛应该会找我的，我回去了，困。”

周自珩一把拉住他：“这么近，干脆别回了，我家也够你睡。”

这话说的。夏习清笑了：“对啊，这么近，两步路我就回去了。”

“两步路回不去，沙发到玄关起码十五米，加上玄关的长度四米，门和门之间的直线距离是三米，假设你就是回你家沙发，所有距离乘以二，你一步走半米，那你也得……”

可怕的理科男。夏习清用一个吻堵住了周自珩的嘴，然后又松开。

“算出来了吗？”

“忘了，算到哪儿了？”周自珩笑起来，两个眼睛弯得像上弦月一样。

夏习清捏了捏他的下巴：“那我得洗澡啊。”

“在我这儿洗。”

“没睡衣。”

“穿我的。”

“你的大。”

“大才舒服。”周自珩坏笑。

夏习清一巴掌拍上他脑门：“小家伙你懂什么，得活儿好。”

“你都没试怎么知道不好。”

“母胎 solo 没有资格发言。”

周自珩“哦”了一声，抱住了夏习清，毛茸茸的脑袋靠在他的肩膀那儿。

说好的不要太喜欢他，要把握好度，要收放自如，要游刃有余。

要什么啊，都是扯淡。喜欢就只能越来越喜欢，从一开始刹车就被毁了。

一路加速冲到悬崖，神仙也救不了。

“哎，我晚上睡哪儿？”

“我怀里。”

“滚蛋。”

第二天起来的时候，周自珩又不在了，夏习清穿着大了一圈的睡衣睡裤躺在床上。

整个床都是周自珩的气味，很好闻，他看了一眼手机，已经是上午十点半，还有两条消息。

道德标兵：我今天得去走一个红毯，估计很晚才会回。冰箱里有给你留的贝果三明治。

夏习清觉得自己简直是上辈子积了德，居然会找到这样的炮友。伸了个懒腰，夏习清起床拉开了窗帘，五月初的阳光和他迎头打了个照面，心情舒畅。拉开窗帘才发现，卧室的窗子是个很大的飘窗，上面铺着一层灰色的毛毯。夏习清顺着坐了下来，发现飘窗上有许多散乱的纸张，上面密密麻麻记着笔记，还有一沓又一沓的资料。

这些都是周自珩的笔迹。夏习清随手翻了翻，发现很多都是和艾滋病有关的资料，有艾滋病初期症状这类病理医学上的笔记整理，还有心理学上对艾滋病人的分析和研究，笔记记得相当翔实，甚至在那些症状和心理表现的旁边都写上了角色对应的内心活动和表现。

好认真。夏习清忍不住感慨相较于现在那些随便接戏随便拍戏的小生，周自珩真的是一股清流了，戏龄高，有天赋，还这么努力。

这么多资料，看来他真的很想把这个角色演好了。

拿上自己的衣服，换了鞋，夏习清准备回自己家，临关门之前想起周自珩的微信消息，他又掉转回去，把冰箱里他给自己留好的贝果三明治拿走。关上冰箱门的时候，才发现他的冰箱上贴的都是一大堆看不懂的物理公式。

可怕的理科男。

夏习清回到自己家洗漱收拾，刚换了衣服，就接到了之前副导师的电话，原以为他只是日常关心，可没想到这次居然是劝他工作的事。

"我觉得你适合高校，这里的环境很轻松，你可以享受很多资源，也可以尽情创作。"

"是吗？"夏习清客气地笑了一下，"我现在还没有想好未来的规划，老师您的建议我当然会好好考虑。"

"不管来不来，都不要埋没自己的才华啊。"

才华。

这两个字对夏习清来说异常沉重。他早在佛美念书时就被别人用"有才华"这样空泛的形容来称赞，也被许多评论家批判，说他的作品太过黑暗，令人透不过气。有人称其为灵气，有人称其为异端。可无论如何，当初的自己的确是可以画出被人议论的东西。

可现在呢。夏习清比任何人都清楚，他现在进入了一个创作的瓶颈期、迷茫期，他下笔的时候没有了归属。他把以前的画都锁了起来，不愿意再看到。创作的火花日益消减，这不禁让他怀疑自己是不是真的有才华。还是说当初的那些灵气，不过是在不断地透支自己的噩梦。

忍着疼，一点一点从心脏里挤压那些黑色的脓液，将它们铺在画纸上，美其名曰那是创作。

他怎么这么可悲。

夏习清闭着眼睛仰着头靠在吊椅里，手机铃声再一次响起，以为王教授还有什么话没有说完，他看都没看就接通了："老师……"

"我现在都可以被你叫老师了啊。"电话那头是一个清亮又柔和的声音。

是许其琛。夏习清睁开眼，笑了一声："那可不是吗，许老师，许编。"

"你可别拿我开涮了。我昨天一晚上没睡，现在就靠咖啡续命呢。"

夏习清从吊椅里出来，走到阳台给自己点了根烟："这么累？忙什么呢？也不怕夏知许跟你急。"

"他昨天就跟我急了，烦死他了。"

听见许其琛最后一句的尾音，夏习清顿时觉得自己被喂狗粮了。许其琛很快又把话题给掰扯回去："周自珩有没有跟你说他新接的这部戏，编剧是我？"

果然还是这件事。夏习清"嗯"了一声："所以我才叫你许编嘛。"

"唉，这个本子太不好弄了，本来想写感情线，可是怎么都面不到一个合适的女演员。"

夏习清打断道："你当初写剧本的时候没有原型吗？"

许其琛在电话那头愣了一下，夏习清太聪明了，跟他说话还得另备一个脑子想对策。他肯定不能说自己的原型就是夏习清啊，当初是借着他的这些事写的剧本，但是没想到找不到年龄符合又能扛得住演技的小花旦。

"没有，我还能写什么都有原型啊。"许其琛笑了笑。

也是。夏习清想起昨天周自珩说的话："听周自珩说，你和导演都想让我演？"

本来还在构思怎么提这茬，谁知道夏习清自己说了："对，这些事说起来有点麻烦，你现在在哪儿，我们当面谈吧，我把资料也给你看看。"

"你来我家吧。"

下午快五点的时候许其琛才忙完手头上的工作，收拾了东西去到夏习清家。

"来一趟你家真不容易，安保太严了。"许其琛将背后的书包取下来，夏习清接了过去："这栋公寓住的人比较特殊，所以安保系统严一点。"他揽住许其琛的肩膀，"你怎么看着这么小啊，像个大学生。"

许其琛有些不好意思地抓了抓头发茬，低头看了一眼自己身上的黄色卫衣："我没换衣服就出来了。"他看见夏习清的客厅和跃层挑空的房顶，不由得感叹，"你这次买的房子好大啊。"

"你喜欢？让夏知许买楼下，咱俩天天见。"夏习清将他的包放在了沙发上，又走到厨房给他拿了罐柠檬果汁，扔进许其琛的怀里。

听见夏习清的提议，许其琛一脸认真地问道："为什么要买楼下？同一层楼不是更好吗？这层楼有几户啊？"

夏习清被他噎了一下："呃……两户。"

"另一户卖出去了？"

“对。”

“明星吗？”许其琛的表情有些激动。

怎么这么会猜啊。夏习清点了点头：“对啊。”

“哪个明星？我认识吗？”

“哎呀你不认识。”夏习清扶着许其琛的肩膀把他摁到沙发上坐好，“你不是要说剧本吗，咱们直接进入正题吧。”

许其琛从包里拿出电脑，拿出他改好的最新一版剧本：“我不知道周自珩跟你介绍了多少，我们就从头说起吧。这个女主的角色我准备改成男性角色了，删掉感情戏，反正在原剧本里也不多。”

“感情戏全删掉？”

“嗯。如果两个主角都是男生的话，加上感情戏就太过了，本来这个戏的主题也不是在感情上，这么一弄很有可能到时候跑偏，尤其是后期宣传的时候。”许其琛将笔记本电脑推到夏习清面前，“我把女主这个角色改成了男二，名字叫江桐，男一高坤还是周自珩演。”

夏习清一边看着许其琛做的设定表，一边听许其琛介绍。

“我大概跟你说一下江桐这个角色，他虽然和高坤不一样，是在城市长大的小孩，但是生活的环境是城市的最底层，他甚至一直都是黑户，高中也没有念完就辍学了。本来一开始我们想给他写成自闭，但是考虑到剧情的发展还是换掉了，决定改成抑郁症。”

“抑郁症……”夏习清滑动了一下鼠标，看到第二页的剧情，手指忽然停住了。

许其琛很清楚他看见了，他犹豫了一会儿，还是决定开口：“江桐从小就一直被父母家暴，家庭非常复杂，他的一只耳朵是被他的父亲活活打聋的。”

他看着夏习清的侧脸，他的胸口缓慢地起伏着，像是在压制着什么。

“你肯定会觉得我很残忍。”许其琛的手覆在夏习清的膝盖上，“习清，你不能一直不去面对。”

夏习清深吸了口气，如果这时候身边坐着的是另一个人，随便哪个人都好，他一定会掀翻电脑爱他妈谁谁，可他是许其琛，他很清楚许其琛不是那种撕开他伤口取笑他的人。他做不到朝着许其琛宣泄情绪，只能压抑住。

"你如果觉得很难受，可以告诉我，你也可以对我发脾气。"许其琛靠近了一些，"但你不能永远躲着过去，就像当初的我一样，逃避解决不了任何问题。"

夏习清紧紧地咬着牙，仍旧不说话。

"这个剧本我写了很久，当我决定加入那些剧情的时候，我心里面想的就是你的经历，这种刮骨疗伤的办法或许很痛苦，但是我想让你彻底从阴影里走出来。你太要强了，一次都没有对任何人发泄过，这样下去它只会积累在你心里，不会消失。你就当这是一次创作，借着创作这个窗口把你心里的那些情绪通通宣泄出去，就这一次，说不定以后就好了。"

"你也说是说不定了。"夏习清终于开口，可语气像是一潭死水，没有丝毫波澜。

许其琛知道会是这样的结果。

"其实我想帮你，虽然我知道你从来都不需要任何人的帮助，而且说起来就很矫情了，但我还是要说，"他垂下眼睛，"在这个世界上，我最希望可以得到幸福的人就是你。"

夏习清心头一酸，和许其琛认识快十年了，这些话他们心知肚明，都没对对方敞开过，毕竟都是男人。这样一想，夏习清觉得自己现在矫情得就跟个娘们似的，本来他对着许其琛就容易心软，更别提许其琛话都说到这份上了，他还半天吭不出一句话。

可不管怎样，他一想到这些剧情就觉得浑身不舒服，那些都是他实实在在经历过的事，光是看一眼都喘不过气。他不敢想象自己到时候如果真的去演会变成什么样。

沉默的空当被许其琛误会成说服失败，他叹了口气："如果你真的不愿意，我再去和导演说，我们去面几个年轻男演员，看看能不能碰到个有灵气的。"他说着将电脑合上，"我看周自珩挺喜欢这个本子，他们团队为了这个片子空了好久的档期，据说还推了一个大导演，不管你演不演，他这边肯定得辛苦半年了。"

说到这个夏习清就心烦，不知道为什么，一想到好几个月在北京城碰不着周自珩，他就觉得哪儿哪儿都不舒服，胸闷气短。

"你们准备去哪儿找男演员？"

"圈子里比较红的这些都没有特别合适这个角色的，导演想找那种看起来让人有保护欲的男生，容易引发观众共情。但是你知道，这种类型的男演员不常见，所以应该会去看看电影学院的新人。"

新人？那不是一水的小鲜肉，年轻好看，还有我见犹怜的保护欲，再跟那个天生就想保护别人的正义使者道德标兵搁一块待上小半年，得，自己费了那么半天劲勾搭来勾引去的，等于替别人作嫁衣了。

越想越气，夏习清索性不想了：" 琛琛，吃不吃比萨？"

"啊？"本来许其琛还沉浸在游说失败的悲伤气氛中，突然被夏习清这么一问，有点反应不过来，"吃……吗？"

"我来订。"夏习清拿出手机上了微信，点单完毕顺便瞅了一眼朋友圈，往下刷了刷，正巧刷到了小罗发的朋友圈。

小罗：一听说自珩要去 × × 时尚慈善晚会，我的微信炸了，喏，给你们偷拍的。

配了张周自珩的侧面，和私服时候不同，他的头发被梳起，立体的五官全部露出，难得地穿了一套白西装，领口系着墨蓝色的领带，没有以往造型那么强烈的攻击性，多了几分矜贵的气质。

镜头里的他正低着头整理自己的袖口，神情专注，鼻梁到嘴唇的线条立体得不像话，他想起之前饭圈里对周自珩颜的吹捧，常常拿他和阿波罗来比，原本夏习清是不喜欢阿波罗这个人物的，狂妄又偏执，可如果太阳神真的长着这张脸，他或许也不会有这么多偏见。

他也在小罗的朋友圈留了条评论。

"今天的造型真好看，王子本子。"

谁知刚发了没有多久，微信就弹出来一个消息。

道德标兵：谢谢。

夏习清没绷住笑了出来。这人怎么这么厚脸皮啊，他是给小罗写的评论好吗。

恐怖分子：走你的红毯吧。

很快又收到了秒回。

道德标兵：早走完了，看完表演就没事了，我也不能留下吃晚宴。

想到昨天周自珩说为了角色要减重，夏习清觉得怪可怜的，但还是恶趣味满满地逗他。

恐怖分子：那可太好了，我叫了比萨，等会儿拍给你看啊。

说曹操曹操到，外卖的电话来了。夏习清下去把比萨取了上来，跟许其琛两个人坐在地板上吃比萨喝可乐。

"哎，要不干脆把陈放和夏知许也叫过来？"

许其琛拿叉子卷了一团意面塞进嘴里，摇了摇头，含含糊糊地说："知许最近好忙……"他费劲地咽下意面，又喝口可乐压了压，"陈放最近谈恋爱了，没准正跟女朋友一起吃饭呢。"

"陈放都谈恋爱了？"夏习清嫌弃地挑了一下眉尾，"哪家小姑娘，年纪轻轻的就这么瞎了？"

许其琛笑得歪到一边，手里还捧着一块比萨："说是他们公司的实习生，我那天看见了，长得挺可爱的，好像叫小凉。"

夏习清长长地叹了口气。许其琛伸过腿，脚蹬了一下夏习清的腿："哎，可就你单着了。"

"我？"夏习清朝许其琛抛了个媚眼，"我想找个伴不就是说句话的事。"

"我不是说那种伴，我是说正儿八经的谈恋爱。"许其琛挪着屁股坐过来，"我觉得周自珩就挺好的呀，好看，个儿高，人还挺正派，关键你不还是他粉丝吗？"

夏习清用没弄脏的那只手捏了捏许其琛的脸："你怎么这么替我操心啊。"

"那可不。"许其琛嘿嘿笑了两声，用勺子挖了一块抹茶蛋糕塞进嘴里。

两个人吃吃喝喝一两个小时，其间许其琛各种旁敲侧击，都被揣着明白装糊涂的夏习清糊弄了过去。他把自己吃之前的照片和吃完之后一片狼藉的照片一起发给了周自珩。

道德标兵："你是魔鬼吗？"

看到他的回复，夏习清嘴角都要上天了，他一只手端着没喝完的半碗罗宋汤，用一只手打字。

"好撑啊。"许其琛撑得难受，歪着身子就往夏习清身上靠，夏习清没拿住，剩下半碗凉掉的汤全泼在了许其琛的身上。

"卧槽，"夏习清憋着笑把汤碗从许其琛的脖子那儿拿起来，"我不看你也不看啊，这你等会儿怎么回家啊。"

许其琛扁了扁嘴："我感觉我现在就是一个行走的罗宋汤。"

"你干脆去洗个澡吧，衣服拿去干洗，你先穿我的衣服回去。"夏习清实在憋不住笑了，越笑越大声。许其琛听了他的话直接去了一楼的客浴，脱下了脏衣服洗澡，夏习清稍微收拾了一下地上的外卖，本来说要给他去找衣服，收拾完垃圾忘得一干二净，累得半死地盘腿坐在沙发上喝可乐。

门铃忽然响了起来。

这个点会是谁。夏习清吸完最后一口可乐，把空杯子放到地板上，走到玄关那儿看了一眼电子屏。

周自珩？

夏习清按了一下电子屏上的按钮，对着他说道："你来我家干吗？"

"我、我忘带我钥匙卡了。"

"那你给物业打电话啊，来我这儿干吗？"

"我好累，想坐一会儿。"

"几分钟？"

"什么几分钟？"

夏习清故意憋出一副冷酷的口气："坐几分钟？"

周自珩的表情垮下来几分："五分钟……"

"行吧。"夏习清憋着笑开了门，谁知一打开外面没人，他往外面瞅了一眼，就被一个人拖着进了玄关，还硬生生把他摁在了玄关的墙上，二话不说就开始亲。

"唔……喂，周自珩……"夏习清推也推不开，吻得太突然他一点准备都没有，头皮发麻，像是过电一样。

"卧槽……你干吗啊……起开……"

周自珩的手掌扶着他的后颈，声音低沉微喘："我饿了。"

"你饿了关我……唔……"

短短一两个月，周自珩的吻技几乎是突飞猛进，从一开始只能被夏习清强吻，现在完全可以掌握主导权，舌尖顺利无比地撬开牙关，舔舐裹缠着他的舌头，在那个湿热的口腔翻搅。

"好甜。"周自珩捧着夏习清的脸，吻得忘情。夏习清听了这话，心跳快得不正常。他一只手拽着他的领带，另一只手抓着周自珩的肩膀，断断续续想给出答案："我刚刚……喝了可乐……"

周自珩从他的嘴角一路吻上耳朵，留下一连串又轻又热的吻，最后咬了咬他的耳垂。

"不是。"他的笑声很低，气息喷洒在夏习清柔软的耳廓，"你本来就很甜。"

夏习清被他撩得一下子着了，一下子什么都想不起来，伸手搂着他的脖子又凑上去吻住他，手指贴着他的头皮插进发丝间，呼吸越来越乱，额角都渗出汗，快要失去控制。

"习清？你帮我拿一下衣服吧？"隐隐约约听到什么声音……

"人呢？习清？"

衣、衣服？

卧槽。

夏习清睁开了眼睛，推开了周自珩："等等等等，你听我解释，那个是……"

"习——清——"

哥你可别喊了。夏习清手捂着额头，不敢看周自珩的脸，明明没做什么亏心事可说话都开始打结："那个是许其琛，你认识的，许编？白白瘦瘦的那个，记得吧。"

周自珩的表情并没有好看多少，他双臂环胸，手指擦了一下唇角，眼神深沉："然后呢？"

"然后我们一起吃东西，他衣服弄脏了就去洗澡，然后……"还没解释完，周自珩又一次用吻堵住了他的嘴，这一次比上一次还激烈，抱住夏习清的力度几乎要将他揉碎在自己怀里。

他压着声音："唔……没法呼吸了……自珩……"

可越压周自珩越起劲，像一只被饥饿驱使的猛兽。

就在夏习清被周自珩吻到快要窒息的时候，只围了一条浴巾的许其琛湿着头发从浴室里走到了动静不小的玄关，想看看是不是小偷什么的。

半分钟后，被周自珩搂在怀里亲得七荤八素的夏习清，这辈子第一次听到了许其琛的粗口。

"卧槽……"

天道好轮回，苍天饶过谁。

浪了二十五年划船都不用桨的夏习清没想到自己也会有翻车的一天，还是在许其琛的面前翻车。他从周自珩的怀里挣脱出来，胡乱抹了把嘴："那个……那什么……琛琛，你听我解释啊……"

"他听你解释。"周自珩伸手扳过他的下巴，手指着光着上半身的许其琛，"我呢？你不跟我解释解释？"

夏习清被呛得咳嗽了两声："你……你先等等……"

"凭什么我等等。"周自珩一脸不满，索性把刚才被夏习清扯散的领带彻底解开，外套也脱了扔在玄关的柜子上。夏习清顾不上说话，跟摸小狗后背似的伸手摸了摸他的侧腰，这个带着安抚意味的动作让周自珩很是受用。

许其琛尴尬地退了几步，抓起沙发上的一个小毯子披在自己的身上，这才觉得自在了些，他思考着合情合理的措辞："呃……所以你们的关系……"

"我们没什么关系！"心虚到了极点的夏习清自动开启了抢答模式。刚脱口而出就被周自珩抓住了手腕："没什么关系？！"

"真的没关系吗……"许其琛脸上的表情尴尬又迷茫，"还是我洗澡洗太久，眼花了……你俩刚刚不是在接吻吗？"

还不是一般的吻，是非常深入的吻。

妈的，点儿太背了。夏习清尬笑着拽了拽周自珩，每个字都是从牙缝里挤出来的："你刚刚不是说要进来坐坐吗，你倒是去坐啊。"转头又对着许其琛说，"我跟你好好解释，我们先坐。"

于是，三个人面对着面坐在地板上，刚才那个尴尬的相遇变成了更尴尬的会谈，气氛微妙至极。

"你们俩究竟什么关系啊？"许其琛单刀直入，发出了灵魂拷问。

"这个……"夏习清也不知道怎么回答这个问题，"反正不是你想的那种关系……"

许其琛眼睛睁大了些："我想的哪种关系？"

周自珩截断："就是那——种——关系。"那两个字被他特意咬重。

"真的吗？天……"

"真不是……"夏习清就差在这儿咬舌自尽了，虽然他犯浑，喜欢玩这些事许其琛都门儿清，可就这么让他对着许其琛承认自己跟周自珩是不纯洁的炮友关系，夏习清总觉得抹不开面。

"可是你们刚刚都……接吻了。"最后三个字许其琛说得超小声。

"那……我也不是头一次跟别人接吻啊。"夏习清嘴里跟含了个枣似的，刻意把每个字都说得含混不清，眼睛还瞄着其他地方，"总不能亲过的都是……"

周自珩又一次抓住了他的手腕，表情不悦："所以你的意思是你现在也经常出去跟别人接吻？"

"我没有！"夏习清可冤死了，"你这怎么推出来的啊。我一天天的不是录节目就是宅家里画画，上哪儿找人亲去。"

许其琛冷静分析："那你的意思是你碰到他之后再也没有跟别人接吻了？那你还说你们俩没关系？"

卧槽，一次性碰到两个逻辑鬼才，绝了。

"所以我说有关系了。"周自珩看着许其琛。许其琛也冲他深沉地点了点头："我也觉得。"

"得，你俩说有就有吧。"夏习清自暴自弃地举起双手做投降状。

许其琛转头问周自珩："你来干吗的？"

"我……"周自珩一板一眼地照实回答，"我来坐五分钟。"唯一不对劲的就是他把"坐"这个字加了重音。

"做、做五分钟？"许其琛的眼睛瞪得像铜铃似的，"五分钟怎么……"

夏习清快被他俩逼疯了："坐——下——的——坐——"

许其琛半信半疑地看着他的脸，也不说话。夏习清虽然已经颜面全无，但心里还保留着阿Q精神，庆幸这里只有许其琛，不然他一世英名就这么完蛋了。

"我俩真不是你想的那样，一时半会儿我跟你讲不明白……反正你就当刚刚什么都没看到。"

许其琛一本正经，脸上的表情又乖又老实："可我看到了啊。"

"你……"

"我不光看到了，我还要出去乱说。"

夏习清深深吸了一口气，怕自己就这么背过气去。他握住许其琛的手，开始装可怜："我求求你了我的琛琛大宝贝，你别出去乱说啊，尤其是你们家那位，他能笑一辈子。"

周自珩听见"琛琛大宝贝"几个字差点没当场发作，他太阳穴一跳一跳的，伸手拉开了夏习清的手："你就这么怕别人知道我们的关系吗？"他的表情变化惊人地快，眼角一耷拉跟条小狗似的，就差呜咽一声了，"我都不介意，你为什么要瞒着许编呢？我有那么见不得人吗……"

夏习清真的服了，他嫌弃地弄开周自珩的手："你是该进组了，你他妈戏瘾犯得太狠了。"

"那个，自珩啊我跟你说，"许其琛拽了拽周自珩的胳膊，脸上的表情既同情又诚恳，"习清他看起来很花心，其实也不是的，好吧他就是很花心，但是……"

"别但是了，我谢谢您。"夏习清抢先一步捂住了许其琛的嘴，"乖，不早了，你该回家了，不然夏知许那个狗东西又找我麻烦。"

许其琛被他推着站了起来："那我穿什么呢？"

"走走走我们去衣帽间，您想穿什么穿什么，穿一套顺一套都行。"夏习清推着他的肩膀朝二楼走，上楼的空当还回头冲周自珩使了一记眼刀。

这都什么事啊，全让他给摊上了。

夏习清的衣帽间大得惊人，两排衬衫，全是按照颜色的分类挂好的，所有的衣服也都是按照色系摆放，一眼望过去视觉冲击很明显。许其琛不得不感叹一句：果然是艺术家，连强迫症都犯得这么有艺术感。

可这些衣服都不是他平时的风格，许其琛转了一圈，发现最里头挂着一套休闲装，深红色卫衣和运动裤，跟这里的其他衣服格格不入，看起来不像是夏习清一贯的品位，但应该挺舒服。

"抽屉里的底裤都是全新的，你随便拿。"夏习清的声音从外面传进来。

"哦。"许其琛取下了挂着的那套休闲服，慢条斯理地换好衣服走出来，扯了扯袖子，"这套衣服有点大啊……"

夏习清本来抽着烟，一看见许其琛穿着周自珩给他的那套衣服——那件扎眼的红卫衣，冷不丁手抖，烟灰落在虎口，烫得他一激灵。

"不是……琛琛，那里头那么多衣服你干吗穿这件啊？"夏习清咳嗽着趁周自珩没看见，先把许其琛推了进去，"这件太大了，你换一件吧，这有那么多呢。"他拿起一件白衬衫，"这件你穿肯定好看，就穿这件啊，还有这条黑裤子，我记得夏知许也有类似的，来来来哥哥给你配一套情侣装。"

许其琛脸上露出狐疑的表情，夏习清殷勤得太过了，他一头雾水地接过他手里的衣服："那我换了吧。"

夏习清悬着的心这才落了回去。许其琛要是穿着这身衣服下去被周自珩看见了，就他那小心眼的，还不得跟他急眼啊。

哎不对，他干吗要管周自珩急不急眼啊，急就急呗。

脑子里像是装了三个小人似的，两个对着拳打脚踢，打得夏习清脑神经都绷断，剩下一个忙着搭好绷断的线，还全他妈搭错了。

"你们怎么这么久？"

听见周自珩的声音，夏习清才从莫名其妙的脑内剧场里抽身："刚那套不合身，再等会儿。"

周自珩笑着伸手带了一下夏习清的腰，把他带到自己跟前，压低声音，像是要做坏事似的："那现在可以亲一下吗？"

夏习清发现自己现在特别怕他这样笑着说话，尤其是在自己耳朵边上用这种请示的口吻，声音带电，弄得他浑身酥麻。

"上瘾了你还。"夏习清一口烟吐在他的脸上，笑了一下，"你就趁着这种时候可劲浪，等没人了我再收拾你。"

"你以前不也在众目睽睽之下勾我，"周自珩的手伸了过来，穿过烟雾理了理夏习清歪到锁骨全露的领口，"我以为你浪起来不分时候。"

整理完，周自珩屈起食指，用指关节蹭了一下夏习清的喉结。

这一套动作比真的上来吻他还要让人心痒难耐。

夏习清是真的服了。原来周自珩还他妈是个天分型选手，一打开某种奇怪按钮就开始疯狂学习，现在这撩人的本事都快赶上他了，这还是当时那个连"深喉"两个字都不敢听的纯情小处男吗？

"老实点。"夏习清握住他的手指。巧得很，许其琛这会儿正好出来，手里还拿了件外套："我觉得光穿白衬衫有点冷，这件外套我可以穿吗？"

下一秒，夏习清就发现，许其琛手里拿着的那件外套不就是他装醉那次偷偷穿走的那件灰绿色冲锋衣吗？

操，许其琛的手绝对开过光。

"哎别穿这件，"夏习清松了抓着周自珩手指的手，走过去揽住许其琛的肩膀准备再把他带回衣帽间，"这件太厚了我有薄的……"

"别啊，就穿这件呗。"周自珩的声音忽然从后头冒出来。

"嗯？"许其琛转过头望他一眼，"为什么啊？"

"你别理……"夏习清拽了一把许其琛，却听见周自珩在后头开口。

"因为这是我的外套。"一回头，看他歪着嘴角笑。

许其琛愣了一下，下意识飞快地撒手，眼看着外套就要掉下去，被夏习清眼疾手快地接住。

"你还骗我说你们俩没关系？"许其琛眼睛都睁大了几分，"他都把衣服放你家了。"他脸上写着几个大字：你俩肯定睡过。

"就是有关系啊，我都说了。"周自珩笑道，"那种关系。"

夏习清彻底被他们两个人搞熄了火，真是自作孽不可活，当初把他外套穿走的时候他怎么也没想到还会有这茬？

许其琛本来就聪明，他忽然觉得不对："刚刚那套是不是也是他的，我说怎么那么大。"见夏习清不说话一副默认的样子，许其琛彻底弄明白了，他转过身问周自珩，"等一下，你是不是住对面？"

周自珩歪了歪脑袋："对啊。"

"操……"当面打脸的滋味，夏习清今儿算是轮番吃了个饱。

许其琛一副痛心的表情看着夏习清："习清，我们多少年的朋友了，你居然骗我，你还瞒着我。"眼见着许其琛的嘴都要扁了，夏习清那个头疼："不是啊，我不是故意骗你的，这件事太复杂了，你听我说……"

"我不听。"许其琛装作一副准备下楼的样子，"我要回家。"

"别啊，我真没打算骗你。"夏习清拽也拽不动，"你别生气啊。"

许其琛停下了脚步："那你答应我去试镜我就不生气了。"

卧槽，敢情在这儿等着我呢。夏习清顿时觉得自己被摆了一道。

"答不答应？不答应我就走了。"

"等等等……"夏习清薅了把头发，"我考虑考虑……"

"那行吧，你去的话我就勉强原谅你，我也不会跟夏知许说的，你放心吧。"许其琛笑着下了楼，朝楼梯中间的夏习清挥了挥手，又朝倚着二楼栏杆的周自珩笑了笑，"我走啦，不打扰你们啦。"

周自珩笑得满面春风。

只有夏习清一个人笑不出来，听见关门的声音才转过身，在楼梯半中央朝着周自珩比了个中指。周自珩迈着他的长腿一步一步下着楼梯，顺手解开了他衬衣最上头的那两颗纽扣，这身段这气场，一个大写的斯文败类。

夏习清看着他走到自己站着的同一级台阶，眼神瞟到另一边，他不想这么快给周自珩好脸色，显得自己跟个软柿子似的。他一把将手里的外套怼到周自珩脸上："拿着你的外套滚蛋。"

"哦。"周自珩把外套从头上拿下来，一副蔫了吧唧的表情顺着楼梯就往下走。

哎不是，怎么不按套路来啊。

"等会儿。"

周自珩就站在楼梯底下，回头望着他。

"那是我的外套。"夏习清眼睛没看他，把之前夹在指间的烟放回嘴里，含含糊糊地说，"到我手上就是我的了。"

"拿回来。"他的语气不容置疑。

周自珩笑了一下，又不紧不慢地一步一步走上来，站在低他一级的台阶上，把外套搭在夏习清肩上，顺带着把他唇边的烟取下来。

夏习清二话没说，低头吻住了周自珩，就在所剩无几的烟雾里。

他的舌尖轻车熟路地扫过光滑的齿列，在湿热的口腔搅弄一番，仿佛之前拒绝明示关系的人根本不是他。

“坐五分钟？”夏习清嘲讽的尾音在湿吻之后带上了几分旖旎的味道。

“最开始说五分钟的人是你。”周自珩轻轻咬着他泛着水光的嘴唇。

周自珩出席活动香水喷得浓，和以往清爽的少年香不一样，皮革混着浓重的麝香气味，被热吻卷入肺腑，搅动着滚烫的荷尔蒙。

接吻的声音在偌大的空间里回响，“啧啧”的水声被放大拖长。夏习清的手按住黑色衬衫下的胸膛，用掌心感受他的心跳，牙齿咬了一下周自珩的下唇，手指摩挲着他的后颈，他的气息已经有些不稳：“……你换香水了？”

“只有今天。”周自珩又想凑上去亲他，可夏习清不想让他这么容易得逞，身子后倾故意躲了躲。

只见他笑着用虎口钳住周自珩的侧颈，眼尾微微扬起：“香水什么名字？”

周自珩歪了歪头，侧着脸去吻夏习清的手腕，舌尖舔了一下他凸起的腕骨。

抬眼的瞬间，目光如同一只伺机而动的猎豹。

“Fucking Fabulous.”

自从答应许其琛考虑考虑去试镜，夏习清就整晚整晚地做噩梦，梦到的都是小时候发生过的事，他原以为过去这么多年，自己早就忘得一干二净了。

可冷汗涔涔睁开双眼的那一刻，夏习清才发现，自己从来没有忘记过，这些黑暗的记忆就蛰伏在心脏的某个隐秘角落，无时无刻不等待着浮出水面痛击神经的机会。

夏习清痛恨狼狈，更痛恨狼狈成这样也不敢面对的自己。

醒来再也睡不着，半夜三点打开手机刷新了一下朋友圈。好巧不巧，最新一条竟然是周自珩在凌晨2:45发的朋友圈。

只有一张照片，是他马赛克掉的剧本和各种笔记，还有一杯咖啡。

还真是刻苦。

夏习清点了个赞，下一秒就收到了周自珩的消息。

道德标兵：怎么还没睡？

恐怖分子：向你看齐。

握着手机，夏习清看着天花板，想到了上一次在周自珩卧室飘窗看到的那些资料。看来他是真的很想演好这部戏，所以才会投入这么多的心血。

不知道为什么，脑子里忽然冒出一个画面：西装革履的周自珩站在台上领奖，同样穿得人模狗样的自己坐在台下给他鼓掌。

夏习清觉得自己一定是生病了。

如果台下为他庆贺的主创之一是别人呢？

恐怖分子：你们相中了哪些新人，发来让我品一品。

本来就是一句玩笑话，谁承想周自珩还真的给他发来了几张照片。

道德标兵：都是导演去电影学院找的，目前觉得这三个还不错，长得挺清秀，都是科班出身，业务能力也还行。

其实周自珩说的话已经相当中肯了，"还不错""挺清秀""也还行"，这些形容无论如何都够不上"赞赏"，只能算是及格线以上。可夏习清看了就是觉得不舒服，习惯找理由的他把这种情绪异常归因于自己自视过高的老毛病。

可自己都没有搞明白，为什么要把他和周自珩口里的这三个新人相比较。

或许是夏习清太久没回复，周自珩又发了一条。

道德标兵：怎么了，突然问这个。

恐怖分子：就问问，看看哪位新人这么幸运，第一次搭戏就跟周大帅哥。

他点开了第一张图片，是个看起来十八九岁的小男孩，五官都挺秀气，皮肤也白，看起来很纯良。第二张里的差不多也是一个风格，头发更长些。

最后一张里的男孩子稍微特别一点，眼珠颜色很浅，圆眼睛巴掌脸，头发也是褐色，又是现在女孩子们会喜欢的类型，可爱又清纯。

恐怖分子：第三个小朋友挺可爱的，感觉跟你挺搭。

临到发送的时候，夏习清又把后半句话删了，只剩下前半句夸奖。

原本周自珩正在编辑夏习清上一条微信消息的回复，他犹豫着要不要告诉夏习清，他只想跟他演这部戏，几个字的事，删了又改，结果看到了对方发过来的新消息。

"小朋友"三个字几乎是一瞬间触了他的逆鳞，更不用说后头还跟了句"挺可爱的"，他一口气删掉了之前编辑的那些文字。

道德标兵：怎么，对你的胃口？

看到这句话，夏习清不禁笑出了声，怎么这家伙到现在也搞不清自己是什么口味，不清楚的话照照镜子不就完了。

他又看了一眼那张照片，里头的男孩笑得明朗，眼睛的形状笑起来很漂亮。

小天使一样。

恐怖分子：这种纯良的长相不是你的口味吗，不知道是不是表里如一。

别弄得跟我一样。

周自珩本来就气，看见这句话更来气，原来夏习清一直以为自己跟他鬼混只是因为他这张看起来纯良的脸。他从一开始就知道夏习清是什么人，根本就不是因为他这张脸上当受骗。也不知道是赌气还是怎样，周自珩最后打了几个字，关掉了手机。

道德标兵：对啊，是我的口味。

夏习清一看到这条微信，直接从床上坐了起来。

他夏习清什么时候不是对别人召之即来挥之即去的，排着队等着他上的人不知道有多少，周自珩居然敢当着他的面说别的男人是他的口味了。这些日子真是给他脸了。

越想越堵得慌，越觉得自己窝囊，坐起来抽了根烟。许其琛的本子自己不敢接，现在还被这种没长开的黄毛小崽子比了下去。

你的口味？我他妈还就不让你跟你的口味一块搭戏。

抱着这种不怎么正面的心态，两天后，夏习清最终答应了许其琛的试镜。电话里的许其琛惊讶得不行："我还以为你说考虑看看是糊弄我呢，没想到你真的要来啊。"

其实确实是糊弄，要不是因为跟周自珩置气。

"嗯，你把时间地点发给我吧。"

"嗯？自珩没有告诉你吗，就是今天晚上啊。"

"今晚？"夏习清直接没绷住，说出口之后又有点后悔。自从那天晚上起他就没跟周自珩再说话，就算是住对门，可谁都不跟谁联系，他根本不知道男二的试镜是安排在今天晚上。

"嗯，今晚七点半。地址我发给你，你要是过来，别开车，就打车来吧，我在楼下等你，这附近挺多记者。"

夏习清"嗯"了一声，挂断电话才发现现在已经七点了。他也懒得收拾，就穿着在家画画的黑色连体工装服出门了。坐在出租车上的时候夏习清从后视镜里看见自己，头发有些乱，于是用发圈将发尾束在脑后。

刚扎完，他就愣了一下神，自己这么上赶着干吗呢，搞得好像多想跟他演戏似的。

不是，是不想让他得逞。想起来那天凌晨的事，夏习清就一肚子火。

坐在前头的出租车司机瞄了他好几眼，犹豫好久才开口："你、你是不是那个明星啊？"

遇到陌生人夏习清就习惯性使出行走江湖二十五年的假笑撒手锏："您认错了吧。"

"没有吧，我妹妹的手机屏保就是你。"那个司机年纪看起来也就二三十，"是你和那个演员，那个……周自珩，对，你们俩的一张照片。"他又瞄了一眼，"你我肯定不会认错，你头发长，还有鼻子上的痣，我妹妹可喜欢你了。"

不知道为什么，夏习清心里有些得意。

下车的时候司机拿着手机伸出车窗，想给他拍张照，夏习清看见了也没阻拦，谁让妹妹是自习女孩呢。

夏习清忽然发现，宠粉这件事带来的愉悦感其实是双向的。

一下车他就在酒店门口看见了许其琛，他今天戴了副眼镜，看起来比平时还学生气，夏习清小跑两步到了他身边。

"等很久了？"

"没。"许其琛推了一下眼镜，对他笑着说，"刚刚你跑那两步还挺帅的。"

"现在才发现你习清哥哥帅啊。"夏习清痞里痞气地歪了下嘴角，手不自觉地就搭上许其琛的肩膀，"要不甩了夏知许跟哥哥我吧。"

许其琛什么都不说，只笑笑，两个人就这么上了楼。坐电梯期间他跟夏习清大概地说了一下试镜的情况，把手里的剧本递给他，折好的那一页就是他需要准备的部分。

"今天来了几个人？"

"加你一个就是四个。"

夏习清"哦"了一声，想到之前周自珩发给他的照片，估摸着就是那三个新人了。

"没有其他的演员来吗？"

许其琛摇了摇头："其他的我们早就面过一轮了，昆导不是特别满意，再说了——"许其琛的声音放低了些，"这部戏不是什么大制作，也没有名导光环，很多当红小生都不愿意来演。"

说得也是。其实夏习清之前就一直觉得，昆导希望自己能出演，一方面肯定是有他觉得自己和江桐非常相似的地方，但也不排除他和周自珩的合体自带热度的可能，毕竟对于一个一直以来都拍小众电影的导演来说，能够被更多人看到自己的作品也是一件很重要的事。

就好像艺术家，嘴里标榜着特立独行，可说真的谁不希望自己的作品可以广为人知。不被人发现的东西再怎么有价值，都发不出光。

"刚刚已经试过两位演员了。"许其琛推开试镜房间的门，"现在大家在休息讨论，你可以看一下剧本，下一个完了就是你。"

夏习清点点头。

许其琛扯了扯他宽大的工装裤，上头还有画画沾上的颜料，他不禁笑道："你今天穿得很随性啊。"

低头看了一眼，夏习清无所谓地笑道："不是要演抑郁青年吗，抑郁青年不打扮。"他们进的是后门，这个房间挺大，前头是空出来的一块地，摄像头对着还打了光，一个戴着鸭舌帽个子不高的男人坐在前面，和身边的一个穿着西装的男人说着话，夏习清估摸着这个穿着简单的就是他们口中的昆导。

令他觉得奇怪的是，旁边还坐着一个小女孩。是谁的小孩？还是小演员？

正巧，他们俩结束对话，昆导回头望了一眼，一下子就看到了夏习清，表情有些惊讶。

夏习清礼貌地朝他露出一个笑容。

"我先过去前面了。"许其琛拍了一下他的肩膀，走到导演的身边坐下。

夏习清点点头，随即坐在角落翻看自己手里的剧本。被折起的部分是一场小的爆发戏。江桐从医院回家，在楼道里见到一家人正虐待一个小姑娘，这户人家住在他家楼下已经有两年，稍有不顺就打孩子，已经是常事。

可今天的江桐刚从医院回来，浑身发冷，他的助听器里传来女孩嘶哑的哭喊，令他想到了之前的自己，于是敲门，从敲门变成砸门，直到小女孩的父亲打开了门。他上前抱住被家暴的小孩，任由对方殴打他，就是不松手，连助听器都被打掉。

直到后来高坤回来的时候经过，才救了他。

一上来就是这么大强度的高潮戏，夏习清觉得有些困难，所幸江桐是个听障人士，台词几乎没有，没有背台词的附加任务。

不知道为什么，光是看着剧本里最简单不过的描述，夏习清都觉得有些喘不过气，他试着平复自己的心情，试着更冷静一些。

从小画画有一个好处，就是让他每时每刻都可以在脑海里构建出具象化的场景，将剧本里的情形还原并不是一件难事。

难的是他能不能放开，或者说敢不敢放开。

"徐子曦。"

他抬起头，看见一个坐在一旁的年轻人应了一声，走到了前面。

"大家好，我是徐子曦，××电影学院本科三年级的学生。"

大三？跟周自珩还真是实打实的同龄人。距离有些远，夏习清微微眯起眼睛仔细瞧了瞧，这不就是周自珩说的那个"合他口味"的男孩吗。真人比照片还好看些，乖巧秀气，个子不算特别高，说话声音也挺嫩。

夏习清看着徐子曦走出房门，看来是要从敲门开始演起。

"准备好了吗？"昆导问了一句。

"可以了。"徐子曦在门口应了一声，过了半分钟，就听见他敲门的声音，先是弱弱的，没什么手劲，声音也不大，敲了一会儿也没人应，他的动作就越来越大，敲门声越来越响，还夹杂着"啊啊"的几声喊叫，演得很像聋哑人士。

他开始砸门，声音越来越大，越来越着急。这个时候一位搭戏的演员大步流星走上前去，一下子拉开了门，门外露出徐子曦惊恐的表情，他抬起的手又缓缓放下。

对戏的演员不负责说台词，这时候小女孩已经站在了摄像头的跟前，小演员演戏耗心力，所以她也只是站在那里，并不需要哭喊，替试镜演员搭一把，这让夏习清更加感受到压力。

徐子曦一进来，就跟跟跄跄地快步走到了小女孩身边，跪下来抱住她。他的手臂高高地抬起，嘴里仍旧喊着，台词很简单，几乎就是重复着"别……打……"两个字，但被他说得非常艰难，真的就像一个饱受殴打的残障人士。

夏习清不得不承认，他演得的确不错。

这时候，门口又一个人快步走了进来，一把将半跪在地上的徐子曦拉起来。

是周自珩。

原来他在啊，而且还要负责搭戏。

周自珩将他拉到了另一边，一松手，徐子曦就抱着小演员蹲了下来，他的眼泪几乎是一瞬间就下来了，一面哭，一面艰难地喊着"别怕"两个字，抱着小演员的手都在发抖。现场静悄悄的，没有任何人说话。

光是这哭戏，夏习清就感到了压力，看来科班出身还真是不一样，说哭就可以立刻泪流满面。

"好。可以了。"

听见导演开口，徐子曦很快就从角色里走了出来，他抹了一把脸有些羞涩地笑了一下，还牵着小演员的手，声音温柔："我刚刚是不是吓着你啦？"

导演没有说太多话，但是坐在一旁穿着西装的男人脸上倒是挂着满意的笑。徐子曦又转身冲周自珩鞠了个躬，周自珩也非常礼貌地对他笑了一下，夸了句："哭戏挺厉害。"

要是换了别人，这个时候看到这样的试镜估计早就撤了，本来就不是专业演员，又珠玉在前，留在这儿指不定丢多大人。

可夏习清偏偏是个聪明又好强的人，尤其听见周自珩那句夸奖。

如果是别的角色，他没有十拿九稳的把握。

但演的是江桐。

周自珩转过身，正巧望见了角落里穿着一身黑色工装服的夏习清，两人时隔多日，再一次对上眼神。

看见周自珩透着惊讶的双眼，夏习清勾起嘴角，挑了一下眉尾。

不，不是什么江桐。

他要演的是自己，怎么可能会输。

周自珩根本没有想过夏习清会来。

尽管许其琛多番游说，周自珩也不觉得夏习清真的会为了所谓的"解脱"来自揭伤疤，毕竟对他来说，沉溺在现在这种虚假的美好之中，随心所欲地掌控别人的爱意，远比抛开过去爱自己容易得多。

那天凌晨周自珩一夜没有睡。他其实在当下就有些后悔自己说出了那样的话，但比起情绪失控下的冲动言语，更令人难过的是，夏习清很可能一点都不介意。

不介意他和谁合作，不介意谁是不是真的合自己的胃口。

所以在夏习清真正出现的时候，周自珩的心跳都乱了一拍。

夏习清朝他走过来，手抬起将脑后的发圈取下来，头发散落在脸颊旁。他的眼睛看着周自珩，可真正走到他面前的时候，却又转过脸，将剧本放在了坐在一旁的许其琛手上，没有看他。

站在周自珩身边的徐子曦见到夏习清有种莫名的紧张感，他微躬着身子朝他伸出手："你好，我是徐子曦。"

夏习清脸上露出温柔至极的笑容，回握住徐子曦的手："夏习清。"他的声音柔软得像是天上的云，"你刚刚演得真好。"

抓不住的云。

"谢谢，谢谢。"

他微笑着将手收回来，从头到尾没有看周自珩一眼。

"那习清试一遍？"昆导开口，语气满是鼓励，"别紧张，我们就看看感觉。"

大家都知道夏习清不是专业学表演的人，他甚至都不能跟"演员"两个字挂钩，期待值自然不算高。即便是觉得他符合江桐这个角色的昆城，也知道形象气质是一回事，演技是另一回事。

夏习清没做什么准备，走到了机器跟前，笑容收敛许多，简单明了地进行自我介绍："各位好，我是夏习清。"

介绍完毕，他一步步走出那扇门，深吸一口气，将房门带上。

望着关闭着的那扇门，夏习清的心底开始产生恐慌，他不知道自己为什么要来，为了可笑的自尊心让自己去回忆那些痛苦，真的有必要吗？

回忆是很可怕的东西，它们几乎可以在一瞬间侵蚀夏习清的感官，只要他不去躲避，它们就光明正大、肆无忌惮地出现。夏习清感觉自己的双眼开始失焦，眼前的这扇门似乎变了形状，变了颜色。

变成了小时候自己卧室那扇深蓝色的门，他试着用指尖碰了碰门把手，内心深处好像破了一个口子，从里头一点点向外渗着黑色的黏稠液体，一点一点涌出，将心脏牢牢包裹，压迫着每一次的心跳。

呼吸开始变得困难。夏习清收回了自己的手，努力地试图说服自己。

他这一次不是被关在房间里的那一个。

他要去救房间里的那个孩子。

酒店房间里传来的清脆打板声如同开启催眠的强烈暗示。夏习清的手开始不受控制地抖起来，那些他不敢回忆的过去通通被掀翻，随着那些黑色血液从心脏汩汩而出。

"你要是没有出生就好了，如果我没有生下你，我的人生不会变成这样！"

"我怎么生了你这么个儿子，你是不是和你妈一样都有神经病啊，你怎么不去死！"

夏习清抬起手，行尸走肉一样敲了两下房门。手顿在半空，又敲了两下。

如果当初有一个人来救他就好了。

他的手开始抖起来，为了能继续，夏习清用自己的左手按住右手的手腕，用力地敲着房门，一下重过一下，越来越快。

直到门被猛地拉开，夏习清一瞬间吸了一口气，那口气就提在胸口，他的嘴唇微微张开，缓缓地将那口气渡出去。

他感觉自己浑身都有些抖。

他没有看搭戏的男演员，眼神闪躲着快步走到小女孩的身边，一把拉住她，将她护在自己的怀里。那个男演员似乎是觉得夏习清是业余演员，想要帮他更好地进状态，所以还特地配合他演，上来猛地扯了一把夏习清的胳膊："你他妈有病啊！"

夏习清没有回头，挣出胳膊抱起傻站着的小演员就往门外走，一句话都不说。搭戏的男演员先是愣了一下，这和上一个试镜的演法完全不同，但他很快反应过来，快走两步将夏习清的胳膊拽住："你干什么！你给我把她放下！”

被他这么一拽，夏习清一个趔趄，后退了几步，伸手护着女孩的头，一句话都不说就要往外走。

他的腿有些发软，微微打战，牙齿紧紧地咬着，和"女孩父亲"拉扯了许久，不知是不是抱着小女孩的手有些酸，大家都发现他的胳膊在颤。

"女孩父亲"大骂了几句，抄起身边的一个椅子就要砸上去，夏习清没来得及躲，紧紧搂着小女孩蹲了下来。

周自珩心脏骤停，想都没想就冲了上去，原本男演员这一下是隔了很大的距离才砸的，就是借个位，可周自珩太急了，没有掌握好分寸，冲上去的时候站得过近，手臂被椅子腿砸到。他眉头一下子紧紧拧起来，砸得不轻。

他怕对戏演员因为自己受伤出戏，反应非常快地推开他，伸手去拉夏习清，第一下没有拉动，第二下才把他从地上拉起来。

被拉起的夏习清只是低着头抱着小女孩，走了两步，将她放下。

刚才被那个"父亲"大骂的时候，夏习清几乎是一秒钟就被带回过去，他感觉身上火辣辣地疼，好像是高尔夫球杆砸下来的那种痛。脑海里不断出现父母歇斯底里的争吵，被反锁在房间里的他哭喊着拍打房门，拍到掌心都肿了。

没人救他。没有人来救他。

夏习清的视线落到小女孩的身上，睫毛颤了颤，眼神有些涣散。他蹲了下来，用手将女孩皱掉的衣服下摆往下扯了扯，拽平整了，然后伸手轻柔地将她散乱的头发拨到耳后，轻轻摸着女孩的脸。

他试图挤出一个笑容，嘴角扯开的瞬间牙齿又不自觉咬住嘴唇内侧。他深吸了一口气，张了张嘴，像是要说什么似的，但终究是没有开口，而是拉起小女孩的手，用食指在她的掌心一笔一画地写了两个字。

不只是写给这个孩子，也是写给当年的自己。

笔画并不多，但夏习清写得很慢，他的手指抖得厉害，以至于每写一笔都要停顿好久，每一笔都艰难无比。

"别怕。"

最后一笔落下，他将那个小小的手掌缓缓合拢，团成一个小拳头，放进小女孩红色外套的口袋里，轻轻拍了拍那个鼓鼓囊囊的小口袋。

抬眼看向她，眉头忽然皱起。

小女孩的脸变成了当年那个幼小无助的自己。

小小一个，浑身是伤，黑得发亮的瞳孔里满是迷茫和绝望。

浑身开始战栗，夏习清不敢看，他微微低垂着眼睛，忽然变得胆怯至极，肩膀抑制不住地抖动着，连小演员都吓住不敢说话。

站在一旁的周自珩终于看不下去，他的忍耐已经到了极限。不再顾及剧本如何，周自珩蹲了下来，手扶住夏习清的肩膀。

明明这里这么安静，可夏习清就是能够听见那个幼小的自己撕心裂肺的哭喊，声音震耳欲聋。

求饶，呼救，啜泣，沉默。一点一点消磨的气力。

"外面有人吗……可以给我开门吗……"

"好黑啊……我害怕。"

好久不见。

原来你当时那么害怕。

夏习清抬眼，睫毛轻轻颤着，他试着去直视小女孩的脸，死死咬住后槽牙，伸出双手拥抱了她。那个小小的身体那么软，那么脆弱，夏习清不敢用力，可他的手臂抖得没办法控制，他害怕自己弄疼了她，害怕他没有带给她勇气。

害怕她仍旧害怕。

终于，一滴再也无处藏匿的泪珠从他清透的瞳孔滑落，夏习清闭上了自己的眼睛。

你别怕了。

或许……这些都已经过去了。

"Cut！"

这一声打板让所有悬着一口气的人都找到了释放的契机。刚才那段表演完全不同于前一个试镜者，没有技巧性十足的台词，也没有爆发性的崩溃哭戏，可每一个人的情绪都被调动起来，一颗心悬着，难受极了。

夏习清睁开眼睛，深深地吸了几口气才松开小女孩，小女孩伸出软软的小手在他的脸上擦了一下，声音稚嫩又纯真。

"哥哥不哭。"

夏习清笑了出来。

"哥哥在演戏，不是真的哭。"他伸手特别轻地捏了一下小演员的脸，"我一点也不伤心，你伤心吗？"

"有一点点。"

夏习清笑着搂了一下可爱的小演员，温柔地复述她的话："有一点点呀……"

他脸上的笑容在周自珩的眼里脆弱极了，如同坠落前一秒的水晶折射出的光彩。

夏习清长长地舒了口气，侧过半边身子一把抓住周自珩的手臂，正巧碰到他刚才被椅子腿砸到的地方，周自珩吃痛地"嘶"了一声。

"你的专业素养呢？"夏习清的声音很冷，周自珩捉摸不透他现在的心情。

他只想抱他，特别想抱住他，如果他给机会的话。

夏习清松开抓住他的手站了起来，朝昆导露出一个笑容。昆导脸上的惊喜还未褪去，他也站了起来，走到夏习清的身边。

"你刚刚的发挥完全是专业演员的水准。"他笑里带着不可置信，"你真的没有学过表演？"

"没有。这个角色和我有点像，本色出演吧。"夏习清情绪放得太快，还没能完全收回来，他扯了扯嘴角，尽力保持着得体的笑容，"导演，失陪一下，我去趟洗手间。"

　　昆城点点头，看着夏习清离开酒店房间，他转身坐回到自己方才的椅子上，身边的制片人开口道："你也觉得夏习清演得更好？他刚刚最后那一滴眼泪真的太厉害了。给个特写，大荧幕上看肯定特别震撼。他都不需要大哭大喊，一下子就把观众的心攥住了。"

　　制片人像是捡了宝，无比投入地分析着他的技巧，他如何控制眼泪落下来的时机，如何控制颤抖的幅度，这张脸适合哪些角度，越说越激动。

　　一直到他说完最后一句，昆城才缓缓摇头。

　　"他根本不是在演。"

　　昆城发现，夏习清全程没有看那个饰演"父亲"的男演员一眼，那是出于恐惧之下的下意识回避，他害怕到不敢看，不敢反抗。事实上，一个罹患抑郁症的人是不会大声哭喊出声的，夏习清或许更加理解那样的心情。

　　最可怕的是，他不敢去看自己一直保护着的小演员。

　　这一段精彩的"表演"，在最后直视小演员的一刻才真正升华。

　　这些都是演不出来的。

　　许其琛紧紧地攥着剧本，一直没有说话。周自珩说得对，他的确是太残忍了。在没有看见夏习清真正把自己剖开的时候，自己一直站在一个旁观者清的上帝视角，出于帮助的初衷胁迫着他去回忆那些可怕的过去。

　　他不禁有些后悔，开始自我怀疑。

　　他不知道自己究竟是帮他，还是害他。

　　夏习清洗了把脸，双手撑在洗手台，他尽量让自己从刚才的情绪里走出来，但这并不容易。

　　"你还好吗？"

　　是那个新人的声音。

　　夏习清一瞬间切换好笑容，直起身子扯了两张纸擦手："挺好的。"他将纸揉成一团投进废纸篓，眼神落在徐子曦那张清秀的面孔上。

　　"我……"徐子曦的表情有些犹豫，"我想知道你为什么会这么演？我的意思是，你是怎么构思的呢？因为我拿到剧本之后的感觉就是、就是他应该特别想保护那个小女孩，而且他心里很难过⋯⋯"

尽管他表达得非常不清楚，但夏习清完全了解他的意思，他走近一步。

"你那样演其实已经很好了。"夏习清拍了拍徐子曦的肩膀，手又落下来，插进口袋。

"他的确想保护那个小女孩，但是他更害怕。比那个孩子更怕。"

徐子曦眼神里满是疑惑。夏习清只是苦笑了一下，声音像是投入湖心的石子一般缓缓地沉下去。

"不明白是好事。你的童年一定很幸福。"

正当夏习清想离开，洗手间的门口又多了一个人，他的胸口一瞬间又被攥紧。

不知道为什么，他此刻对着谁都能笑出来，唯独除了周自珩。他只要看到周自珩这张脸，就想把自己撕开，给他看他最丑陋最面目可憎的那一面。

自暴自弃，没有原因。

"子曦，我想和他单独说一下话。"周自珩走了进来，语气十分客气，"你如果方便的话⋯⋯"

徐子曦见到周自珩立马应声，准备往外走："嗯，你们说，习清哥谢谢你，我先走了。"

夏习清一句话都没说，他垂着眼睛背靠在洗手台上。周自珩也不说话，抓着他的胳膊将他带到了洗手间最里面的那个隔间，关上了门。

逼仄的空间极力地压缩情绪，夏习清感觉自己的太阳穴都在跳。他也不知道自己怎么了，一想到刚才周自珩喊那个新人"子曦"，称呼自己就是一个"他"字，他觉得没来由地恼怒。

可气恼的姿态太不优雅。

夏习清舔了一下嘴角，故作轻松地看向周自珩，语气满是嘲讽："我没有名字吗？"

周自珩愣了一下才反应过来，他试图解释："我是觉得叫他全名太严肃了，会让他误会我是前辈施压。"

"所以呢？"夏习清望着他的眼睛，不依不饶，一字一句，"我没有名字吗？"

被他这样看着，周自珩的心虚无所遁形。他想叫他习清，甚至更亲密的称呼，可他没有合适的立场。

"你拉我进来，又不说话。"夏习清双臂环胸，眼尾轻佻地扬起，"难不成你现在想做？"他也不知道自己现在说这些刺耳的话是说给谁听，他根本控制不了自己。

情绪失控没办法消解，那就用另一种情绪去掩盖。

夏习清扬起下巴，脖颈伸展的弧度有种脆弱的美感。

"你觉得我刚才演得好吗？"他的脸颊上还沾着水珠，"我哭起来好看吗？让你有保护欲吗？"

一连串的拷问残忍击打着周自珩的心。

看着周自珩眉头越皱越紧，握起的拳头骨节发白，夏习清有种莫名的成就感，似乎激怒周自珩可以给他带来莫大的快感。

他冷笑了一声，湿掉的几缕头发贴在脸颊："你可怜我吗？可怜我所以想和我做？"

"不然先接个吻？"夏习清贴近他，刚才被咬住的嘴唇焕发着艳丽的色泽。

周自珩终于忍不住，狠狠将他推上墙壁。

投入湖心的那颗石子终于要落下，落到沉寂寒冷的湖底。夏习清垂下眼睛，却反被周自珩抱住，紧紧地抱在怀里。

他错愕地皱眉，想推开周自珩，却被他搂得更紧。

"我现在很生气，"周自珩的声音有点抖，明显是强忍着情绪，"但是我一会儿就缓过来了。"

夏习清怔住了，他的声音发虚。

"你生气……为什么还抱我？"

“不然你就会跑掉，我冷静之后又会后悔，我不想后悔。”周自珩的手臂箍得更紧了些。

沉默了片刻，沉默中只能听见彼此的心跳。周自珩的手微微松开些，他深深吸了口气：“我现在不气了。”那只手缓缓上移，摩挲着夏习清的头，掌心温暖得不像话。

拥抱一朵玫瑰需要勇气和耐心。

我知道那些刺会扎进皮肤里，刺进血液里，没关系，给我一分钟，我把它们拔出来，这点痛很快就可以缓过去。

但我依旧想要拥抱那朵玫瑰。

周自珩终于说出自己一开始就想对他说的话，温柔地吻着他的头发。

“别怕，习清。”

“我在这里。”

夏习清隐隐约约觉得周自珩知道什么了。

他是怎么知道的？是许其琛告诉他的吗？可他们看起来没有那么熟的样子。

脑子里很乱，想法一茬接着一茬往外冒。他不想再去想这些无关紧要的细节。周自珩的怀抱有一种奇妙的治愈力，可以很快抚平他情绪的裂口，连夏习清自己都不知道缘由。

他动了动垂在身侧的手，动作迟缓地回抱住周自珩，发凉的掌心贴上他宽阔的后背，贴上稍稍凸起的肩胛骨，从中汲取热度。

周自珩没料到此刻夏习清会回抱住自己，心头陷下去一小块，像是有个小人悄悄坐上去了一样。他能感觉到夏习清的手指轻轻地抓着肩胛骨的边缘，认输似的把额头抵在自己的肩膀上。

这算不算一种信赖？

忍不住用手，从他的后颈沿着脊骨线条缓缓地摩挲。

"你是在给猫顺毛吗？"夏习清的声音闷闷的，从肩膀那儿传过来。

周自珩笑了一声："你的意思是你是我养的猫吗？"

夏习清被他这话怼住了，刚下去的气又翻起来。他松开双手抬起头，手掌刚放上周自珩的胸口就被他捉住，被他十指相扣牢牢紧握。

"你推开我太多次了。"周自珩看着他的眼睛，"我随时随地都得做好被你推开的准备。"

但我知道你不是真的不需要我，所以连制止你推开的动作都成了条件反射。

听到他说的话，夏习清耳朵一热，垂眼不去看他，也没有试图挣脱被他握住的手。忽然，他感觉到额头上传来温热的触感，柔软得不像话。

反应过来的时候抬眼去看他，眼睛又被轻轻吻了一下，唇瓣触碰到睫毛的瞬间，不适应让夏习清下意识闭上眼。感觉周自珩的双手捧住自己的脸，指尖抵着耳后那一处柔软的塌陷，他的吻落在鼻尖。

夏习清心慌得难过。

他忽然觉得自己其实很悲惨，从小没有被温柔对待过，以至于坚定地认为这些东西都不应该被自己拥有。

以至于获得了一点点，就觉得好慌。

鼻子很酸，现在哭出来实在太丢人，夏习清努力地克制着，皱起眉睁开双眼。周自珩的额头抵住他的，鼻尖蹭着鼻尖，温柔的声音像是蒙着一层海雾。

"我知道你觉得我和你不是一路人，理想主义，善意泛滥。"他低声说着，手指轻柔地蹭着夏习清的下颌骨，"但是我要申明一点，我没那么多的保护欲。"

"是吗……你没有吗？"不知怎么的，夏习清的反问显得有气无力。

"嗯……偶尔也是有的。比如看到路边缩成一团的流浪猫，就很想捡回家。"

夏习清从鼻子里发出一声冷哼："你说捡就让你捡？挠得你满手是血。"

"没关系，这是必要的代价。"周自珩的唇角勾起一个温柔的弧度，轻轻用额头磕了一下夏习清的额头，继续说着之前的话，"还比如，看到一朵漂亮的玫瑰花被困在荆棘丛里，我也会有保护欲，想把它救出来。"

"离开荆棘对玫瑰来说是好事吗？"夏习清抬眼看着他，眼珠蒙着水汽，是刚才还没消化完的眼泪。

"是因为它想离开，我才去救它。"

"你怎么知道？"

"我当然知道。"周自珩笑起来的眼睛弯弯的，是他最孩子气的体现。

周自珩的逻辑永远奇怪，但永远有说服力。夏习清被他说得没脾气，又问道："再比如呢？"

"不比如了，身为一个理科男，我贫瘠的比喻能力到此为止了。"周自珩偏了偏头，又啄了一口夏习清鼻尖上小小的痣。

他的眼睛亮亮的，似乎觉得自己笑起来太过幼稚，又刻意收敛了一些，显得更加郑重诚恳。

"有且仅有夏习清，才会让我产生保护欲。"

这么轻的一句话，轻得夏习清抓不住它。可它忽然又变得那么重，狠狠地砸进心口，怎么也弄不出来，深深地陷在里面。

流浪猫畏惧人类，玫瑰畏惧靠近的那只手。

夏习清畏惧温柔。

因为温柔是世界上唯一一件战无不胜的武器。

"我可以吻你吗，现在？"

又是这么诚恳的发问，夏习清觉得自己还是被打败了，他甚至是不自觉地苦笑："所以还是想接吻？"

"嗯。"周自珩又飞快地摇头，"不是的，不是你想的那样，我是想……"

洗手间的门口忽然传来声音，周自珩还来不及让自己的解释戛然而止，就被夏习清用一个吻封住了慌乱的心。

"这个酒店的公共洗手间条件还不错。"

陌生人的声音。

"你干吗这么关心酒店的洗手间？"男人上洗手间的恶趣味就是开黄腔，

"怎么，喜欢玩这么刺激的？"

十指相扣的那只手被夏习清握得更紧，胸膛贴上胸膛，一种力量上的拉锯。但他的眼睛是软的，洒满了明亮的柔情。

就是这么一双带着强烈暗示意味的眼睛，让周自珩没办法不像那些过往的受骗者一样，认为夏习清真的饱含爱意。尽管他知道这不是真的。

"酒店的洗手间算什么。夜店的比较刺激，上次我喝得迷迷瞪瞪的，去上厕所，隔壁那个声音大的，我去，简直是现场直播，叫得那叫一个浪。"

或许是因为听见他们的对话，夏习清的另一只手开始了不安分的举动，从周自珩黑色衬衣的下摆，直到皮肤的肌理。那个原本应该轻描淡写的吻也变得黏腻，嘴唇离开又贴上，在发出接吻声响的临界点大胆试探。

"哈哈哈刺激刺激，我下次也要试试。"

周自珩皱起的眉心表明他明显动了情，夏习清留恋地松开他的嘴唇，盯着他的眼睛，挑眉的瞬间无声地模拟着口型。

"试试？"

"试？你跟谁试？"

被撩拨成这样已经和周自珩的初衷相差了十万八千里，他有些气恼地抱紧夏习清，手臂箍住他的腰，卷到小臂的衬衣袖口摩擦着工装服的腰带。这个吻来得太猛太急，夏习清好容易稳住双腿，可上半身被他欺压得太过，整个人向后弯过去，快要失去平衡。

"哎呀随便泡一个带进去呗，现在的小姑娘好钓得很……"

话说到一半，洗手间隔间忽然传来"砰"的一声巨响，吓得两个人双双回头，声音消失了。

夏习清也出了点冷汗，刚才试图去扶住隔板却没控制好力度的手还贴在那儿。

"卧槽，吓死我了。"

"什么东西掉了吧。就你这胆子还想泡妞，妞泡你吧……"

"唇枪舌剑"结束，意犹未尽的周自珩咬住夏习清的下唇，扯了一下又松开，也学他那样对口型。

"泡你吧。"

又是"砰"的一声。两个人再没多说，提了裤子，拉链都没拉就溜了。

"卧槽，见鬼了见鬼了。"

听见声音越来越远，捶完隔板的夏习清乐不可支，趴在周自珩耳朵边笑起来，越笑越起劲。

"你把他们吓得这辈子不敢在洗手间约炮了。"周自珩压低声音。

趴在周自珩肩头的夏习清侧过脸，在周自珩耳朵边吹了口热气："说得好像你敢似的，大明星。"

"你激我有什么好处吗？"

"有啊。"夏习清伸手，细细地将周自珩身上被他弄乱的衬衣整理好，衣摆塞进裤子里，然后拽了拽他的皮带扣，"等你忍不住的时候上你呗。"

周自珩无奈地笑起来："为什么不是等我忍不住了上你呢？"

夏习清撇了撇嘴，他说的倒也没毛病。

"不行，还是我上你。"

"你什么时候才能放弃这个念头？"周自珩看着他这副坚持劲觉得又可爱又好笑。

"做人一定要有梦想。"夏习清一本正经，"我今年的梦想就是完成帮你开张大吉的重大使命。"

"那你幻灭的时候可别哭出来。"

"我实现的时候会喜极而泣的。"

"你最好是。"周自珩低头亲了一口他的脸颊。夏习清故意演出一副嫌弃的表情抬手擦了擦自己的脸，低头的时候想起来周自珩手臂上的伤，去抓他的手腕，发现他手臂上的红痕还没消退，估计第二天就会瘀青。

"不疼。"周自珩自己先开了口。

夏习清白他一眼："谁管你疼不疼。"说完松开了他的手腕，"活该，自己上赶着冲上来。"

“对，活该。”

“你少学我。”

“没学你，我真的觉得自己活该。”周自珩像只大型犬似的抱住夏习清，又松开，抓住他的肩膀站开了些，笑道，“你今天这身很好看。”

夏习清从小到大几乎接受了各种对自己外表的夸奖，但说得像周自珩这么老实巴交、情真意切的还真是不多。

他忽然就起了比较的心，虽然显得自己有点小心眼。

“我好看还是那个子曦好看？”夏习清仰着脸，手揉了一把周自珩的耳朵。

周自珩立刻不解地皱了皱眉：“你为什么要跟他比啊。”他只是纯粹不理解，却被夏习清误会，耳朵被他狠狠揪了一下，“等等等……我的意思是他都不能算好看吧，那种长相这个圈子不是很多吗？”

夏习清很想装酷，但他的嘴角有自己的想法。

“哦？那我这种不多吗？”

周自珩皱眉深思，抬手捏住夏习清的下巴，把他的脸朝左边侧了侧，又朝右边扳了扳，然后摆正，又一次说出了那句冷冰冰又好听的说辞。

“有且仅有一个。”

心头一颤。夏习清低头舔了舔干燥的嘴唇，语气别扭地吐出三个字：“理科男。”

“可惜我这双只会画受力示意图的手不会画画，不然我也想天天画你。”

再说下去夏习清心都要跳出来了。他抬手捂住了周自珩的嘴：“闭嘴，快出去，闷死我了。”

闷得他心猿意马。

周自珩笑着吻了吻他的手心。

这个人……夏习清收回手，想起饭圈里的粉丝对周自珩的形容，什么芳心纵火犯、芳心狙击手，这些曾经被他鄙夷的俗套形容。

居然还挺适合？

呸。他才没有什么芳心。

两人为了避嫌，一前一后从洗手间出来，昆城和制片人还在房间里讨论着，周自珩先走了进去，副导演喊了一声："昆哥，自珩回来了。"

"哪儿去了，这么久。"昆城随口问了一句。周自珩坐到他身边的位子上："接了个电话。"

"你刚手没事吧？"昆城瞟了眼他的手臂，周自珩不自在地摸了一下："没事，两天就好。"

昆城笑起来："你当时想什么呢，看不出来人在演戏啊。"周自珩知道他在打趣自己，摸了摸头发没搭腔。

"不过你刚刚上去挡的那一下，很像高坤了。"昆城摇摇头，"就是高坤了。"

"徐子曦演得也不错，技巧性很好，也有灵气。"昆城叹了口气，"但跟夏习清一比，表演痕迹一下子就露出来了。"说完，他看了周自珩一眼，"你也想跟夏习清搭吧。"

周自珩感觉被他看出了点什么，胡扯了句："那肯定是想跟演得好的搭。"

"得了吧。"昆城拍了拍他的肩膀，"你先回吧，我们再讨论一下，这两天就定下，对了你看见夏习清了吗？"

"刚好像在洗手间门口看见他了。"周自珩不动声色地胡诌，正巧这时候夏习清走了进来，"他过来了。"

楼下都是记者，本来周自珩还想着跟他一块走，后来一想被拍到一起不太好，还是让小罗开车先把自己送回去，为了这部戏周自珩推了不少的活动，但这边又悬而未决开不了机，这两天就忽然闲了不少。

"自珩你今天又上热搜了。"

周自珩上了车，摘下口罩和墨镜："公司买的？"

"不是。"小罗哭笑不得，"《逃出生天》第三集的预告出来了，一下子就上了热搜榜。"

听见他这么说，周自珩才想起刚才微信上节目组导演的确让他帮着在微博上宣传一下来着，一忙就忘了。他上了微博刷新首页，果然看见了预告，下午五点发的，现在转发量已经四万多了。他点开视频看了一下。

预告的开始是一个收音机的特写，一段杂讯之后，突然出现人声。

是夏习清的声音，节奏缓慢，音色柔和。

"遇见你的那一刻就是大爆炸的开始，每一个粒子都离开我朝你飞奔而去，在那个最小的瞬间之后，宇宙才真正诞生。"

忽然画面出现星云爆炸的影像，分裂出好几个完全一样的星云，在震动中又归为一体，渐渐缩小，渐渐变成一本书上的插图，天衣无缝的蒙太奇手法。

很快，好几个人的声音交接着出现。

先是商思睿的发问："如果我们两个人都是'女友'，不应该是同样的事件链吗？"

夏习清的声音在杂音中出现："如果你们是不同时空的女主呢？"

话音还没完全消失，又出现了周自珩的疑问："你的日记本上为什么会写着女主的死亡记录？既然你穿越回去，那么女主应该能够得救才对不是吗？"

商思睿的声音再一次出现，情绪激动："在我的剧情线里，我才是那个想要救人的人。是女主要救把自己关在家开煤气自杀的男主，你明白吗？"

唯一一个女生的声音穿插进来，肯定而坚决："夏习清是悲剧的始作俑者，没有他就没有后续的一切。"

最后是夏习清带着笑意的一句话。

"信不信，我现在就杀你灭口？"

画面瞬间变成全黑，原本越来越快的音乐也变成一片杂音。

节目组的剪辑绝了，周自珩不禁笑出来，这么一个预告一下子就把大家的注意力都引到夏习清身上了。

耳机里传来自己的声音。

"她认为你是 killer。"

"我为什么要相信你？"

黑暗中，出现了一只散发着蓝色光芒的蝴蝶，挥动着它小小的翅膀，星星点点蓝色的微光逐渐点亮周围的布景，画面中开始出现一个穿着深蓝色衣服的男生背影，那只特效蝴蝶仍旧扑腾着翅膀，直到和他手里的蝴蝶书签合为一体。

"习清？"

夏习清回过头。

画面忽然被分割成两半，他和夏习清分别占据画面的左右两边，明明不在同一个房间，却被剪辑得好像可以和对方对视一样。

"如果你愿意拿你的命来赌一赌我的真心，我无所谓。"

画面再次被分割，出现四个竖框，他们四个人的脸依次闪现，最后又一次恢复成全黑，黑暗中传来不安的呼吸声，周自珩的心抽了一下。这是夏习清的喘息声。

房间大门突然打开，画面中出现一束光。

一个人缓缓地走了出来。

阮晓的声音出现。

"男主有没有出过门？"

黑暗中的身影渐渐出现，是夏习清苍白的面孔。

这里配上了商思睿的声音："如果我离开房间，房间的门就会关上，我再也无法进去了。"

夏习清的脸上露出一个微笑。

"我准备出去了。"

像是关掉电视机一样，画面收缩成一道电子线，最后变成全黑，随着音效声出现"逃出生天"四个大字，一只蝴蝶飞过，留下蓝色的副标题：蝴蝶效应。

原本以为预告就这么结束了，没想到还有彩蛋。

四个竖框里，先是出现了商思睿，他蹲在收音机前挨个扭着旋钮，从左到右，从右到左，收音机里忽然出现阮晓的声音："喂？"商思睿吓得一屁股坐在地上，旁边的黑色竖框出现阮晓房间的情况，她的表情略有疑惑。然后两个竖框同时变黑，剩下的两个框亮起，夏习清站在门前，伸出手指，旁边框中的周自珩也伸出一只手。

除开白色分割线，两个人几乎就像是在面对面用手指触碰对方。

"你不觉得你太偏心了吗？"

"我本来就偏心。"

视频结束。

周自珩真的是叹服了，节目组居然可以把一个烧脑悬疑节目的预告剪得跟爱情片似的，要看点有看点，要话题有话题，就是不剧透一丁点正儿八经的剧情。

"你看完了？"正等绿灯的小罗笑起来，"你知道你的热搜词条是什么吗？"

"什么？"

"你自己看吧哈哈。"

莫名其妙，周自珩点开热搜榜，前两位都是自己的相关词语。

#情话男孩周自珩#

#温柔 Alpha 周自珩#

噗。

他顺手截了个图，微信发了出去。

道德标兵：给你选的话，你选哪一个？

和许其琛一起从电梯里出来，手机振了一下，夏习清一面接着许其琛的话一面低头看手机，一个没绷住笑了出来。

也不知道怎么回事，他现在都能想象出周自珩一脸得意的表情。

"笑什么？"

"没什么。"夏习清飞快地打了几个字，点击发送。

直到下车的时候，期待答案的周自珩才收到了夏习清的回复。

恐怖分子：Kids make choices, adults make love.

夏习清从电梯出来的时候发现门口站了五六个小姑娘，他当下就觉得是不是粉丝之类的，没想到一靠近旋转门，那些女孩子就围了上来。

"还有多的口罩吗？"夏习清用胳膊肘拐了一下已经戴上口罩的许其琛。许其琛两手一摊："没了，就一个。"

夏习清"啧"了一声："你倒是有包袱。"也怪自己准备不充分，只能硬着头皮出去了。

那些小姑娘一个个都举着手机，喊着夏习清的名字。

"习清哥哥，你在这里干什么呀？"

夏习清也学着她的语气："玩呀。"

几个女孩笑作一团，争先恐后地跟他说着话，夏习清觉得奇怪，明明是私人行程，她们是怎么知道的？

"你们怎么找到我的？"

其中一个女孩说："哥哥你上热搜了啊，我们正好在这边逛街就过来了。"

"热搜？"夏习清走了两步到路边站着，许其琛先去取车，剩他一个人跟这几个小姑娘在这儿等。

"对啊，有人偶遇你啦，而且刚刚《逃出生天》新一期的预告也出了！"

她刚说完其他几个小姑娘立刻尖叫起来，夏习清觉得自己被一群小土拨鼠包围了，他忍不住笑起来："你们怎么了？"

"哥哥你去看预告，超级甜！"

甜？夏习清不明所以，这不是一个悬疑烧脑向的真人秀吗。

"哥哥你这一期赢了吗？可以剧透吗？"

"哥哥谁是 killer 啊？"

"习清哥哥你们什么时候录下一期啊？"

"不能说啊，你们到时候看吧～"

问题一个接着一个，夏习清应接不暇，一抬头看见许其琛的车开了过来，他终于松了口气："我要走啦，天不早啦你们也早点回家。"

"习清哥哥好暖。"

"超温柔。"

几个小女生把买好的奶茶和甜点塞到夏习清的手上，看着他上了车，还一直冲他招手。坐上副驾驶座的夏习清长长地舒了口气，把手里的东西放下。许其琛打趣道："人气很高嘛。"

"你信不信你到时候也会被扒出来，还笑。"

"我无所谓啊。"许其琛打转方向盘，"大不了扒出我写脆皮鸭的马甲，扒出来我就让你去演耽改。"

"得了吧，腻腻乎乎的你俩自己演去。"

"之前还有人想买我之前一本书里的剧中剧，想改成电影，我之前好像给你看过那个短篇，在尼斯发生的。"

"《南柯一梦》。我知道。"夏习清头靠着窗户，"卖了吗？"

"没，我觉得没人演得出来郁宁那股子作劲。"许其琛忽然笑起来，"这么一想你和周自珩倒是合适，阳光健气伪渣攻和阴郁风流崩坏受。"说完许其琛笑个不停。

"你才是受，老子是风流攻。"

许其琛瞟他一眼："行行行，美人攻。你这张脸太好认了，以后出门还是戴着帽子口罩吧。"

夏习清叹口气："就因为现在太容易被认出来，搞得我最近夜店都不敢去。"

"那种地方本来就应该少去。再说了——"许其琛话锋一转，"夜店的男生哪有周自珩好看啊。"

听见他提周自珩的名字，夏习清下意识地"喊"了一声，没接话茬，心里却念叨了一大堆。

夜店里的货色怎么能跟大明星比，明星里能跟周自珩比的也没几个啊。

正在这个时候，夏习清好巧不巧地收到了周自珩的微信。

道德标兵：你结束了吗？

夏习清头靠着车窗，打字回复了他。

恐怖分子：干吗？

"都这个点了。"许其琛看了一眼手表，"晚上去我家吃饭吧，给你做好吃的。"

夏习清"嗯"了一声："我想吃糖醋排骨。"

"那我让知许带回来，啊对了还没回他电话。"许其琛赶紧拨通了夏知许的电话。夏习清自动开启"屏蔽腻味情侣对话"的功能，低头又给周自珩发了一条消息。

恐怖分子：晚上去琛琛家蹭饭，他做的糖醋排骨贼好吃。

本来周自珩正编辑着上一条消息的回复，一看到这句话又全删了。琛琛什么的叫得也太亲了，不就是高中同学吗，至于这么亲热吗。

高中同学……

周自珩忽然有些嫉妒许其琛，他也想见见少年时期的夏习清，不知道他那个时候是什么样。可能比现在矮一点，更清秀一点，那个时候他也会每天画画吗，还是和别的男孩一样一下课就跑去篮球场。

15岁的夏习清，和现在的夏习清会不会不太一样？会不会幼稚可爱一点？

说起幼稚，那个时候的自己才10岁而已，还是个小学生。

这么一想，周自珩就更不得劲了。

感觉错过了好多好多怎么都追不回来的时间。

许其琛和夏知许打电话的时候声音都和平常不一样了，平时总是淡淡的没什么情绪，一遇到夏知许，小孩子的一面全跑了出来。夏习清在一旁假装自己什么都听不见，反正这种狗粮他从高中起就已经见怪不怪了，正在这时候，手机又振动了一下。

道德标兵：我也会做糖醋排骨，你来我家吧。

一看到这个消息夏习清就乐了，笑得太突然太明显，连打着电话的许其琛都察觉到，转过来看向他。

可夏习清自己完全没感觉。

恐怖分子：我怎么知道你做的好不好吃？

道德标兵：那你吃一下不就知道了。

又是这种奇怪的逻辑，但总是有奇怪的说服力。

夏习清等着许其琛挂了电话，犹豫了一下开口："嗯……我晚上可能不能去你家了。"

"怎么了？有别的事吗？"

"嗯……"夏习清发现自己真不是第一次放许其琛鸽子了，有点对不住，"我过两天再去你家，你俩今天就先过二人世界吧。"

许其琛也没有多过问，他不是八卦的性格，直接掉转方向把夏习清送回了家。

"选角的事昆导应该会直接联系你。"许其琛摇下车窗，看着站在外面的夏习清，"你要是觉得有负担就别勉强。"

"我知道。"夏习清伸手摸了摸许其琛的下巴，"回去吧。慢点开车。"

夏习清上楼的时候打开微博看了一眼，周自珩那两个热搜还挂在上面，第四名是"偶遇夏习清"，第五名是"《逃出生天》预告彩蛋"。

怎么这次还有彩蛋，节目组越来越会玩了。

他点进"偶遇夏习清"那个热搜，最上面的那个微博是一个素人女孩发的一张照片，有点糊，但夏习清一下就认出来那就是之前他打车去酒店，和他唠嗑的年轻司机拍的他的侧面照。

一个热爱自习的小甜豆："我哥今天载了夏习清！还给我拍了他的照片，天哪我要哭出来了，我应该去给我哥当出租车售票员呜呜呜呜！"

底下的评论基本都是 CP 粉，还有不少路人。

自习大过天："妈呀习清哥哥私底下穿得好飒好酷，这是我见过把工装服穿得最好看的男人！"

我的爱人是小画家："天哪这个小鬏鬏，好想摸啊呜呜呜。"

黄瓜西瓜哈密瓜："夏习清的生图这么能打的吗，漫画里出来的感觉，@ 某些天天号称美颜盛世的小鲜肉，进来挨打。"

Sweety："夏习清的腿原来这么长啊，连体装都掩盖不了的长腿，这样看他好盐啊，完全不受，有一种男友即视感。"

谁受了，老子当了二十五年的1。

自习女孩天天过年："习清一米八几呢，只是跟自珩站在一起显得不高，自珩攻遍娱乐圈不是说着玩的，B 站剪手拉瓜全靠自珩了。"

攻遍娱乐圈？

还不就是个纯情小处男。

夏习清出了电梯，走到周自珩的家门口，按了一下门铃。

没过多久门就从里面被拉开，之前试镜还穿着黑色衬衫的周自珩此刻已经换了件白色卫衣，大概是刚洗过澡没多久，头发还没完全干，鼻子上还架着一副黑框眼镜，看起来完全是年下小狼狗的样子。

站在门口还没进去，周自珩就低头自然而然地亲了一下夏习清的嘴唇，自然到仿佛就应该是这样才对。可夏习清却愣在了原地，脑子有一瞬间的空白。

"进来吧。"

这种亲密的举动已经超出了他对他们关系的定义。夏习清有些茫然，可茫然中又有些悸动。

这种感觉有点陌生，让他心慌。

后知后觉地"哦"了一声，夏习清带上了门，进来的时候发现玄关那儿放着一双藏蓝色棉拖。

脱鞋换上的时候，夏习清才发现这双鞋并不是之前他来的时候穿过的那一双。

这一双是合脚的。

周自珩的体贴就像是温水煮青蛙，在你还没有反应过来的时候就已经被他的温柔包裹了，由不得你反抗。

根本没有给反抗的机会。

"你先自己坐一下，很快就好了。"他的声音从厨房传过来，夏习清顺着香味走了过去，看见周自珩的背影，心里热热的。他有好久没有这种感觉了，就算是在许其琛家，看见他给自己做饭的时候，夏习清也没有过这种感觉。

这个人只是为了他一个人。

心脏开始产生不受控制的错觉。

他怎么会有这种可怕的想法，这个人可是周自珩。

他绝对不可能成为谁的私有物。

原本他还因为微博评论想逗逗这个娱乐圈总攻，可一进来就被他的吻弄得心慌意乱，之前的想法都消失了。

夏习清走上前去，看见周自珩正在切西红柿，于是低头凑近周自珩的侧脸："我帮你？"

"不用。"周自珩嘴角弯起来，也没看他，"我对你的做饭能力表示质疑。"

听见周自珩的打趣，夏习清照着他的小腿就是一脚，周自珩也没反击，只是笑着说"别闹"，然后把切好的番茄扔进锅里。

夏习清瞧见一旁的瓷碗里放着洗好的樱桃番茄，随手抓了几颗塞进嘴里，跑到煮得"咕噜咕噜"的汤锅那儿瞅了一眼，含含糊糊地开口："这煮的什么？"

"番茄黄骨鱼汤。"周自珩见他的嘴角都沾了红红的番茄汁，伸手擦了一下，又揭开另一个锅的锅盖，白茫茫的热气一下子涌出来，混着糖醋排骨独有的香气。

"好香啊。"夏习清本来没觉得多饿，一闻着味就觉着饿坏了，"还要多久啊？"

"一会儿。"周自珩握着锅铲翻了一下排骨，又把锅盖盖上。夏习清有些好奇，他一个从小演戏的童星，怎么这么会做饭？

"你哪来的时间学做饭啊？"

周自珩仰着脖子想了一会儿："我挺小的时候就会了，挺喜欢做饭的，感觉很解压。而且后来有一部戏我在里面演一个主厨，当时特意去培训了一个月，里面做菜的镜头都是我自己来的，没有用替身。"

真是厉害，如果换作其他的演员，可能不会这么上心吧。不管怎么说，夏习清都觉得自己捡了个大便宜。越想越得意，他伸手拽了一下周自珩卫衣帽子上的抽绳，一拽拽得老长。

周自珩不知道他在干吗，只笑着说"别闹了"，夏习清又是个不听劝的主，越不让他拽他就越是要拽。

口头警告不起作用，周自珩换了个招，直接用手揽住夏习清的腰，一把把他带到自己怀里："还扯吗？"

夏习清背靠流理台，眼睛垂着，食指一圈一圈地缠着抽绳，从下往上，直到他的侧颈。指尖在他侧颈到耳后的那一小节反复刮蹭着，力度又轻又缓。

这样的撩拨对周自珩来说简直就是温柔的凌迟，他捉住了夏习清的手指："你是不是特别喜欢在别人做事的时候捣乱？"

真是完完全全的猫系。

夏习清抬眼，故作一副天真姿态："没有啊，我哪有捣乱。"

"还没有？"周自珩挑眉。

他扬起下巴，抓住周自珩的领口狠狠一拽，脸上的表情从单纯到痞气只有一瞬间的转变，两人之间的距离乍然缩短，嘴唇和嘴唇之间只剩下若即若离的距离。

"我都没亲你，怎么能算捣乱？"

　　温情脉脉在一瞬间升级为张力十足的碰撞。周自珩彻底被他打败，什么都不愿想，只想吻他。

　　正在周自珩靠近的时候，夏习清又松开手往后一躲，在周自珩没反应过来的时候笑着推开他，倒退着走了两步离开了流理台，声音带着戏谑的笑意。

　　"这才是捣乱。"

　　真是没办法。周自珩轻笑一下，拿起汤勺搅了搅沸腾的浓汤。因搅动而滋生的漩涡无法平息，就像他此刻的心跳。

　　离开厨房，夏习清绕过客厅的泳池走到了落地窗前，这里的夜色和自己家看到的景观不太一样，建筑物更多更明亮一些。

　　有意思的是不远处有一个商厦，楼身有一个巨大的 LED 广告牌，正好是周自珩的手机代言。这种感觉有点奇妙，夏习清也说不上来为什么。一转头，发现电视墙上有一些照片，好多都是夏习清没见过的，他走过去仔细瞧了瞧，原来是周自珩小时候在剧组拍的照片。

　　说起来，夏习清当初被他圈粉完全是因为那组上了热搜的篮球赛照片，赛场上的周自珩意气风发，杀气十足，浑身都散发着强烈的荷尔蒙。在周自珩走"行走荷尔蒙"人设之前，夏习清完全不 care 国内的娱乐圈。

　　即便后来被他圈粉了，夏习清也根本不关心，或者说懒得关心周自珩小时候演过什么剧，反正他就是个不折不扣的肉体饭，对小孩一点兴趣也没有。

　　不过……夏习清凑到墙上的老照片跟前。

　　小时候的周自珩蛮可爱的嘛，看起来软软乎乎的，长着一副从小带出去就会被各种奇怪的叔叔阿姨捏脸抱抱的乖巧模样。

　　照片里的周自珩戴着一顶小小的画家帽，穿着背带裤，好像演的是什么民国剧，活脱脱就是一个奶团子小少爷。小脸蛋长得跟小姑娘似的，白白嫩嫩，眼睛大大的。

　　时间究竟是什么魔鬼，把一个这么可爱的小家伙变成了一个一米九二的大总攻。不过夏习清总觉得有点眼熟，像是在哪儿见过。

大概是长得漂亮的小孩都眼熟吧。夏习清越看这个孩子越觉得可爱，心想着要不补一补这位小童星的剧，反正闲着也是闲着。

怎么长得这么萌啊。

他伸出手指，轻轻戳了戳照片上那个小人的脸蛋。

"在干吗？"

夏习清心虚地收回手，肩膀都吓得抖了一下，一回头看见端着汤碗的周自珩。

"没干什么。"

他也不知道自己心虚什么。

不过是小时候的周自珩，不过是周自珩轻描淡写的一个吻。他或许明白，又或许想假装不明白。

一切心绪不宁的症状，大概源自于同一个病因。

他无论如何也不愿意承认，自己喜欢的已经不只是周自珩的人设了。

夏习清发现，周自珩家的餐厅很大，但相比起来餐桌却很小，最多只能坐下六个人，长方形的原木桌子铺着湖蓝色桌布，所有的餐具都是最简单的白瓷，桌子正中间放着一个广口瓶一样的深棕色花瓶，里头插着一束白色永生花。

不对，夏习清抽出一枝，发现这并不是一般的永生花，是特殊处理过的褶皱纸折成的白玫瑰。

鼻尖凑在花瓣边缘，嗅到一股玫瑰香味。夏习清总觉得这花眼熟，凝眉想了好一会儿。

这玩意他小时候好像也会叠。

端着最后一道沙拉上来的周自珩看见夏习清握着一枝纸玫瑰发呆，这画面看起来还挺赏心悦目。

"网上的评论说得没错，你的确很漂亮。"周自珩将沙拉搁在餐桌上，在夏习清的对面坐下，"只要别说话。"

　　"滚蛋。""漂亮"这个词在夏习清这里几乎是违禁词。周自珩不理解，在他眼里夏习清的五官用漂亮形容再贴切不过，漂亮又不是女生的专用词。

　　"我是诚心夸你，你还不爱听。"

　　他懒懒白了一眼周自珩，将纸花投进花瓶中："等你在床上的时候再夸我漂亮。"坏笑着放狠话，"那个时候你说什么我都爱听。"

　　正给他盛鱼汤的周自珩轻笑一声："我可记住了。"

　　"你家的餐桌好小。"夏习清两只手臂摊开，几乎可以摸到边，"不过装饰我挺喜欢的，审美还行。"

　　"以前是很大的长桌子，但是我都是一个人住，而且大部分时间都在剧组，吃饭什么的都很随便。"周自珩把盛在白瓷小碗里的番茄鱼汤用纸巾垫好碗底递给夏习清，"我觉得一个人用那么大的桌子好浪费，就换了个小的。"

　　"可是一个人住这么大的房子就是很浪费啊。"夏习清不懂他的逻辑。

　　"那你陪我住？"周自珩其实只是顺着他的话开玩笑，说出口的瞬间有那么一点后悔，觉得自己表现得太过了，和夏习清相处的每时每刻，他都在把握自己的分寸。想对他好，又害怕这些好会将他推远。

　　夏习清听到的第一反应也是愣了愣，没来得及做出反应，周自珩就将话圆了回来："开玩笑的。房子和餐桌不一样，怎么说呢，在我心里餐桌很特别，一个人吃饭的时候是最孤独的，如果在一张很大的桌子上，摆着一两道菜，自己一个人坐着静悄悄地吃饭，总觉得很可怜。"

　　夏习清忽然不知道说什么，周自珩刚才的形容好像说的就是自己这么多年的生活。

　　所以他很喜欢去找许其琛蹭饭。之前那些混乱情史里，他也一直有一个奇怪的习惯：不喜欢在事后和人同床而眠，却喜欢在事前和人一起吃饭。

　　这样看起来就没那么孤单。

　　这样想着，夏习清低头看着碗里的鱼汤，汤色是漂亮的番茄红，暖黄色的灯光下照得汤面波光粼粼的，香味窝心得很，他端起来尝了一口，浓郁的番茄香气混合着黄骨鱼的鲜甜，入口滑顺香浓，喝一口胃就暖了起来。

周自珩像是很紧张的样子："怎么样，好喝吗？"

夏习清没说话，一口气把那一小碗喝完了，又把空碗递过去："还要一碗，给我舀一块鱼。"

看着周自珩高兴地给他盛汤，又从陶瓷汤锅里给他舀了大块的鱼肉，用筷子把明显的刺都拣了出去，夏习清鼻子有点酸，他揉了揉，夹了一口糖醋排骨塞进嘴里。

"你别一口气喝了，等会儿吃不下饭。"

"我又不是小姑娘。"夏习清嘴里嚼着排骨，"这个排骨好吃，脆脆的，跟许其琛做的那种不一样。"

"炸过。"周自珩换了个碗给他盛饭，谁知夏习清接过米饭就泡在了鱼汤里。

"这样吃对胃不好。"

"天天这样吃是不好，一顿没事的。"夏习清用汤匙舀了一勺饭塞进嘴里，满足得眼睛都眯起来，"我好多年没这么吃过了，汤饭太好吃了。"

周自珩试探性地问道："小时候经常吃？你妈……"

"我妈不做饭的，她的手只会用来鉴赏名画。"夏习清的语气冷下来一些，"她是一个油画收藏家，当然，我是说这里没犯病之前。"他笑着用食指指了指自己的太阳穴。

关于这个话题，周自珩知道是雷区，就算好奇也没有继续问下去，但他愿意开口说，对周自珩来说已经是莫大的惊喜了。

夏习清自己把话题转了回来："我小学的时候，家里做饭的阿姨很会煨鱼汤，因为我老家在武汉，长江边上，天天都吃鱼的。不过我小时候是那种吃饭很挑食的小孩，然后她就会用鱼汤泡饭给我吃，坐在我旁边给我把鱼肉的刺都挑出来，才放在饭上。"

"然后呢？"

"没然后了。"夏习清低头吃了几口饭，"她后来生小孩，工作辞了。"

周自珩伸长了手，揉了一把夏习清的头发："什么时候想吃，我什么时候给你煮。"夏习清不喜欢被当成孩子，他一把抓住了周自珩的手腕，表情不悦地警告："你别一副照顾小朋友的样子。"

"不是啊，我是觉得……"周自珩用被他握住的手摸了摸夏习清的侧脸，"既然我不喜欢一个人吃饭，你也不喜欢，我们偶尔也可以像这样凑个伴。"

他说着违心的话，只是不希望自己太过急切，吓走这只小猫。

夏习清松开他的手腕，他想直接拒绝，这种搭伙过日子的即视感让他觉得既没趣又古怪。可周自珩做的饭这么好吃，这么合自己胃口，直接拒绝没准过两天就后悔了，还是先不吭气为好，给自己留个余地。

一顿饭吃得慢吞吞的，完事之后夏习清主动提出洗碗，毕竟白吃白喝这么久，尽管他从来也没干过这种活，但比起做饭来说，洗碗的难度直降了好几个数量级。

可周自珩直接否决了他的请缨："有洗碗机。再说了，"他将收拾好的碗筷端好站起来，轻描淡写丢下一句话，"画家的手是不可以用来洗碗的，这是暴殄天物。"

夏习清努力抑制着勾起的嘴角。他真是服了，周自珩明明是一个纯情小处男，怎么这么会撩啊。这要是个低段位的被他来这么几下，早就死心塌地不能自持了。

可惜他不是。

不过高段位的人碰在一起才有趣，否则故事岂不是结束得太简单了点，又不是什么哄小孩的童话。

成年人的情感世界不就是你来我往的撩拨吗。

吃完饭已经不早了，夏习清借口要洗澡回了对门，刚洗完澡出来就发现手机收到一连串的消息。

道德标兵：洗完澡了吗？要不要看电影？

道德标兵：我之前买了个投影仪，一直闲置，刚刚安好了发现还不错。

夏习清随便擦了擦头发，把毛巾扔到了一边，坐在沙发上准备回复他，谁知一个电话打了进来，是八百年不联系他的舅舅，想了想，夏习清还是接了。

"有事吗？"夏习清的舅舅习晖跟他一向没什么交情，没交情也就意味着没矛盾，加上他还算是个温文尔雅的人，夏习清也愿意跟他说上两句话。

"习清，好久不见。我知道你不喜欢假客套，这个流程就免了，我这次找你有两件事，其实都跟咱们家有关系。最近你外公身体不太好，想见见你，我觉得你有时间的话还是去看一看，当然这些都看你自己怎么想。"

"直接说第二件事吧。"夏习清忽然很想抽烟，摸了半天才发现自己穿的是睡衣。

"嗯，你知道，你妈妈之前经营的 Pulito 艺术中心上个月已经翻修好了，准备重新开业。前两天我收到了一个艺术晚宴的邀请，我觉得你才是这个艺术中心的所有人，你去比我合适。这个晚宴会有很多艺术界的大人物参与，当然也少不了商人，对艺术中心重新开始也有帮助。"

这番话说得滴水不漏，是习晖一贯的办事风格，不过夏习清比谁都清楚，这些理由都不是真正的理由，最重要的是他现在有知名度在手，连宣传都省了。夏习清厌恶被人利用，可对于他母亲的事业，或者说他的母亲，他的情感又是复杂的，既恨她，又可怜她。

"你也知道，Pulito 是你妈妈在有了你之后一手打造的，就是为了纪念你的出生。"

是啊，好像的确是这样，连名字都取的是"清"的意大利语。可是最后这座艺术中心也被她一手毁了，感觉上有点宿命不可违的意味。

"习清？"

"我知道了。我会去的，但是其他的我什么都不做。"夏习清语气淡淡的，"学艺术的人是最无能的，别指望我。"

对面的人似乎松了口气："我一会儿把地址给你。你自己在外面保重身体。"习晖顿了顿，还是嘱咐道，"娱乐圈挺乱的，你多多小心。"

“比起我从小长大的圈子，娱乐圈还真是小儿科了。”

挂了电话，夏习清忘了回复周自珩的事，他想着如果 Pulito 真的重新开业，自己要不要干脆把画拿到那儿去。可是这样完全是耍流氓，哪有老板在自己的画廊放自己的画，听起来就很掉价。

人们的观念总是很奇怪，总觉得艺术都是跟穷困潦倒挂钩才显得有价值。谁会相信富二代能画出什么好画呢？

这也是为什么夏习清跟人玩乐的时候从来不说自己的本行，和人创作的时候也从来不提自己的家世，这两者一旦混在一起，就产生了一种微妙的廉价感。

找了半天，才在沙发垫的缝隙里翻出来一盒万宝路水蜜桃双爆，他盯着烟盒看了半天，才想起来好像是上次从夏知许那儿拿过来的，那家伙被强制戒烟，之前买的都抽不上了。

夏习清一贯不怎么喜欢爆珠香烟，觉得太没劲了，但烟瘾犯了也没的挑，当个饭后甜点也挺合适，他把细长的烟管叼在嘴边点燃，刚吸了一口。手机忽然响了起来，还以为习晖有什么话没说完，一看才发现是周自珩，这才想起来刚刚跟他的话没说完。

双爆里有两颗爆珠，一颗是蓝色的薄荷珠，靠近烟嘴的是水蜜桃爆珠。夏习清吸了一口，顺手捏碎蓝色珠子，冰凉的薄荷香气裹着顺滑的烟草味直冲天灵盖，头发还没干透，脑子都激了一下，像是被拽紧了某一根神经，又很快松开，浑身的毛孔都打开。

“喂？”

也不知道为什么，周自珩听着电话那头的夏习清声音懒懒的，快飘起来似的。他咳嗽一声：“你洗完澡了？干吗呢？”

“嗑药。”

“……”

“骗你的。”夏习清懒懒笑了两声，凉意散了大半，他浑身舒爽地歪在沙发扶手上，这时候才想起之前周自珩的邀约，他对电影没什么兴趣，不过倒是挺想看看别的东西。

"我不想看电影。你那儿有你小时候演的电视剧吗？我想看。"

周自珩被他呛得咳嗽了几声："那个有什么好看的……"

"我就想看。"夏习清吐了个浅浅的烟圈，伸出修长的手抓了一把，烟雾从他指缝间逃走。

电话那头像是沉默了一个世纪似的，他也不催，静静地抽烟，一根烟抽到了快三分之一，周自珩才结束了这场博弈，勉为其难做出妥协。

直到夏习清踩着周自珩家的拖鞋叼着白色香烟出现在他门口的时候，周自珩脸上的表情还是很难看。夏习清倒是笑得开心，把烟取下来夹在手指上，用手揉了一把周自珩的耳朵。

"要看周自珩小朋友咯。"

"闭嘴。"

不过夏习清没想到，周自珩说的投影仪其实是安在他卧室的。如果是别人的话，他肯定会觉得这种邀约是别有用心，不过是周自珩，那就肯定是正儿八经看电影了。

他的床正对着一块很大的空白的墙，周自珩从一个房间里找到一个很旧的盒子，里头放着几个硬盘。

"我自己都没看过。"周自珩的语气里还是有一点点的幽怨，夏习清也跟着蹲下，摸了摸他的头顶："那不是正好吗，我们一起回顾一下你的小可爱时期。"

他一抬头，眼神有点可怕，夏习清这才不再多说，自己识相又轻车熟路地上了床。

"我关灯没事吧。"投影仪亮着，周自珩还是有些不放心。

夏习清的脸色倒是镇定："没事。"

黑暗弥漫开来，投影仪变幻的光影阻隔了暗色的流动，那些如同阳光下流水的光线在周自珩靠近的身体上投射出漂亮的色彩，让夏习清有点心动。

如果这副躯体可以成为画纸，应该可以画出足够惊艳的作品。

柔软的床塌陷了一块，周自珩坐到了他的身边。

"为什么要约我看电影？"夏习清侧过脸，看见光线透明了周自珩的睫毛，闪动的时候像是褪去的蝉翼，很好看。

"马上就进组了，之后估计不会再有这么多的空闲时间了。本来是找了一部国外的片子，主角也是艾滋病人，想看看别人怎么演的，不过自己看那种有点致郁。"周自珩头靠在靠枕上，"拉上你感觉会好一点。"

说那么多，实际上都是废话。就是想多点时间和他在一起而已。

夏习清点点头，投影仪的画面里出现了一个小孩子，穿着小小的背带裤，声音奶声奶气，他一下子就笑了出来："这是你几岁的时候？"

周自珩眯着眼睛想了想："6岁吧，出道那年的。"

"真是可爱。"夏习清盯着周自珩，又看了看画面里的小朋友，试图确认他们之间的相似之处。周自珩觉得太羞耻了，把夏习清看向自己的脸扳过去："看你的电视别看我。"

"是你的电视。"夏习清轻笑一声。周自珩总觉得身边有股水果味，不是以往夏习清身上的味道，他疑惑道："你是换沐浴露了吗？"

"没，"夏习清很快反应过来，"你说的是烟吧。"虽然搭着话，可眼睛还是盯着银幕上漂亮的小男孩，6岁的小周自珩在里头演的是家里最小的小少爷，上头还有两个姐姐一个哥哥，这会儿正放到他一面"嗒嗒嗒"上楼一面喊着哥哥的场景，声音又脆又甜，像个小水蜜桃。

还是小时候好，又乖又软。

"烟？你说香味是烟里头的？"

就知道这个乖宝宝没见过世面。夏习清直接把嘴边的烟取下来递给他："你试试？"

周自珩拒绝了："还是算了，我不抽烟。"

"啧。"夏习清的注意力终于从小周自珩的身上转移，他侧过脸挑了挑眉，"五好青年。"

他从小就有这种恶趣味，喜欢调戏和带坏乖巧的小孩。

"我不喜欢这种容易上瘾的东西，而且对身体也不好。"周自珩一板一眼地解释，谁知道夏习清叼着烟直接坐起来，两腿分开按住他的肩膀跨坐在他的身上，嘴边的粉色爆珠被他一下子咬碎，馥郁清新的水蜜桃香气一下子灌入肺腑。

夏习清取下香烟，吹了一个漂亮的烟圈，看着烟雾在周自珩皱着眉的面孔上散开，和流动的光线融化在一起。夹着香烟的手指捏住了周自珩的下巴，吻了上去。

冰凉的甜美烟被渡了过去，完成了一次迷幻绵长的交接。

水蜜桃，薄荷，香烟。

交缠的光影，儿时甜软的声调，黏腻亲密的亲吻。

"看着我的眼睛再说一遍。"

柔软的唇厮磨着欲望。

"喜欢上瘾的东西吗？"

喜欢还是不喜欢？

他没有等到周自珩的回答。但周自珩紧紧箍着他腰背的手臂，越来越重的呼吸，还有充满侵略意味的吻都用最直观的方式给了夏习清答案。

夏习清喜欢这种感觉，喜欢从感官上感受到周自珩对他的强烈需要。但他也害怕周自珩真的说出那两个字。对他来说，人的情感变化怎么看都是单峰值的曲线，在暧昧中一点点酝酿，一点点拔高，在察觉到爱意的时候达到峰值。

可到了顶峰，就无可挽回地走向坠落。

抛物线一样，顶点越高，摔得越重。

这样就很好，现在就很好，他需要周自珩，就像周自珩还需要他，没有定义也无所谓。

周自珩的吻谈不上多有技巧性，完全是全凭热切横冲直撞，恨不得能用一个吻把他的魂都勾走。

没有办法说出心中真正的想法，周自珩只能把所有的欲念都用身体来表达。他一贯有着自己的坚持，习惯性地回避所有会令人心志不坚的东西，无论是烟草还是酒精。

他喜欢自己时时刻刻保持清醒。

可夏习清偏偏出现了，他无时无刻不地、无所不用其极地诱惑他，撩拨他，扰乱他原本坚定的心。从一开始他就知道，他比任何人都明白，所以才会反复提醒自己，离夏习清远一点，他不是个好人，他是一个易燃易爆又充满诱惑的危险品。

"热吗？"夏习清的声音蒙了一层厚重的水汽，像是桑拿房湿答答的玻璃，他修长的手指拽着周自珩卫衣的下缘，企图往上扯，"脱下来？"

还没结束亲昵的尾音，周自珩就再一次吻住他，自己褪去上衣。男人之间的临界点往往激烈又无可预计。他充分了解夏习清对自己的期待，但可惜的是，就算他是被迫染上毒瘾的那个人。

他也要成为主导者。

激烈的吻让夏习清浑身烧热，蒙上了一层薄汗，皮肤和丝质睡衣腻在一起，黏糊糊的，让他的脑子都透不过气，意识和行为是反的，越是激烈的举动，他的意识反而越来越滞缓，越来越被动，趴在周自珩身上的姿态从一只傲慢的豹子，变成了一只黏人的猫。

周自珩找到契机将他掀翻，按住夏习清的肩膀将他压在身下，蓄了好久的一滴汗水从他的额角落下，不偏不倚坠到夏习清的唇边。周自珩眼睁睁看着他伸出舌尖，轻轻舔掉那滴汗珠，那张又纯又欲的脸露出一个懒懒的笑。

"咸的。"

可你太甜了。周自珩所剩无几的理智放弃了垂死挣扎，和夏习清一起溺入波涛汹涌的浪潮。

投影里的那个孩子稚嫩的声音偶尔会冒出来，小鹿似的撞进夏习清的心里。就在两人都快被喷薄而出的欲望烧昏头脑的时候，他还没忘记调侃。

"还真是……少儿……少儿……"剩下的两个字被喘息覆盖，夏习清的肩膀都在抖，说不出来话。听着幼年的周自珩乖巧的声音，和成年的他厮混，这种体验还真是奇妙。

周自珩缠吻着他湿润鲜红的嘴唇，紧张无比的交锋时刻，投影里的小孩忽然脆生生地叫了两声"哥哥"。夏习清忽然笑起来，一边笑一边学着小孩子软软的声音。

"哥哥。"夏习清伸手揉开了周自珩隐忍皱起的眉心，被他这样调戏，周自珩觉得自己的尊严受到了质疑，他狠狠咬了一口夏习清的下唇。

"小时候这么可爱……现在怎么这么凶啊。"夏习清讨好地凑上去亲了亲，"你再叫声……我听听是你小时候叫得好听……还是、还是现在……"

原本他是不抱期待的，周自珩总是不愿满足自己的期待，这一点夏习清早有认知。可他没想到的是，周自珩真的俯下身子贴近他的耳边，声音又沉又低。

"哥哥。"

再一次轻吻夏习清的耳垂。

"满意吗，习清哥哥？"

百花大教堂的钟声，重重地敲击着心脏瓣膜。连灵魂都被击得粉碎，化作浩渺宇宙。

下午的试镜已经消耗了夏习清足够多的心力，也不知道折腾了多久，意识太模糊，才两次他就睡了过去，周自珩固执得很，不论他软磨还是硬泡，他都不愿意乖乖就范。

睡得不沉，但眼皮就是怎么也抬不起来，夏习清总感觉有人在梦里摸着他的额头和脸颊，很轻很轻，让人分辨不出是不是幻觉。昏昏沉沉地睡到后半夜，口干舌燥地醒过来，夏习清半眯着眼睛摸到了厨房，拉开冰箱给自己灌了半瓶冰水，一下子清醒不少。

尽管快到初夏，可夜里的风还是有些凉。夏习清耷拉着眼皮慢吞吞走回房间，发现投影仪还是一直放着，只是没有声音。

其实这个时候他更应该回家，这里毕竟不是他的家。

夏习清蹲在床边，凝视着周自珩沉静的睡脸，银幕上闪着光的小脸蛋和现实中已经变得高大的男孩逐渐重合，每一个细节都很相似，却又有所延伸，让他不禁感受到生命的美好。

周自珩睡到了床边，无处可放的手垂了下来，夏习清先是试探着摸了摸指尖，见他没有醒过来，便放心大胆地将他的手牵起。周自珩的手指很长，手掌宽大而干燥，让他不禁想到他在篮球赛的时候单手抓球的样子，游刃有余。

像是玩弄小狗的爪子一样，夏习清抓住他的手指一根一根将他的手指收拢，然后又一根根摊开，最后把自己的手指嵌进去，莫名契合的十指相扣。

如果他的存在只为了自己一个人。

"那座艺术馆是妈妈为了你建造的，你知道吗？"

回忆起母亲在艺术馆失心疯发作的画面，夏习清忽然感觉芒刺在背，他无力地松开周自珩的手。

垂下头的时候发现脚边有一支中性笔，大概是周自珩拿来记笔记的。

夏习清从不确信自己会真正得到某个人的爱，他们爱的大多是他的皮囊，也有一些自诩伯乐的人赞赏他的才华，或是憧憬他的家世。可剥去这些糖衣，里面的自己苦涩得让人却步。

自私自利，惯性撒谎，表里不一，风流成瘾。

之前的他一直认为周自珩看不起自己纯粹是眼瞎，那么多人都追捧着他，围绕着他，周自珩却偏偏避之不及。

可事到如今，无论他再怎么自负，再怎么嘴硬，都不得不承认，是自己配不上这么好的周自珩。

第二天的中午，周自珩是被蒋茵的夺命连环 call 叫醒的，他都忘了自己还有一个广告要拍，整个人睡得昏昏沉沉的，不知道是不是因为睡前看了自己出道时候的电视剧，做梦的时候一直梦到拍戏时候的事，梦见一个穿着白裙子的姐姐，她摸着自已的头，用纸巾给他折了一朵白色的玫瑰。

等他再次抬起头的时候，那个女孩就消失得无影无踪，周自珩很着急，一直在那个公园跑着，想喊却喊不出声。

忽然听见身后有人在叫他的名字。一回头，他看见了夏习清。

手里拿着一枝暗红色的玫瑰，他朝着自已微笑。

刚走近，那朵玫瑰就在一瞬间枯萎了。他的表情很悲伤，可是却没有眼泪。

"你不喜欢我的，对吧。"

冷汗涔涔，周自珩睁开了眼睛。床上只剩下自已一个人，连投影仪都被关掉。沉睡中的他没办法挽留，夏习清不在的事实，对他来说不算多大的打击。

他早有预料，他对一切极坏的可能都做好了预料。

"我知道了，我现在就过去。"周自珩坐在床边，弯着腰手臂搭在膝盖上，无力地垂着头。

"我没喝酒，太累了睡得有点晚。"蒋茵絮絮叨叨说了许多，听得周自珩出神，他换了只手接电话，左手抓了抓自已的头发，又搁到膝盖上。

他忽然发现，无名指贴近掌心的那一面似乎有什么东西。摊开掌心凑到眼前，他才终于看清。

那是用黑色签字笔画的，一朵很小很小的玫瑰，静静地生长在无名指最底端的指节。

不自觉笑了一声，惹来电话那头的疑惑。

"没什么。"

只是发现了一个令人幸福的小把戏。

为了赶出档期，进组前周自珩的工作排得很满，需要履行的广告合约太多，还有杂志的邀约，他只能压缩时间把所有事情都做好，才能专心进组。

不像夏习清，最不缺的就是时间。

私底下又和昆城导演见了一面，夏习清最终还是决定出演这部电影。

导演说的一句话让他想起前几天在周自珩家看他出道的作品。

"现在的一切都充满了不确定性，但是作品是永恒的，无论是哪种艺术形式，别的人我不清楚，但我相信你一定能理解我的意思。"

这两天他忽然发现，就算最后他重蹈覆辙。至少有这么一部作品可以永久地封存他们之间欲言又止的关系。那些曾经有过的暧昧和越界，在旁人眼里都是艺术的升华，可在他们心照不宣的眼里，都是情愫的产物。

这样就够了，他不愿意被周自珩遗忘。哪怕以后提及这部电影会让他觉得厌恶不已，也算是一种成就，反倒更符合夏习清消极主义的艺术追求。

"你晚上有事吗？"夏习清在回家的路上给周自珩发了条语音消息，很快收到他的回复。

"要出席一个活动，估计后半夜才能回家。"

夏习清打字回了一句"知道了"，没再多说，他原本想着如果周自珩晚上没事可以和他一起去那个艺术宴会，但他忽然就觉得自己太天真了，周自珩的身份去哪个私人宴会都是不合适的。

更何况是陪他去，简直没有任何有说服力的理由。

周自珩又发了一条追问。

道德标兵：你晚上有事吗？

恐怖分子：我也有一个活动，估计也会很晚回。

夏习清没说得太明白，周自珩也没有多问，助理小罗催着他上车，他只好暂时收好了手机。

这场艺术晚宴是业内一个非常有声望的收藏家钟鹤南老先生主办的，场地是他的宅邸，虽说借的是他的名，但由于钟老先生已经年近九十，实际操办都是他的小儿子钟池在准备，邀请了不少收藏大家，还有不少名声斐然的画家。钟池和他的父亲不同，是个彻头彻尾的商人，晚宴自然也少不了商界新旧朋友的参与。

　　如果没有商人，夏习清会很愿意去一趟，难得在国内也能有人愿意举办这种艺术沙龙，可一旦掺上些铜臭气，夏习清的兴致也就少了大半。

　　但他一向是个好强的，既然去了就得演出个风生水起的样子，否则丢的都是自己的人。夏习清原本挑了件军绿色的风衣，后来想了想，自己毕竟是背着 Pulito 的名声去的，还是穿得再正式点，于是找了套高定灰色西装，难得地还系了条藏青色领带。头发扎了一半，看起来没那么随意。

　　开车去晚宴的时候，宅邸门口的工作人员检查着邀请函，夏习清从车窗递过去，感觉保安都在看他，大概是能认出来。他现在也总算明白公众人物的苦楚，无论走到哪里都会被人围观，就像动物园里的孔雀。

　　大厅布置得相当梦幻，精致的铃兰穿插在画作之中。人群围成一簇又一簇，大家品鉴着名画，抒发自己的感想，老实讲作为画家的夏习清最不喜欢的就是这个环节，自己的作品被一群人过分解读，说出连他都不明所以的分析，真的非常奇怪。

　　他在国外这么多年，在国内的时候也不怎么会被父母带出去，宴会上的绝大部分人都不认识他，这倒是给了夏习清一个充分的空间，只有一些年轻漂亮的小姐偶尔会鼓起勇气走上来，同他聊上两句。

　　"您平时是比较喜欢油画的吧？"

　　夏习清对着发问的女孩笑了笑，眼睛却瞟向隔着两幅画作的一个年轻男孩，并不是因为合他胃口才会多看两眼，是因为那个男人一直看着自己，还以为他没有发现。

　　不知道哪里来的自信。

　　"对，油画。"夏习清松了松自己的领带，"我去拿杯酒，失陪。"

　　走到休息区透了口气，夏习清端起一杯苦艾酒小抿一口，忽然听见有人叫自己的名字，一侧头，看见一个长得面熟、穿着一身暗红色西服的男人。

　　"你好，你是夏习清是吗？"男人殷勤地朝他伸出一只手，"我是魏旻。"

　　夏习清一向对人脸盲，但不知怎么的忽然就记起来了。

　　这个人就是上次在云水间遇到的那个公子哥，《跟踪》剧组的资方。

还没伸出手，夏习清一转头，正好远远对上刚才一直偷看自己的年轻男人，他像是吓了一跳，忙转过身子。

今天都是怎么了，尽是些奇奇怪怪的人。

殊不知，那个被他眼神吓跑的男人，正低头回复着消息。

柯子：珩哥，你知道我在晚宴上碰着谁了吗？

柯子：哎算了你别猜了我告诉你。

柯子：你CP！

一个小时前，周自珩还跟赵柯聊着天，对方一直撺掇着他去参加今晚的艺术沙龙。

"我是听说这边晚宴有很多画家什么的。"电话那头的赵柯语气里还透着些小激动，"没准有什么美女画家。"

说到画家，周自珩的脑子里就不可抑制地想起那个身影。

"你什么时候好这口了？"周自珩戴着耳机，闭着眼睛做造型，他今晚的活动是一个中外独立电影推广讨论会，出席的二十代男演员只有他一个，剩下的全是资历深厚奖项在手的大咖，蒋茵千叮咛万嘱咐，周自珩也理解她的苦心，这是在给自己铺路。

赵柯在那头调侃道："我前两天看见你CP上热搜嘛，然后我仔细看了看他的照片视频什么的，我发现搞艺术的气质还真是不一样，就说不出来的那种。而且他长得真的好像女孩啊，比好多女孩还漂亮，哎他有妹妹吗？长得像吗？介绍给我？"

周自珩皱起眉头，语气不悦得太明显："你给我滚蛋。"

"开玩笑嘛，真是可惜啊这种长相没长在女孩身上。"赵柯换了话题，身为发小，一如既往地调侃着他小时候那么一点把柄，"哎，你最近都没提你的初恋小姐姐了，不对劲啊。"

被说中心事，周自珩有些心虚："提什么啊……"

"真的，我都好久没听你说起了，怪难受的。"赵柯语气贱兮兮的，"你该不会是变心了吧？"

周自珩半天不说话，倒是让赵柯心里打起鼓来："喂……你没事吧，你怎么不说话了？"

过了好一会儿，周自珩才开口："……我问你，假如你从一开始就知道有这么一个人，私生活混乱，爱说谎，喜欢玩弄别人的感情，尤其是喜欢抛弃喜欢他的人，这样子的人，你会对他产生好感吗？"

"你说的是哪方面的好感？"赵柯心里默认周自珩是喜欢女生的，但他又觉得听这个描述说的像是个男人，他自然而然地想到了做朋友的那种好感，"我觉得这个得分开说吧，我们这个圈子里不是挺多这种人吗，喜欢玩，不拿真心对别人，少爷病吧，但我觉得不妨碍做朋友啊，有些人谈感情挺渣的，但是讲义气啊，这些都分人吧。"

周自珩知道赵柯理解不了他说的话，他也不知道为什么要问他，他只是觉得自己现在处在一个迷茫期，说实话，他厌恶了只能和夏习清点到为止的关系，他想要占有，这种想法像野草一样在他脑子里疯长，快要逼疯他。

为什么他不能爱上自己？

为什么这种可怕的占有欲会出现在他身上？

只要想到夏习清过往的所作所为，周自珩就没了自信。那么多人，没有一个人留住过他的心。他怎么敢说自己是特别的，那么多人都和他甜蜜过，亲近过，甚至有比他更深一步的交往，可他们无一例外地输给了夏习清病态的游戏欲。

他已经输了，只是伪装自己还有赢的概率。

一旦自己的心思被戳穿，夏习清或许会毫不犹豫地丢弃他。

如果是那样的结果，周自珩反倒宁愿把自己圈在这个虚假的甜蜜圈套里，就算夏习清和他只是玩玩，起码还有短暂的欢愉。

"嗯，你说的也对。"周自珩敷衍了两句，没想到赵柯又道："话是这么说，你这么正直一人，应该也不太想跟那种人厮混吧。你连喜欢的女生都是那种天使型的。"

全和他说的相反，周自珩只想保持沉默。

他不仅和那种人厮混了，还喜欢上那种人了。

"你来不来啊？你来我俩一块过去啊。"

"我参会去不了，这会儿都在做造型了。"造型师开始给他吹发型，两人也就结束了通话。

谁知道等周自珩刚听完意大利的一位导演的发言，就连着收到了好几条赵柯发来的消息。他有些意外，原来夏习清说的活动和赵柯说的艺术沙龙是同一场活动？

这么一想他又有些不意外了，艺术沙龙，夏习清的身份出席再正常不过。现在轮到他后悔了，早知道收到邀请函就应该去的，可他当时顾及太多，不管是以明星的身份，还是带着家族背景，他都太过扎眼，出席这种场所比出席全明星红毯难受多了，至少红毯有其他的同僚可以分摊关注度，再加上今晚本来也有别的安排，他也只能推掉。

他如果知道夏习清会去，或许都来不及考虑这些就去了。

宴会上的赵柯正偷瞄着夏习清，手机振了一下。

珩珩：他一个人去的？

柯子：好像是的，刚刚一直一个人，不过他长得太扎眼了，男的女的都来搭讪，忙死了。

看到最后三个字，周自珩只觉得血往脑子里冲，他几乎都能想象到夏习清顶着那张漂亮脸蛋做出一副温文尔雅的样子跟别人喝酒谈天的场景。

这种宴会，去的都是对艺术品有一定认知的人，他们会不会和夏习清很谈得来？会不会一见如故？

心脏突然间变得狂躁。

珩珩：都去了哪些人？有我认识的吗？

赵柯也没多想，看了一眼场子，火速回复了消息。

柯子：大半你都认识，好些是咱们大院的，这个会是钟池搞的，还请了一些富二代土大款，你不知道，门口那豪车停的，亏得我今天还特意开了辆最低调的，生怕被举报连累我爸我哥，还是富二代比较爽，随便炫。

越扯越远，周自珩烦躁得冒火。

他不知道怎么才能让他帮自己盯着点，直接说，赵柯肯定觉得奇怪，可旁敲侧击，他又怀疑赵柯的智商能不能理解。

珩珩：夏习清性格比较单纯，除了画画什么都不懂，你帮我照看着点，万一有什么事你告我一声。

赵柯乐了：能出什么事啊，再说了大老远的告诉你能怎么办，真当自己是拯救世界的超人吗？

不过这发小的正义心赵柯比谁都清楚，他也不觉得有什么奇怪，而且在他心里，夏习清的确符合周自珩所说的"单纯"两个字。

行吧，他这回也当一次护花，呸，护草使者吧。

收好手机，一回头发现夏习清竟然不见了，连同刚刚在他旁边搭讪的那个男人。赵柯一下子慌张起来，刚答应得好好的，这么快就打脸。

"卧槽去哪儿了……"赵柯跟个无头苍蝇似的乱转悠，一回头撞上一个穿着黑色丝绒吊带长裙的女孩。

"对不起对不起，"赵柯连连道歉，却发现这个女生也眼熟得很，"你是……"他脑子一片空白，什么都想不起来，明明那个名字就在嘴边了。

没想到女生先笑了起来："我今天一晚上都在这种被人眼熟却叫不出名字的尴尬氛围中。"

一听见她的声音，赵柯一下子就想起来了："你是阮晓！对不对？"上电视的时候阮晓的打扮总是甜美风格的，栗色长发温柔又可爱。这回头发染回了黑色，暗红色大红唇配一袭黑丝绒修身长裙，差点让赵柯这种直男没认出来。

"你来这儿是……？"

阮晓下巴朝右侧扬了一下："我跟我爸来的。"

那头聚了一撮富商，赵柯一下子就明白了："你是阮正霆的女儿？"

她耸了耸肩，笑得明媚动人："你是赵局的儿子。"

"别别别，"赵柯最怕别人给他戴帽子，聊得太起劲，忽然想起周自珩的嘱托，"哦对了，你看见夏习清了吗？"

"夏习清？"阮晓有些惊讶，"你说的是和我一起录节目的习清？"

"对啊。"赵柯又望了一圈，"我刚刚还看见他了，可能是画家身份被邀请的吧。刚他就在休息区喝酒来着，还有一个穿酒红色西服的男的跟他搭讪，一转头就没见着人了。"

阮晓的脸色忽然变得有些难看："酒红色西装，你说的是跟我们差不多大的一个男的吗？"

"嗯。全场就他一个穿得最骚包，那香水味简直冲天了。"

身边走过去一个人，阮晓假装亲热地环住了赵柯的胳膊，压低声音说："你可能不认识这个人，他叫魏旻，在我们圈子里的名声非常差。"

赵柯脸上一热，都没怎么听清阮晓说什么，就这么被阮晓带到了一个人少的地方，还没回过劲来，阮晓就松开了他。

"他私生活特别乱，男女通吃，很喜欢包养明星和网红。"

他这回算是听清楚了，回想起刚才魏旻那股子殷勤劲，他皱了皱眉："可这……夏习清要不同意他也没办法吧。"

"这才是我担心的。"阮晓的表情凝重，"他基本都是硬来，用一些很不入流的手段。"

"卧槽，那我可得赶紧找到夏习清。"

"我跟你一起。"

赵柯一个二愣子，也没发现阮晓都不问自己找夏习清是为了什么，也不问阮晓怎么会认识他，就跟着阮晓一起在钟家大宅里头绕来绕去，都绕到了小花园里。

夏习清原本借口抽烟，想甩开魏旻自己去观景台，可魏旻不依不饶，拿出雪茄献殷勤。他虽说是个富二代，但因为家庭原因，很少出席这种场合，很多人甚至都不知道夏昀凯的儿子就是他。

"你的画我看过，画得真是好。"魏旻主动给他拿了杯酒，"我最欣赏有才华的人了。"

看他说来说去都是画，八成也以为自己就是个受邀的网红小画家。

夏习清微笑着拒绝了他手里那杯蓝色鸡尾酒，也不说话。

"原来你不爱喝鸡尾酒啊，也是，这种酒喝起来跟糖水似的，没劲。"他直接将那杯酒放在了台面上，又将雪茄递到他跟前，"这个带劲，私人飞机从多米尼加运过来的，尝尝。"

说土大款一点不委屈，夏习清淡淡笑着，也不说话，烟都凑到了手边，他也懒得再推，手指一夹，举着手任由魏旻替他点烟，橙色的星火亮了又灭，他温和道了声谢。

"我听昆导说《跟踪》的男二号定你了，"魏旻笑了笑，"是这样，你大概还不知道，上次攒局的时候你还不在，那个时候还是女主呢，我呢投了《跟踪》这部戏……"

"所以呢？"夏习清一抬眼，雪茄浓厚的香气在颅内回荡，他懒懒吐了口烟，烟雾里那双桃花眼风情万种，又带着再明显不过的轻蔑。

魏旻愣了一下，没料到他会这样反问："啊……我的意思是，不知道你后半夜有没有时间，我呢虽然不太懂艺术，但我喜欢所有美的事物，赏心悦目嘛，我想在家里弄一个壁画，不知道夏大画家能不能赏个脸，帮我参谋参谋。"说着他笑起来，揽住了夏习清的肩，"要是能借一借你的手，那可就是蓬荜生辉了。"

找遍钟宅的阮晓和赵柯总算是在三楼瞧见夏习清的背影了，谁知刚走近就发现魏旻用手揽住了夏习清的肩膀，从背后看亲昵得很，赵柯犹豫了一下，就被阮晓拉到天台对开彩色玻璃门的后头。

"你干吗躲着？"

"我家现在催着我结婚。"阮晓鼓了鼓嘴，"这要是被人看到我跟着魏旻，还以为我对他有意思，万一有人闲得没事撮合我俩我就完蛋了。"

那我们俩……赵柯看着抓住自己胳膊的阮晓，喉结滚了滚，最后还是没说话，决定先办正事："那什么，夏习清跟他这么亲热，该不会真的那啥了吧……"

"不会的，习清不是那种人。"阮晓隔着玻璃门看过去，可夏习清的确没有推开他。

"咔"的一声，快门的声音，阮晓回过头看着赵柯举着手机："你干吗啊？"

"我拍下来发给珩珩。"

"为什么要给他看？"阮晓发出灵魂拷问。

赵柯愣了一下："对哦，为什么。"

两个人沉默了两秒，突然同时发问："你嗑自习吗？"

卧槽，还真是同道中人。阮晓拍了一下赵柯的肩膀："好，我们现在就是朋友了。"

什么展开。赵柯的手机猛地振了几下，一打开，果然是周自珩。

珩珩：这是怎么回事？

珩珩：搂着他的人是谁？

珩珩：你不是跟我说你帮我看着呢吗？

赵柯也火了，噼里啪啦打字回他。

柯子：卧槽珩哥，你这就不地道了，我这不是帮你看着呢吗，这是夏习清自己愿意给人搂着的，我难不成还冲上去把人手掰开，还冲他骂一句'起开，这是我哥们的人'？呸，瞧我说的，夏习清是你什么人啊。

周自珩在那头收到这么一长串，愣了半晌。

是啊，夏习清是他什么人啊。

他愿意被人揽着抱着，自己能怎么办。别说赵柯了，就算他在场，也没法对那个揽着他的人说一句，这是他的人。

见周自珩迟迟不回复，赵柯有些慌了，觉得自己话说得太难听，可他也着实想不明白，夏习清都这么大一人了，周自珩紧张个什么劲。

他混沌的大脑突然闪过一丝灵光。

卧槽。

卧槽卧槽。

他愣愣地看向阮晓。

"你说，我们不会搞到真的了吧？"

这雪茄抽得人胃里恶心。

又或许是眼前的人太恶心。夏习清实在是受不了，一把掀开魏旻搭在自己身上的手，将没抽完的雪茄插进那杯蓝色鸡尾酒里，冷冷道了句："你请不起我。"

魏旻脸上的表情一变，见他这么不识相，火气一下子就冲上来，但夏习清这张脸实在对他胃口，之前在云水间惊鸿一瞥，惦记了好久，没想到在这儿碰上了，他自然是不愿意放过的。

舌头顶了顶口腔内侧，魏旻理了理自己的西装领口："夏大画家，你出去打听打听，我魏旻在北京城是个什么地位，多少人凑我跟前我都是一个好脸色都不给的。我这么捧着你，就是想跟你交个朋友，你也甭跟我端着个艺术家的臭架子，识点趣。"

夏习清嘴角一歪，冷笑一声。

"交朋友？"

他的脸色彻底冷下来。

"你也配？"

说完，夏习清转过身，笔直地朝着天台外头走去。

看见夏习清都准备出来了，赵柯怕露馅，倒是阮晓比较冷静，拽着赵柯的外套转了半圈，让他背对着夏习清，自己也正正好好被赵柯挡住，伪装成一对拥抱的情侣。

"我们跟下去吗？"阮晓松开手，眼睛一路盯着夏习清，没听见赵柯的回应，她抬头一看，赵柯正冲着自己发呆。

"喂。"

"去，现在就去，前赴后继地去，马不停蹄地去。"赵柯一慌就开始说胡话，惹得阮晓笑起来："还挺有才，走吧。"

夏习清的恶心劲还没犯完，下楼的时候都晕晕乎乎的，他刚才就看见阮晓了，她跟那个一直偷窥自己的年轻男人在一起，也不知道究竟在忙活些什么，原本想打个招呼，见她明显是在躲自己，夏习清也就顺着这个台阶下了，免得尴尬。心想着先去趟洗手间，回来再装出偶遇的样子跟她打声招呼，然后直接回家得了。

这个晚宴简直无聊透顶，玷污艺术之名。

走到二楼，夏习清看见拐角处有一个洗手间，不知是不是近夏的缘故，他觉得有些闷热，准备进去洗把脸。

可刚关上门他就感觉到不对劲。

恶心的症状消退了大半，可他现在浑身发热。

他背靠着洗手间的门，深呼吸调整了一下，然后走到洗手台跟前，捧着凉水泼在脸上，镜子里的他脖子都红了，身体里烧着一把火，口干舌燥，太阳穴也跟着一突一突的。他低头看自己的手，指尖打战。

被下药了。

尽管他不愿意相信，但是冷静分析这些异常，一定是栽了。

之前他在国外的时候，那些富二代泡夜店也常常备着这些下三烂的东西，有的是药丸，有的是液体，药力轻的也就是起个弄断片的作用，药力重的就不一定了。夏习清就是再混账，也从来不屑于用这些东西，光是这张脸就有一大堆的人上赶着贴过来，他根本用不着这些。

但他没想到，这种玩意有一天会被人下到自己身上。

妈的。

腿开始发软，夏习清扶着洗手池，胸口烧得发慌，额角已经开始渗出汗来。他想到了之前那根雪茄。

一定是放在雪茄里了。

他尽力想站住，可腿越来越软，跟废了似的，他第一时间想到了周自珩，手在西装口袋里摸着，好不容易摸出手机，却没有信号。

操。夏习清后背湿透了，药真正的作用上来了，他嗓子开始发哑，那股异火快要把他烤化。

整个人都不对了。

阮晓，找阮晓。

夏习清用力抓着洗手台，勉强爬起来，拖着沉重的步子开了门，没走两步，就觉得后脖子钝痛。感觉被两个人给强行架了起来，可眼前什么都看不清。

失去意识前的最后一秒。

他的脑子里想的居然是周自珩的名字。

疯了。

13 | **天堂
地狱**

CHAPTER

赵柯和阮晓下楼的时候看见夏习清进了洗手间，没法跟进去，两个人只能在外头一面聊天一面候着，没想到竟然看见两个穿着黑西装的男人扛着夏习清直往电梯走。

"卧槽，钟家人不管的吗？"赵柯快步冲上去，还没摸到电梯，门就关了。他低声骂了一句一面给周自珩打电话一面下楼梯，阮晓脱了高跟鞋拎在手上，光脚跟着赵柯跑了下去。

"钟家人不会管魏旻的，他们最近还有一个房地产项目的合作。"

"操操操，接电话啊大哥。"赵柯急得一头汗，连打了三个才等到周自珩接电话。

"我的珩哥您总算接电话了，你这会儿在哪儿啊！"

"开车，马上到钟家了。"周自珩的语气很不好。赵柯压根没听出来，也没想他怎么就过来了，火急火燎地把刚才看到的那一幕说给他听："夏习清不知道怎么回事就被两个男人给架起来弄走了，人都昏过去了。我刚刚明明亲眼看见他好端端走到洗手间去的，不知道怎么回事就……"说着说着，赵柯就明白过来了，他毕竟也是圈子里的人，多少都接触过这种爱玩的，

"哎，该不会是被下药了吧……"

周自珩脑子里的一根弦一瞬间扯断了。

油门踩到了底。

"给我堵住他。"

最后这句话，周自珩几乎是咬牙切齿说出来的。赵柯从来没见过这个从小正能量爆棚的发小有过这种表现。不管怎么样，周自珩这么着急，他也不能放着不管。

"赵柯，刚刚我让我司机在下面看着。"阮晓皱着眉，"他们已经上车了。"她低下头把司机传给她的照片转发给了周自珩。

"我让他跟着车，你是开车来的吗？"

赵柯一下子就明白阮晓的意思，他抓住阮晓的手腕下楼取车："我们去追那个车，你让司机连着导航。"他想起刚才周自珩的语气就觉得后怕，"我怕周自珩一失控，做出什么要命的事。"

阮晓不觉得周自珩是那种人："怎么会，自珩……"

赵柯发动了车子："你不了解他。"他看见阮晓没系安全带，二话没说凑过去飞快地帮她系了，又把西服外套脱下来递给她，"你知道站在道德制高点的人触底反弹是什么样子吗？"

"我现在都害怕他是端着狙击枪来的。"

跟着定位追了五分钟，赵柯总算找到了魏旻的车，他一路给周自珩共享着定位，已经是晚上十一点，路上就魏旻一辆骚包的红色超跑。

"我们现在怎么办？"

阮晓冷静分析："要么现在上去截人，要么跟他到底。"她看一眼赵柯，"你是不是不方便，万一捅出点娄子，赵局他……"

"烦死了。最他妈烦这些富二代。"赵柯低声骂了一句，又想到身边的阮晓也是，"抱歉，我一着急就乱说话，开地图炮了。"

"没事，我也烦。"

正说着，路上逆向开过来一辆黑车，眼熟得很，还没等赵柯搞明白怎么回事，那辆车居然突然飘移打横，直直地怼在开得飞快的红色超跑跟前，吓得前头的超跑猛地刹车。

"卧槽。"赵柯也跟着踩了刹车，愣愣地开口，"周自珩来了。"

果然没猜错。赵柯眼睁睁看着黑车上下来一个人，一身黑色燕尾西装，手里好像提着根棍子，带上车门那一下不知道使了多大劲，连车身都跟着猛地一震。

就那个身形，不是周自珩还有谁。

他感觉自己都出现幻觉了，感觉周自珩的身上有一团火。

周自珩一脚踩在红色超跑的前盖，眼神狠厉地盯着里头的人。

"开门。"

驾驶座上的魏旻正骂着这个黑车车主傻逼，怎么也没想到下来的居然是周自珩，他这副架势更是吓坏了他。

周自珩的背景他惹不起，可这他妈跟他有什么关系，不就是一起演个电视节目，他妈的还当真了？

"你干什么？"魏旻强装镇定，"想上社会新闻找别人去，妈的跟我耍什么横！"

周自珩面无表情，抬起右手用棒球棍指着魏旻前头的挡风玻璃。

"开门。"

"你他妈听不懂——"

话还没说完，一声巨响，挡风玻璃被周自珩用棒球棍生生砸了个粉碎。玻璃磕溅了出来，嵌进周自珩手臂里，他仍旧没有一丝表情，冷冷地走到车门前，手臂一甩，将驾驶座的车窗砸碎，手伸进去一把揪住魏旻的领子，将他的头扯出车窗，魏旻的脖子离玻璃碎片只有几厘米的距离，周自珩一手抖，那些碎片就能直接穿进他脖子里。

疯了。这个人绝对疯了。

赵柯看到这一幕也吓了一跳，这完全不是他认识的周自珩，他慌里慌张地解了安全带下车，关车门前嘱咐阮晓："别下来，在车上等我。"说完朝那边跑去。

魏旻本身就是个软蛋，不敢跟疯子拉扯，命最重要。

他按了一下按钮，所有车门都打开了。

"我开了，开了，你可以放开我了吧。"

周自珩松了手，走到了后座。他胸口的火烧得心脏疯了一样狂跳，见到晕倒在后座衬衣都被扯开的夏习清，只觉得最后的一点理智都烧没了。

"自珩，"赵柯跑了过来，看见躺倒在后座的夏习清，"你快把他带走，再在路上纠缠就要被人拍到了。这个狗东西我帮你审。"

他压低声音："最近敏感时期，你别捅出什么娄子。"

周自珩看他一眼，那一眼盯得赵柯浑身发毛，他都有点怀疑现在让周自珩带夏习清走不是一个明智的决定，但看周自珩这副样子，完全是谁带夏习清走就弄死谁的架势。

脱了外套，周自珩弯腰将夏习清从车里抱出来，外套盖在他的身上挡住他露出的胸口。

"问清楚是什么药。"

撂下这句寒气逼人的话，周自珩横抱着昏迷的夏习清上了那辆黑色雷克萨斯。

把夏习清抱出来的那个瞬间，路灯打在他的脸上，周自珩看到他脖子延伸出来的不正常潮红，不光是脖子，还有胸口，可是夏习清身上几乎闻不到酒气。

他滚烫的温度隔着单薄的白衬衫传来，烙在周自珩的身上。

看到这样子的夏习清，周自珩真的想现在就活活打死魏旻，管他什么人命什么道德。

他就是想杀了他。

杀了所有对他有非分之想的人。

拉开副驾驶的车门，周自珩动作轻柔地将夏习清放在座位上，座椅调低让他可以躺下，昏迷的夏习清不断地出着虚汗，胸膛一起一伏，像一尾上岸后快要窒息的鱼。周自珩关上车门自己坐上驾驶座。他发现自己的手都在抖，不完全是因为愤怒，还有恐惧，还有后悔。

如果他没有及时赶到，如果今天赵柯不在宴会上……

后面的事他根本想都不敢想。

这辈子没开过这么快的车，他整个人像极了一根爆竹，引线烧到了最后一截，只差一点就炸得粉身碎骨。

手机忽然响起来，周自珩接通了电话，听到了赵柯的声音。

"自珩，我刚问出来。那个药是国外的，我查了一下，在美国都是违禁品。药力很强，不是昏迷这么简单，而且会……"他忽然不说话了，周自珩也完全了解他的意思了。

"对身体伤害大吗？"周自珩没发觉，自己的声音都是发抖的。

"有后遗症，可能后续还会导致昏迷。而且……"赵柯也气得要命，"而且这个人渣是放在雪茄里的，吸食比直接服用的药效还要快。这个人渣本来是用来对付别人的，看到夏习清一时起了歪念就……"

周自珩听不下去了，想挂电话，但是赵柯又开口："自珩，这个药没的解，而且是专门用在那些没有那方面性经验的直男身上，你……你不然找个人帮他……"

本来这些话说出来就够让人难以启齿了，赵柯躲着阮晓压低了嗓子，眼皮子都在跳，谁知道话还没说完周自珩就把电话挂了。

这都是什么事。

把车子开进车库的时候，夏习清终于从钝痛中醒过来，他的眼睛都是花的，视野里的一切都重了影。他无力地转过脸，看到的是周自珩的侧脸。

"周自珩……"

一开口的声音都不对了，沙哑又黏腻，完全不受他的控制。

周自珩停下了车，握住夏习清的手，又焦急地摸上他的额头。

真的是他，真的是周自珩。

夏习清松了一口气，可很快，仅存的那么一丁点理智又让他想逃。现在这副毫无尊严的样子，被谁看见都好，他就是不愿意周自珩看见。

看见夏习清撇过脸，耳廓都是不正常的红，周自珩下了车，干脆直接地将夏习清抱了出来。

"你……放开我……"

周自珩只当什么都没听见，大步流星朝电梯走去，夏习清极力地让自己看起来正常一些，没剩多少力气的手推搡着周自珩的胸口："放开……"

电梯里狭窄而安静，夏习清异常的喘息显得分外明晰，周自珩的怀抱里充满了他的气味，他惯常使用的清淡香水在这一刻都发酵出绮丽的气味，紧紧地，像一张密不透风的网，将夏习清缠住，只有那些不可言说的欲望从网格中溢出来，如同黏腻的蜜糖。

而他无处可逃。

眼睛烧得发痛，看着周自珩准备就这样将他带回自己的家里，那把割着理智的钝刀子一下子捅到最底，夏习清几乎是用乞求的语气。

"我要回我自己的家……"他的手死死抓住周自珩胸口的衬衣，声音发抖，"我……我被下药了……你放开我……"

"我知道。"周自珩打开了自己的家门，没有再多说一句，将他抱到了沙发上。

他知道赵柯是为了自己好才会说那些话，他也不是没有想象过和夏习清有更进一步的进展，但绝对不是这样子。

可如果像赵柯说的那样，光是想象那个画面，周自珩觉得自己会疯掉，会彻底崩溃。他已经积压了太多黑暗情绪，随时可能失去夏习清的念头日复一日地折磨着他。每一次夏习清靠近自己，亲吻自己，胸口就有一柄匕首，一刀一刀剜着他的心脏。

夏习清的额头满是细密的汗珠，嘴唇烧得又干又红，微张着，他似乎不愿意看到自己，用手背搭在眼睛上，胸口剧烈地起伏。

周自珩从冰箱里拿出冰水，拧开盖子递到他的嘴边："喝点水。"

极度渴水的夏习清侧过脸，用那双烧烫的手抓住周自珩的手，冰水从他的嘴角流淌出来，浸湿锁骨的白衬衣。周自珩一眼就认出来，这是他和夏习清第一次相遇时他穿的那件衬衫。

一瓶水很快被他喝光，夏习清的症状并没有好太多，但恢复了一点气力，他试图从沙发上坐起来，然而药力太猛，他的手刚撑起身子就从沙发边缘滑下去，整个人栽倒进半蹲在沙发前的周自珩怀里，嘴唇贴上了周自珩的脖子。

他像是条件反射一样，浑身抖了一下，过激地想要推开周自珩，可一点力气也没有，快要疯了，要死了。

"你放开我……周自珩……"夏习清感觉身体里有两个自己在撕扯。

一个已经成为欲望的信徒，还有一个害怕被周自珩看见最后的丑态。

"没事的，习清。"周自珩吻着他的头顶，将他紧紧抱在怀里，"我会想办法的，没事的。"

分裂的两个人分立于锯子的两端，紧紧地攥着把手，争夺着这具身体的主导权，在夏习清的心脏进行着残忍的拉锯。

"我好热……"夏习清的声音裹着热气，喷洒在周自珩的胸口。随着时间的流逝，被欲望占据的那一方似乎拥有了绝对的主导权。夏习清已经快要失去意识。

周自珩能感觉得到，怀里的人扭曲着发烫的身体，像一只变形的困兽，发出令人无法专注的呜咽，脆弱而袒露。从模糊不清的言语，渐渐地变成周自珩的名字。

夏习清舔吻着周自珩的脖颈，没有章法毫无禁忌，从侧颈到下巴，再如愿以偿吻住周自珩的嘴唇，发出一声得偿所愿的叹息。

"习清，习清……"周自珩扯开他，几乎是不近人情地站了起来，企图抱起夏习清，"我带你去冲凉。你现在不清醒。"

药效到了顶点。夏习清已经彻底失去了理智，他像一条快被烤化的蛇，软烂地蜷缩在地上，费力地伸出手，攥住周自珩的裤腿。

"自珩……你能不能……"

"不能。"周自珩决绝地开口，不知道是在拒绝谁，究竟是此刻已经蒙了心志的夏习清，还是卑劣到迫切渴求趁火打劫的另一个自己。

听到这两个字，夏习清松开了手翻倒过去，半眯着眼睛望着天花板，剧烈的喘息已经让他无法完整地说完一整句话，他其实真的想，他想像往常一样用那种毫不在意甚至嘲讽的语气对他说，可现在只能断断续续，难堪丑陋得像个不挑食的饥荒者。

"那我……我去找别人……本来我……我也……不想看到你……"

谁都可以看到我最腐坏的一面。但你不行。

你看到的太多了，你那么好。

"我要去……"夏习清伸手摸着自己的裤子口袋，像是要找手机。

周自珩终于被逼疯了。他一把揪住夏习清的领子，双眼通红，每一个字都是咬碎了牙才能说出口。

"你敢。"

"夏习清，我说过，你要是敢去找别人，我会杀了你。"周自珩已经控制不住自己颤抖的手，他的脑子里只剩下夏习清刚才说过的话，"你只有我，你看见了吗，不管你想不想看到，你只有我一个人！"

他已经不知道自己在说什么了，那些卑劣狠毒的基因像是凭空从他的血液里炸出，完完全全主导了他的身体。

"我和你有关系吗……"夏习清的眼睛也红了，他的脖子被勒得没法呼吸，"周自珩……我们有关系吗？"

那柄匕首终于要割下他的心脏。

"你是我什么人……"夏习清浑身刺痛，"我们一开始不就是玩玩……我现在……"他的眉头紧紧皱着，这把火已经把他烧透了，"我受够你了……放开我……"

玩玩……

"不可能。"周自珩冷冷道，"夏习清，这辈子你只有我一个人，你只有我。"

我这么爱你，爱到不敢靠近你。

"看着我。"周自珩狠狠掐着他的下巴，"不管你觉得我们是什么关系，你都是我周自珩的人。"

听到这句话，夏习清虚弱又残酷地冷笑了一下："呵，是吗……"

摇摇欲坠的道德感全都被这一笑击碎。周自珩疯了一样吻住夏习清，如同一个渴求猎物鲜血的野兽，用本能撕扯着一切，想把他一块一块吞进身体里，和自己化为一体。

夏习清没有半点反抗的力气，他这一把快烧焦的骨头，几乎要在周自珩的怀抱里被揉碎化成粉末。

这样就太好了，他最好能融进周自珩的皮肤里，他的血液里，这样就不用挣扎了，谁都别再反抗。

湿热交缠的唇舌企图将夏习清的魂魄都勾出来，可又被药力挟持，悬在半空。周自珩的每一次进攻都带着强烈的报复性，汹涌情潮快要将他淹没，每一个得以喘息的间隙，夏习清都颤着声音唤着周自珩的名字，含着热气与欲求。

"自珩……自珩……"他的手无力地在周自珩的胸口抓着，想触摸他温热的皮肤，可指尖却使不上半点气力。这种抓挠着实磨人，周自珩皱着眉一面吻他，一面将他不安分的手抓住，按在自己的腰上。

"抱着我。"他低喘了两声，低头吻上夏习清的脖子，每一次触碰都像是与火亲吻。

他此刻站在天堂与地狱的边缘。跳下去吧，相拥而死。

"热……自珩……周自珩……"

夏习清的声音太黏腻，极力地挤压着周自珩的自持力，他将食指和中指强行塞进夏习清的嘴里，湿热的口腔和软舌裹住他的手指，右手则是扯开了他早就散乱的衬衣，以往那具白皙的肉体如今被情欲的绯红浸透，像是熟过了头的水蜜桃，轻轻一碰就会流出汁水。

他俯下身子，贪婪地从侧颈往下，舔弄他滚动的喉结，咬磨他凸起的锁骨，一路往下，含住他胸口发红的乳尖。

"唔……"异物感让夏习清无法正常地发出呻吟，强烈的刺激在药效的放大下让他一瞬间打了个战，手下意识抱住周自珩的头，手指发软，本想狠狠掐住他的后颈，却变成欲拒还迎的磨蹭，"唔唔……"

周自珩抬起头，将手指抽出来，晶莹的唾液早已从嘴角泄露出来，顺着他漂亮的下颌线向下延伸，夏习清的嘴仍旧没有合上，藏匿其中的舌尖粉粉红红的，如同一颗浸透在糖浆中亮晶晶的樱桃。周自珩含住他的嘴唇，用被他的唾液浸湿的手指去揉捏他的乳首。

"唔……唔……"周自珩暂停这个吻，夏习清才得以喘息，他搂住周自珩的脖子，挺着腰想把自己的胸贴到周自珩跟前，一双长腿已经条件反射地缠上周自珩的腰。

"我想做……周自珩……"夏习清毫无顾忌地舔吻着周自珩的脸颊，他的唇齿，用被情欲掏空的虚弱声音哀求，"别折磨我了……"

究竟是谁在折磨谁？

周自珩把夏习清的手臂绕在自己的脖子上；"搂住我。"双手抱住夏习清的大腿根，将他就着这个姿势抱了起来，突然间的悬空都没能让夏习清从情欲的侵蚀中醒过来，他就这么一路舔吻着周自珩的下巴和脖子，在他的怀里一声声喘着。直到被周自珩抱去了浴室，被他剥光衣服放进浴缸里，他都没有一丝一毫的清醒。

浴缸里冒出温热的水，一点点将他的身体浸没。

"自珩……我好难受……"

帮他脱裤子的时候，周自珩才发现他已经射过一次了，可这样丝毫没有缓解夏习清的状况，反而愈演愈烈。

赵柯说的都是真的，这种药就是拿来对付后面没有经验的人，用来强上的。

可他怎么能……

周自珩的脑子乱成一团，他拉开浴室的柜子，从里面翻找出一个暗紫色的瓶子。第一次跟夏习清鬼混之后他就在网上做了功课，一直期待可以和他做到这一步，想让他舒服，想让他觉得和自己做是满足的，所以才会这么认真地准备着不一定会发生的事。

他挤了一大团在手心，走到浴缸边，将湿淋淋的夏习清捞起来面对面抱着自己，吻着他的嘴唇。

"习清，我……"他忽然犹豫起来，润滑液顺着指缝往下流。他在挣扎，可夏习清似乎已经被欲望彻底淹没，他只会吻他，紧紧地贴着他展示自己的渴求。

干脆就趁着这么好的机会要了他吧，有一次都是好的。

周自珩心里难受，他从没有一刻这么悲哀过。

"你看着我，我是谁？"

夏习清的手抓着周自珩的皮带，声音又轻又急："自珩……"

"你……"

你喜欢我吗？

你是因为喜欢我才愿意和我做吗。

他咬住后槽牙，把夏习清的腰搂住，让他的胸口趴在自己的肩膀上，沾满润滑液的手伸到他的后穴，刚碰了一下，就感觉到了夏习清强烈的抗拒，那些已经死透了的理智回光返照一般再次出现。

"不要，放开我……"夏习清想推开却没有力气，恐惧和血液一起逆流，冲向大脑。

他一说"不要"，周自珩就想退缩。

"好……"他用另一只手抚摩着夏习清的后背，"我知道了……我不做……我不做……"

听见他这样说，夏习清又慌起来，他太难受了，快要死了："你怎么能不做……你不能什么都不做……我会死的……"

"可你……"周自珩的左手伸上去摸了摸他的后脑勺，"怎么办，我也快疯了。"

情欲的煎熬永远是双向的。

没有谁比谁更多。

药力一波接着一波袭来，海浪一样将夏习清淹没，他抱着周自珩，从没有一刻像现在这样渴求能够被他拥有。不知道为什么，他好想听见周自珩说喜欢他，像以往那些把心掏给他看的人一样。如果周自珩也能把心给他，那该有多好。

被刺激得清醒的大脑忽然间冒出许多奇怪的画面，他微信头像的白色纸花，他餐桌上那束纸玫瑰，还有他愿赌服输说出的那个女孩。

一切零碎的线索都串联起来，夏习清浑身发麻，原本就已经不正常的心脏又开始了刺痛。

"你做吧……"他伏在周自珩的肩膀上奄奄一息地喘息，"你可以伸进去……可以……可以上我……"

周自珩愣住了。

"但是……"夏习清不知道自己究竟怎么了，眼泪忽然间涌了出来，他趴着不愿让周自珩发现，"但是……你要记得我是谁……"

我是夏习清。不是你周自珩心里的那束白玫瑰。

我可以献祭，但我不可以被当作替代品。

"我知道，我知道。"周自珩吻着他后颈的皮肤，每一吻都引发他皮肉的战栗，他的手指按压着夏习清紧绷的后穴，另一只手温柔地抚摸着他的脊骨，往下摸到他的尾椎，惹得他又是一抖。

感觉到放松的时候，周自珩终于试探着探入，夏习清难受得无处发泄，只能咬住他的肩膀。

"别怕，习清。"周自珩侧过脸吻着他的耳朵，"我在这里。"

周自珩的动作很温柔，粗粝的指尖摩擦着敏感处，最初的胀痛开始缓缓变质，发酵成令人心慌的渴求。

他太想和周自珩合为一体了，怎样的方式都好，只要可以拥有他。

扩张起了效果，周自珩试着再加入一根手指，缓缓地抽插，这样的姿势太容易受凉，他抱起夏习清将他放在温热的水中，让他仰面躺在宽大的浴缸里，头靠着浴缸的一端，周自珩衬衣裤子都没脱，直接跪在浴缸里，折起他两条细白的长腿，将他的私隐处暴露在自己的眼前。夏习清没什么羞耻心，只想抱着周自珩，伸着手想抱他，周自珩明白他的意思，俯下身子细细吻着夏习清的嘴唇，右手再一次探入。这一次顺利许多，他在水中加快了速度。

"唔……唔……太快了……啊……"

"疼吗？"周自珩吻着夏习清的耳朵，热气全钻进他的耳朵里。

"不疼……难受……"夏习清伸手想去找周自珩的皮带，"不想要手……"

周自珩吻着他的嘴唇，把他想继续说的话封存在热吻里。自己动手解开皮带，那根硕大的胀得发紫的阴茎一下子弹出来，戳在夏习清敏感的小腹，激得他不由得叫出声："啊……"他发烫的手指抓住周自珩的性器，惯性地撸动几下，周自珩伸手拿起放在浴缸边的润滑剂，挤在夏习清的手上："抹上。"

夏习清仰着脖子，头晕目眩，黏腻的手指从上到下急促地滑动，虎口挤压着湿润的龟头，声音咕叽作响。

"进来……"他抓着那根阴茎，像是引着他进入一样。

周自珩已经忍到了极点，他扶着性器一下一下戳在夏习清的会阴，滑腻又坚挺的前端好几次差一点进入，却又滑开，括约肌都被他戳得发红。

"快点……快……"夏习清抓住周自珩撑在浴缸边缘的手，"插进来……"

听到他的请求，周自珩感受到病态的满足，他揉着夏习清的屁股，低下头去搅弄他的唇舌，趁他沉溺于湿吻的那一刻，顶入了他紧得过分的后穴。

"唔！唔……"夏习清含糊不清地叫着，呼救一样，周自珩松开他的嘴唇，看见他的眉头皱成一团，"好疼……疼……"

周自珩心疼死了，他一动也不敢动，不停地吻着他的脸颊："对不起对不起，是我不好……"

"轻一点……"虽然很疼，但夏习清并不想结束，他回吻着周自珩，"太大了……"

这无疑是种鼓励。周自珩压着他的身体，堵住他的嘴唇，握住夏习清右脚的脚踝将他的腿折起，搭在自己肩上，掐住他左腿滑腻的小腿盘在自己腰间，磨蹭着湿透了的衬衣。

他起初顶得还算收敛，不敢太用力，缓慢地在那个柔软的甬道里磨蹭着，可这样的做法无疑是对夏习清的惩罚，他大口大口地喘息，快要被活活磨死："快一点，快点，啊……啊……自珩……难受……"

听见他的请求，周自珩的腰都收紧，抽插的速度越发快了起来，力度一再失控，腰背一下一下狠狠耸动着，肌肉牵扯着缠在身上的布料。夏习清咬着自己的下唇，激烈的顶撞和药效冲在一起，爽得他头皮发麻，不愿叫出声的他死死咬着下唇，被周自珩看见，俯下身子吻他。

"咬我的，别咬自己的。"他看着就心疼。

夏习清松开牙齿，吸吮着周自珩的嘴唇，即便他已经快被欲望淋透了，却也不忍心咬他，小声地抽着气，每次吸气都带着颤音，叫得周自珩越发忍不住。

他心心念念那么久的夏习清，终于和自己亲密无间地结合在一起。

他越是隐忍着喘息和呻吟，周自珩越是发狠地操他，带着浴缸里温热的水一起操他，看着他眼眶里快要溢出又无法溢出的泪，还有他抽搐不已的小腹。

"叫出来，习清。"周自珩深深一顶，戳到了夏习清无法承受的深度。

"啊……不要……太深了……啊！"夏习清的手无措地向前伸着，想去抱他，"自珩……抱着操我……"

周自珩有力的手臂揽住夏习清软得要命的腰，贴紧自己，他已经硬起的阴茎在周自珩小腹的衬衫上磨蹭，隔着透明的布料戳着坚实的腹肌，连同被插入的刺激一起折磨着他。

　　隐秘的水声在浴室回荡，气温一再升高，他们像是两块几乎要融在一起的巧克力，无止尽的越来越激烈的抽插，皮肉撞击的猛烈快感，让夏习清不由自主地伸长了脖子将脑袋后仰。周自珩一边低喘插入，一面舔咬着他的乳尖，感觉他在自己的怀里颤抖。

　　"啊！要射了……自珩……自珩！自珩！"

　　他的声音忽然急促慌乱起来，周自珩却像是发了狠，掐着他的后腰腰窝死命地往里干，夏习清浑身发抖，尖叫了几声射在了周自珩的小腹上。刚射完就软软地往后仰过去，周自珩怕他头撞到浴缸边，赶紧扶住他把他拢到自己怀里，脑袋搁在他肩上。

　　阴茎还插在他的后穴，周自珩稍微动了动，想抽出来，夏习清忽然口齿不清地叫了几声，也听不清说什么，只感觉他抱住自己的后背。周自珩还是抽了出来，把他抱上了二楼卧室，自己狼狈地脱下了湿淋淋的衣服，上了床搂住夏习清，他身上的热度还没退去，一摸到周自珩的后背腿就缠了上去，用自己阴茎下段的囊袋磨蹭着周自珩的性器。

　　"还要……自珩……"

　　"你下面会受伤的。"周自珩细细地吻着他的嘴唇，"不进去了好吗……"

　　夏习清一面吻他一面摇头，眼睛噙着泪，没法完整地说话，只能呜呜地叫着，周自珩快疯了，抱着他的后背躺下侧入进去。

　　"啊……好舒服……"夏习清的一条腿被周自珩的肘弯勾出，耳朵被他舔得啧啧发响，毫无抵抗地任他一下快过一下地往里操，"不行了……操死了……死了……"

　　夏习清神志不清地乱叫着，自己都不知道自己在说什么，周自珩浑身蒙着热汗，占有欲又一次上头，他咬着夏习清的耳垂，疯狂地耸动着自己的腰："被我操舒服还是操别人舒服？"

　　"啊！太深了……那里不行的……啊！啊……"

　　"快说。"

夏习清转过头想去吻他："被你操……舒服……"

周自珩心满意足地吻了吻他，手从他的脖子那儿穿过去掐住他的下巴："你只有我一个人，知道吗？"

夏习清被他操得快要晕死过去，求饶似的重复他的话："只有……只有你一个……"汗水都眯进眼睛里，他那双漂亮得勾人的眼睛此刻只剩下被情欲操控的媚色。

"喜欢被我操吗？"周自珩像头失控的野兽，他咬住夏习清的耳根，惹得他叫得更狠，声音里带着哭腔，又一次射出来，这一次比之前清了很多，几乎是顺着自己的性器缓缓流出来的。

周自珩没有因为他射精而放过他，反而翻过他湿软的身体，趁着高潮疯狂地侵占，夏习清嗓子都叫哑了，无力地趴在他的身上，承受着他猛烈不停的顶入。

"啊……啊……"他口齿不清胡乱说着什么，整个人完全失去了意识。周自珩怎么都不满足，他掐住夏习清的臀肉狠狠地往上，想这么穿透他的身体。

夏习清已经没了抵抗的能力，但他好想吻周自珩。

他无力地撑起一点，先是在颠簸中吻住周自珩的下巴，然后又往上凑了凑，原本该贴上他的嘴唇，被周自珩那么一顶，颤着身子向上，再坠下的时候撞上他的耳侧。

他一定是快死掉了，死在周自珩的身上。

周自珩被情欲蒙了心志，听见夏习清含糊不清地说着什么。

"你说什么？说清楚。"

夏习清大口大口地喘息，濒死一样苟延残喘着。

"喜欢……喜……欢……"最后一个字没说出口，他就这么晕死过去，黏腻地、软软地趴在周自珩的身上。

周自珩也在一瞬间释放，忘了收住，忘了抽出来，全射在他的身体里。

这两个字太可怕。

会崩断所有的神经。

不知道究竟做了多少次，夏习清每一次醒过来他们又会继续，整个房间都充斥着情欲的味道。天都快亮起来的时候，夏习清终于被掏空得彻底，周自珩就这么紧紧地搂着他，他害怕下一秒，这个人就会消失在眼前。

原来他已经这么爱他，爱到满心愧疚，爱到失去了自己。

他睡得极不安稳，尽管这些天一直忙于赶着进组前的工作，每天只睡三四个小时，昨天又折腾了整整一夜，可周自珩怎么都没办法进入深眠之中。就好像一艘浮于海面的木筏，摇晃起伏，无法靠岸。

梦里都是夏习清的脸孔，挑衅的、狡黠的、脆弱的、动情的，每一个神情都那么地确切，又变得模糊。

最终都消失了。

原来这艘木筏并不是漂向远洋，而是一个瀑布悬崖，湍急的流水让他无法呼吸，只能眼睁睁看着自己在激流中坠入深渊，冰冷的潭水覆没了他的身体。

周自珩睁开双眼，迟缓地伸手摸了摸眼角。凉凉的，像梦中的潭水。

夏习清就躺在他的身边，侧着身子面向他沉沉睡着。周自珩伸手，将他散在脸颊的头发拨到一边，动作轻柔地碰了碰他的侧脸，一颗心渐渐地恢复正常的频率。

周自珩就这么静静地凝视他的侧脸，不碰他，也不说话，视线缓缓地移动，精致的眉骨，高挺的鼻梁，即使是闭上眼也能看见的重睑线条，还有鼻尖上那枚小小的痣。

他瞥见夏习清下颌骨上的瘀青，心里一惊，那是他昨天掐着他留下的痕迹。周自珩忍不住动作轻缓地掀开被子，那具白皙的身体上布满了欢爱过后的痕迹，侧颈、锁骨、胸口，甚至后背，到处都是他留下的吻痕。

夏习清的腰侧还有几个小小的瘀青，是他昨晚掐着他的腰留下的印记。一整晚的失控让两个人都抛弃了理智和禁忌，周自珩回想起那时候的场景，他到最后几乎已经没了轻重，完完全全被欲望操控。

伸手替夏习清把被子拉上来盖好，愧疚感快要将他吞没。他不应该这么做的，这是不对的。可他一回想起夏习清说过的话，试图联系那些他甚至不知道姓名的人来代替自己做这些事，心脏就闷痛不已。他也不想生气，也曾经试图控制自己。但一遇到夏习清，他就疯了。

在两个人都快要失去力气的那个瞬间，他竟然希望世界就在这一刻毁灭，起码这样夏习清就不会离开了，他最后是和自己一起死掉的。

太可怕了。

试探性地伸出手，指尖握住了夏习清的手指，拇指的指腹轻轻地磨蹭着他修长的手。

他醒来之后，应该会生气吧，他是多么骄傲的人。

或许他们之间就到此为止了。

"周自珩，我们有关系吗？"

"我们一开始不就是玩玩。"

"我现在受够你了。"

他无法揣测出夏习清说出这些话是用的什么样的心情，但他想象得到过去夏习清是如何唾弃那些将真心献给他的人。他们一定也听过这些话吧，或许是更难听更直白的。

周自珩伸出手指，轻轻地触碰着夏习清鼻尖的小痣，缓缓地靠近，在他的额头印上一吻。

他为什么会迷恋这么残酷的人？

夏习清不知道自己究竟睡了多久，醒来的时候头痛得要命，视野里并不是想象中那么明亮。意识还没有完全恢复到这具身体上，可他的第一反应是伸开手臂试探。

没有别人，只有他自己。

夏习清觉得可笑，他极力地嘲讽着那个期待过剩的自己，妄想什么呢，不就是被周自珩睡了吗，他们之间除了肉体关系，还有什么别的可能吗？

身上换了干净的睡衣，这张床这间卧室也不是他想象中那么混乱，可夏习清却觉得更难过了，他是不是应该庆幸昨晚上了他的人是周自珩，至少他那颗善良透顶的心会让他足够温柔，足够体贴，不至于令自己太过狼狈。

嗓子干渴到快要着火，他试图撑着身子起来，却发现自己浑身酸痛，骨头都要散架。低头看了看自己，胸口青紫的吻痕连成一大片。夏习清几乎不敢回想那天晚上发生的荒唐事，周自珩像是变了一个人。

他一直重复着那句话。

"你只有我一个人。"

怎么可能，他只要愿意，他可以有好多好多人。

好多好多，多到数不过来。

头疼得更厉害了，想回家，这张床充满了周自珩的气味，让他晕眩不已。费力地忍痛坐起来，夏习清的两条腿都打战。

不敢相信，他夏习清竟然真的让一个男人上了，而且是求着被上。自尊心磨成了粉碎，他不敢去回想那天晚上的细节，简直就是一个予取予求的废物。

坐了好一会儿，等到缓过劲来，夏习清才扶着墙壁下了楼，每一步都走得艰难，两条腿抖得厉害，心里忍不住骂他。

妈的周自珩也太猛了，20岁的小年轻做起来真是不要命。

他已经完全忘记，那天晚上不要命的实际上是他自己，缠着做个不停的也是他。

说是不期待，可夏习清下楼的时候还是想着，万一周自珩就在楼下怎么办，万一他就坐在沙发上呢，他得打起精神别跟个被强奸的小雏儿似的，硬气点，就当是换换口味。

可周自珩并不在楼下，夏习清只看到沙发上叠好的他穿过来的衣服，还有凉掉的牛奶。

人家可是大明星，这种程度已经是仁至义尽了。也只有周自珩那种老好人才会做到这种地步，知足吧。

简单洗漱过后他把洗漱用品扔进了垃圾桶里，扶着墙走出浴室坐到了沙发上，这次连个字条都没有了。夏习清也能理解，毕竟周自珩以前也不喜欢男人，没准试过一次觉得还是接受不了呢。

他动作迟缓地换上自己的衣服，那些衣服似乎都被洗过，只剩下一股西柚味洗衣液的香气。

嗓子干哑得厉害，夏习清把睡衣挂在沙发扶手，拿起牛奶喝了一口，然后起身准备回家。

怎么心里就这么委屈呢？

夏习清自己都没发现，如果是以往，他醒过来的第一件事一定是弄死那个不要命的狗东西，可他现在满脑子只有周自珩，一面想知道他究竟去哪儿了，一面又不愿意去想他。

腰疼得根本弯不下来，他也只能坐在玄关的台阶上换鞋。看着那双合脚的棉拖，夏习清心里就更不舒服，只想快点离开这个满是周自珩生活痕迹的地方，他要去喝酒喝个痛快，再去找、去找别人……

脑子里忽然又冒出周自珩发怒的面孔。

夏习清心有余悸地把手放在门把手上，还没转，门就从外面开了。他惊住了，门口站着的人不就是周自珩吗。

他穿了一身黑，黑色T恤黑牛仔裤，黑色棒球帽黑色口罩，右手手臂上还套着一个黑色的长护袖，像是打篮球的时候戴的。或许是色调的原因，他今天的气质冷冷的，带着一股子很重的戾气。

周自珩拎着两个满满的购物袋，明显是没有料到正好能跟他碰上，看见穿戴整齐的夏习清眼神亮了一秒，又瞬间暗下去。

没有取口罩，周自珩闷着声音低头道："吃个饭再走吧，很快就做好。"

虽然这么说了，可周自珩也没有顺手带上门，就让门这么敞着，如果夏习清要走，他也不会拦。

见他就这么自顾自地拎着东西进去了，夏习清在原地愣了一会儿。

原来是去超市了？

站在这儿也不是，进去也不是，直接回家似乎更过不去。夏习清站在门口，听见周自珩整理东西的声音，不知道怎么的走了神，一下子就把门关上了。

"砰"的一声，夏习清自己都吓了一跳，后悔也来不及了。他强装出一副完全没有受到影响的样子，步伐缓慢地走回客厅，正要坐下，周自珩忽然走过来，手里拿着一个什么东西。

"干吗？"不开口还好，猛地一开口夏习清才发现自己嗓子全他妈废了。

周自珩绕到他背后，自顾自地把夏习清扎进西服裤子里的白衬衣拽出来。

"喂！你干什么……"

腰上被贴上了两块膏药，夏习清扭过头去看，周自珩放下他的衣服。

"你喝牛奶了。"周自珩的眉头皱了一下，他出去这么久，牛奶都冷了吧，照夏习清那么懒散的个性，一定就这么冷着喝了。

夏习清却会错了意，后悔不该喝他留下来的牛奶，于是嘴硬道："没有。"

"是吗。"周自珩伸出手指擦了一下夏习清嘴唇上边一圈牛奶印，也没有多说话就走到厨房。谎言一下子被拆穿，夏习清伸出手背反复擦了擦嘴唇，心跳也快了起来。

不知道为什么，总感觉周自珩哪里不对劲。

贴片起了作用，腰间热热的，夏习清正要去厨房，手机忽然振了一下，打开微信一看，是一个人发过来的好友请求，头像是用火柴棍子拼出来的一个"柯"字。夏习清印象中并不认识什么名字里有"柯"字的人。

在他不在的时候，手机有好几个未接来电，其中有夏修泽的，还有许其琛的，不过都只有一两通而已，还有一个未知号码，打了四五通。

他查看了一下号码，又转到微信去查看那个好友请求。

果然是同一个号码。这个人是谁啊？为什么一直找他？

夏习清懒得多想，将手机放回口袋里，走进餐厅，坐在那个小小的餐桌前，他的视线又一次落到了那束纸玫瑰上。

它们不是真正的玫瑰，没有生命，也就永远不会消失或枯萎。

永远在他的心里，开得很漂亮。

他忽然站了起来，冲着厨房里的周自珩说了句："我现在没胃口，走了。"

周自珩走了出来，站在门口，奇怪的是他还一直戴着口罩，声音比刚才还冷了几分。

"你昏迷了两天，必须得吃点东西。"

关你什么事呢？夏习清眉头拧起来，张了张嘴却没说出口。这些话太难听，清醒的时候再说这样的话就太傻了。周自珩一副不会让他走的样子，搞得夏习清也没办法。

他坐回餐桌上，拿出手机，却发现收到了阮晓的消息。

阮晓：习清你醒了吗？有没有事？

阮晓：你身体没有大问题吧？我们都很担心你。

阮晓：那个，那天晚上和我一起救你的那个男生，他是周自珩的发小，他找你有点事，你加一下他微信吧。

原来就是那天那个一直偷偷盯着他的人。夏习清添加了好友，对方很快就发来一条消息。

赵柯：夏习清你醒了？你没事吧？

夏习清：算没事吧，谢谢你那天帮忙。

赵柯：没事，珩珩呢？你看到他了吗？他有没有联系你？

珩珩？叫得还真是亲呢。前有初恋小姐姐，后有竹马小基友，周自珩的童年还真是充实得很。

夏习清拿着手机悠哉地走到厨房，靠在门框上拍了一张周自珩的背影发给他。

过了没多久，在家里焦急等消息的赵柯收到了夏习清发来的照片。

夏习清：你们家珩珩正在给我做晚饭。

这是什么狗粮攻击。赵柯皱着一张脸，我是友军啊！尽管如此，他还是把和夏习清的聊天记录截图发给了阮晓，CP 狗有糖必须一起嗑。

夏习清觉得无语，既然要找周自珩干吗不自己找他，非得通过他才行，明明都是叫珩珩的关系了。这样一想，他忽然有些不高兴，从聊天界面退出来，正好看见下面周自珩的聊天框。

忍不住点开他的头像，就是那朵纸巾叠成的小玫瑰。

不悦的情绪简直就是一个恶性循环，夏习清索性关了微信，眼不见心不烦。他坐回到餐桌上，从一套餐具底下抽出垫着的深蓝色餐布，将它盖在那束纸玫瑰上。

周自珩端着青酱意面出来，一眼就看见被蒙起来的花。他将夏习清的那份搁在他面前，自己坐到他的对面，将花上的餐布揭开。

夏习清正要发作，就看见周自珩将那束花取出来，一言不发地扔进了餐桌旁的垃圾桶里。他愣愣地看着周自珩，完全没想到他居然会这么做。

"喂……你在干什么啊……"

周自珩回到厨房，把剩下的沙拉和果汁都端出来，然后才坐下。

"你不喜欢就丢掉。"

可是你不是特别喜欢吗？夏习清彻底猜不透周自珩的心思了，这些花难道不是有特殊含义的吗？

"这些玫瑰是你找人叠的吧，还有你的头像，这么上心，你干吗扔了啊？"夏习清准备起来把那束花拿出来，被周自珩制止了。

"那是我自己一朵一朵叠的。但是现在我觉得没什么意义了。"

为什么啊？夏习清不明所以，尴尬地坐回去。他所不知道的是，周自珩记得他那天晚上说过的所有话，包括那一句"你要记得我是谁"。

他一瞬间就明白，夏习清误以为自己把他当作那个女孩子的替身。说起来令他不齿，但他的的确确已经变心了，现在他的心里只有夏习清一个，尽管他现在没有勇气将这句话说出来，但也不能让夏习清这么误会下去。

"吃饭吧，你肯定很饿了。"

夏习清看着他一直低着头："你怎么还戴着口罩和帽子，你不捂得慌吗？"为了缓解这种尴尬的氛围，夏习清甚至自己先开起玩笑来，"你该不会是觉得不好意思吧，哎，到底是你上我还是我上你啊，我都没有不好意思你在这儿尴尬个什么劲。"

周自珩摘下口罩，还是低着头。

"还是你觉得对不起我？"夏习清的语气有些犹疑，没什么好对不起的，虽然和他一直以来的预期背道而驰，但无论怎么说都是他亲口同意了周自珩才做的。

他干笑了几声，做出一副豁达的样子："别搞得我跟个被你那什么了的小姑娘似的，虽然是被人下了药，但也是你情我愿的事，而且你也是想帮我，我再怎么渣也是讲道理的。"

"再说了都是男的，我也不会拿枪指着你让你对我负责。"

他用叉子卷起一团意面："要是真觉着对不住我，以后让我上回来就行，反正咱们不就是这种关系吗。"

对啊。本来就是这种关系。说出来好像轻松多了。

被人上一次就变得这么扭扭捏捏的，真的不是他夏习清的作风。

周自珩终于抬起头，帽檐下的眼神复杂极了。他似乎想说点什么，最终还是没说。

夏习清这才发现他的嘴角破了，明显是跟人斗狠打架留下来的伤。

"喂，你脸上这是怎么回事？"

周自珩没有回答，他看了一眼手表，低下头自顾自地开口："你先吃饭，多吃一点。"

说着，他站起来，将那个装得满满的购物袋拿到旁边的椅子上放好，从里面拿出一个又一个东西："这个是消瘀青的药，一天涂两次。这一个药膏是消炎去肿的，涂下面，我已经给你用过了，这两天你自己用一下。

"那个王八蛋给你下的药有副作用，你整整睡了两天，这两天什么都没吃，底子肯定很虚，这里是维生素和营养剂，你拿回去吃。我知道我说了你可能不会听，但是我还是得说，这两天你不要吃辛辣，更不要喝酒抽烟，我不确定药性有没有完全消退，可能还有潜在的副作用，你别把自己的身体不当回事。"

他噼里啪啦说了一大堆，桩桩件件嘱咐到位，像是要出远门一样。夏习清有些搞不明白状况："我睡了两天……我记得离真正进组开机还有几天啊，你现在是要去什么地方吗？"他的视线扫过周自珩的手，发现他指节上也是伤，"还有你到底去做什么了？"

"没什么要紧事。"周自珩把南瓜浓汤推到夏习清的面前，生硬地转换了话题，"对了，我听昆导说你决定进组了，如果你现在的想法还没有变的话，我们就剧组见了。"

"剧组见？"夏习清皱起眉，"你这两天去哪儿？"

"我这两天工作会很忙，飞来飞去的，估计不着家了。"周自珩胡乱吃了几口面，夏习清发现他右手握着叉子的姿势明显不对劲。

"是吗？那你这几天都不会回来了？"

周自珩抬眼看他，以为他不相信自己说的话，他从身上拿出钥匙卡推过去："你如果有什么需要就拿去。"

"我能有什么需要啊，说得跟我没有自己的家似的。"夏习清笑着低下头去吃面。周自珩"嗯"了一声，自己那份也没吃几口就端去厨房。

夏习清的手机响起来，又是那个陌生号码，他接通后问了一声："赵柯？"

"对，我是赵柯，你为什么不回我消息啊，自珩现在还在你那儿？"

夏习清吃完最后一口面："准确地说，是我在他这儿。"

"行行行，他现在没事吧？有没有受伤？"

"你这么关心他，干吗不自己打给他呢？"夏习清不耐烦地靠在椅子上，声音沙哑。

赵柯那边倒是先急了眼："我要是联系得上他我至于找你吗？妈的吓我一跳我上着课呢群里都炸了，说他自己一个人跑到魏旻那儿把他狠狠揍了一顿，直接打进了医院，卧槽要不是周自珩他哥扛下了这件事，帮他摆平了那些说闲话的，今天周自珩就他妈上微博热搜了！"

什么……

"只有他一个人吗？"夏习清迟钝地发问。

"对啊，他都没叫我，我居然是最后知道的。妈的气死我了。"赵柯骂了两句又替周自珩难受起来，"最近比较敏感，他肯定是怕连累我们家所以才没找我，一个人单枪匹马过去的，司机保安都被他撂倒了，就指着魏旻一个人往死里揍。我听跟魏旻住联排的哥们说，周自珩疯了似的，眼睛都红了，魏旻怎么求饶他都不收手。他怕出人命跑去拦住了。"

夏习清愣在餐桌前，一句话也说不出来。

"这些事他应该也跟你说了吧，我算是佩服这小子了，把人打进医院自己也受了伤，转头就回去给你做饭了。"赵柯叹了口气，"这件事圈里传疯了，他爸气得要命，周自珩从小到大从来没惹过一件事，别说打架斗殴了，都没骂过人，现在发这么大疯他爸真的，让他去给人道歉他也死都不去，死不认错……你不知道他家教多严……"

"所以他现在怎么应付……"

"我刚给他哥打电话，说他爸要把他关家里禁闭几天，手机都收了，一直到他进组都不许出门。不过他跟他哥说回去取一个很重要的东西，到时候会自己回家领罚。我这不趁他还没关禁闭想看他一眼，也不知道他身上有没有大伤……"

没听完赵柯最后的话，夏习清将电话挂掉，拨通了周自珩的手机，果然是关机。

他离开餐桌，沉着气走到了厨房，周自珩站在流理台边，正把蜂蜜倒进一个装满了柠檬片的玻璃罐子里，听见夏习清的脚步声，他将玻璃罐子合上，微侧过头向他说明："你嗓子太哑了，得好好养几天，这个喝了对嗓子好，要放进冰箱不然会坏。"他总归不放心，"要不然这样吧，我帮你把这些东西都拿到你家去，我怕我这边说了这么一大堆你最后……"

"周自珩，你犯得着吗？"夏习清声线沙哑，带着一丝不易察觉的颤抖。

"嗯？"周自珩没明白他意思，"哦，你是说这些吗？这些都是小事，不算什么。"他说完垂下头，深吸了一口气，像个做错事的孩子，"对不起。"

"你……"

"我挺后悔的，那天我也收到了那个艺术沙龙的请柬，我应该去的，这样后面的事都不会发生。不过我真正要道歉的是我后来对你做的事，虽然你说不用负责，但我知道，你是个很要强的人，不管是谁对你做了这种事你一定都很难接受，我也不知道怎么弥补你，等到进组之后你可以——"

"周自珩。"夏习清走到他的面前，一把抓住他的右手，脱掉了那个黑色护袖，上面缠着纱布，血都浸透了，"你道歉之前，能跟我解释解释这些伤吗？"

这些伤实际上是他用棒球棍砸碎挡风玻璃时被溅起的碎片刺伤的，没来得及好好处理，打架的时候又撕裂了。

他闷着声音："其实不是很严重，看着吓人，两天就好了。"他任由夏习清抓着自己的手，心里还是有那么一点点开心的，至少夏习清在意他。

"对不起，"他的语气诚恳得要命，"我当时在气头上，冲你发了火，还说了很过分的话，我其实不是那样想的……也不是……反正我现在想起来觉得自己特别不是个东西。"

夏习清回想起他当时气急败坏对他说的那些话，下意识皱起眉。

你只有我一个人，你只有我。

"所以你的意思是你那时候说出的话，其实都不是你真正的想法？"

周自珩眼睛微微睁大，他张了张嘴："我……"他怎么能说自己当时真的就是那样想的，真的想要杀了所有对他有非分之想的人，甚至想杀了要去找其他人的夏习清。

"我……"

一个陌生的手机铃声忽然响起，打断了周自珩差一点说出口的话，夏习清深吸一口气："接吧。"

周自珩从裤子口袋里拿出一个手机，夏习清一眼就认出那不是他常用的那个，上面的来电人写着"周自璟"三个字。

对方的声音冷硬低沉："地下车库，两分钟，下楼。"

周自珩"嗯"了一声，挂断了电话。他脸上的神情难过极了，想跟夏习清解释这几天的事，可又没办法解释，他想说他疯了一样跑回来，就是怕夏习清已经走了，即便这样他也惦记着给他买药做饭，就算他知道很大概率夏习清已经逃了。

可他到底还是赶上了，趁夏习清离开之前赶回来。太多话哽在喉咙里，都不知道从何说起，比起提他跟魏旻的事，夏习清的身体重要得多。

"我要去工作了。"周自珩垂着的手握着拳，语气低落，"你要照顾好自己。还有……"他迟疑了一下，"我可以抱一下——"

剩下的请求被夏习清封存在亲密无间的吻中，甜蜜中掺杂着一丝血腥味，他的手臂紧紧地抱住周自珩的后背，结束这浅尝辄止的一个吻。夏习清手插进西装裤口袋里，额头抵上他的，鼻尖轻轻蹭了一下周自珩的鼻尖："时间不多的时候……"

从那双漂亮的瞳孔里，周自珩看到的只有自己。

"废话少说，吻我。"

周自珩走之前还是把自己房子的钥匙卡给了夏习清。

一个人嘴上说不出任何合适的给钥匙的理由，另一个也说不出任何合适的收钥匙的理由，但夏习清还是莫名其妙地拿了。

夏习清是第一次觉得这个房子这么大，大得空荡荡的，明明自己家也这么大。他坐在周自珩家的黑色沙发上，老老实实把周自珩分出来的药都一一吃了，不知道是不是药效的原因，他竟然又困了，浑身犯懒，懒得跑回去，又在周自珩的卧室里凑合了一晚上。

第二天难得地起了个大早，夏习清原本准备直接回去，想到周自珩的嘱咐，还是认真吃了早饭和水果，洗澡的时候发现身体恢复不少，看来周自珩的药还是管用的。

只不过……夏习清别着身子看镜子里的自己，后背上的一连串吻痕他根本够不着啊，怎么上药？

正想给周自珩发微信吐槽这件事，才想起来这家伙现在被关了禁闭。

没劲。

周自珩一走，就跟抽了他的筋似的，干什么都没劲。

现在只有打击报复才能勾起他的兴趣。

阮晓打电话过来，夏习清虽然有点奇怪，但也能猜到阮晓找他的意图，那天阮晓一出现在晚宴上他就猜到了她的身份，毕竟这个圈子里姓阮的大佬也只有一个。

"习清，听说魏旻被自珩打进医院了？"

夏习清"嗯"了一声，慢条斯理地扣着衬衣的扣子。

"魏家人现在想闹事，毕竟周自珩是公众人物，他们可以抓住这个把柄，虽然周家势力大，但是他们想翻点浪也不是没可能。毕竟现在的网友听着点风吹草动就想吃瓜。"阮晓那边似乎也在走路，一边还有人跟她打招呼，她客气地应了一声，"而且现在钟家和魏家有一个项目要共同开发，他们现在等于是同一条绳子上的蚂蚱。"

"什么项目？"夏习清一直把扣子扣到最顶，即便这样也遮不住侧颈上的吻痕。

"一个商业城的开发，具体的我也不清楚，不是我家的业务范围。"阮晓叹了口气，"要是这会儿有一个可以顶掉魏家的房地产公司就好了，最好是财大气粗的那种，砸钱把他弄下来，钟家老大不会跟钱过不去。"

这话刚说完，夏习清就轻笑一声。阮晓还有些莫名，正要问他笑什么，就听见夏习清淡淡开口："有啊，正好有一个房地产开发的企业。"

"什么？"阮晓不明所以，难不成夏习清想找周自珩的哥哥？可周自璟不是搞金融的吗？

"寰亚。"

阮晓一惊：寰亚？

"寰亚的老板不是夏昀凯……夏？你是夏昀凯的……"

"对。虽然我不是很想承认，但我的确是他的儿子，也是目前为止除他以外，寰亚最大的股东。"

阮晓半天说不出话，虽然她平时也觉得夏习清看起来就是一副不太缺钱的样子，可他太低调，从来不会谈及自己的家庭，加上身上这股艺术家的气质，根本不会让人产生他居然是富二代的想法。

"我以为你就是中产家庭出身的……这么一想你和夏叔叔还挺像……"

夏习清皱了皱眉："别，我和他一点也不像。我学艺术让他觉得不争气，所以对外他也从来不说我是他儿子，圈子里的人见过的也只有他的小儿子而已。"

阮晓叹了口气，这种家庭里乱七八糟的事她见得不比夏习清少，不管怎么说，现在夏习清摊了底牌，那这魏旻基本死得透透的了。

"天，魏旻要是知道他给夏昀凯的儿子下了药，估计能吓哭。这个项目虽然明面上都认定是钟、魏两家合作，但我这边听说还是要招标的，你们到时候插一脚，我这边再敲敲边鼓，钟家肯定第一个丢掉魏旻这枚弃子。"

阮晓分析得很到位，句句都说到了他心里。夏习清改了主意，准备先去一趟从没去过的公司，把这件事交代好。

这还是他回国后头一次去公司，尽管他一向不屑于被人冠以"夏昀凯的儿子"这样的称呼，但这种从小到大没有尽到任何一点父亲责任的人，不拿来利用一下，简直说不过去。

夏习清原本想开车库里最骚的一辆黄色超跑，可后来想了想，毕竟现在也算是小半个公众人物，后续还得跟周自珩一块拍戏，这种不必要的麻烦还是能省则省。

寰亚的大楼离他家也没有多远，从夏习清家的落地窗望过去，最高的那一栋就是。他难得地戴了副黑色墨镜，穿得要多二代就有多二代，车钥匙往门口接待怀里一扔，手插口袋进了公司大门，直奔前台最漂亮的那一位。

"您好，请问先生您有什么需要吗？"前台小姐笑得一脸亲切，可看他的眼神有种分辨的意思，八成隐隐约约认出来了。

"我找夏昀凯。"

"夏……"前台小姐听见公司老板的名字吓得噤声，"那个……请问您有预约吗？"

"没有。"夏习清的手指轻轻弹着大理石台面，一副无所谓的表情。

前台小姐脸上露出抱歉的笑："那先生，不好意思，我们董事长非常忙，需要预约才能安排会面。"她拿出一个备忘录，还有一支钢笔，双手递给夏习清，"不然这样，您留下您的联系方式和相关事宜，我们会替您传达，或者在董事长新的行程安排出来的时候通知您。"

"是吗？"夏习清轻笑一声，转了转手里的笔，"他当初生我的时候，也没跟我预约啊。"

说完，夏习清把墨镜往额头上一推，露出一双漂亮的桃花眼，拿着笔在备忘录上点了点，像是在试墨，见前台愣在那儿不知所措，他用下巴点了点她手边的内线电话："你现在告他一声吧，说他儿子来给他找麻烦了。"

前台小姐吓得连连点头，拨了个电话，一面应声一面用眼睛瞄着低着头握笔的夏习清。电话里那头的董事长助理一开始也以为是胡闹，还呵斥了她一顿，可前台小姐还是描述了一下夏习清的样子，那头才沉默了几秒。

"你请他上来。"

挂掉电话，前台小姐舒了口气。

"那个……夏、夏先生，董事长请您直接去28层，电梯门口有人接待您。"

夏习清朝她露出一个温柔无比的笑，轻声说了句谢谢。抬了脚正要走，又折返回来，一副想起了什么的表情："对了，你工作挺尽职，值得表扬。不过……"他把墨镜重新戴好，压低声音，"千万别在微博上说你看到了夏习清，这是贿赂。"他笑着撕下备忘录的那一页，食指压着推到了前台小姐的面前。

"说好咯。"

说完，夏习清离开前台，径直走到拐角电梯。

前台小姐翻过那页备忘录，上面竟然画着一个装束和她一样的女孩子，很可爱的漫画速写。

原来真的是网上的那个画家小哥哥！他居然是董事长的儿子！

前台小姐姐激动地捏着小纸片，发了一上午的呆，无心工作。

夏习清一路坐上了顶层，刚出电梯门就看见一个恭恭敬敬冷着脸的高个女人："夏少，我是董事长助理 Angelica，这边请。"

懒得多说话，夏习清跟着走到了夏昀凯办公室，Angelica 推开门，报告了一声，夏习清就走进去了。夏昀凯正面对着办公室的落地窗站着，听见动静转过身，对夏习清热切地笑了一下，笑得他难受。

"废话我就不说了，我跟你之间也没必要演什么父子情深的戏码。"夏习清一身痞气，直截了当坐上夏昀凯办公桌对面的转椅，两只脚叠着搭在他的桌上，"我要寰亚参与钟、魏两家合作的项目。"

夏昀凯眉头皱起："钟池的项目？"

"没错。"夏习清摘下眼镜在手指上转了转，仰着脸冲站在左侧的夏昀凯笑了笑，"也不对，我不是要寰亚参与，我是要寰亚直接踢掉魏旻的团队，取而代之。"

听到夏习清说出魏旻的名字，夏昀凯走到了他对面坐下："前两天周家老二打人的事，跟你有关系？你要帮他出头？"

夏习清转墨镜的手指停了一下，冷笑出声："事实上，是他为了帮我出头，才把魏旻那个狗东西打进了医院。"他环视了一下这个偌大无比的办公室，"你每天坐在这么漂亮的办公室里，大概都不知道自己的儿子差点被人下药强奸吧。"

看到夏昀凯脸色一变，夏习清又笑了笑："别紧张，是强奸未遂，我还不至于给你丢这么大人。周家小少爷给我出了头，我心里挺感激的。不过呢……"他的手指摆弄着墨镜上镶钻的镜腿，"对付这种贱骨头，光是打一顿怎么够？"

夏昀凯沉默了一会儿："关于这个项目，我会找人了解……"

"你以为我来这儿是跟你商量的？"夏习清的语气一瞬间变冷，起身，手按在桌面上，"你欠我这么多，现在给你机会补偿我……"他勾起嘴角，那双和他母亲一模一样的漂亮眼睛又冷又迷人，"爸，你是不是应该好好珍惜？"

见到夏昀凯脸上的神情从惊讶转变成妥协，夏习清这才笑出来，他的眼睛瞟到夏昀凯办公桌后头成打的高尔夫球杆，"啧"了一声。

"要我说，周自珩真是太没有经验，拳头揍人怎么行，把自己也搞得一身伤，换作是我——"夏习清的眼神落回到夏昀凯身上，"当然是用高尔夫球杆了，照着脑袋一杆子敲下去，半条命就没了。"

夏昀凯的眼神闪烁得太明显，夏习清只觉得一石二鸟，心里痛快，临走前夏昀凯把项目组经理的联系方式留给了他。

魏旻的公司是他爸魏成的子公司，对外借的都是他爸的东风。可就是拿这个总公司跟寰亚比都不是一个等级，更不用说魏旻的草台班子了，钟池最是精明，这会儿寰亚抛出橄榄枝，他还不乐呵呵地抛了魏旻这步烂棋。

第三天的时候，夏习清盯着钟家代表和寰亚签完约，直接坐着夏昀凯助理的车去了魏旻养伤的私人医院，这间医院只接待高规格的客户，说白了也就是各种关系户、背景户。

说来也是巧，这家医院还有寰亚的投资，大堂负责人虽然不知道夏习清的身份，可一见到 Angelica 就恭恭敬敬。

"我们想见一下魏少，请问他现在在哪个病房？"

经理连连点头，笑脸盈盈："我这就带二位去。"他的余光扫了几眼 Angelica 身后穿着一身黑西装，戴着黑墨镜手里还捧着一束白菊花的年轻男人，总觉得有点眼熟，可一时间又想不起来。

"就是这儿了。"他将两人领到了豪华病房套间的门口，"我给您二位传个信？"

"不用了。"Angelica 露出一个职业化的笑容，"吴经理，我正好来这边跟您谈一下后续投资的事，我们借一步说话。"

董事长助理都这么说了，经理怎么敢推托，他应着声，眼看着那个捧花的小公子推开病房门走进去，一转眼又合上门。

跟着 Angelica 走出 VIP 区，他才忽然发现不对劲。这个小公子手里捧着的花哪里像是探望病人的啊，一水开得贼好的白菊花，说是参加葬礼还差不多。

惹不起夏家的金主爸爸，经理后背出了一身冷汗，只能让魏家小少爷自求多福了，反正也不是什么好东西。

进去病房的时候，魏旻正躺床上看着电影，优哉游哉，听见声响还吆五喝六的："哎，你个护工怎么出去这么久，滚过来给我把床调高点，没看见少爷我看电影呢吗，傻逼一个，不会干活就给我滚。"

夏习清一句话也没说，步伐沉稳地走过套间的外室，来到了魏旻的床边，这个眼高于顶的狗东西压根连看都没看来者。夏习清轻手轻脚摘下墨镜挂在胸前，伸手调整了一下他的病床床榻。

"这样可以了吗？"

"高了点……"魏旻忽然发觉声音不对，可受了伤脑袋被固定着，他也只能撇着一双眼极力去看，夏习清将手里的白菊花搁在桌上，很是体贴地凑到了他的跟前，掐住了他的下巴："看清了吗？好看吗？"

"夏、夏夏夏习清？！"魏旻吓得跟见了鬼似的，说话都打哆嗦，"你、你怎么可能来这儿！"

"欸？不好看吗？"夏习清眼角微挑，笑得柔软，"魏少不是看上我这张脸了吗？"

他的手松开，眼睛瞟到床头柜上的一把水果刀："我这来一趟，也没给魏少带个果篮，这样吧，我亲手给您削个苹果。"

说着，他便挑了个最红的苹果坐在床边，仔仔细细地削着，长长的果皮堆积起来，落到白色的被子上。一面削，那双漂亮眼睛一面从头到脚扫视躺在床上不能动弹的魏旻，只见他胳膊也断了，腿也吊着，一张脸鼻青脸肿看得人反胃。

"啧，周自珩下手也太狠了吧，真没想到他是这种人，明明在我面前又乖又奶，听话得很。"

"你……你们俩果然有一腿！"魏旻又气又怕，"是不是他放你进来的！我告诉你，要是你敢对我做出什么事，我一定会搞周自珩，我去找记者，我要让他身败名裂！"

一直连着的果皮忽然断了，夏习清的眉头皱起来，露出相当不满的表情："你试试？"

他的气场一下子就镇住了魏旻。虽然怕，但魏旻心想自己在北京怎么着也是个有头有脸的人物，就算周家势力大，那还能弄死他不成？这个夏习清又是个什么东西，一个破画画的居然敢这么嚣张。

"我不光试，我说要他身败名裂就是身败名裂！什么狗屁完美人设，我非他妈撕了——啊！"

惨叫声代替魏旻的狠话。他吓得瞳孔都扩散开，浑身发抖看着夏习清握住水果刀的手。

"你、你……"

被子上开始浸出血，夏习清利落地拔起刀，用那张纯真无比的脸看着吓到说不出话的魏旻，慢条斯理地笑着开口。

"你说你怎么这么有眼光，晚宴上百来号人，偏偏想操夏昀凯的儿子？"

"夏……夏昀凯？"魏旻惊得都忘了疼，"怎么可能……你是……"

夏习清隔着被子用力按了一下那团血痕，疼得魏旻叫个不停。

"我是学画画的，还算了解人体，下一次我就不会这么温柔，只捅你的大腿根了。"夏习清将带血的水果刀扔到桌面上，"当"的一声脆响。他站起来，抽出胸口的手帕仔细擦了擦手上的血迹。

"你要是还妄想对付周自珩，"夏习清弯下腰，拍了拍魏旻那张令人恶心的脸，笑得狠毒又漂亮，"不管是你的项目，你的钱，还是你下边那玩意……"

"我都会让它彻底消失。"

　　夏天快来了。这是一年中夏习清最不喜欢的一个季节，黏腻的汗水，没完没了的蝉鸣，还有快要将人烤化的太阳，连找一处可以躲避热度的荫凉都成了奢侈。

　　他一心惦记着周自珩家的泳池，终于在某一天的晚上脱了衣服跳进去游了个痛快。这种未经允许登堂入室的罪恶感让他开心不已，头发往后一撸，裸着上半身在泳池里拍了张自拍，微信直接分享给了周自珩。

　　啊，他现在没手机啊，又看不到。

　　太可惜了。

　　收到许其琛发给他的最终版剧本，夏习清花了一整个晚上读完，心里挺复杂，但他觉得，如果这部戏真的能好好拍出剧本的内核，一定会非常精彩。

　　"我觉得你私心不小，这个剧本光是读起来就够 gay 的。"夏习清开了一罐啤酒喝下一大口，"我都能脑补出那些 CP 粉讨论起来的架势。"

　　许其琛的声音在电话里听起来很是开心："还好啊，我觉得我只是把他们写成了一个相互依靠的关系，至于他们对彼此究竟是什么样的感情，其实我是没有做决定的，我觉得这个还是得看你们俩在演绎的时候注入自己的感情，然后就是观众怎么去理解。”

“理解？”夏习清无奈地笑道，“自习女孩脑补能力一流，一个对视在她们眼里都等同于上床。”

听到夏知许在对面催促的声音，夏习清瞟了一眼时钟，已经是晚上快十一点，的确是不应该再继续打扰他们了，他便找了个借口挂掉了电话，睡不着觉，打开微博逛了一下，发现了一个很奇怪的热搜——东明集团漏税。

东明不就是魏旻的那个草台班子？

这可太有意思了，夏习清点进热搜，头几条都是人民日报、财经报之类的官博，发布的也都是同一条新闻，标题就是“东明集团逃税高达1.2亿人民币，公司法定代表人魏某等待法院传唤”。

“公司法定代表人魏某的律师称，魏某如今……因病住院，痊愈后将全力配合检察院的调查……”夏习清念着新闻内容，不禁笑出了声。不过照他律师的口吻来看，这个魏旻八成是真的做了假账，不然一定咬死不会承认，现在说得这么模棱两可，肯定也是害怕到时候摆平不了。

不过魏旻怎么说都是一个地头蛇，势力不小加上背后有他爹护着，谁能把这件事给揪出来？

夏习清想到了阮晓，尽管他不觉得是阮晓一手促成的，但他总觉得她应该知道些什么。翻到阮晓的微信约她出来喝咖啡，谁知第二天见面的时候，阮晓竟然是跟一个男的一起出现的。

“你不打算跟我解释一下？”夏习清笑着抿了一口咖啡，视线落在坐在对面的两人身上，“你们怎么一起来了。”

阮晓面不改色：“我知道你找我是为了什么，我这不是把始作俑者给你带来了吗？”那个年轻男孩听完阮晓的话瞥了她一眼，夏习清打量了一下坐在对面穿着连帽卫衣戴着黑框眼镜的男生，怎么看怎么面熟。

这穿衣风格，跟周自珩有的一拼。

他一下子反应过来，这就是上次晚宴上那个盯着他的男生啊。

"你是赵柯？"

赵柯点了点头，推了一下鼻梁上的眼镜，一开口就是一股地道北京腔，夏习清不禁想着：都是北京人，怎么周自珩没什么口音呢。难道是从小演戏的缘故？

"你身体……没事吧？"赵柯笑得有点尴尬，夏习清正喝着咖啡，听见他这话差点没给呛着："哎，咱们能不提这事了吗？"

好不容易过去了，现在又车轱辘。

"你约我是不是想知道魏旻逃税的事？"阮晓拨了一下头发，露出一个狡黠的笑，说完用肩膀碰了一下赵柯的胳膊，"他弄的。"

"他？"夏习清忽然想起来赵柯是周自珩的发小，虽然他到现在也不知道周自珩家官有多大，但这么一想赵柯家势力应该也不小。

阮晓朝着夏习清招了招手，隔着桌子凑到他的跟前，压低了声音道："他是赵局的儿子。"

夏习清刚听见这话，阮晓就被赵柯给拽了回去，还扯了扯她的斜露肩T恤："你背都露出来了！"

"哪有那么夸张，这就是这种设计。"阮晓又朝着夏习清比了个嘴型，说的就是赵柯他爸的部门名，夏习清立刻明白过来，他说怎么魏旻这事不早不晚地就给抖搂出来了，原来是因为赵柯。

"你怎么说服你爸去查他的啊？"夏习清问道。

赵柯抓了抓头发茬："也不是，我吃饭的时候跟我爸提了这么一嘴，我爸根本不知道他私底下跟局里的人有勾结，也挺气。正巧最近我爸跟二把手过节越来越大，他又快升迁了，临走前就想趁着这件事灭一灭那个人的威风，也找个机会处分处分他。"他搅了搅杯子里的冰美式，"实际上他就是借刀杀人了，魏旻充其量也就是那把小刀片。"

这个魏旻，自己给自己那么大脸，事实上每个人都把他当棋子。夏习清觉得讽刺，又觉得他们这几个人也挺逗的。

"没想到这个世界这么小，我们这一桌都是背景户。"

阮晓手指轻轻弹着杯壁："大家藏得都不错啊，我一开始还真的没想到你家底那么厚。"说着，她侧脸过去问道，"那周自珩家里和你一样？"

"不不不，差多了。"赵柯压低嗓子打了个比方，"我家是文官，他家是武将。人可是根正苗红的红三代。哥哥又是金融界大佬，电视剧都不敢这么写。"

阮晓有些不明白："他这种家底，干吗去娱乐圈啊？"

"他嫂子是娱乐圈挺厉害的经纪人，茵姐，不知道你们认不认识。"

"蒋茵？"夏习清这可就没想到了，"蒋茵是他嫂子？"

"你认识啊？"赵柯又续道，"反正自珩等于是他嫂子带出来的，不然你想他出道这么多年，资源那么好，还一点绯闻都没有。唯一一次炒作就是跟你了。"

被赵柯这么 cue 到，夏习清还有点蒙。

"不过那小子铁了心想演戏有两个原因，一个是他觉着明星的力量其实很大，可以影响特别多人，他希望可以凭借偶像效应让更多的人去了解和关注一些被人忽视的社会现象，说俗点就是传播正能量。另一方面嘛……"

阮晓催着他继续，赵柯这才开口："他以前小时候喜欢一个小姐姐来着，他说那个小姐姐在他最害怕的时候鼓励了他，所以他才会有勇气站在镜头面前，他不想辜负那个小姐姐的期待，希望有一天她能在荧幕前把自己认出来。"赵柯叹了口气，"虽然我是觉得说不定人家早就忘了他结婚生子了。"

"这是什么一见钟情的神仙剧情啊，真看不出来周自珩是这么纯情的人。"

两个人聊得热火朝天，完全没发现坐在对面的夏习清一副不太愿意说话的样子。就连夏习清自己也不知道自己是怎么回事，一提到之前的那个初恋他就一肚子火。他低头玩着手机，刷两下微信又刷两下微博，试图缓解一下这种负面情绪。

"不过他现在好像变心了。"赵柯余光扫了一眼坐在对面一言不发的夏习清，"他最近好久不提那个小姐姐了，张口闭口就是另一个人。"

"谁啊？"阮晓这一句问得九曲十八弯的，尾音都要绕上天了。

"是谁谁心里清楚。"

夏习清只当听不见这两人一唱一和的，他忽然发现微博热搜榜变了，第一名是"三清 CP"，第二名才是"自习 CP"。

"这一期的《逃出生天》播了吗？"夏习清抬眼问道。

阮晓拿出手机看了一眼日期："真的欸，完了完了，这一期我肯定得挨骂。"

赵柯道："为什么啊？"

"我差点把习清给投出去，还是自珩保了一下他。我真是服了自珩了，明明自己好不容易当一次 killer，居然处处护着习清，最后果然护脱了吧，本来稳赢的。"

这话说得夏习清耳根子发软，他假装听不懂一样点进了他和商思睿的 CP 热搜，头一条就是一个 CP 大粉发的商思睿微博截图，就是上次夏习清为了气周自珩特意靠在商思睿肩上的那张自拍。

三三和清清立刻结婚："妈呀这是一个陈年糖！！原来三三说的'自爆玩家'就是习清啊！这一期节目看完才明白过来，原来这么早就剧透了。三三这个语气也太宠了吧。"

三三是美少年攻："三清一直很甜有什么疑问吗？某家 CP 有事没事就自我高潮，正主在节目里怕是连手都没牵过一次吧。"

夏习清看到这条评论，心情有点复杂。节目里好像是没牵过手……不过私下就……

自习女孩冲鸭："圈地自萌好吗，酸个什么劲啊。两个受在一起能翻出什么花？"

夏习清：小妹妹，虽然你是自习女孩，但是这话说得我可就不乐意了，谁是受啊？

三清赛高："某家 CP 狗除了'两个受在一起不会幸福'这句话还能有

什么别的新花样吗？天天车轱辘烦不烦！没事来别家广场逛什么逛！"

自习是我的小宝贝："贱者先撩，抱走我家自习。"

两边 CP 粉越吵越厉害，战况一下子升级，三家唯饭也跟着参与进来，场面一度失控，夏习清都没搞明白怎么到最后自己的唯粉和周自珩的唯粉掐得最猛，跟打群架似的。

他这回可算是明白饭圈吵架正主得有多尴尬了。

本来还想跟周自珩分享一下，想起来他还在关禁闭，手机也不能用，于是夏习清只能退而求其次，给商思睿发了条微信。

习清：追星女孩的战斗力真是太可怕了。

没想到商思睿这么一个忙翻了天的爱豆居然还能秒回。

思睿：我都习惯了哈哈哈。

习清：我都不知道怎么回事，骂着骂着变成我和周自珩的粉丝互掐了。

思睿：你骂我我骂你，我俩哥哥睡一起。

我去。

夏习清对商思睿是彻底服气了，他回到微博，检查了一下自己有没有在吃瓜的时候点赞什么微博，以免在不知情的情况下引发腥风血雨。没想到坐对面的阮晓忽然开口："妈呀，周自珩发微博了？"

"不能吧，他手机都没了拿什么发啊？难不成是小罗帮他发的？"赵柯登上微博看了一眼，"卧槽？还真发了？"

夏习清原本也想刷新一下微博，看看周自珩发了什么玩意，可对面两个人就这么直勾勾地看着自己，脸上还挂着不可言说的微笑。

完全就是 CP 粉的笑容啊……

"你们俩上次的合照！他居然发了！"阮晓把手机推到了夏习清的跟前，自己还乐呵呵地跟赵柯炫耀，"我跟你说这张照片是我亲眼见证他俩拍的，看见左下角那个红色的袖子了吗，那是我的袖子！"

顾不上听对面两个人的话，夏习清愣愣地看着周自珩的微博，什么都没有写，只是分享了那张合照，镜头里的自己还有些茫然无措，周自珩宽大的手掌把他的头强行地摁在了自己的肩膀上，自顾自笑得一脸阳光。

傻子。

夏习清一面在心里吐槽，一面又有些好奇，周自珩是怎么发的微博，明明都没有手机。

"破案了破案了，还真是小罗。"赵柯把自己的微信聊天界面摆出来给他们俩看，"小罗去给他送剧本，就在他家聊了一会儿天，跟他提了一嘴今天节目播出的事，没想到临走的时候周自珩非拽着小罗，让他登录自己的微博账号，把草稿箱里的微博发出去。"

草稿箱？夏习清眯着眼睛看了一眼小罗的聊天记录。

小罗：自珩也不知道抽什么风，非让我现在就发，我一看草稿箱就一条微博，还是半个月前的了。而且还是他和习清的合照，我就纳了闷了，不给他发他还跟我急眼。

赵柯和阮晓在旁边笑得见牙不见眼，只有夏习清一个人没反应过来，周自珩这家伙在搞什么鬼？还嫌现在粉丝混战不够乱？

笑够了，赵柯脸上的表情稍稍收敛一些："我刚还听小罗说自珩这两天瘦了好多呢，该不会在家闹绝食吧。"

"怎么可能……"夏习清"喊"了一声，低头喝了一口已经凉透的咖啡。

"怎么不可能。我跟你说，我从穿开裆裤的时候就跟周自珩是死党了，小二十年了我从来没见过周自珩发过这么大火。那天你在车里，没看见周自珩干了啥，我跟阮晓可都看得真真的，吓坏了。"赵柯撇撇嘴，撞了撞阮晓的肩膀，"是吧，周自珩一棒球棍就把魏旻那孙子的挡风玻璃砸碎了，牛批。"

阮晓点点头："我也是头一次见自珩那样，真的。"

夏习清手掌撑着下巴，盯着咖啡杯里浮起的泡沫："他那种老好人的性格，见义勇为不应该是常事吗？"

赵柯摇了摇头："得了吧，我初三那年跟隔壁高中的那帮混混打架，他都没上来给我搭把手，直接报了警，害得我差点被我爸弄死，完了那丫还语重心长地教育我，说我不应该跟那帮人动手，忒不够意思了。"

回想起那天晚上周自珩脸上的表情，夏习清大概能想象到周自珩是怎么从魏旻手里把自己给弄回来的。可赵柯旁敲侧击得太直白，夏习清都不知道怎么接话了。

见他仍旧沉默不语，赵柯也干脆扯开了话题，单刀直入："你要不要跟我们一起去探监啊？"

夏习清皱起眉，略嫌弃地看向对面两个满脸怂恿的家伙："探监？"

周自珩这几天在家，说是禁闭，倒不如说是身心双重煎熬，为了更贴合高坤的人物形象，嫂子还特地请了一个营养师，每天逼着他吃一些难吃到死的营养餐。

碰巧这两天老爸轮上公休，一天天地拿家训教育他，一会儿家风一会儿国风的，总结来归结去就是逼着周自珩去给受害人魏旻道歉。

"你说说，我平时让你跟着队上的人训练，练格斗练腿法，是让你去打人的吗，啊？我那是让你路遇不平可以出手相助的。"

周自珩蔫蔫地跪在地上："我只能路遇粉丝，遇不了不平……"

"嘿你还跟我犟嘴！你打人就是不对，我非得把你揪过去给人道歉。自璟，你开车押着他去。"

周自璟刚挂断电话会议，从楼上下来，听见老周这么一说，又转身假装什么都没看到直往楼上走。

"我不道歉，爸，他真的欠打，我不光想打他，我都恨不得——"

老周一脚踹上周自珩的腰："你恨不得怎么样？我看你是恨不得气死我。"

"他真不是个好人！"

第三天，禁闭在家跳绳的周自珩听着电视新闻，突然听见了一个熟悉的名字，他二话没说扔了绳子直奔老周的房间，把正在午休的老周活活摇醒了。

"爸！你看！我就说那个魏旻不是好人，逃税一个亿呢！你说这种人该不该打！"

老周眯着个眼睛瞅着电视里，还真是魏旻的公司被查了。

"一个亿？这、这怎么能干出这种事呢？"

"对啊！怎么能这么坏，我看我那天就该打死他。"周自珩咬牙切齿地说着。

"唉，现在的年轻人……浮躁。"

道歉这件事总算过去了，心里总算舒坦了点，没想到小罗来的时候顺嘴一提，周自珩这才知道微博上又把商思睿跟夏习清的合照翻出来炒冷饭。那天夏习清挑衅他，故意和商思睿举止亲密，害得他一气之下把自己跟夏习清的那张合照删了。

谁知道那天晚上，夏习清喝醉了在自己的怀里哭了一宿，周自珩觉得又可怜又心疼，转头就偷偷把那张照片给恢复了。想发出去，可犹豫了好久，最后还是没发，就让它静静地躺在自己的草稿箱里，没再去管。

"小罗，你一定得给我发出去，千万别忘了。"

"为什么啊？"

"就……就宣传节目啊！"

后院起这么大火，周自珩连个发微博的手机都没有，气得吃不下减脂餐。他百无聊赖地用手撑着下巴，手拿着叉子叉起一块西兰花，呆呆地望着。

"这个是夏习清最不喜欢吃的，筷子都不沾一下。"他一面自言自语，一面把西兰花塞进嘴里，越嚼越没有滋味。

"胡萝卜他也不喜欢……"

"西芹，吃到嘴里都会吐出来……"

周自珩看着一盘子蔬菜，烦躁地仰头望着天花板。

夏习清怎么这么挑食啊。

他不在的时候，夏习清肯定又跑出去喝酒了，没准还跟一些不三不四的人鬼混，啊长得那么好看，谁见了都会有非分之想，自己现在被关起来，谁保护他啊？

真是越想越烦。

忽然，窗户那儿被什么东西砸了一下，周自珩侧着脑袋瞥了一眼，没看见什么，又丧着一张脸望着天花板。

"砰——"

又是一声。

谁啊，哪家熊孩子？

周自珩站起来，阳台的门从外面锁了起来，他也没法推开，只能站在玻璃门那儿朝阳台看了一眼，什么都没有。

怪吓人的。周自珩鸡皮疙瘩都起来了，他唰唰两下把玻璃门两侧的落地帘拉上，觉得自己大概是想夏习清想疯了，于是决定先去洗个澡冷静一下。

等他洗完澡裹着浴巾出来的时候，发现帘外竟然隐隐约约透着一个人的影子，蹲在阳台鬼鬼祟祟的，周自珩在卧室兜了一圈，拎着个棒球棍靠近阳台的玻璃门。

那个影子窝成一团，就这么聚在对开玻璃门的中缝那儿。

周自珩屏住呼吸走到了跟前，一只手提着球棍，另一只手抓住帘子的一侧。

"唰"的一声。

周自珩愣住了。

自己心心念念的夏习清竟然半跪在阳台的木地板上，手里攥着那个门锁，他似乎也被吓了一跳，抬眼望着站在玻璃门后的自己，嘴里叼着一朵刚从周自珩家花园偷来的玫瑰花，还带着夜里的露水。

手里的棒球棍都吓得掉了下来。

"你……你怎么在这儿？"

隔着一扇门，夏习清听不清他的喃喃自语，但大概也能猜出个七七八八。他站了起来，将那朵玫瑰别在自己的耳朵上，对着玻璃门呵了口气，修长细白的手指在上头写写画画。

周自珩走近一步，仔细地辨认着他写的字。

"入室行窃。"

写完他还挑了挑眉，一副"我就是来挑衅"的表情。

这人还真是……

周自珩嘴角都不自觉勾起。

他也学着夏习清的样子，在玻璃上呵气，写出一行回复。字有点多，夏习清眯着眼睛仔细地看了好一会儿，这个小动作在周自珩的眼里很是讨喜，配上他忽闪的两丛眼睫和耳畔开得漂亮的红玫瑰，可爱极了。

在心里默默念着，拼拼凑凑，夏习清终于读懂了周自珩给出的答案。

"我只有这个，要吗？"

眼神停留在句末问号，夏习清满心疑惑，正要抬眼，却看见周自珩再一次伸手，在玻璃上画了一颗心。美术功底不怎么样，画得歪歪扭扭的，不标准，但很可爱。

隔着那颗心，夏习清看见他明朗又温柔的笑，那双眼睛如同黑夜的湖水一般，洒满了无法捕捞的星光。

翻墙这种事，夏习清不是头一回干，初高中的时候他就隔三岔五在晚自习的时候翻出去，倒也不是跟那些社会青年厮混，就是想找个地自己一个人待着，有时候啥也不干，就坐在墙头看星星。

可为了某个人而爬墙，夏习清还真是第一次。

赵柯煽风点火的功夫实在是太厉害，一会儿说周自珩在家闹绝食，一会儿说他家家规多严多吓人，他爸拿着军棍揍他，夏习清虽然半信半疑，但一想到周自珩是因为自己才挨罚，心里总归有些过意不去。

去看看呗，也不会掉块肉。

权当消遣。

"你的车开不进去，坐我车去。"

听见赵柯这句话，夏习清就知道他周自珩的本家有多厉害了。八点出头天已经很黑了，赵柯开着车载上他和阮晓两人一块上了西山，老北京口中的东富西贵，说的就是西山，这地界夏习清也是头一次来，以前光是听人说，没想到里头还真的配了不少警卫。

"周自珩家在最里头那溜，看见那个红顶的房子了吗？"赵柯开着车往前，前头又是一个卡着的警卫岗，对方朝这边比了个手势，赵柯乖乖放慢了车速，摇下车窗冲对方露出一个笑，"是我，晚上好啊王哥，今儿您轮岗啊。"

被叫作王哥的警卫冷硬的脸上也露出笑意："柯子来了啊。"他的眼睛朝车里头瞟了一眼，精明得很，"还捎了朋友？"

"您好，我是柯子他女朋友。"阮晓大大方方地朝赵柯身上一靠，吓得赵柯差点一抖。

"哟！找了个这么漂亮的对象啊，可以啊～"王哥递过去一个访客登记册，"比珩珩有出息！"

赵柯听了这话，眼睛不自觉就瞟到后视镜里坐在后排的夏习清，夏习清懒洋洋靠在座椅上，嘴角勾起。

阮晓看见王哥也正看着后座，她甜笑着解释："那个是我哥哥，我们今天一起来看自珩。"

"行。"王哥从赵柯那儿接过登记册，"柯子是挺久没来了，我看今儿人齐，自璟也在，你们能凑两桌麻将。"

被顺利放行的赵柯也笑起来："人不够叫你啊。"

成功从警卫长的眼皮子底下溜进来，赵柯松了口气，一想到刚才阮晓那句"我是他女朋友"，耳朵就烧得慌，眼睛忍不住瞟向阮晓。阮晓聪明得不能更聪明，瞥他一眼嗔道："看什么？"

夏习清也觉得有意思，身子前倾双手搭上前头两人的座椅，左手食指刮了一下赵柯的耳朵根子："是啊，看什么？"

赵柯一抖，车都差点开不稳："没、没看什么啊。"

阮晓凑到他跟前，嘴角浅浅勾着："你明明在看我。"

夏习清也学着阮晓的样子，扯了一下赵柯的耳朵："对啊，你明明在看她。"

赵柯耳朵红得跟被人煮了似的："不是，你俩……你们……"

"我当然帮着我妹妹了。"夏习清戏弄够了，长舒一口气靠回座椅上，"阮晓，你也甭跟他这个那个的，直接捅破得了，他这智商不够你玩的。"

"什、什么？"赵柯有些摸不着头脑。

"你该不会还以为是你在追阮晓吧，还是说你准备跟她暧昧一阵子啊。"夏习清乐坏了，"她都使了这么多招了，明追暗示，真是个榆木脑袋。"

见赵柯云里雾里的，夏习清直接冲着阮晓问道："上次钟家的晚宴，你是不是知道赵柯会去才过去的？一到场就跑去跟他搭讪了，结果这家伙一门心思给人当眼线。"

阮晓叹了口气："就是啊。我还听说他喜欢黑长直，特意把头发染回来了。"她手指头绕了一下自己的长发，"结果碰上魏旻那个人渣，害得我一晚上也没什么成果。我还暗示他，我家催着我结婚呢。"

夏习清笑疯了，他忽然想起些什么："所以你参加《逃出生天》不会也是因为赵柯吧？你知道赵柯和周自珩的关系？"

"对啊。"阮晓一副理所当然的表情，"平时赵柯不是在 P 大就是在家，都没机会碰面，我总得想点办法接近一下嘛，我们又不是一个圈子的，而且我听说你……"她用手指捏了一下赵柯的脸，一字一句道，"特别讨厌富二代。"

赵柯汗都出来了："不敢不敢……"车里现在可坐着俩呢。

可他又有些反应不过来，阮晓又漂亮又聪明，追她的人不知道得排到哪儿了。

"你、你怎么会看上我啊？我们以前见过吗？"

开到了周自珩家的那栋别墅，赵柯将车停了下来，等待着阮晓的回答。

阮晓鼓了鼓嘴，自己开了车门。

"有时间回去翻翻你家的旧相册，看看有没有一个可怜巴巴穿红裙子的小姑娘。”

什么童年时期一见钟情的神仙爱情啊。夏习清“啧”了几声，也跟着下了车。

赵柯还沉浸在没搞明白状况的混乱情绪中，直到夏习清撞了他一下，他才醒过来，一口气说完了他早就想好的计划。

“我们一块进去，然后我和阮晓从正门进去，你贴着墙从花园绕到背后，他们家玫瑰花丛种得密，天这么黑肯定看不见你。周自珩的房间就是那棵国槐挨着的阳台，顺着槐树上去，特好爬。我俩就在楼下会客厅替你们拖延时间，到时候叔叔阿姨肯定都跟我们在一块说话。”

这个听起来不怎么样的计划，实施起来还算不错。得亏夏习清从小就不是老实孩子，爬起树来才这么溜。

翻进阳台的时候他心里还挺得意，觉得自己就跟夜会情人的罗密欧一样，还顺带捎朵小花，多浪漫啊。谁知道这老周家这么严格，还给阳台玻璃门上了锁。

在节目里成天解锁，会个小情儿还得开锁。他真想求求那些自习女孩别再张口闭口“锁了锁了”，听见这个字夏习清都犯怵。

在阳台转悠半天，最后在栏杆边上找到根铁丝，夏习清叼着玫瑰半跪在木地板上忙活着开锁，得亏小时候没少干这种坏事，这种程度的锁对他来说也不算太难，可刚把“钥匙”怼进去转了没两下，玻璃门后头的落地帘就被“唰”的一下子拉开了。

就在心脏受到严重刺激的当下，夏习清一抬眼就看见了只围了一条浴巾裸着上半身的周自珩，右臂上还有伤。

为了保持自己幽会小王子的翩翩风度，夏习清强忍着一颗“咚咚咚”的心脏站起来，撩拨同样也吓了一跳的周自珩，可惜最后又被他反撩了。

那颗蒙着雾气的小爱心，实在是太可爱了。

软软乎乎的，搞得夏习清都撩不动了。

两个人隔着玻璃门齐齐蹲下，周自珩专心致志地盯着夏习清开锁，这样反倒弄得他没法专心了，生怕今天一晚上都开不开，或者被他们家的人发现，当场捉奸。

好在连老天爷都帮着他泡男人。

"开了。"夏习清长舒一口气，把那个锁头取下来放到一边，周自珩站起来拉开了玻璃门，一把抱住了夏习清。

"喂……"夏习清想推又推不开，他的脸被摁到周自珩光溜溜的锁骨那儿，他身上柑橘混着薄荷的沐浴露香气直往夏习清鼻子里钻，抱得太紧，脑子缺氧。

"你身上有槐花香味。"周自珩像只黏人的大型犬，抱住就不撒手。

夏习清反驳道："那是你们家楼下的槐花味飘进来了。"

"不是的。"周自珩伸手摘掉了落在夏习清头上的好些槐花，"就是你身上的花香。"

不是，明明他是冒着危险夜会情人的，怎么这么一抱就占了下风？

周自珩伸长胳膊把房门合上，顺手把窗帘也拉好，一副游刃有余的样子。

夏习清要强得很，他不喜欢周自珩游刃有余，他喜欢看他招架不住的样子。

"你这一身是准备勾引我吗？"他的手指拽住松松围在周自珩腰侧的浴巾，仰着脸冲他痞里痞气地笑着，一副下一秒就给他扯掉的架势。

谁知周自珩一点也不慌，反倒舔了舔下嘴唇，对强加的罪行供认不讳："对啊。"

夏习清被他这么直白的回招给打得措手不及，忘了后话该怎么说，愣了不到两秒钟的神，就被周自珩钻了空子按在了墙上，带水珠的脸擦着他的脸侧凑到耳边，声音沉得暧昧。

"勾引到了吗？"

夏习清喉结滚了滚，眼里的波光颤了颤，伸手捏着周自珩下巴把他的脸扳正对着自己："跟谁学的？"

“还能有谁？”周自珩直视着他的眼睛。

“哦～”夏习清的尾音轻飘飘的，像是风里飘忽的一片柳絮，“那你现在是急着出师了？”

“出不出师……”周自珩左手环住他的腰，鼻尖抵上他的，稍稍磨了磨，“全凭师父决定。”

太会了，周自珩真的是天赋型选手。夏习清懒得跟他耍套路，他的手指从下巴缓缓移到周自珩的唇边，蹭了蹭他的下唇：“许久不见，还是先让为师调教一下吧。”

吻上去的瞬间，鬓边的玫瑰花蹭上周自珩还没干透的头发，唇舌相触的瞬间，香气忽然间浓郁起来，说不清是这个吻令人心志迷离，还是夜里的花香乱了理智。夏习清伸手绕上他的脖颈，修长的手指插入半湿的发间。

潮湿，馥郁，温热，缠绕。

罗密欧当初是以怎样的心情偷会，他不得而知，但这种隐秘的相遇实在太勾人。他想像月亮撬开黑夜的缝隙一样，找出眼前这正直透顶的人的缺陷，携着玫瑰的隐秘芬芳钻进去，顺着狂跳的鼓点摸到那颗全世界最珍贵的美好心脏。

它跳得那么赤裸，不偷走都觉得可惜。

周自珩的吻太温柔，即便夏习清充满侵略地探入，咬磨着他的唇瓣，他还是轻轻地吮吻着，像是怕把他弄疼了一样，捏住自己后颈的那只手，又轻又缓地摩挲，温软的热度顺着蜿蜒指纹流淌在他的皮肤上。

它跳得太真诚了。这个胆怯的小偷费尽心机溜进去，最后也只能悄悄地摸一小下。

舍不得摘走。

下次吧，下次一定。

欲求被夜色晕出，夏习清感受得到这具身体逐渐上升的体温，他一面吻着周自珩一面褪去自己的外套扔在地板上，推着他坚实的胸膛一步步带到床边。

"周小少爷。"夏习清咬了一下周自珩的下唇，摁着他的胸将他压在床上，虽然看起来强势，但他心里还是担心压着他受伤的右手，只虚虚压着，坏笑道，"你的床不小啊。"

他取下自己鬓边的红玫瑰，夹在指尖转了半圈，用花朵的那一头贴上周自珩的脸侧，代替自己的手指轻柔无比地从耳下划过，蹭上他的喉结，最后划至他宽阔的肩膀。肩头还有一处指甲划伤的细小伤痕。

他俯下身子，轻轻吻了一下那处，头发垂了下来挡住他的半张脸。

周自珩笑了一下，搂着他腰身的手一使力，上下翻转，局势颠覆，他微微低头，拨开夏习清脸侧的头发："你还挺有数。"

夏习清特意扯开了自己的衣领，露出里面还没消退的吻痕："人贵在有自知之明。"

看着自己留下的杰作，周自珩忍不住又回想起那天晚上干的荒唐事，他心怀歉意地低头轻吻他的锁骨，夏习清却受不了这种蜻蜓点水式的撩拨，像是在他身上点起一串又一串星火。

他感觉周自珩下一秒又要冲他道歉了。

"喂……我这翻山越墙的可不是来听你直播道歉的。"

"那是什么？"周自珩抬头，吻了一下他的鼻尖痣。

夏习清却扬眉道："上你啊。"他的眼珠子都亮起来，"有借有还再借不难。"

什么鬼啊。周自珩正想笑，卧室门突然传来两声轻叩。没一会儿，自家哥哥要死不活的声音也传了进来。

"周自珩，滚下来，赵柯来了。"

周自珩吓得赶紧把夏习清弄上床，拿被子盖住，慌慌张张地帮他把鞋脱了塞床底下，外套也塞进柜子里，然后自己也跟着上了床。

"我不下去，我睡了。"

周自璟的声音不徐不疾："九点不到你就睡？给我开门，不然我就让你爹上来看看你睡没睡。"

一听哥哥这么说，周自珩吓得直接从床上跳起来，飞快地跑下去开了门锁又飞快地跑上来扯过被子盖住自己。端坐在床上如同圣母玛利亚，笑得一脸谄媚地看着端着水果盘的周自璟。

"妈让我拿上来的。"周自璟将水果盘搁在桌子上，一双深邃的眼睛扫视着坐在床上的周自珩。

"谢谢哥，我一会儿吃。"

周自璟双臂环胸，一副不太愿意走的样子："聊聊？"

"聊什么啊……"周自珩笑都快笑不出来了，最可怕的是，被子里的那个人还不安分，死到临头了一双手还净往不该放的地方放，一颗心怦怦乱跳，就差蹦出嗓子眼了。

"我挺好奇的，魏旻那孙子究竟干了什么事，能让你打得进医院？"周自璟的眼睛直直盯着周自珩的眼睛，活像个检察官。

"就……我就是看不惯他……"

周自璟缓慢地点了点头，立刻扬长脖子朝着门外懒洋洋喊了一声："爸——"

"我说我说，"周自珩慌里慌张地手指比在嘴边，又做了几个求求他的动作，"哥哥哥，我跟你说……"

连躲在被子里的夏习清都差点绷不住笑，周自珩这怂样，原来在哪儿都是被欺负的那一个啊。他的指甲尖刮了刮周自珩腰侧的人鱼线，又轻轻呵了口气。

感觉到身边的人轻微地抖了抖，夏习清觉得更快活了。

周自璟挑了挑眉："说。"

双重夹击之下，神经濒临崩溃。

"就是……"周自珩深吸了一口气，声音都小了几分。

"他动了我的人。"

被子里的夏习清愣住了，这还是他清醒时候第一次真真切切听见周自珩说出这一句话。

隐约间，听见冰川被暖流击碎的声响。

周自璟轻笑一声，一副上帝视角的鄙夷表情瞟了一眼周自珩，抬脚准备离开房间。

看见哥哥终于罢休，周自珩松了一口气，却见他又迈着长腿折返。

一步一步，走到了自己的床边。

周自珩吓得心脏都要跳出来了。

他该不会真的要捉奸吧？

他要怎么跟老周解释啊？老周等会儿要是打人怎么办？

得先护着夏习清，反正他衣服都穿得好好的，跑也好跑。

别啊，一日兄弟百日恩啊。

周自珩就差闭上眼等待命运的审判了。

"啧。"

他睁开眼，看见周自璟弯腰拾起地上的一朵红玫瑰，在手里转了转："挺浪漫啊。"说完，他将玫瑰花扔到了周自珩的跟前。

"别给我瞎搞。"

撂下这句话，周自璟带上门走了，声音大得像是特意提醒被子里的那位似的。吓得魂魄飞了一半的周自珩长长地舒了一口气，关切地掀开被子，低声问道："没事吧？"

贴着他腰侧的夏习清终于钻出来，脸上的表情还有些发怔，奇怪的是他的脖子根红极了，一直红到耳朵，脸颊像是覆着两片漂亮的火烧云似的。

"你怎么了？"周自珩两只手捧着他的脸，紧张得要命，"脸又红又烫。"

夏习清半低着头推开他的手，睫毛轻轻闪着。

"被子里太闷了……缺氧。"

实在是太可爱了。

夏习清就像一只目光凶狠的花斑猎豹，用优雅的姿态赢得猎物青睐，慵懒地舔着自己锋利的爪子。危险又美丽是他的常态，可一旦放下武器和防备，趴在地上伸个懒腰，再摊开软软乎乎的肉垫，就比世界上任何一只小奶猫都要可爱。

"我、我就是来看你笑话的，现在我看完了，走了。"夏习清脸上挂不住，站起来准备往窗台走，却被周自珩拖住手腕拽回来，直接撞到了周自珩的怀里。

"你刚刚是不是不好意思了？"周自珩的手轻轻地揉着夏习清后颈的皮肤。

"你才不好意思！"夏习清猛地抬头，伸手就要推开他，周自珩紧紧抱住就是不给他松开，一只手跟给小猫顺毛似的摸着他的后背，"好好好，是我不好意思，我不好意思。"

夏习清没那么好糊弄，还是用力把他推开："你不穿衣服是该不好意思。"

"啊！手疼，我的胳膊……"周自珩没了招，只能动用自己的演技可怜兮兮地松开右边手。夏习清赶紧抓住那只还缠着绷带的手臂："不是吧，我没动你这只啊……"

周自珩藏着嘴角的笑，假装委屈地扁着嘴："好疼，刚刚洗澡的时候就很疼，怎么办？"

夏习清白了他一眼："谁让你这么冲动？"

"你怎么可以这么说你的救命恩人？"周自珩皱起眉，"我要不是为了把你带回来，我至于吗？"

听见周自珩这样说，夏习清也一时语塞，他扯了扯嘴角，手掌轻轻抚了两下他的手臂，像安抚小狗狗一样，不说话。

"你身体还好吧？我给你的那些药你有好好吃吧？有没有背着我去喝酒？让我闻闻你身上有没有烟味！"

夏习清推开了周自珩企图凑近的脸，表情难看："我身体好得很，你别这么夸张。"

"我这不是担心那个药还有副作用吗。"

听见这句，夏习清忽然抬眼望向他，上挑的眼尾里流出满满的戏谑笑意：“是有一点副作用，那个药弄得我……”他的手掌摁在周自珩的胸肌上，整个人跨坐上去以一种居高临下的姿态俯视着他，单手松开自己衬衫上的领带，声音都特地压低几分。

“现在非常想上你。”

周自珩勾起右侧的嘴角，心满意足地看着夏习清凌乱领口露出的锁骨：“原来你喜欢在上面啊。”

“你小子开过一次荤之后还真是不得了了。”夏习清使劲捏了捏他的下巴，把挂在领子上的领带抽下来，用手捏着，任由领带尾从周自珩的脸颊蹭过，低头吻住周自珩的嘴唇，趁其不备将他的脖子缠住。

“不许动。”夏习清笑着紧紧拽住手中的领带，压缩着周自珩喉咙里的空气，“老老实实让我上，不然我勒死你。”

周自珩却根本没有求饶的意思，颈部的轻微压迫让他不由得皱起眉，但眼睛却还是直视着夏习清：“你在上面我没有意见。”他伸出一双手扶住夏习清的腰侧，“就是得麻烦你自己动一下了。”

“你还嘴硬。”夏习清被他这么小看，气得都忘了这是在周自珩的本家了，他把手伸到浴巾边缘，刚想扯开，就听见两下敲门声。

卧槽，这次又是谁？

床上的两个人都吓得噤声，门外的声音传过来。

“怎么没声啊……他俩不会跑了吧……”

“推门试试？”

一推开门，赵柯和阮晓就被眼前的一幕给吓得说不出话。衣衫凌乱的夏习清骑在没穿衣服的周自珩身上，一只手拽着绑住周自珩脖子的领带，另一只手放在不可描述的地方，周自珩的双手还扶着夏习清的腰。

赵柯下意识捂住阮晓的眼睛，阮晓立刻拍开他的手。

“你别看！”

“我要看！我的 CP 上床了我怎么能不看！”

“也是……但是你不能看别的男人！”

"起开，啊啊啊你们快点，继续啊，我的 CP 今天必须洞房！"

…………

这两个人真是……

夏习清松开了手上的领带，从床上下来，扯了扯自己散开的衣领，扣好扣子。周自珩咳嗽两声，把被子往上扯了扯。

"哎，"阮晓一脸失望，"你们怎么不继续了？"

夏习清痞笑一下，从周自珩脖子那儿将自己的领带拉过来，手腕一甩挂在自己脖子上："我其实挺乐意给你们直播的，但是我们家珩珩脸皮薄。"

赵柯和阮晓对视一眼，异口同声感叹："好攻啊。"

"你们这是要走了？"夏习清换好鞋，走到衣柜把自己的外套拿出来，反手搭在肩上。

"对，我们一会儿先下楼，大家肯定会送我们，再说几句话给你拖延时间，你翻出去之后在拐角等我们，那里有个监控盲区。"

"行。"夏习清歪着脑袋冲床上的周自珩挑了挑眉，"今天这一趟没吃上，有点可惜。"

谁知周自珩忽然站起来，当着阮晓和赵柯两个人的面一把将夏习清拽进怀里，用他的外套蒙住了他和夏习清的头，偷偷在外套里吻住了他，舌尖猛地探入，一切来得太快，夏习清没有防备，被他吻得发软。

周自珩稍稍扶住他的腰身，从后面将外套扯下去，夏习清的脸这才露出来，他将外套抖开盖在夏习清的肩膀上，侧身在他的耳后轻描淡写留下一句。

"今天这一趟没试试你在上面，珩珩也觉得挺可惜。"

夏习清的心脏就像是被谁攥住了一样，发烫的耳垂被周自珩刻意呼出的热气燎了一下。

"下次吧，习清哥哥。"

赵柯和阮晓沉浸在自己没有逆 CP 的欣慰和亲眼见证血红的激动之中下了楼，夏习清却带着气推开了阳台的玻璃门，长腿一伸，一只脚踩上了阳台的栏杆。

夜风一吹，把滚烫的欲念都荡开，只剩下留恋。

他回头，月光底下被风吹起的头发丝轻悠悠在那张漂亮面孔上拂动。坐在床边的周自珩披了件白色的浴袍，手握着那朵玫瑰花朝他歪了歪头，月光下笑得太好看。

心跳在夜里隐秘地流窜。

被关在玻璃门后的小王子，和有些失败的罗密欧，究竟谁才是这温软夜色里的行窃者呢？

魏旻被查，周自珩的禁闭也就没有了意义，平日里周自珩工作忙，合家团聚的机会少，难得一家人乐呵呵坐在一起吃饭，电视上正巧播出了有关同性恋平权的新闻，周自珩筷子顿了顿，试探性地开口问道。

"爸，你怎么看？"

老周夹了一筷子豆芽："我看什么看，这都是人家自己的事。"

"你站在宏观的角度呢？"周自珩疯狂暗示，"像同性结婚之类的提案不是每年都有吗，感觉上头的态度一直不明朗。"

"宏观角度太复杂，要考虑的因素太多。"老周放下筷子，叹了口气，"我其实不了解这个群体，但是我也不是什么老古董，人愿意喜欢谁就喜欢谁，跟我们有什么关系。"

周自珩稍稍松口气，张了张嘴："那……"还没说完，大圆桌子底下的脚就被身边的周自璟狠狠踩住，他撇过头去看，周自璟若无其事地抬胳膊给他夹了一大筷子苦瓜放在碗里："我感觉你最近有点上火。"

心急火燎的。

剩下的半句话咽了回去，周自珩也觉得自己太着急了，且不说他爸妈究竟能不能接受，夏习清跟他还八字都没一撇呢，谁知道他到底对自己有没有那份心啊。

但是要是夏习清真的能喜欢上他呢？

想高高兴兴地带他回家，不想让他陪着自己一起挨打挨骂，想让家里老老少少都喜欢他。如果出柜的时候真的会闹得那么难堪，周自珩也只想自己承担，让夏习清毫无负担地和他在一起。

虽然真的八字没一撇。

"魏旻被查，你那个新戏的投资现在准备怎么弄？"周自璟若无其事地把话题岔开，周自珩还想着八字的事，怏怏不乐地扒了口饭，满满一口苦瓜吃进嘴里，差点没吐出来。

蒋茵见他这副心不在焉的样子，替他接过话："现在在找新的投资方，我昨天刚跟昆导通了话，他觉得挺抱歉的，因为之前一直拍的是小众电影，票房号召力肯定是比不了那些名导的。虽说这次的选角有话题度，很多投资方都保持观望态度，如果最后成了粉丝电影也意味着赚不了大钱。"

"商人的第一位当然是利益，这很正常。"周自璟将筷子搁下，"我来投资吧，签好保密协议，我不想惹麻烦。"

周自珩抬起头，有些惊讶："你要投资？"

周自璟皮笑肉不笑地拍上周自珩的肩膀："是的，所以你最好给我演得叫好又叫座，票房最少破3亿，别让你哥我做赔本生意。"

投资的这件事解决了，蒋茵也就开始了试水工作。

她安排了一些营销号，先是放出了周自珩新片的消息，但只透露了角色是一位艾滋病病人，其他什么信息都没有。

和以前不同，现在的周自珩几乎已经摆脱了大众心中高演技童星的定位，凭借真人秀中的双商爆表的表现和超高人气CP成为二十代男演员中的人气 top，光是这么冰山一角的信息，在网上也引起了不小的波澜。

和别的男明星相比，周自珩的优势在于从小积累下的观众缘，他的路好非常之多，大部分关于新电影的评论都很积极。

我是学渣啊："周自珩的选片能力我是服气的！每一部电影都会关注一个弱势群体，这样子的男明星真的屈指可数了。"

Arries 今天睡醒了吗："艾滋病？周自珩牛逼！"

谁说我不喜欢你："周自珩终于要拍新戏了，上一部《海鸥》我是跟妈妈一起看的，我妈全程胆战心惊，一路都替他捏着把汗，到最后都感动哭了，然而她到散场都没发现男主角是周自珩（笑哭.jpg）演技真的太好了。"

123木头人："真的，如果是别的男明星每天炒作腐向CP我可能会反感，但是周自珩的演技让我跪服，感觉他这次在攒大招，希望可以拿奖吧。"

趁着舆论热度的不断攀升，蒋茵又在八卦论坛放出了"自习CP疑似合体出演新电影"的料，但是真假参半，说夏习清可能会客串一个小角色。

八卦的传播速度比起病毒感染有过之而无不及。论坛里的小小一个料，一下子就引爆了全网的讨论，这一次的舆论和上一轮不同，几乎是两边倒的趋势，一边是自习女孩的狂欢，另一边是路人的质疑。

自习女孩冲鸭："天哪我们自习要一起演戏了吗！！！真的吗！！！我要住在电影院了！"

自习女孩天天过年："跪求不要有女主角！导演我求求您！"

你嗑自习我们就是朋友："这两个人光是演真人秀都火花四溅，不敢想象真的拍戏……导演请给我们小画家多一点点戏份好不好~"

可质疑声也渐渐多起来。

蓝裙小女孩："夏习清不是画家吗？怎么一会儿演真人秀一会儿拍戏的，就不能离开娱乐圈好好地画他的画？"

橘子翡翠绿："放着艺术家不做跑来娱乐圈，看来还是钱的诱惑比较大啊。"

rockbyebaby："长了张好看的脸真是赢在起跑线啊，发布会露个脸就能跟爱豆一起拍真人秀，现在还可以跟爱豆拍戏了。周自珩的唯粉不觉得心塞吗？这个小画家蹭热度蹭得不要太明显哦。"

讨论声愈演愈烈，中间不乏有许多周自珩的对家团队下场，之前因为周自珩的家世一直不敢下场黑他，但现在不一样了，周自珩他们不敢招惹，夏习清在他们眼里却是个没背景的，用他拉周自珩下水岂不正好。

出于这种目的，对家的几个团队买通了许多营销号，专程抓住夏习清跨界出演周自珩新片这一点来大做文章，尤其疯狂带周自珩唯粉的节奏，让 CP 粉和唯粉互掐，再买一波热搜败坏周自珩的路人好感。

这一套操作蒋茵熟到不能再熟，她早料到对方的招数，这正是她想要的。

联动黑刚一开始，蒋茵就通过周自珩工作室联系了影响力比较大的几个粉丝大站，号召粉丝不要参与这几天的撕逼，全体闭麦，同时火拼财力撤掉热搜，换上周自珩为了新片锻炼节食的花絮。就算有粉丝小范围撕逼，也不会影响路人的观感。

就在胶着期，《逃出生天》释出特辑，都是之前的花絮剪辑而成，节目组大手笔的宣传吸引了广大节目粉丝和观众的注意。

最重要的是，特辑中有一个大彩蛋——前两期节目的编剧现身了。

"大家好，我是《逃出生天》的剧本撰写人。"镜头里出现了一个戴着口罩的年轻男人，他坐在自己的工作台前，介绍创作《逃出生天》解密关卡的过程。

坐在电视机前收看特辑节目的夏习清惊呆了。

这个把他们折磨得死去活来的编剧，居然是许其琛！

"其实我一开始也不太相信自己可以完成这么难的剧本，但《逃出生天》播出之后，大家的评价和鼓励让我又有了很多继续折磨嘉宾的信心。"戴着口罩的许其琛对着镜头浅浅笑了一下。

"这个过程非常有趣，我用自己的灵感填补了《逃出生天》的剧情框架，而在它播出之后，这些嘉宾解密逃脱的过程又给了我新的灵感，在看到节目的时候，我的脑子里就构思出了一个新的故事，尤其是第一期节目里，两位嘉宾在黑暗中不期而遇的那一幕，给我很大的冲击。

"于是我在想，如果是一个不小心染上艾滋，对世界充满报复心的男孩，在走投无路之时决定随机挑选一个对象满足自己的报复心，实施犯罪，这样的一个场景，似乎非常贴合节目里的那一幕。"

画面里的许其琛展示了新的剧本创作时满墙壁的人物关系图和各种各

样堆积起来的资料：“所以我创作了一个新的剧本，也有幸邀请到了我心目中最适合出演的两位艺人。”

在搞什么……

夏习清彻底蒙逼了。他动作迟缓地拨通许其琛的电话，对方刚接通就直截了当地承认了：“就是我，我以为你一早就能发现呢。”

是，他是早该发现。那么环环相扣的线索和剧情，一大堆数理知识，还有完整到可以拿来拍电影的故事线，除了仗着自己老公是 T 大工科学霸的许其琛还会有谁。

舆论在特辑播出之后彻底引爆，“《逃出生天》编剧”和“周自珩新片编剧”双双登上热搜榜前两位，之前质疑的路人开始发生奇怪的转向。

我们一起数鸭子：“Emmm，我有预感自己会真香。如果是《逃出生天》的编剧操刀……”

Soph 今天也要加油：“如果是《逃出生天》的编剧，那我是真的真的很想看了，剧本肯定很棒不用质疑啊。”

一襟风雪载昆仑：“没人发现编剧小哥哥长得很好看吗？瘦高白净声音温柔还这么聪明，完全理想型！”

love33：“虽然不清楚这个片子究竟是不是夏习清演，但这个编剧我是真的服气，他写什么我都愿意看，《逃出生天》的剧本真的爆炸良心。”

rockbyebaby：“编剧好就代表电影一定好吗？现在的网友是不是思想太简单了一点。”

蒋茵猜到对方会弱化编剧，继续踩夏习清。

这一刻就是反击的最佳时期。

蒋茵找人把昆城那里夏习清的试镜录像经过加工处理，做出录屏的效果，通过一个私人账号流了出来。各大营销博疯狂转载，并配上了这样的标题：“周自珩新片，夏习清试镜片段流出，疑似出演男二号。”

这种欲扬先抑的炒作手法让吃瓜群众期待反转的心理得到了极大的满足，加上夏习清充满感染力的本色出演，既抓住了普通路人的心，又虐了一波唯粉。

消极一下好："我是真路人，夏习清这演技比太多小鲜肉都厉害了，他不敢看小女孩的那个躲闪的眼神看得我心里发酸，怎么什么都擅长啊，果然没有随大流黑他是明智的。"

87我是78："夏习清最后那一滴眼泪，绝了。仙子下凡。之前那么多人黑他，立 flag 说他演技一定稀烂，这么一看真心怜爱 plgg，明明又有实力又有颜。"

不爱吃榴莲的小宝贝："我之前还说死都不会期待这部电影的。终究是没能逃过真香定律。打脸打脸。"

自习女孩今天过年："天哪我的习清宝贝，快到妈妈的怀里来呜呜呜呜妈妈给你揉一揉。我们习清的演技真的惊人了。"

或许你搞自习吗："十分钟内我要看到这部电影的官宣！"

…………

短短几天内，舆论颠过来倒过去的，连连反转，既让夏习清的参演变得充满期待，消除了网友对他的质疑，又让《跟踪》这部戏未拍先红，赚足了大众的期待。周自珩目睹自家嫂子的手段，只能叹服。

"这波骚操作太厉害了。不愧是最年轻的金牌经纪人兼制作人。"周自珩狗腿地给她捶着背，"我说怎么一直不公布真人秀的编剧呢，原来嫂子你有后招啊，真人秀和电影一起炒，厉害厉害。"

蒋茵白了他一眼："少跟我在这儿放彩虹屁。收拾收拾东西，明天出发去拍摄地，先跟着导演一起过去，熟悉一下环境，尽早进入角色，别白费我这一番苦心。"

周自珩点了点头，正要上楼，想起一件事又"噔噔噔"跑下来，还没开口，就听见嫂子补充道："夏习清也去，你们一起磨合，找找感觉。"

周自珩故作镇定地"哦"了一声，转过身嘴角疯狂扬起。

不用磨合，现在的感觉就挺好的。

明天就可以见到夏习清了。周自珩怀抱着这个好到令人心脏狂跳的消息，甜蜜入梦。

中午的飞机，周自珩原本想起个大早回公寓接夏习清，跟他一起去机场，可这心思被蒋茵看得透透的，愣是不让他去。

"现在舆论刚消停会儿，你们能避嫌就避嫌。"

周自珩的脸一下子拉下来。

避什么嫌，他巴不得全天下的人都知道他跟夏习清走得近，巴不得谁见了夏习清第一反应就想到他。可说到底，周自珩又舍不得夏习清被人骂，只能勉为其难地同意分头行动。

夏习清没有签公司，但拍戏身边不能没有助理，蒋茵打电话从公司调了个经验丰富的男助理，可周自珩死活不同意，只好换了个女生。

"你知道习清现在住哪儿吗？我把地址给笑笑，她一会儿去接习清。"

听见自家嫂子这么问，周自珩差一点脱口而出，可他忽然想到自己如果说出来那不是等于告诉嫂子他和夏习清住对门了？虽然这只是个巧合，但这样实在是太容易引起不太好的联想了。

他现在的心情完全就是掩耳盗铃。

"那个……你让夏习清自己去机场吧，车从你公司开出去很容易被跟，到时候再接上他，万一被记者乱写说你签了他什么的。"

蒋茵白他一眼："我现在一天天地替他操心，跟签了他有什么区别？他还不能给我赚钱。"

周自珩狗腿地夸了嫂子一路，蒋茵也顾忌到周自珩说的可能性，改变了之前的决定，让笑笑直接出发去首都机场。一行人最后都在机场碰了头，周自珩的车在路上堵了一阵子，成了最后一个到的。走到候机区的时候就看到了一大群女孩子围着，一个个喊着"习清哥哥"，甜得不得了。

本来还想悄悄走近，谁知眼尖的粉丝一下子就暴露了周自珩的行踪。

"珩珩你今天的衣服好好看，灰色卫衣好看！"

"珩珩好帅！"

"周自珩你今天太 A 了吧！"

周自珩连连点头，十分抱歉地拒绝了粉丝们的礼物，步伐艰难地走到另一个漩涡中心，坐在椅子上被一群女孩围住的夏习清听见动静摘下了耳机，他难得地穿了一身休闲装，黑色短袖配高腰深灰色工装裤，头戴着一顶浅灰色棒球帽，看到人群中周自珩的脸，他那张时刻保持温柔的脸上才终于露出一丝狡黠玩味的笑。

"哎呀，我才发现今天习清和自珩穿得好配哦。"

"对啊，都是黑灰色系，情侣装！"

周自珩有些惊讶，看了看自己的穿搭，灰色卫衣黑色运动裤，黑色棒球帽反戴，都是临走前随便从家里扯来套上的，没想到居然真的跟夏习清一一对应上了。

太巧了，这就是别人口中的心有灵犀？

这么一想，周自珩就觉得自己今天穿得帅爆了，怎么看怎么舒坦。

快登机的时候粉丝多到走不动道，怕夏习清摔倒，周自珩站在他后头两手扶着他的肩膀，这时候才发现他身上这件修身黑 T 恤有多显腰身，盘靓条顺，看得人心痒痒。

"自珩，你这次可以开张了吗？"一个粉丝在人群中问道。

"开张？"周自珩一脸莫名，"开什么张？"

一群粉丝笑道："演爱情片啊！"

差点被这帮小姑娘给呛到，周自珩低着头咳嗽了几声。夏习清感觉那双扶在自己肩上的手都抓紧了些，他浅浅笑着，对身边的女孩子们解释："这次也不是爱情片哦。"

粉丝间爆发出一阵此起彼伏的遗憾声。

"那两个人的感情挺复杂的，在我对剧本的理解里是超过了友谊的。"夏习清侧过脸回头望着周自珩，"你说呢？"

那双漂亮的眼睛忽然撞入视线里，周自珩微怔，犹豫了一秒。

"啊，对，我也觉得。"

不，不只超过了友谊。

就是爱情。

周自珩的心里反复地肯定着自己的论断。

飞行时间不算长，但这次和周自珩挨着的是昆城导演，夏习清则是在昆导的前一个座位，他还是老样子，一上飞机就闭眼睡觉。昆导倒是有一肚子话跟周自珩讲，趁此机会把他打磨剧本期间的一些感悟和对这部戏的理解通通拿出来跟周自珩分享。

可周自珩的一颗心就扑在了斜前方的那个人身上，他的眼睛时不时瞟过去，就快粘在夏习清修长洁白的后颈上。

"最终版的剧本其实非常有画面感了，许编很不错，替我省了不少分镜的工夫。"昆导把电脑里的相册打开，"我们上周带着拍摄组提前去了一趟，你看这是我们拍的。"

周自珩"嗯"了一声，把视线从座位缝隙里夏习清的背影转到了昆导的电脑上。照片上是两排高到镜头也拍不完的楼房，窗户很小，到处都是违章搭建，楼房中间只隔着大约一米半的距离，形成了一条光线匮乏的小巷。画面从中间一分为二，下面是晦暗泥泞的路和被粉刷得翠绿斑驳的墙壁，上面一半是无法触及的天光。

昆城观察着周自珩脸上的表情："是不是一下子就有那种感觉了？"

周自珩后知后觉地点了点头："对……没错。"

就是这条路，在这条路上走投无路的高坤跟踪了茫然无措的江桐，将他一下子推到墙壁上，翠绿的漆面在昏暗的光线下散发着幽深的光泽。

"这是武汉的景？"周自珩有些不敢相信，他之前因为行程也去过很多次这座城市，那里发达繁华，和照片里的完全不同。

"是的。"昆城点了点头，"许编在创作这个剧本的时候就定好了拍摄地，听说许编是武汉人，可能比较熟悉吧，他说这是武汉的一个城中村，现在这样的景几乎快要绝迹了，难得啊。"

许编是武汉人。夏习清也是。

周自珩抬了抬眼，看到夏习清熟睡的头快要偏到中间，轻微点了一下又摆正回去，有点可爱。

回到故乡拍戏，他会不会联想起什么不太好的回忆？心里隐隐有些担心，但他又想到许其琛之前说过的话。

"夏习清不能逃避一辈子，他总得面对自己的过去。"

飞机落地，周自珩一下子就感受到了曾经的"火炉"城市初夏的威力，明明才五月中旬，这里就已经有了露天桑拿的架势，走了没两步他就感觉自己的卫衣袖子快要和手臂皮肤粘到一起。南方潮湿闷热的天气，还真让他这个实打实的北方人不太习惯。

夏习清倒没受什么影响，骨子里就已经适应了故乡的气候，只是他一路上睡得都不安稳，脖子有点难受，他转了转头试图缓解这种症状，听着周自珩和昆导有说有笑地走在后头，让他本来因为没睡好导致的坏心情更加恶劣。

谁知下一秒，一只温暖干燥的手掌就按到他的后颈，不轻不重地给他捏了捏脖子。夏习清侧过头，看见周自珩的脸仍旧对着昆导，可手却在自己的脖子上轻轻按着。

周自珩朗声道："昆导，我们等会儿是先去酒店还是先去拍摄地？其他人呢？"

"先去酒店吧。"昆城笑道，"我们现在还没开机呢。"

一出机场，昆导安排好的车就接上了他们，司机师傅是个本地的大哥，说着一口令夏习清亲切无比的汉普，热情又能聊。剧组的酒店在武昌区，他们几个一个车，助理坐另一辆车。

昆城坐在副驾驶座，上次来武汉他已经和这个大哥很熟悉了，两人有说有笑，侃天侃地。司机大哥从后视镜那儿瞥了一眼，看着周自珩笑道："这个帅哥我认得的，大明星，我女儿很喜欢你。哦对了我叫杨飞，你们可以叫我老杨。"

"叫你飞哥吧。"周自珩友好地笑了笑。

飞哥的眼睛又望向周自珩身边的夏习清："这个帅哥蛮白的，不像是北方人啊。"

夏习清勾起嘴角，稍稍抬了一下帽檐："我是武汉人。"

这还是周自珩头一次听见夏习清说方言。

和许多南方人不同，他一向都是说着一口标准普通话，甚至带点北方口音，很难让人从说话发音分辨出生地。

他说家乡话的时候声音很低，说这句话的时候"汉"字不经意间拖得很长，比普通话生动多了，在周自珩听来又酷又可爱。

"哦！你是本地人啊，难怪。"大哥也说起武汉话来，"我是说你长得就蛮像我们武汉伢。"

夏习清看了一眼周自珩，发现他一直盯着自己，笑着低声问道："你听得懂飞哥说什么吗？"

周自珩愣了一下："啊？嗯……说你长得好看。"

什么啊。夏习清笑了起来："不懂装懂。"他故意往座椅靠背上缩了缩，帽檐在下眼睑投下一片阴影。

谈笑间，夏习清侧过脸去看车窗外，高耸的写字楼、等待施工的蓝色围栏、轻轨下的立交桥，熟悉的街景被车窗上贴着的遮阳膜蒙上一层灰色的滤镜，像一部看了许多遍的黑白默片。

每看一遍都觉得熟悉，却又能看出许多不一样的地方。

周自珩也学着他的样子往下缩着，可一双长腿无处伸展，只好假装不经意地伸到夏习清的脚边，右脚插到夏习清的两脚之间。他也不想说话打扰夏习清，就默默地坐在他的身边。

车子开了一会儿，景色忽然发生了大变化，这里的楼房建筑还是挺多，但看起来有种八十年代的感觉，陈旧的建筑设计和粉橙色快要掉皮的楼墙无时无刻不透露着年代感，其中最显眼的大楼上面挂着一个写着"友谊百货"的牌子，字体古老。周围大大小小的建筑都是如此，不过也夹杂着一些诸如连锁便利店之类的新鲜商铺。

"这里靠近江边，拆不起。"夏习清忽然开口，"所以保留了很多以前的旧建筑。其实这一块以前很繁华。"

"看得出来。"夏习清主动跟他说话，周自珩开心不已。

没过多久，他们的车子就上了长江大桥，周遭的视野在一瞬间开阔，波光粼粼的江面上浮着夕阳洒下的碎金，几艘渡轮缓缓地漂着，偶尔发出悠长的汽笛声，极目远眺那片烧了满天的红色云霞，像是一团燃烧在长江上的火。

虽说是水景，可这里和江南水乡完全不同，这里是大江大湖，充满了热辣潇洒的江湖气。

这一点倒是和夏习清很相衬，看起来是温柔的水，真正淌进来才会触及他鲜活又不羁的灵魂。

"好漂亮。"周自珩由衷地感叹，他想起一句著名的诗，"暮霭沉沉楚天阔。"

听到这句诗，夏习清轻轻笑了一下："真是难为你这个理科生了。"

到了酒店办理了相关手续，几个人饭也没吃就再次坐上车，准备去往导演口中的取景地。

导演坐上副驾驶，转过头看向夏习清，"习清，我们为了让你们早点进入角色，在汉口的一个城中村租了一个房子，那个就是后期开机后江桐住的地方，你们到时候不是会有一个合住的时期吗，先和自珩一起在那里住几天，磨合磨合，找找感觉。"他的笑容里有些抱歉，"条件可能会很艰苦，需要你们适应一下。"

"没事的。"夏习清笑了一下，拍掉了周自珩仍旧挂在他脖子上的手，"我很能吃苦的。"说完，他又问道，"昆导，具体取景地在汉口哪儿？"

"华安里。"

"华安里？"夏习清有些吃惊，但很快恢复平静，"难为你们能找到那个地方。”

昆城笑起来：“这不是许编说的吗，他说他写剧本的时候还特意回来了一趟。”

“哦，对，我都差点忘了。”夏习清望着窗外，“其实武汉本地人几乎都没有去过华安里，那里基本都是外来人口了。”

“嗯……”昆导转过头看向夏习清，“听说习清你和许编是同学？那这么一算你们认识挺多年了啊。”

“嗯，我们高中一个班，他那个时候就很厉害，成天参加作文竞赛，写得一手好文章。”说起高中的事夏习清的脸上都带了些温柔的神色，“不过他那个时候特别内向，和谁都不说话。”

刚说完，手腕就被抓住，夏习清讶异地转过头，发现周自珩用一个背包挡住了他们俩的手，他想使点力挣脱出来，却被周自珩抓得死死的，还硬生生把手指嵌进来，逼着夏习清和他十指相扣。

夏习清朝他比了个口型，质问他干什么。周自珩却只笑不说话，就是牢牢抓住他的手。

他喜欢夏习清流露出真实的温柔，但不喜欢那种温柔不是因为自己。

“许编现在也不爱说话，但是性格挺温和，人特别好说话，好脾气。”

“啊？嗯……他就是那样。”害怕牵手的事被昆导撞破，夏习清连回话都心不在焉。

肇事者周自珩却乐得自在，还特地捏了捏他的手：“那你呢？”

“我？”夏习清疑惑地侧过脸，“我怎么了？”

“你高中的时候和现在像吗？”

不知道为什么，夏习清隐约觉得周自珩这句话里透着些许遗憾的味道。像是错过了什么重要的事似的，令人惋惜。

周自珩的眼神诚恳得令人胆怯，夏习清垂下眼睛，潦草敷衍地回答：“……差不多。”

“习清高中时候应该有很多人追吧。”昆导拿他打趣，“长得这么好看，那不得是校草级别。"

"就是撒，像习清这么好看的一个班也不多吧。"飞哥也跟着搭腔。

真是哪壶不开提哪壶。

夏习清感觉握住自己的那双手更紧了些，想转过脸去瞪他一眼，谁知周自珩反倒先发制人，冲他挑了挑眉，凑近夏习清的脸笑道："是啊，长得这么好看。"

他的语气阴阳怪气得太明显了。

"然后呢？"夏习清的眉尾也扬了扬。

周自珩的视线暧昧地在帽檐下的那张脸上打量，被遮蔽的两只紧握的手，相触的掌心热得发烫。

"我就是好奇，当初是很多人排队追过你，还是你追过很多人？"周自珩的声音低沉，不经意间泄露了太多暗号。

夏习清无声地笑了笑，嵌在他指缝间的手指轻轻点了点周自珩的手背，然后又轻又缓地用指腹摩擦着他手背凸起的青筋，贴着皮肉摩挲着，就像是一个将熄未熄的烟头，蹭过的每一块皮肤都燃起焦灼。

夏习清回答了他的提问，但答非所问。

"我很难追的。"

他刻意压低声音，但压不住戏谑的轻佻，开口如同一片烧了半截的羽毛，轻飘飘坠到周自珩的心口，撩得人血液发烫。

周自珩的拇指一下一下，漫不经心刮蹭夏习清的食指侧面。

"我猜也是。"

过了江，又行过繁华都市，风景越来越偏，周自珩拿脚尖碰了碰夏习清："快到了吗？"

"不知道。"夏习清都没仔细分辨。

周自珩感觉自己受到了敷衍："你不是武汉人吗？"

"没有几个武汉人逛遍过整个武汉。"夏习清说这句话时的语气先是不假思索，到了末尾又隐隐约约流露出些许感叹的意思。这一点周自珩发现了，坐在前头的飞哥却没有发现，还乐呵呵地接过话茬："对，像我这种老武汉人天天四处跑的，也不见得跑遍了所有地方。"

夏习清侧过脸看向他，那颗小小的鼻尖痣总能一下子勾去周自珩的注意力。

"你知道武汉三镇吧。"

见周自珩点头，夏习清续道："其实说是三镇，倒不如说是三个城市，每一个的面积都很大，合起来就更不用说了。我家住在汉口，高中时候常去武大写生，坐公交得将近两个小时，在车上都能睡一个回笼。"他说起回忆的时候表情总是会柔软下来，"不过我们这里的司机开车很猛，基本是不可能睡着的。"

看着夏习清的脸，周自珩总想着如果可以抱着他就好了，他可以就这么抱住夏习清听他说一整夜的故事。

"你们俩有时间，离开机还有一星期呢。"昆城笑道，"习清你就多带自珩在武汉转转，让他尽快融入角色，沾沾烟火气。"

夏习清"嗯"了一声，被周自珩握住的手有些酸，他用手腕碰了碰，朝周自珩蹙眉使了个眼神，周自珩很快会过意，以为自己弄疼了他，于是赶紧松开了一直牢牢握住的手。夏习清也没将手拿回来，只是轻轻放在座椅垫子上，周自珩也就将自己的手轻轻盖在夏习清的手上。

几个人在车里说着话，没多久就到了拍摄取景地。这里是武汉最著名的城中村，也是整个城市中最不"武汉"的地方。路开始变得拥挤，到处都是杂乱无章的小摊和怎么也避不开的行人，好在飞哥开车技术不错，一直把车开进了华安里的涵洞里。

涵洞事实上就是进入华安里社区的一个通道，两边刷得翠绿的墙壁相夹，中间一个盖住的顶。就这么一个五米宽的狭窄甬道，每天都承担着让十万社区居民出行的功能。

飞哥手把着方向盘，朝着前头灰头土脸的面包车摁了一下喇叭："今天运气还可以，没碰到从那边出来的车子，不然两头一堵，哪个都动不了。"

前头的面包车终于挪开了道，像个上了年纪的老人似的慢吞吞往前开着，弄得他们也只能慢行，总算进了涵洞，光线一下子暗下来，周自珩下意识地握紧了夏习清的手，看向他那边，可夏习清也只是托腮望着车窗外。

好在没有抽出自己的手，这一点就让周自珩足够欣慰了。

其实涵洞里根本不是一片漆黑，只是稍稍暗了点，通道也不长，很快就开了出去。似乎是因为刚下过一场雨，地上泥泞一片，一个大妈提着两大袋子生活用品贴着涵洞边走着，被车轮溅了一身泥点子，用并不正宗的武汉话骂了几句，继续贴着涵洞走出去。

周自珩不讨厌这种混乱嘈杂的市井，作为一名演员，他反倒很喜欢这种地方，这里充满了形形色色的人，每一个人都是一本摊开了的故事书，用他们的肢体和表情演绎着千奇百怪的情节。

开到了车子开不进去的地方。四个人下了车，飞哥麻利地带上车门，带着他们前往昆导托他租好的房子那儿。周自珩和夏习清走在后头，两个人的帽檐都压得很低，肩膀与肩膀在黏热的空气里时不时蹭一下，再随着步伐拉开一小段距离。

走过一段泥泞的小路，四人来到了密密麻麻的建筑区，这里的房子建得很高，让人不由得想到了香港通天的格子间，可又不完全一样，这里的高楼层明显是后来加建的，下头的楼层墙壁早已被做饭的油污抹上厚厚的深色，可上头却是洋蓝色的铁皮集装箱，在快要消竭的夕阳下泛着微紫的亮泽。

"这里的条件是真的蛮差。"飞哥点了根烟吸了一口，吐出的烟雾都像是要被湿气包裹一样，没办法漂漂亮亮地散开，"这个位子面积小，人又多，地上盖不了只能往天上盖，房子越搞越高。"

周自珩正要抬头瞅一眼，就感觉一只手捂住了自己的后脑勺，走过去再回头的时候才发现，刚刚那个地方有一条松垮垮吊着的电线，夏习清早已把手收了回来，插进了工装裤的裤兜。

"你稍微低着点头。"夏习清的声音在湿热的空气里显得分外清明，"也不知道吃什么长大的，这么高。"

飞哥听见了，也跟着发问："就是说，自珩你是怎么长得这么长的？"

"长？"周自珩一脸莫名，求救似的看向夏习清。夏习清低着头笑了一声，又把帽檐抬了些许看过去："武汉话里不说人长得高，特别是对小孩子，比方说我是你的叔叔——"夏习清抬手摸了一下周自珩的帽檐，用一口武汉话学着大人的腔调说道，"珩珩，这才半年冇见你又长长了。"

说完，他的语气立刻变回来，连带着方言也收走了："明白了吗？"

周自珩勾起嘴角，他可不要太喜欢夏习清说武汉话。

"习清这口武汉话说得蛮有味。"飞哥笑着跟前头的昆导夸赞，昆导也觉得满意："我要不说许编厉害呢，连演员的方言都给我省了。到时候习清你就用带武汉口音的普通话来演。"

"我不是演的个听障人士吗。"前头的路实在太泥泞，就算是夏习清这样随意的性子也实在没办法，只好一面说话一面弯下腰去挽起灰色工装裤的裤腿，露出白皙的脚踝。周自珩的脚步也停了下来，视线游移向下，在微凸的踝骨上停留了一秒，又折返，一直到挽起的裤腿和藏在里头的皮肤。

他不由得想到了那天晚上，夏习清的脚踝搭在自己肩头的那个场景。那时候他的眼神，就像是被这座城市的潮热空气浸泡过似的。

"哦！哦对对对，江桐有一点听说障碍。"没发觉夏习清落在后头，被点醒的昆导一拍脑门，"我都给忘了。那你培训培训自珩。"

飞哥接道："他演的是外地人吧。"

"就是要培训成不正宗的武汉口音，哈哈哈。"

两个人笑作一团，走在后头的夏习清觉得热，摘了帽子抓了抓头发，又扇了两下，正要把帽子反扣在头上，周自珩却忽然拉住自己凑了过来，小声地在耳边扔下一句话。

"我觉得我是挺长的。"

夏习清皱着眉抬眼，发丝被汗浸透了，弯弯绕绕地贴在白净的脸侧，长点的可以延伸到下颌线，连带着他即将怪罪的表情都变得勾人起来。

周自珩凑到他的耳边，说话间有意无意用嘴唇擦过他微微外凸的耳骨，声音很低。

"你说的，能到最里面。"

这流氓耍的，一套一套的。夏习清压着火，自己可不能发作，一发作不跟被人调戏了的小姑娘一样？他深吸了一口气，觉得风水轮流转这句话可真是一点也没说错，他这么一个耍流氓长大的，到现在居然被一个比自己小五岁的家伙调戏了！

做好表情管理之后，夏习清侧过脸看向周自珩，明明是想要个狠才挑高了眉尾，说话也是一字一句的："长不重要，经验最重要。"

可在周自珩的眼里，完全就是勾引。

他点点头，一把揽过夏习清的肩膀。昆城正好回头，看见两个人这么亲亲热热的也觉得高兴，毕竟要在一起演那么长时间的戏，演员之间必须得达成一定程度的友谊，否则他这个导演可就头疼了。

"经验需要积累。"看着昆导转了过去，周自珩的余光回到夏习清的身上，他压低声音，明明是服软的话，却被他说得攻气十足，"哥哥教我啊。"

耳朵烫得厉害，夏习清一把推开他，嘴里吐出一个字："热。"他这句话好像带了点武汉人喜欢拖字的口音，像是习惯性的嗔怪，被周自珩灵敏的耳朵分辨出来。单单一个热字音调转了又转，直要转进他心里。

就算是被推开了，周自珩也觉得开心，狭窄的楼房飘来了不知哪户人家煨好的排骨藕汤的清甜香气，在天光即将熄灭的时刻，他微笑着走在夏习清的后头，头一次感受到人间烟火的美好。

怎样都好，哪里都好，只要夏习清就在自己的身边。

走到了一个单元楼里，里头的楼梯阴暗狭窄，夏习清刚走了两步台阶，手就被周自珩牵了起来，他原本想挣脱，但也懒得挣脱，就这么任由他牵着，反正光线这么暗，走在前头的两个人也看不清。

上了四楼，又经过一个漆黑的甬道，顶头有一个门，飞哥从裤兜里拿了把钥匙，用手机屏保照着费劲地开了锁。

"就是这间屋子。"飞哥先踏进去，"你们看看，反正蛮小的。"

其实比夏习清想象中好得多，他原本以为会是那种很脏很旧的房子，事实上只是小了点，是一个狭窄的一室一厅一卫，四个人站进去都显得有点转不开身子。他们绕着房子转了一下，夏习清也大概了解了房型，门一进来就是小小的客厅，穿过一个小通道才是卧室，通道的右侧是厨房和洗手间，并排挨着，大小也差不多，都只够一个人的活动范围。

整个房子唯一的光源来自于卧室的一个小窗户，窗户下面摆着一排小多肉，绿绿的，很可爱。

一进屋子，那股子闷热感活像是一层保鲜膜，透明但不透风，将周自珩死死地盖住，他拎起衣服领子呼扇呼扇地扇了好几下。

"差不多就是这样，其实原房主还是很爱干净的，是个外来务工的小伙子。"昆导笑起来，"人特别实诚，我说多给他点钱，因为可能要重新装饰一下嘛，他死活不要，我们还是多给了，那孩子高兴得要命，一个劲跟我说谢谢。"

夏习清试着把这个小房子和剧本里江桐的住所对应起来，这种感觉很奇妙，好像是刻意挤进一个安全的小模子里，把自己变成另一个人。客厅茶几上有个落灰的小风扇，他坐到沙发上正对着它，摁了开关。风扇吱呀呀地转动起来，风力不大，总好过没有。

周自珩的视线粘在了夏习清的身上，看着热流掀起了他的额发，看着他伸长了脖子去迎接风的到来，汗湿的头发粘在嘴角，被他用手拨弄开，可他却无暇顾及贴着修长后颈的碎发。

这一幕，带给周自珩一股充满烟火气的性感。

"哦对了，我和拍摄组的人还要开会，一起去外面取夜景，你们俩留这儿还是回酒店？"

还没等夏习清回答，周自珩就擅自做了决定："留下，我想对着剧本找找感觉。"说着，他三步并作两步走到沙发边坐下，一把揽住夏习清的肩膀，"习清跟我一起吧，等完事了我给小罗打电话接我们回酒店。"

飞哥听了把钥匙往他手里一塞："那这个给你们，我老婆刚刚还给我发短信，催我去接小孩下辅导班。"

"没事，飞哥你去吧，一会儿我助理过来。"周自珩的手在夏习清的肩头点了点，"再说了，这不还有一个本地人吗。"

就这样，昆城和飞哥被周自珩说服，两人一起下楼，脚步声渐渐地听不见了，周自珩关上了那扇锈迹斑斑的铁门，刚要转身，就被夏习清给推到门上。

"你在打什么主意？"夏习清把手里的帽子向后一扔，扔到了身后灰绿色的布艺沙发上。他的手掌很烫，烙铁一样透过胸膛直达心脏。

终于没了禁忌，周自珩低头看向他被修身上衣裹住的精瘦腰身，一把搂住，距离一下子被压缩，两个人之间闷热的空气都像是被排了出去似的，隔着潮潮的布料皮肉相贴。

"打你的主意。"

夏习清低头，将他搂住自己的手弄开："做梦。"说完，他自顾自地走到了浴室，声音传来的时候带着粘连的回响，"我冲个凉，身上太黏了。你现在就给小罗打电话，让他来的路上买点吃的，我很饿。"

话说完，他伸手准备锁上浴室的门，才发现那个沾满铜锈的栓子根本挪不动，试了好几次都锁不上。

一只骨节分明的手扒住了门框。夏习清抬眼，对上周自珩桀骜不驯又带着点痞坏的笑。

"我也很饿。"

说完，他挤了进来，逼仄的浴室一下子被塞得满满当当，淋浴的开关在夏习清一进来的时候就打开了，水哗啦啦地往下淋着，加重了这狭小空间的湿度。

黏腻的湿度是欲念的温床。

"这里站不下两个人。"夏习清单手拽住自己的衣服下摆，往上一扯，脱下了彻底粘住身体的衣服。

周自珩又靠近了一步，几乎要贴在他的身上："站近一点总能站下。"

仰起头，夏习清那双被热浪焐得发红的嘴微微张开，脸上的神情似笑非笑，说话像是怪罪："你怎么这么缠人。"

由他说完这句，周自珩夺过他手上那件脱下的黑色 T 恤，随手扔到了浴室外，推着他的胸口一步步把他逼到开到最大的淋浴下，从头降落的热水将一切都浇得湿漉漉，包括周自珩向来低沉的声音。

"总好过你，难追又难搞。"

"操。"夏习清低头看着自己被淋湿的裤子，"我等会儿怎么出去，全他妈湿透了。"

周自珩吻着他湿漉漉的脸颊："衣柜里有衣服，我刚才看到了。"

"人允许你穿了吗？"夏习清侧了侧脖子，像是给周自珩台阶一样，由着他的吻和流水一样淌到侧颈。

"不允许我也要穿。"周自珩舔咬着夏习清耳下那块薄薄的皮肤，"你不也不允许吗。"

夏习清装作听不懂，伸手想要推开周自珩，却被他反手握住，牵引到自己的胯下。周自珩就这么抚着他的手，像揉面团一样揉搓着那处鼓鼓囊囊的地方。

"你不想要吗？"周自珩吻上夏习清的耳朵，水声在耳廓回荡，"我从在机场看到你的时候就想做了。"

夏习清从来不是一个会遮掩情欲的人，他最擅长的就是拨动情潮，可他要的是主动权。

"我想做，但是是我操你。"说着，他试图将自己被按住的手从周自珩的手掌下抽出来，他的确这么做了，可周自珩一点也不在乎，他把夏习清抵到了光滑的瓷砖墙面上，用自己的手包住了他的胯部，揉搓的力度比刚才大了许多倍，夏习清一个没克制住，低吟了一声，尾音被水汽荡漾开，勾得心发慌。

听见这一声，周自珩像是受到鼓舞一样，低头吻住了夏习清的嘴唇，一只手揽着他的肩膀，另一只手解开了他工装裤的拉链，手伸了进去，隔着打湿的棉质内裤揉着夏习清已经半硬的阴茎。热气蒸满了整个浴室，蒸得夏习清脑子发热，周自珩的舌头缠着他的，让他呼吸不畅，呻吟声被热吻割裂开来，时断时续，如同淋了水的电路，下一秒或许就会短路，会爆炸。

"你……你发情期到了吗？"夏习清好不容易从他的吻里逃脱，右手掐住周自珩的脖子靠在墙壁上喘息，周自珩的手一刻也没有停过，直接将他的阴茎拿了出来，湿滑的掌心包裹住上下撸动。

"对啊。"周自珩吻着他的额头，"我一直想跟你做，在你清醒的时候。"

夏习清被他撸得腿发软，自从和周自珩厮混，他几乎都是只撩不做，这种坏习惯完全就是隔靴搔痒，欲望无法消退，一次次积累一次次沉淀，到真正触碰的时候多到让他都无法抵抗。

他还抱着能上一次周自珩的念头，他也不知道自己在较什么劲，就是想较劲。周自珩感觉夏习清在轻微地颤，他体贴地将他搂住，吻着他小口小口急促呼吸的嘴唇。

"你让我上一次吧，这样……啊……才公平。"

周自珩的虎口夹住夏习清下体的前端，一下一下挤压刮蹭，弄得夏习清仰着脖子只想靠在墙上。

"可以啊。"周自珩的手拧了一下夏习清的乳尖，又低头含住，"如果你有力气的话。"

"你他妈……"夏习清正要反驳，周自珩忽然蹲下去，含住他的阴茎，双手把他的胯骨摁住贴在墙上，动作生涩地前后吞吐着。这太让夏习清诧异了，他根本没有想到周自珩肯这样做，欲望烧得人太难受了，夏习清的手不受他的控制，控住了周自珩的头。

"啊……牙齿收一下……对，含紧一点……啊……"

周自珩是个好学生，各种意义上都是。他用右手握住底端，随着吞吐一下一下撸动着，把夏习清折磨透了，左手揉捏着他柔软的臀肉，试探性地向后移动。

"啊……要射了……吐出来……"夏习清说话的声音都不对了，每一个字都裹着热气，他的指尖越发用力，按得周自珩头皮发麻。周自珩如他所愿吐出来，可下一秒又用手紧紧握住，不让他就这么轻易地释放。

"啊……"夏习清的声音颤了两下，软得要命，"松、松开……"

"让我操你，我就松开。"周自珩头脑清醒，在这种时候还拿捏着条件与他交易。

夏习清的眉头紧紧皱着，眼睛里满是水雾："你……你真不是个东西……"

"习清哥哥，是你先勾引我的。"周自珩吻了吻他的嘴唇，手指怎样都不松，语气却软了几分，"答应我吧，我会让你舒服的。"夏习清在他的怀里打了个抖，见他过了那个要射的劲，他又快速撸了几下，夏习清没有防备直接趴在他肩头叫了出来，很快又被他死死握住。

"你他妈……是不是变态……"夏习清的牙齿咬住了周自珩的肩膀，"快点……让我射。"

"让我上。"

要死了。夏习清心里的防线在情欲炮火的轮番轰炸下终于应声倒塌，他双手无力地抱住周自珩的后背，声音小到几乎听不见。

"上……"

"真的？"周自珩几乎不敢相信。

"妈的……啊啊……"夏习清刚发狠骂了一句，就感觉周自珩的手又撸了几下，弄得他刚想说的话打了个转又变成了一连串的呻吟。

周自珩将夏习清抱到马桶盖上坐好，自己从裤子口袋里掏出一个保险套，动作迅速地脱下已经沾湿贴在身上的裤子，尺寸可观的阴茎一下子弹出来。

"你他妈是变态吗……"夏习清仰着头靠着，"随身携带套子不怕掉出来，大明星……"

"我刚从包里拿出来的。"周自珩用牙齿咬开了包装，里头的润滑液很丰富，他全挤在手上，又抹在夏习清的大腿根，顺着往上摁在了他的穴口。这个地方曾经被他狠狠蹂躏过，周自珩忍着欲望耐心地做着扩张，一开始夏习清还是很抵触，但渐渐地他的叫声越来越飘，当周自珩的两根手指戳到里面的某一处，夏习清忽然抱紧了他，咬住他肩膀上的布料。

"这里舒服吗？"周自珩狠狠按了几下，只感觉夏习清的身子没完没了地抖着，尽管他努力地压抑着自己的声音，但愈发尖细的呻吟还是在不经意间泄露。

扩张完毕，周自珩又揉了一把夏习清软了一半的阴茎，将它揉硬，然后把保险套塞进夏习清的手里："给我戴上吧。"

夏习清懒懒地歪了一下头，大口喘着气，声音浪得厉害："你过来啊。"周自珩走近了两步，滚烫的阴茎几乎要戳到夏习清的脸上。

见他抬起左手扶住自己的分身，周自珩深吸了一口气，没想到下一秒夏习清就把保险套放进了嘴里，红嫩的舌头从那个圈里顶了一下，又往里缩，双手扶着他的阴茎就这么含了上去。

他居然用嘴给自己戴套！

周自珩强忍着自己快要爆炸的神经，咬着后槽牙捞起夏习清的两条腿，手臂勾着他的膝盖窝，把他的长腿开到最大，然后对准了那个一张一翕的穴口缓缓挺进。夏习清的声音再也压制不住，随着周自珩的动作释放了出来。

就着这个姿势插了几下，周自珩觉得不得劲，抽出来的瞬间夏习清浑身打了个抖，脖子都红了，他侧过脸去喘气，平复一会儿道："你他妈会不会……不行就让我来……"

周自珩捏着他的下巴用舌头顶入他湿软的口腔，吻得他胸膛一起一伏："都浪成这样了还想着上别人呢。"周自珩将他捞起来抱住，一只手勾着他的膝盖把他的腿抬起来，只让他一只脚着地。这种站着被操的姿势实在是太羞耻了，夏习清想逃，却被墙壁和周自珩两相夹击，哪儿也去不了。

"啊……啊啊……唔……"

周自珩卖力地挺动着自己的腰，一次又一次地狠狠地操进那个又湿又热的甬道，他的卫衣下摆太碍事，顾不上脱衣服，只能将下摆用嘴咬住，这副沉浸在欲望中的模样在夏习清的眼里性感得要命，他懒得故作矜持地克制什么了，就让自己这么沉沦在潮湿的情欲里。

"啊……快点……啊啊！太深了……"他紧紧地抱着周自珩的腰，亲眼看着周自珩皱眉咬住衣服耸动着公狗腰，阴茎狠狠挺入自己的身体里，自己的下体一下又一下戳在周自珩的腹肌上，舒服得四肢百骸都像是过了电，"妈的……好爽……啊！"

夏习清的身子一震，周自珩很清楚自己顶到他的敏感处了，他发了狠猛地加快速度，夏习清像是疯了一样胡乱叫着，指尖快要嵌进周自珩的皮肉里："啊啊……不行……啊啊啊啊不要！不要……啊！啊……"

他松开牙齿，舔吻着夏习清后仰的脖子："喜欢被我操吗？"

"啊啊……"夏习清已经快神志不清了，闷热至极的空气堵住他思考的空隙，开始口齿不清，"唔唔……喜、喜欢……"

"说清楚。"周自珩的阴茎在那一处缓缓地磨着，磨得夏习清快要死过去了。

"喜欢……喜欢你操我……"夏习清彻底迷失在欲望中，黏腻地舔吻着周自珩的耳朵，"操死我……快点……啊！啊……"

那个湿热的甬道已经彻底被操软操开，夏习清整个人都要化成一摊水，直接没有了射精的过程，精水一股一股地往外流淌，浑身还发着抖，就被周自珩翻过来按在墙上，从后头插进来再一次狠狠操弄了一番。

快要窒息在这个狭窄闷热的浴室里，夏习清半闭着眼，一声高过一声地叫着，浑身颤抖。周自珩的动作越来越快，终于快到极限，他抽了出来将保险套撸下，上下撸动了几下阴茎，浓稠的精液尽数射在夏习清的股缝间。

见夏习清就快顺着墙壁滑下去，周自珩抱起他，自己也坐到马桶盖上，把夏习清抱着坐在自己的腿上，温柔地吻着他的脸颊和鼻尖。

"还好吧？"

夏习清懒洋洋趴上他的肩头，昏昏欲睡，可嘴还是一样硬。

"不好……"

周自珩笑得又帅又坏："还想要？"

"滚蛋……妈的老子要散架了……"

"抱抱，抱抱……"周自珩轻轻拍着他的后背，"这个姿势不错。"

"滚……"

"再来一次吧？"

"你敢……"

情潮退去后的疲乏让夏习清无力，什么都不做瘫坐在马桶上，任由周自珩拿着莲蓬头将他从头到脚冲了个干净。帮他洗完，周自珩又草草给自己洗了一下，沐浴露的泡泡时不时溅到夏习清的手臂上，被他用食指摁去，然后仰头继续欣赏。

亲密到这种程度，就像是一对真正的情侣，蜗居在这座城市的小角落里，过着平凡人的生活。

只是很像。夏习清撸了一把湿透的头发，将它们都拢到脑后。

"想什么呢？"周自珩没有擦身子，光脚踩在湿淋淋的瓷砖地板上走过来摸夏习清的脸。

夏习清张嘴咬住周自珩的拇指，抬眼与他对视。

"我就是觉得，我们实在是太荒唐了。"

"是挺荒唐的。"周自珩用自己的手指磨着他的齿尖，"我以前可纯洁了。"

夏习清不屑地嗤笑出声："跟我鬼混的人没资格说出纯洁这个词。"他微仰起的脸漾着欲念残留的余影，"谁能想到这个片场的首次用途居然是这个，又不是来拍色情片。"

周自珩把拇指略微往外抽出些许，轻轻摩擦着夏习清柔软的下唇，他笑了起来，在夏习清的眼里帅得有些过分。

"如果是和你一起的话，拍一部我也不介意。"他深邃的眉眼总会在某个不经意的时刻带上些许孩子气，"演员生涯的完整在于尺度的扩张。"

夏习清拍开他的手，白了一眼："少来。"他仰着脖子靠在水箱上，"这里好闷。"

听了这话，周自珩立刻起身："我出去一下。"他踩着湿透的鞋子走到客厅沙发，从包里拿出自己换洗的内裤穿上，还有他一向当作睡衣的白色棉质短袖和深蓝色运动短裤，正准备换上，忽然犹豫了一会儿，将它们放在沙发上，自己跑去卧室打开衣柜，里面没有多少衣服，周自珩心里有点抱歉，觉得不应该随便动别人的衣服。

于是百般纠结的他最后还是去了客厅，飞快地换上自己的睡衣戴上了口罩，穿着湿透的球鞋下了楼。

夏习清在浴室里听见他跑来又跑去的动静，不知道他究竟在干什么，过了十几分钟，浴室虚掩着的门打开了，周自珩踩着一双深蓝色的橡胶拖鞋走进来，手里还拿着衣服、拖鞋和新毛巾。

"你下楼了？"

"嗯，我去买了点东西。"他把衣服搁在洗衣机上，拧开水龙头洗了几遍新毛巾，又用力拧干，拉过夏习清的手给他仔细地擦着身上的水。看着周自珩这副样子，夏习清心头一热。

他很想说，"你没必要这样"。这样的话他说过太多次，每一次都毫无障碍，也非常奏效，可不知道为什么，看到周自珩的脸，他就说不出这句话。可他心里依旧觉得，对于自己这样的人，周自珩没必要做到这步。

"好了，把手抬起来。"周自珩像是照顾一个孩子似的给他穿上了自己一贯当作睡衣的白色 T 恤，也是他买完东西上楼后又换下来的那件衣服，自己则是穿了刚刚在楼下花三十块买的一件黑色短袖。

给夏习清穿好衣服，周自珩从塑料袋里拿出一双和他脚下同款的深蓝色拖鞋，握住他白皙的脚踝，一一给他套上。

其实他挺想吻一吻他的脚踝，不过现在夏习清可能会生气，所以周自珩暂时放弃了这个念头。

"缓过劲了吗？"周自珩牵着他的手把他拉起来，用手虚虚地扶了一下夏习清的腰，被夏习清拿开："我体力好得很。"说着，他穿着那双合脚的拖鞋走出了浴室，汗液和空气的化学反应在此刻终于终结，夏习清拿了毛巾擦了擦头发，觉得浑身清爽。天彻底黑了下来，客厅的灯不太亮，暗黄色打下来，充盈了这个小小的空间。

一转身看见穿着黑色 T 恤的周自珩伸手捏着衣服后领，转过头似乎想看什么。夏习清走过去："怎么了？"

"领标磨得脖子好痒。"

"坐到沙发上去。"夏习清四处找了找，发现电视柜第二层上放着一把旧剪刀，于是走过去拿起来，手柄处的橡胶皮都旧得开胶了。一回头周自珩正坐在沙发上等着，没做造型的头发干掉之后毛茸茸的。

"你在哪儿买的劣质衣服，该不会是楼下夜市吧。"夏习清走过来，周自珩朝他拍了拍自己的大腿，笑得露出一排白晃晃的牙齿："对啊，你怎么这么聪明。"

一个大明星，真不讲究。夏习清看着这个笑容就难以拒绝，分开腿坐到了他的腿上，两只手绕过他的脖子给他剪领标。

"别动啊，剪到肉别怪我。"

"嗯。"

周自珩满意极了，手臂松松地环住夏习清的腰，头顺从地埋在他的肩窝，这一次他的身上没有香水味，只有沐浴露残留的薄荷香气，混着一点点还没消散的情潮气息。

欲望来的时候汹涌如海啸，让人冲昏头脑，但事实上对于周自珩而言，和夏习清在一起，退潮时的起起伏伏的悸动和余波也很美好。

小心翼翼地剪下最后一点点，夏习清用手扯下了那个劣质的领标，虽然很小心，但还是在他的短袖上留下了一些小小的破洞，没所谓了，反正一看就是便宜衣服。

"好了。"

周自珩还赖着不愿意抬头："再抱一会儿。"

"你是小狗吗？"

"不是。"周自珩紧紧抱着他，抬起头，自下而上的眼神满是留恋，"亲一下。"

夏习清没有动，周自珩又一次要求，他终于心软，在周自珩的唇上印上一吻："行了吗？"

"不行。"周自珩吻了上来，越吻越深，夏习清手握着剪子，在缠人的吻的间隙中威胁道："你信不信我拿这个刺进来。"

"不信。"周自珩吻着他的侧颈，手去捉他那只拿着剪刀的手，牵到自己的胸口，"你刺啊。"

夏习清得到过太多人的心，他们每一个都向他许诺过漂亮的誓言，向他展示过自己情感的浓烈，这些在他看来都大同小异，老实说没什么情绪波动，因为他是很清楚的，倘若他们真的知晓自己是一个怎样恶劣的人，没有人会爱他。

可周自珩的心完全不同，他的感情是蓝色的岩浆，看起来像是沉静的海洋，潮汐淹没的时候才发现自己早已被滚烫的岩浆吞没，融化其中。

丢掉手里的剪刀，夏习清抱住周自珩的后脑勺深深吻住他。

什么时候自己也学会走一步看一步这样消极懈怠的战术了？

他们之间的微妙平衡是一个泡沫，只要周自珩不戳破。

夏习清偶尔也会阴暗地想：或许是自己太自恋了，没准周自珩也只是玩玩而已，用他精湛的浑然天成的演技在模拟爱情。

真是这样也不错。

湿润的舌尖交叠，夏天的风从旧窗棂的缝隙钻进来，盖住两人的眉眼。

这种温情脉脉的吻极少发生在夏习清的身上，他总是用渴求的姿态侵占着别人，却没想到有一天自己也会成为予取予求的那一个。

难舍难分的时候，周自珩的肚子忽然叫了一声，打破了这种蜜糖一样甜丝丝的纠缠。

"这次是真的饿了吧。"夏习清笑着从他身上下来，瞟了一眼墙上挂着的钟摆，"走，带你去吃东西。"

潮气仍旧没有蒸发，但暑热随着太阳的消失散去了大半，夜风吹在人身上温温的。周自珩和夏习清肩并着肩下了楼，之前一团乱的社区被万家灯火照亮，本就算不上宽阔的马路牙子被大大小小的摊位占领，临街卖衣服的，卖花鸟鱼虫的，奇奇怪怪各种小铺子，密密麻麻挤在长长的一条街上，用带着一串串小灯泡的绳子区分开彼此，也分享着彼此的光。

"你没逛过夜市吧。"夏习清伸手将周自珩的帽檐压得低了些，周自珩顺手推了一下自己的眼镜框："没有，北京现在连个小脏摊都没了。"

"也是。整治市容市貌嘛。"夏习清拉着他走到了人行道上，这里不是夜市的主要行动区，不至于人贴人，他扯了一下自己的口罩，提醒周自珩，"小心你的手机，我以前有三个手机都是在夜市上被偷走的。"

周自珩笑了一下，把手自然而然地搭在夏习清的身上。

"你不怕被人拍到啊？"

"拍呗。"周自珩搂得更紧，"明星逛夜市不是很接地气吗。"刚说完，夏习清就感觉搭在自己肩上的那只手拿开了。他一转头，看见周自珩身手敏捷地扶住了一辆差点栽倒的小推车，抓着小推车推杆的婆婆头发花白，连连跟他说着谢谢："幸亏有你啊，不然我今天这一晚上都白搞了，都没了啊。"

周自珩听不太懂，只能笑着帮她推到固定的摊位上，用普通话跟婆婆费劲地交流着，他的个子太高，只能一直弓着背，低头凑在婆婆跟前。

"您小心点，这个脚不大稳。"周自珩半蹲下去，从裤兜里拿出一张纸巾叠了几下，垫在那个低了一截的木脚上，"好了。"他抓着推车的木脚晃

　　了晃，"这下就不会晃荡了。"他一抬头，正巧和不远处的夏习清目光相撞，朝他露出一个笑。

　　夏习清觉得自己简直热出了幻觉。

　　感觉周自珩的背后长出了一对发光的翅膀。

　　这么好的人，干吗要跟自己厮混。

　　他也跟着走了过去，看了一眼推车上不锈钢的大保温桶和上头摆着的切好的水果，用武汉话对婆婆说："婆婆，要一杯绿豆冰沙，还要一串荸荠。"

　　拿了冰沙和荸荠串，夏习清离开了摊位继续朝前走着，周自珩跟在后头："我也要吃。"

　　"你去买啊。"

　　"我要吃你手上的。"

　　夏习清猛地转身，周自珩一个没刹住差点迎面撞个正着，连忙后退了一步，夏习清手里的荸荠串上串了五个削得干干净净的荸荠，每一个都白白嫩嫩圆咕噜嘟的，他把冰凉的绿豆冰沙塞到周自珩手上。"先别喝。"说着，用手取下一个小荸荠就要递到他手里，"吃吧，你们那儿应该不会把这个当水果吃。"

　　谁知周自珩直接低下头，就着夏习清的手咬住了那个荸荠，一仰头送入口中，嚼了两下，脆嫩清香，汁水甘甜。

　　"好吃！"那双黑框眼镜下的眼睛都亮了几分，"我还要。"

　　夏习清也跟着笑起来，夺走他手里的绿豆沙毫不留情地转过身："自己去买。"

　　"别啊，你再给我吃一个。这个好好吃啊。"

　　"这就是马蹄。"

　　"是吗？我们那儿马蹄都拿来包饺子做丸子了，不怎么生吃，而且我们那儿的一点也不嫩。"周自珩揽住夏习清的肩膀，"还是你们这儿好，什么水果都有奶奶削好了拿出来卖，还便宜。"

　　无论什么时候，被人夸赞故乡都是一件令人心情愉悦的事。

夜市的中段是联排的大排档，家家生意都红火，夏习清领着周自珩找了偏僻的地坐下，点了四大盘烧烤，都是用铁签串好的各种肉，烤得嗞嗞冒油，再撒上一大把孜然、辣椒和葱花，香得要命。他又去旁边的摊位买了一小碗卤味、两笼西红柿味的汤包，把又小又矮的桌子摆得满满当当。

"尝尝。"

周自珩拿起一串烤脆骨就往嘴里放，他向来是不吃辣椒的，这下子被结结实实辣了个蒙，抓起夏习清手边的绿豆冰沙"呼噜呼噜"吸了一大口。

"好辣！"他张开了嘴像个大金毛似的直吸气，笑得夏习清差点呛着："我点的可是微辣。"

"你别吃这么辣的，刚刚才……"

夏习清拿膝盖使劲撞了他的膝盖一下："你给我闭嘴，再提我就把你一个人扔这儿自己走。"

周自珩咧着嘴笑，一把抓住夏习清的手揉了揉，像是讨好似的，夏习清又把手抽出来，给周自珩夹了一个卤海带结："这个好吃，我最爱吃这个。"

听到夏习清这么说，周自珩想都没想就把海带结也塞进嘴里，在老卤汤里煨煮了好几个小时的海带早已软糯绵密，咸鲜美味。

"唔……这个好好吃。"可下一秒卤汤里藏匿的辛辣后劲又浮了上来，周自珩伸出舌头，"这个也辣。"

"啧啧啧。"夏习清摇了摇头，吃了一串烤青椒，"我们这儿大部分的东西都是带辣味的。"

最后周自珩一个人吃完了两笼汤包，还吃上了瘾，自己跑去又叫了两笼，没过一会儿一个大叔端着两笼汤包过来给他们搁下："帅哥，你的汤包。"此时的夏习清早就吃完了东西重新戴上了口罩，大叔瞟了一眼他扎起的头发，又瞅了瞅他的眉眼，跟周自珩调侃道，"帅哥你蛮有福气啊，玩的个朋友长得蛮漂亮咧。"

老板的普通话夹着浓重的方言，周自珩听了个大概，以为他是在夸夏习清长得好看，于是笑起来，正要回他，夏习清却忽然拉下了自己的口罩，抬头对着老板一本正经道："我是男的。"

"啊？"老板仔细瞅了一眼，还真是个男的，他立刻抱歉地笑起来，"啊呀我搞错了搞错了，不好意思啊。刚刚我老婆还跟我说有一个长得蛮高蛮漂亮的美女买了两笼西红柿汤包，我还以为是你。"

夏习清皮笑肉不笑地说了句"没事"，老板谈笑两句也就走了。

"他是说你长得漂亮吗？"周自珩一直询问，他就是好奇，为什么老板说完那句话，夏习清就要解释自己是男生呢？他回忆着之前老板说的话。

玩的朋友。

"什么是玩的朋友？"

刚咬破汤包一个小口子的夏习清被滚烫的汤汁烫了舌尖，薄皮再也裹不住的汤汁在小盘子里哗啦啦流淌开，像是藏不住的隐秘心事。

桌子和桌子之间挨得近，旁边那桌喝得半醉的中年男人忽然间笑起来，其中一个用握住啤酒罐的手背碰了一下周自珩的后背："你是北方人吧。来武汉玩？"

周自珩下意识推了一下镜框，对方似乎没有认出来他："对啊。"

对方哈哈笑了几声，用不标准的普通话给他科普："玩朋友就是谈恋爱，晓得了吧？"

谈、谈恋爱？

所以，老板是把夏习清当成自己的女朋友了？

舌尖烫得发痛，听见周自珩和那个大哥的对话，夏习清更是抬不起头，只撇过脸吸着已经见底了的绿豆沙，杯壁凝结的水珠子弄得手湿漉漉的，像是贴心地为烧烫的掌心降温似的。

吃过夜宵，两个人并肩从一条岔道走出去，渐渐远离了喧闹的夜市，华安里社区被铁路包围，耳边传来火车呼啸而过的轰鸣声，连带着心脏一起震动。

周自珩还惦记着刚才那个大哥说的话，总觉得夏习清这个人实在是太符合这座城市的秉性了，就连谈恋爱都说成是玩朋友，放荡不羁，带着痞里痞气混江湖的少年气。

"你觉得……"

走在后头的周自珩低声开口，夏习清没有回头，他把手里绿豆沙的塑料杯子像是投篮一样投进了远处的垃圾桶，完美得分。

"我们现在算不算玩……"

火车的声音铺天盖地地压过来，像一只怪物一样将夏夜的声响全都吞没，包括周自珩最后的两个字。

轰鸣声渐行渐远，一切恢复宁静。夏习清转过身子，半握着拳头。

"你刚刚说什么？"

夏习清是多么聪明的人。周自珩盯着那张月光下毫无破绽的脸孔，沉默了两秒。

"没什么。"

他的伪装告诫着自己急切的心。

还不是时候。

除开刚到武汉的那两天，开机前一个星期的准备时间里，夏习清和周自珩基本上都在酒店磨剧本。

这部电影的冲突点很多，涉及的人物角色也不少，还有很多是跨度比较大的回忆杀，加之周自珩扮演的高坤有一个从患病早期到逐渐严重的过程，这些都意味着演员光是在形象上都要呈现出非常大的变化。

"我觉得你应该戴个耳钉。"夏习清一言不发看了二十多分钟剧本后，忽然抬头对周自珩开口，"还应该染个头发。"

周自珩抓了抓自己正为了做造型养长了点的头发，他以前的头发从没超过四厘米，现在倒像个实实在在的小鲜肉模样了。

"你认真的？"

"当然了。"夏习清拿起手机，在主创群里发了一条消息。

夏习清：昆导，我提议让高坤染个头发，戴个耳钉什么的，比较像混社会的。

群里一共就四个人，两主演一导演一编剧，很快昆城就回复了消息。

昆城：这个主意不错，高坤本来就是个外来务工差点误入歧途的孩子，在社会上混了两三年的，染个头发我觉得可以。

许其琛：嗯，高坤的形象其实是比较外放的，野路子，要和江桐形成反差，这个形象设计可以。

昆城：习清不愧是学美术的，要不你根据剧本把几个主演的形象都搞个概念图出来吧哈哈哈。

昆城：开个玩笑。

夏习清想了想，也不是什么难事，但他一个人最多也就只能弄出两个主演的，他没有直接揽活，心里琢磨了一下，没想到坐在身边的周自珩拿起手机回复了一条。

周自珩：他光是背台词就够呛了。话说回来我染个什么颜色比较靠谱？

看着周自珩的回复，夏习清觉得心里头热热的，他就这么不动声色地替自己把活给推了，话题一下子就转开。

昆城：黄的吧，就那种特土特俗气的哈哈哈。

许其琛：嗯……我想也是。

夏习清想象了一下顶着一头杀马特黄毛的周自珩，觉得太好笑，有种和他形象不匹配的怪异感。他眼睛扫视着盘腿坐在身边垂着脑袋发消息的周自珩，伸手把他的脸扳过来对着自己，左看右看，拿了放在身边的平板和电子笔。

“你要画我吗？”

“嘘……”

周自珩很看眼色地再一次低下头，对话框上写着刚才自己没有发出去的话：“你们都是认真的？？好吧如果你们真的觉得黄毛可以的话我就染吧，为艺术献身。”

瞟了一眼正低头在平板上画画的夏习清，周自珩一个字一个字删掉了刚刚的话，重新编辑了一条。

周自珩：发色可是大事，得从长计议，你们给我三分钟的时间考虑一下。

昆城：你就是不想染吧。

许其琛：（大笑 .jpg）

没一会儿，夏习清就抬起头，歪着脑袋仔细地看了看手里的平板，又改了改，最后截图发到了群里。

夏习清：你们觉得这样的形象符不符合高坤？

周自珩没有点开图片，他挪到了夏习清的跟前，下巴抵着夏习清的肩膀看着他手里的平板，屏幕上是一个类似时装设计专业常画的概念图。上面画着一个身形高大的男人，脸孔不分明，但顶着一头染成深红色的寸头，右耳戴着一枚黑色耳钉，像一颗痣似的，上半身是一件黑色背心，左边大臂有刺青，穿着条脏兮兮的深蓝色牛仔裤，蹬双山寨的旧球鞋，手里还夹着半支烟。

"怎么样？行吗？"夏习清侧过脸问他，周自珩抬了抬眼睛，抿着嘴："我觉得不行。"

夏习清皱了一下眉头，挺直了后背低头盯着平板："哪里不行？我觉得挺好的啊。"说完他又佝起了背，抿了一小下嘴，小声嘟囔了一句，"我觉着我心里的高坤就应该是这样的。"

周自珩只轻轻笑了一下，从他肩膀那儿起来，又伸手揉了一把夏习清的头发，坐直身子发了条消息。

周自珩：坤哥的造型就这么定了。

昆城：可以啊习清，很符合人物形象，我已经发给造型组组长了。

许其琛：不愧是习清，也挺符合我心目中高坤早期的形象。

夏习清看了消息，抬头伸腿踹了周自珩的腰一脚："你他妈就不能对着我本人说句好话吗？"

"刚逗你的。"周自珩笑着抓了一把他的脚脖子，把夏习清撸到膝盖的运动裤裤脚放了下来，空调开得太猛了。

"不过也是，太帅了点。"夏习清一心只放在他的概念图上，他这人别的事都没什么，随意得很，唯独在画画这件事上，特别吹毛求疵，"涂黑点？弄个疤？"改了改还是不满意，就把怨气撒在周自珩的身上，扑到他身上扯住他的脸，"这事不赖我，要怪就怪你长得太帅，我帮你毁个容就完美了。"

周自珩被他这突如其来的袭击一下子给弄得仰面躺在地上，可他的手还托着夏习清的后腰，由着他拉扯自己的脸也不喊疼，只笑着调侃："那你毁啊，你舍得吗？"

这话一说出来他就有点后悔，感觉太把自己当回事了，看见夏习清的手滞了一下，周自珩立刻补了句："你不是就看上这张脸了吗。"

"喊，还有身材。"夏习清松了手，从他身上下来，"不过你这身材到后期也瘦成白条鸡了。"

"然后呢？"周自珩立刻坐起来看向他，脸上的表情有点不大高兴，夏习清很快明白过来他是因为这句话不高兴，他又蹲下来拍拍周自珩的头："没事，艺术品摔碎了都是艺术品，小瓷片都闪着人文的光辉。"说完他还吧唧亲了一口周自珩的嘴唇，"美学价值是不会因为画布的褪色而贬值的。"

真会说。周自珩勾起嘴角，颇为满意地用手刮了一下夏习清的鼻尖。

"说不过你这个搞艺术的。"

夏习清被他这个动作弄得有些不好意思，他每次掩饰自己不好意思的方式就是耍横："你以后再动我鼻子，我真去点了这个痣。"想到周自珩刚刚说的那句话，夏习清忽然坏笑起来，流氓劲一下就上来了，手从他领口里伸过去胡乱摸了一通，"对啊我就是搞——艺术的。"

他还特意把"搞"字咬重，周自珩一把抓住他的手："不是，谁搞谁啊究竟？"

"少嗝瑟，保不齐哪天就是我搞你。"

"上次是谁没力气来着，我也没拦着你唔唔……你别捂我嘴你还怕人说啊。"

"老子下回非得搞你一回！"

"您请。"

两个人在地上闹了半天，最后小罗敲门要进来送开机仪式的流程书，这才结束了这个幼稚的游戏。

最大隐形投资商周自璟信不过其他人，弄了半天还是让自己的老婆来当制片主任，在外人眼里，不过是周自珩经纪公司的老板来当制片人，这种情形在圈里也挺常见，何况蒋茵手里的片子很少有砸的，不然也不会被称为金牌制片。不过在夏习清眼里就有点搞笑了。

"合着这部戏到最后都是你家的班子啊，你哥投资，你嫂子制片，你来演。真逗。"

周自珩耸了耸肩。

不止呢，还是他喜欢的人跟他一起演，他喜欢的人的朋友当编剧。

几个戏份比较少的演员没有进组，开机仪式弄得很简单，导演带着几个主演插了香拜了拜，为了不泄露剧情，演员们都没有做妆发，直接穿着私服弄完了开机仪式。

不过上一次蒋茵的营销做得非常不错，效应到现在还有余韵，光是一个开机仪式就吸引了无数家媒体前来采访，一直以来都是拍小众独立片的昆城不大擅长应付这种事，媒体见面会统共也就半小时，全集中在周自珩和夏习清身上，而且还是"圈外人"夏习清，承担了大部分回答媒体提问的任务。

仪式折腾完，几个演员就马不停蹄地开始做造型，夏习清的造型比较好做，剪剪头发再换套衣服基本就可以了，原本江桐的原型就是夏习清本人，连长期营养不良的苍白肤色都是对应着的，连粉底都不用多上，就把唇色遮一遮就行。

可周自珩就麻烦了，先是要剪头发染头发，还得贴文身贴打耳洞。第一天夏习清只有一场戏，在剧本里还是黄昏时候，需要等几个小时。在这场戏里从家里出来的江桐遇到了几个收保护费的混混，高坤路过替他揍了他们几个人，这是两个人在"跟踪"之后的头一次交流，很重要的文戏。

他们的造型室是之前在华安里租的一套房子里，做好造型的夏习清离开化妆间来到造型间，在门口遇到了一个小麦色皮肤眼睛细长的男生，个子一米七五左右看着很有活力，上来就主动跟夏习清打了招呼："你好你好。"

被这个男生握住手摇了半天，夏习清忽然觉得他很眼熟，大概是演过什么电视剧，可他也不看电视，或许是在微博上刷到过，应该不是像周自珩这样的当红演员，夏习清习惯性露出温柔的笑容："你好，我是夏习清。"

"我知道。我特爱看《逃出生天》！"男孩嘿嘿笑了两声，又觉得自己实在是有点太自来熟，松了握住他的手不好意思地挠了挠自己的头发，"我叫杨博，那什么，我在这里边演阿龙。"

夏习清很快反应过来，阿龙是这部戏里一个配角，间接害得高坤患上艾滋的人血倒卖贩子。

"哦哦，你好你好，今天第一场戏就是你的，紧张吗？"

"还真有点。"杨博的表情很生动，虽然长得不帅但一看就是天生吃这碗饭的。

刚给夏习清弄完妆面的化妆师苏姐又从化妆间拎着大包小包地走过来，见两人站在造型间门口聊着，撞了一下夏习清的胳膊："干吗在门口说话啊，进去啊，还有地方坐。"

"是哈。"杨博的东北腔一下子冒出来，夏习清也笑了笑："那我们进去吧。"

一推门，夏习清就瞧见了周自珩坐在化妆镜前的背影，他的头被加热帽给包住，估计正在染头发，一个男人正拿着刺青贴纸摁在他的左胳膊上，周自珩原本也侧着脑袋看着自己的手臂，一听见开门的声音就抬起头，发现夏习清和另外一个男生走进来了，他满心满眼都是夏习清，对着镜子就冲他喊了一声："习清！"

他们两个人在一起的时候，周自珩很少会叫他的名字，所以夏习清有点不习惯，他冲周自珩笑了一下，杨博没发觉他视线的转移，问道："那你们拍戏还回去拍真人秀吗？"

夏习清收回眼神："暂时不拍了，制作组找了别的艺人。"

没有得到应有的关注，周自珩心里不大痛快，但这个屋子里这么多人他也没法发作，只能暂且忍一忍。

"别沾水啊自珩，等它干一干。"造型组请来的刺青师拿出一把小扇子给他扇着，这个场景有点怪异，一个刺青从手指连到脖子留着一头圆寸的硬汉大哥拿着把粉红色小扇子半蹲着在他跟前摇着。

"哥，这个你们做了多少份？"周自珩觉得不好意思，把扇子拿过来自己扇，刺青上的花纹很复杂，有火焰，有缠绕的花枝，如果仔细一点看，还能看到里面藏着的一个苍老妇人的脸，那是高坤的奶奶。

高坤是个留守儿童，妈妈在他一出生就跟着别人跑了，爸爸在广州打工，他一直跟奶奶相依为命。奶奶对高坤来说是最重要的亲人。

"百来份呢，放心吧，不够后面再印。"

盯着身上的刺青，周自珩有些出神，他摊开自己的手看了一眼，愣愣地问道："哥，要是真的刺青也花不了多长时间吧。"

"那不一定，得看图案复杂程度还有面积了。"刺青哥笑了笑，"怎么，想弄文身啊？"

"没，我就问问。"周自珩摇了摇头，"我们这种职业不能随便弄文身，何况我爸也不会答应。"

"也是，上电视还得马赛克。"

弄完刺青，周自珩的头发差不多也染好了，造型师阿杰领着他过去小心翼翼地把头发冲洗干净，生怕弄花假刺青。

夏习清和杨博则是坐在沙发上互相交流着剧本，杨博家是哈尔滨的，浑身都透着股东北人的豪爽劲，拉着夏习清就跟亲哥们一样，两个人交流完剧本又开始交流造型。

夏习清抓了一缕杨博头上的黄毛，笑道："最开始导演还说让周自珩染黄毛来着。"

"是吗？"杨博嘿嘿笑了两声，"他染肯定比我染帅。对了，你俩演了真人秀又演这部戏，关系应该挺好的吧？"

被他这么一问夏习清还忽然有点不好意思，他眼睛往边上瞟了一眼："还行。"

说出来还真是亏心。明明都是"负距离"的关系了。

"负距离"的实施者在吹头发的间隙里眼睛一直有意无意地往夏习清那个小角落盯，看着他又是撩别人头发又是跟别人谈笑，心里的火越发大了。

"OK 啦。"造型师阿杰两只手放在周自珩的肩上，"自珩你还蛮适合这个发色的啊。"

周自珩一看镜子，还别说，这头红发就跟自己心里噌噌往外冒的火似的，那叫一个形象。

不。周自珩瞅了一眼那个小角落。

还是绿的更应景。

事实上，夏习清三不五时就侧头看一看周自珩那边，这会儿一抬头就看到他发型做好了，深红色的短发和他想象中几乎没有出入，他一下子就从小沙发那儿站起来走到了周自珩身边，由衷地夸奖道："还挺好看。"

"只是挺好看吗？"周自珩转过头冲他挑了个眉。

"帅。"夏习清伸过手就想直接捏他的脸，忽然发现在组里这样实在是太亲密了，又收了回去，"真的帅。"

周自珩一贯修剪整齐的眉毛为了拍这部戏也一直处于放养状态，长成了他本身野生眉的样子，配上深邃的眼窝和立体的眉骨，整个面部轮廓散发着一种特有韧劲的荷尔蒙。

之前的周自珩身上有股扔都扔不掉的正气，明明长了张绝世 Alpha 渣攻脸，可骨子里就是温柔又善良。现在这小混混的造型一弄，就跟许其琛说的一样，野路子。

瞧着他新打的耳洞，一枚黑色耳钉还挂在上头，夏习清的手指轻轻撩了一下他的耳垂："你以后就是这条街上最靓的仔啦。"

周自珩听了夏习清的夸赞，心里的高兴就快掩盖不住，先是得意地勾起嘴角，又微抿了抿。

站在椅子后头的阿杰也跟着开起玩笑来："导演也不给我们坤子配个高颜值女主角，最靓的仔就是要配最靓的女啊。"

不不不，最靓的仔要泡另一条街最靓的仔。周自珩在心里反驳。

不过，他这么凑近看才发现夏习清的头发剪了不少，原本头发快到肩膀了，现在被修剪得刚到下巴，看起来和他第一次遇到夏习清时的长度差不多。

"头发剪得挺好。"

"那可不，发型师是专业的。"夏习清的手自然地搭在周自珩的肩膀上，显得熟络又不过分亲密，"不像你，我可跟你说好了，到时候别咔一下给我剪成秃子，我可跟你没完。"

夏习清说的是剧本里高坤给江桐剪头发的一场戏，这场戏是终稿里才有的，大概是许其琛后来加进去的。

"没事，光头也不会影响您的美貌。"周自珩憋着笑打趣。

"滚蛋。"

副导演推了门进来，手背往自己光溜溜的脑袋抹了把汗，一口半咬着舌头的标准京片子："好了吗？咱过那头拍去？"

这光头来得太应景了。这回夏习清和周自珩两个人都笑起来，跟两小孩似的前俯后仰的，弄得副导演一个人莫名其妙，又摸了摸他灯泡似的脑袋。

第一场戏是周自珩和杨博的，杨博演的阿龙是个倒卖人血的，和夏习清饰演的江桐一样住在华安里的一个小破出租屋里，但他的戏份不多，这个出租屋剧组只租了一天，必须先拍他在出租屋的戏份。

这场戏其实是刚知道自己得了艾滋的高坤盛怒之下来找阿龙，认为是他害了自己，两个人隔着铁门发生了非常激烈的矛盾。

开机第一条就是冲突戏，这对演员的要求其实是很高的，但周自珩演戏这么多年早就习惯了，昆城更不放心的是杨博。

"你们先试着演一场，没事这会儿天还没黑，还有时间。"

等天快黑就是周自珩和夏习清的对手戏了。导演必须在这短短的两三个小时内把这段冲突戏拍到位，时间是一个大挑战。夏习清在演戏方面完全是空白，尽管这个时间里他没有戏，但他还是站在片场看着，用最快的办法吸收学习。

演员就位完毕，场务拿着黑白相间的场记板走到镜头跟前，看了一眼摄影的手势，开口道："《跟踪》第1场第1镜第1次，action！"

"咔"的一声打板，两台机器对着的周自珩立刻进入状态，这是夏习清从未见过的他。

他用手猛地拍打着铁防盗门，也不说话，就铆足了劲拍，后槽牙咬紧，眼睛垂着，砰砰响着的铁门让站在楼道旁观的夏习清也一下子就进入了情绪。

"谁啊？他妈的是不是有病啊……"防盗门里头那层门开了，隔着铁栏能看见阿龙揉着眼睛，枯黄的头发像是一团秋末时节的草，一看见周自珩，他的眉头就皱了起来，脸上的表情很是嫌恶，"你他妈脑子有病吧，过来我这儿闹事，还想不想挣钱了，啊？"

高坤的手握了握拳头，紧紧抿着自己的嘴唇，眼睛仍旧半垂着。

"说话啊？你他妈抽血抽哑巴了啊！"阿龙挠了挠自己的脑袋，手扶到门上准备关门，"老子钱都给你结了，少他妈过来闹——"

"砰"的一声巨响。高坤的拳头狠狠砸在了铁门上，他如同动物园里任人观赏的猛兽，极度愤怒之下隔着栏杆发着狠，眼睛瞪得通红。

"你他妈……你……"愤怒让他的声音变得嘶哑，"都是因为你们的针管……"

阿龙被他吓了一跳，心里有些发虚但还是强装出一副强势的样子，毕竟这个高坤再怎么也不过是他们的一个血包而已，穷到只能来卖血的人，有什么好害怕的。

"你们什么？我看你是穷得发疯了。"

"我得艾滋了。"高坤忽然开口，"艾滋！你知道吗？艾滋病！"

第一句他说得平静异常，仿佛得病的人并不是自己，可这股平静没有维持几秒，他的拳头不断地砸向那个铁门，仿佛砸开他就可以获得解救一样，浑身战栗。

阿龙猛地怔在原地，半天没有说话。

站在一旁的夏习清看得入了迷，可阿龙一直不说话，然后又后退了两步，吞吞吐吐，高坤又狠狠砸了两下门，穷凶极恶地抓着栏杆像一个恶鬼一样开口："都是你，都是你害得我变成这样！我要杀了你！开门！"

夏习清的眼睛落到了阿龙身上，不对。

演错了。刚才高坤明显是在救场。

"Cut！阿龙忘词了，怎么回事？"昆导拿着对讲机喊了停，"阿龙调整一下，正好我们拍一个高坤这边的特写，没事的，先过两遍。阿龙不要有压力。"

杨博脸上露出抱歉又懊悔的表情，弯下腰连连向工作人员道歉："对不起对不起，我刚刚是真的被自珩吓着了。"

夏习清不由得笑起来，周自珩一秒入戏的功夫太深，不愧是在剧组长大的孩子，这气场搁谁都会被吓住。

化妆师连忙上前替周自珩擦汗，周自珩让杨博开了门跟他讲戏，两个人又交流了一下彼此角色在这个场景下的心情。

"没事的。"周自珩拍了一下他的肩膀，"刚上来就演冲突戏是真的不容易，我刚开始也是，慢慢就好了。"

杨博很是感激，由于外形和人设，周自珩在不熟悉的人眼里一向是气场强大又有些冷漠的类型，但这次接触他才发现事实根本不是如此，他不光不冷漠，还特别温和耐心。

"准备好了？再来一条，这回拍高坤的特写，高坤注意机器。"昆导眼睛看向杨博，"阿龙先在摄影师后头站着看一下，多看几次就不会被吓着了。"

"我长得有那么吓人吗？"周自珩这么一打趣，片场里的众人都跟着笑起来，杨博的紧张情绪也好了不少。

你生气是挺吓人。夏习清站在他的身后不远处，想起了被下药的那天晚上。

"《跟踪》第1场第2镜第1次，action！"

重新开始，杨博站在了特写摄影师的背后，认真地观察着这一次周自珩的演绎，同时在后面用声音和他对戏，特写镜头呈现出来的是完完全全的阿龙视角，周自珩对于高坤情绪的处理比上一次更加饱满，从一开始有些恍惚，到越来越气愤，到痛苦和不愿承认的无助，每一个情绪点都承接得流畅无比。他发红的眼睛里像是含着泪，但又似乎没有。

"你给我滚出来！我要杀了你！"高坤又打又踹，甚至捡起墙脚边被人丢弃的旧拖把狠狠砸在门上，"出来！滚出来！我他妈非得让你给我陪葬！"他手里的长杆一下又一下挥在铁门上，随着时间的流逝，他砸门的力度也渐渐减小，最后一下顿在半空中。

他垂下头，紧咬牙关牵扯出面颊侧面的肌肉颤动，握住拖把的手指在颤，却又努力地克制着不愿它颤。

"我今年19岁……"

夏习清的心揪了一下。这句台词出现得太让人难受了。

阿龙的声音出现："这……这……你、你他妈开什么玩笑，我、我我什么都不知道你别赖我！别赖我，你的钱我给了，你去找别人发疯！"

"我找谁？！"高坤又一次扑上铁门，"我去找谁！"

阿龙的声音抖得跟筛糠似的："我、我我不知道！谁传给你的你去找谁……冤有头债有主，我没有艾滋你别找我！"

高坤气得发抖，一双手只想抓破铁栏杆上的纱布，穿过去将这个人拉出来，他现在恨不得扒了他的皮喝他的血：“你给我出来……出来！我要你的命！我要你的命！”

“Cut！”昆导喊了停，“很好，高坤特写过，下一条拍阿龙，阿龙刚刚的台词感觉对了，一定要有那种惊慌害怕又想推卸责任的感觉。”

杨博重重点了两下头。周自珩被化妆师拍了拍肩，转过来低下身子让她擦汗补妆，为了和角色更加贴合，他特地让化妆师用深色粉底化妆，肩膀上还画了晒伤磨破的痕迹，但武汉的夏天实在闷热，人稍稍动两下就开始冒汗，不用说周自珩这么用力地表演。

等待补妆的他眼睛朝别处看了看，对上了不远处观摩学习的夏习清，一直不知道夏习清在场的他脸上的惊喜几乎无处掩饰，嘴角一瞬间就扬起来。

夏习清也对他露出一个笑。这个人在演戏的时候情绪转换如此之快，他有最浑然天成的掩饰和覆盖情绪的技巧，可私底下却真诚得要命，一切情绪都那么明显。

时间很紧，周自珩补妆结束后就立刻开始第三条，第一遍的时候阿龙的情绪转换还是有些生硬，尤其是得知高坤染病之后的那个瞬间。

“你的惊慌和恐惧是分开的两个情绪，这是不对的，你当下的状态就是我不敢相信他真的染上艾滋但是另一方面又害怕，不光是被他这个人吓到，更是被这个病吓到。”昆导耐心地给杨博说戏，在他充分理解角色情绪之后又重新开始。对电影稍稍有些吹毛求疵的昆导在拍了六条之后才通过。

“抱歉抱歉。”杨博从房子里出来，看了一眼楼道外面，幸好太阳还没有落下去，“耽误大家时间了。”

“没事的。”周自珩朝他露出一个笑，“作为一个新人你已经很厉害了。”

“自珩你知道这是我的第一部电影？”杨博有些惊讶，他原本以为自己这么小的咖位绝对不会引起周自珩这种当红男明星的注意，这甚至让他有些受宠若惊。

“我刚拿到演员表的时候查了一下每个人的资料，因为不是每次演戏都会跟认识的人搭，事先了解一下更好。"额角有一滴汗流下来，被周自珩察觉出来了，他眼睛往上看了看，又笑起来，"我觉得你很厉害啊，我第一次演电影可做不到第一场就是冲突戏。"

杨博现在简直要把周自珩当作他的偶像了，虽然这位才20岁，比自己都小。

他算是知道为什么那么多人喜欢周自珩了。

夏习清走了过来，看了一眼周自珩脸上的表情立刻秒懂，称心又诚心地对他夸赞了一句："演得真好。"周自珩一听高兴坏了，但又找不到一个得体的方式表达出来，只好抿嘴笑了一下，冲着夏习清道："可以给我买根冰棍吗？"

"找小罗去，我又不是你助理。"夏习清瞟他一眼，"吃什么雪糕，你是3岁小孩啊。"

每次这两个人一凑到一起，杨博就感觉有一道天然屏障把他和他们隔开，自动变成了只能看不必说话的背景，还恨不得给他俩的头上吹满粉色泡泡。

妈呀，他这是嗑 CP 了吗？杨博惊醒。

难怪他俩会有那么多 CP 粉……

紧赶慢赶在夕阳降临之前转了场，这一场戏的取景地是一家酒店后门的小巷子，铺好滑轨之后昆导稍微讲了一下戏，因为夏习清毕竟是一个新人，而江桐这个角色又是一个内收的角色。

内收的情绪比外放的更难演，一不小心就会演成面瘫，脱离角色本身，让人跳戏。

"准备好了吧？"

站在酒店后门的夏习清点头示意，打板声响起之后他便自然地提了两大袋满满当当的垃圾从门里走到后巷，掀开墨绿色大垃圾桶的盖子，将垃圾袋弄起来塞进去，手上很脏，他看了看，也没处可擦，步伐缓慢地走到了后巷的一个小水龙头那儿，拧了半天才出来一点水。

他把两只手放在细细的水流下面，仔细地洗着手上的脏污。

忽然感觉脑袋被什么东西狠狠砸了一下，江桐回过头，脸上的表情有些发蒙，夕阳红彤彤地打在他的脸上，逆着光看见几个骂骂咧咧的混混走了过来，打头的那个人手里拿了听啤酒，看见他便开始骂："哑巴，你这几天还躲着我们？"说完，他把手里的易拉罐猛地扔过去，江桐吓得把手抬起来捂住头，易拉罐在他的手腕上砸了一下，里头还没喝完的啤酒流在了他的衣服上。

他刚从酒店打完工，身上还穿着酒店的白围裙和白色工作服，又宽又旧很不合身，现在又被弄脏。

江桐嘴巴动了动，没说话。

几个人上来围着他："钱呢？自觉点交出来今天就不打你了。"

江桐慌乱地比了个手语，领头的那个直接一脚踹上他的肚子："比画你妈啊！说话！"

"没、没钱……"江桐捂着肚子扑倒在墙根，他的手伸进口袋将它扯了个干净，皱着眉头看着他们，"没、没有……"

"没有？我看你就是欠打！"

"Cut！"昆导喊了停，"江桐的表情不对，太硬了，你这个时候应该害怕。"

夏习清从墙脚边站起来，刚才踢肚子那一下不过是借位，他一直担心自己会在这个地方演得不自然而被 NG，但是却没想到是因为表情。

"江桐长期因为这些地痞流氓收保护费被欺负，看到他们应该习惯性害怕，你刚才的表现过于冷静了。"昆导是难得的好脾气的导演，"没事，我们再来一条，习清你放松一点，代入江桐的角色。"

所有人都在准备下一条，夏习清却开了口："昆导，我觉得不对。"

连旁边演混混头子的都递了个眼色，在中国，大部分的电影都是以导演为中心，导演在剧组大于一切，很多演员就是因为得罪导演被剪戏份，甚至毁掉整个职业生涯的，所以他们在片场几乎不会对导演提出的建议进行辩驳。

可夏习清并不打算演多少戏，他也不担心得罪人。

"江桐的性格不是软弱胆怯的，如果是，他早就死了。他爸赌博，从小把他和他妈往死里打，他妈又是一个妓女，为了生计在家里接客，最后甚至被活活打死，他一个人打工养活自己到现在，这样的经历搁在任何人的身上，早就自杀了。"

夏习清语气平静，可周自珩的心脏却莫名疼起来。

"他不害怕，但他没有反抗的能力，所以只能承受。就像你说的，江桐长期被这些混混欺负，已经习惯了这种生活。如果是习惯性接受伤害，演得心如死灰或许更真实一点。"

片场大大小小的工作人员，灯光、摄影、场务、候场的演员，没有一个人发表意见，大家都知道昆城是一个性格好的导演，更清楚他是一个固执的导演。

"我也赞同。"周自珩的声音打破了沉寂，"事实上，江桐比高坤更勇敢，真正害怕的是高坤，而不是看起来更柔弱的江桐。"

昆导神情凝重地盯着地面，眉头紧紧皱着，过了好一会儿才站起来，看了看天空，又看了看夏习清脸上坚定的表情，就在这个瞬间，他真的觉得面前站着的不是夏习清，而是真正的江桐。

"我认输。"昆城耸了下肩膀，笑着抓了一把后脑勺的头发，"你口中的江桐才更贴近这个角色，很好，非常好。"

他心里忽然燃起一团火，他多么希望这部戏可以在他的执导下完完全全呈现出本质，让观众看到。

"对，就是这么拍。"昆城又激动地重复一遍，"就这么拍！"

夏习清也勾起嘴角，昆城脸上的表情他再熟悉不过。

那是对艺术创作的无上渴望。

第二条开始之后，昆城给了夏习清足够大的发挥空间，使用并无条件相信一个在演技方面完全空白的新人，这种方式在电影拍摄上是一种极大的冒险，最坏的结果就是毁了整部片子。

尽管剧组里昆城是最有发言权的人，但这也不代表其他的人都能够信服这样的运作方式。这一点夏习清再清楚不过，他所能做的就是用自己的能力让所有人信服。可在演戏方面，他又有什么能力可言？

他有的，只不过是自我剖析的壮烈决心罢了。

"Action！"

江桐半趴在地上，明明是最卑微最软弱的姿态，灰头土脸，狼狈不堪，可他那张很好欺负的脸上却没有一丝求饶的表情，无论那些混混如何羞辱殴打他，他都是用天生不自然的语调陈述着自己身无分文的事实。

他的确没有钱，他刚结的工资交了房租，买了一些生活必需品和食物，剩下的都用来买颜料，用以维持自己奢侈无比的爱好。就连自行车坏了他都舍不得拿去修。

"我看你他妈的就是跟我在这儿装，我看今天不好好教训你一顿，你都不知道这条街究竟是谁做主！"

领头的没了半点耐心，一把拎起已经被打倒在地的江桐抵在墙上，拳头正对着他那张苍白的脸，江桐没办法反抗，他浑身的力气都像是被抽走了一样，肚子疼得拧在了一块。

见那拳头就这么直直冲自己来了，他所能做的也只有下意识闭上眼，反正这样的事也不是第一次。

只要死不了，一切都没所谓。

可下个瞬间，他等到的并不是那个能打断他下颌骨的重拳，而是巨响和号叫下溅在脸上热热的液体，领口被松开，江桐顺着墙壁滑下，睁开眼的瞬间他惊呆了。刚刚还叫嚣着要狠狠教训他的混混头子就这么倒在了自己面前，满脸都是血。江桐愣愣地伸手，摸了一把自己的脸。

手指上全是血，是这个人的血。

他看见了之前不存在的一根棍子，就在混混脚边，还轻微滚动着。

有人拿这个砸了他？

"王哥？王哥你没事吧？"其他几个人见状也吓了一跳，他们立马围了上来，扶住那个已经失了威风头破血流却还嘴硬的老大："是哪个婊子养的！快、快给我弄死他！妈的，我的头……"

几个人抬头朝巷子口望去，怔住的江桐这时候才想起来，也愣愣地朝着那头望去。

夕阳底下，从巷子口走来一个身形高大的人，他的头发像是火一样，烧得通红。逆光下他的脸孔不分明，火红的光就像是他的面罩一样。

这个突如其来的闯入者一言不发地向他们走来，没有撂一句狠话。

"给我往死里揍他！"

混混这边有四个人，那头只有一个，就算他看起来再怎么高大，总归不是对手。江桐朝他挥了挥手，嘴里费劲地说着："快、快走！"

那人像是比他还要聋一样，根本没有听他的话，直直冲上来，一脚正面踹在了打头阵的人胸口上，把他踹得直接仰倒在地，浑身的骨头都要震碎。

这一脚踹完，江桐也终于看清了逆光下他的面孔，尤其是那双孤狼一般穷凶极恶的目光。

他浑身打战，嘴里不由自主地念着：

"那天晚上……那天……"

跟踪他，差一点杀掉他的那个人！

像是忽然被人掐住了脖子，江桐的瞳孔都涣散了，身体抖得不像话。

黑暗中那双手曾经死死捂住自己的嘴，他也曾经近距离看过那人凶狠无比的目光，月光下，如同一匹陷入绝境的狼。

那个身形高大的人明明没有任何帮手，可下手的时候却是狠到不留后路，每一拳每一脚都是把人往死里打的。江桐看得胆战心惊。

这个人根本不怕出人命。

这个世界上最不能招惹的就是一无所有的人，他们才是真正不要命的那个。

很快，之前对着江桐极尽羞辱的那几个人都趴倒在地，连站起来逃走的力气都没了，像是几条苟延残喘的老狗。

那人胸口起伏，侧过脸看向江桐，江桐也在一瞬间侧过脸，避开了他的眼神。

汗从额头滑下来，是凉的。

他害怕，这是他头一次承认。他真的害怕。

一回想起那天晚上，生理上的恐惧就无法克服。

"你怎么还不滚，"那人忽然开口，声音低沉，带着些许刚动完手的微喘，"想留在这儿被他们打死吗？"

江桐猛地扭过头，直视那个人的脸，他的嘴角也破了，眉骨破了个口子往下淌着细细的血痕。

这个人是怎么能说出这样的话的，就好像那天晚上想杀掉自己的人不是他一样。

江桐也不知道为什么，打着抖开了口，明明这个时候逃跑就够了，只要可以活下来就够了，可他还是笔直地望着他的眼睛说出了心里的话："你……你就是……"

那人没有像想象中靠近，只是隔着半米的距离蹲下来，面无表情地看着江桐。

"我就是那天跟踪你的人。"他扯了一下嘴角，不像是在笑，倒像是某种意义上的示威。

"我……知道……"

江桐回答得很吃力，但很坚定。退无可退，背靠着墙壁的他手边没有一件可以当作武器的东西，可即便是有，他也知道自己没有胜算，看看这几个趴倒在地的人就知道了，面对这样一个强者，他几乎没有任何反抗的余地。

他努力地平复着自己的呼吸，扶着墙壁艰难地站起来，腹部的剧痛并没有消退，他的右腿也被踢伤了，每走一步都疼得厉害。

的确，他摆脱了这几个人的纠缠，可他心里更加害怕起来。

因为那个人的影子紧紧地跟着自己，就像那天晚上一样。他的影子很长很长，鬼魅一般跟着出现在他的身侧，无论他怎么加快步伐，都无法摆脱。

步履维艰地走出巷子，看到自己那辆坏掉的自行车，江桐犹豫了一会儿，可他实在不敢再停留，恐惧让他的心脏跳得极快，快到仿佛下一秒就要跳出心口。

"你怕我。"

那个人在身后忽然开口，吓得江桐浑身一颤，也顾不上那辆旧自行车，直直朝着巷子口外面走去。没有扶的东西，他的脚步加快，整个人又疼又不稳，一瘸一拐，摔倒在地。

后头那人也没有上前扶他，只是用令人琢磨不透的语气说着。

"你是该怕我。"他的声音透着股绝望的味道，"但不是现在。"

江桐不明白他的意思，也没有想要明白的欲望。他没有回头，两人就这么一前一后地走出了那个脏乱逼仄的小巷，外面是一条人流量不怎么大的马路，两旁种着高大的梧桐，初夏时节梧桐的叶子疯长，道路两旁的梧桐枝叶几乎要连在一起，遮蔽天空。这种感觉很是奇妙，仿佛两个无论如何也不会有交集的人，拼了命地朝对方伸出自己的手。

无论是不是能够拥抱，只要有指尖相触的那个瞬间，一切都值得。

所以江桐喜欢这个时节的梧桐，这是他晦暗人生中难得有的希冀之源。

低下头，影子还在，江桐每走上几步就可以扶住一棵树，可中间间隔的空当仍旧让他的脚没办法承受，步伐越来越慢。

"站住。"

身后的人忽然开口，江桐又吓了一跳，手边没有扶的，差点摔倒。

"转过来。"

对这个人带来的天然恐惧让他不得不选择听从，江桐别扭地扭着脖子，侧脸，但又不看他。

他以为这个天生杀戮狂一定会把自己带到某个无人的角落，说不定是直接杀了他分尸成许多碎片，又或者是用尽手段折磨他，以满足自己的快感，否则他真的想不到还会有什么样的情况才能让一个人在黑暗中跟踪另一个完全陌生的人，不图钱，也不为满足某方面的欲望，只想杀人。

可他没想到，他心中的杀人狂发号施令之后就弯腰坐在了马路牙子上，仰着头看着他的脸："坐。"

究竟什么居心。

江桐捂着肚子转了身，不敢坐下也不敢这么继续站着。

那人又冲他使了个眼色，凶狠又不容拒绝。江桐只好动作迟钝地弯腰，准备挨着他坐下来。

"别靠我太近。"

江桐莫名地看向他，眼神满是疑惑。可他并不想提出什么质疑，自己默默忍着痛坐了下来。远一点也好。

他的眼睛胆怯地在这人的脸上瞟着。刚才还只淌到上眼睑的血现在已经到了眼下，像是穿越深邃峡谷的水流，因为他的眼窝很深，很像那些学美术的人用来练习素描的石膏头像。可是江桐没有钱去学，连摸一摸那些石膏像的机会都没有。

江桐的视线坚定了一些，可心里还是打鼓，他咽了一口口水，喉结滚了滚。

把头撇回来。

"Cut！"

昆城站了起来，脸上的惊喜压都压不住："很好很好，刚刚那个长镜头很不错。"

你们俩搭戏完全不用磨啊。这句话他本来想说，可又不知道怎么的，没说出口。

之前打架的那段他们拍了好几个机位，从不同角度拍，效果也很不错，来了五六遍的样子，对于相对激烈的打斗戏算是非常高的效率了。可令昆城惊喜的是江桐站起来之后，高坤跟在他的后面两个人一前一后走到马路的一个完整镜头。

这两个人之间的戏剧张力几乎是浑然天成的，比他想象中磨合到最好程度的结果还要好。就连高坤在后面随意说出来的台词，语气和节奏都是卡得刚刚好。

真是捡到宝了。

夏习清长长地呼了口气，一直绷着的情绪在突然间松开，这种感觉让人有点难受。他现在算是明白为什么那么多演员演戏的时候会产生不良情绪了，这活真不是一般人干的。

小罗走了过来，拿着一个巴掌大的粉色小风扇，刚准备说话手里的风扇就被周自珩夺了过去，一下都没吹就递给了坐在旁边的夏习清："热吧？你快吹吹。"

夏习清撇过脑袋看着满额头汗的周自珩："你比较热吧。"

"我不热。"周自珩把风扇关了扔他怀里。一旁的化妆师小姐姐笑起来，一下子拍上周自珩的脑门："你不热你就别流汗啊，看看我们每次 cut 都得给你补妆，血都跟着汗一起流下来了。"

周自珩不好意思地仰头笑了笑。

夏习清手握着风扇的柄，嘴角也勾起来，他开了开关，挪着屁股坐到周自珩的身边，挨着他，举着小风扇放到两个人中间，嘴里还拿刚才的台词打趣。

"我就要靠这么近。"

周自珩很快反应过来，又往右边挪了挪，重复高坤的台词："别靠我这么近。"

"就要。"夏习清又挪了一下。

"你俩别闹了，没法补妆了。"化妆师被两个幼稚鬼逗得笑个不停，小罗在旁边露出嫌弃的表情，还不敢让周自珩看见。

"演江桐是不是挺麻烦的？"周自珩还是担心夏习清。

夏习清抬了一下眉尾，眼神懒散又痞气，压低声音在周自珩身边道："要一个成天在学校打人斗狠的人演一个被打的，真是……"

周自珩也压低了声音："谁叫你长得这么柔弱？"

夏习清狠狠瞪他一眼，就差当着其他人的面削他了，周自珩见了立刻赔罪："我是开玩笑的，对不起对不起。"说着他也觉得好笑，"我在学校从来没打过架。"

"可不是吗，你都是报警的那个。"

周自珩惊讶地转过头："你怎么知道？"

夏习清笑得有点孩子气："我就是知道。"

周自珩不闹了，脸上的笑微微收起，开口换了话题："你刚刚……演怕我的时候怎么这么真实？"他又考虑了一下措辞，"我的意思是，你平常不会害怕什么的，我相信就是打架你也没怕过。"

对方沉默了好一会儿，才终于有声音。

"我怕黑啊。"

夏习清的笑声很轻，却重重地坠落到周自珩的心里。

"借一下那种感觉，也就不难了。"

向自己心底最深的恐惧借一点情绪，周自珩无法想象。

小风扇轻轻转着，夏习清盯着中心那个圆圈，脸颊被人摸了一下。

"有汗。"抬头看到周自珩笑，还一脸抱歉，"啊，被我擦过之后好像更脏了。"

"走开，烦死你了。"夏习清低头擦脸，笑容不自觉浮起。

昆城又看了一遍那个从巷子出来到路边的长镜头，相当满意地走过来："刚刚那个镜头真的不错，果然就是要手持镜头在前面才有种步行的感觉。"他又匆匆忙忙走到另一边，跟总摄影沟通着之后镜头的视角和布局。

"头一次拍戏就试长镜头，厉害啊。"昆城一走，周自珩就开始调侃夏习清，"天才新人。"

"那不是你吗？"

"我是磨出来的。"周自珩的脑门上贴了几张纸巾，"一点点摸索出来的。"他的手放在屈起的膝盖上，"我呢，以前总是被很多导演说，可以演生死，却演不了生活。让我演多大的情绪我都可以，但就是不能演一个普普通通的平头老百姓。因为我根本不了解他们，不了解我的角色。"

他的眼睛望着马路："所以那个时候我就像现在这样，蹲在马路边上，有时候一蹲就是一下午。那时候还小，念高中，也不是很红。放假没事我就那样蹲着，看来来往往的路人。看得多了我就发现，每个人都是情绪的集合体，太多种情绪堆在身上，很复杂，复杂得只能选择用那些情绪相互打磨才能活得像个成熟的成年人，于是就被磨平了。"

说着，周自珩望向夏习清，脸上带着微笑："我后来明白了，我要演的就是那种平。"

暖黄色的夕阳把周自珩脸上的每一个棱角都勾勒出来，却又将它们包裹得那么柔软。夏习清就这么看着他，嘴角扬起，没有说话。

他其实也想说点什么，却发现自己贫瘠的语言完全无法形容此刻对周自珩的感觉，太好了，好得过了头，过了用言语可以描述的那个阈值。如果有画笔有颜料就好了，最好是温温柔柔的水彩，他现在就想画下来，画一画他眼里这个对表演艺术充满了热忱的周自珩。

"看什么？"周自珩望着一直凝视自己的夏习清，有些疑惑。

愣神的夏习清走出自己的沉思，冲他挑了挑眉："看你好看啊，小帅哥。"

"是大帅哥。"周自珩故意用脚碰了碰夏习清的脚尖，摘掉了头上的纸巾。化妆师离开，下一场马上就要开始。

夏习清站起来，回到之前差不多的位置等待开始，却忽然听见周自珩的声音。

"我不希望你是那种平。"

身体一滞。夏习清忽然僵住，只能望着地上周自珩的影子。

"我希望看到你所有的情绪，好的也好，坏的也好，无论多么复杂，多么尖锐，不要相互打磨，就让它们释放。"

最后一句刻意压低，低到全世界只有他们两个才能听到。

"给我吧，我都可以承受。"

正负
粒子 ｜ *16*

CHAPTER

· · ·

"准备好了吗？我们换侧面特写，从江桐绕过去到高坤这边。"昆城的声音打断了夏习清的愣神，他迅速整理表情，走到刚才江桐坐下之前的位置。

"注意一下手持镜头的摇晃感，别太过，但是要表现情绪波动。"昆导对摄影交代了许多，坐到了监视器的前面，"开始后江桐坐下来，高坤说'别靠我太近'。明白了吗？"

"嗯。"夏习清半转过身子低着头，手心冒汗，心脏疯狂地撞击着胸膛，完全没办法回到江桐的情绪中。

"Action！"

江桐转过身迟钝地弯下腰，准备挨着高坤坐下。高坤却忽然开口："别靠我太近。"

这一句话吓得江桐愣了一愣，眼神疑惑，但还是挪开了一些坐下。

远一点更好。

江桐坐在马路边上，身后的梧桐树上贮存着夏日特供的悠长蝉鸣，一声连着一声，和愈来愈快的心跳发生了某种强烈的共振。他侧过头去看高坤，这个人像是某种野蛮生长的植物，或者是动物，总之是他没有见过的那种。

锋利的眉眼，温柔的内心。

"你在看什么？"

"看你……"

夏习清忽然醒悟，自己刚刚混淆了。这样的对话只会发生在夏习清和周自珩的身上，不会发生在江桐和高坤的身上。

"对不起。"夏习清抬手想扶住额头，但又很快放下来，匆忙站起来跟工作人员道歉，"重来一次吧，我刚刚忘词了。"

尽管他这么说，可周自珩却看得分明。刚才那一段高坤说完之后江桐是没有词的。他的眼睛望着明显有些沮丧的夏习清，心里产生了一种臆想。

昆城在那头道："没事，我们再来一条，还是从那个地方开始。"

就在夏习清准备复位的时候，周自珩又开口。

"对不起，刚才是我说太多了，影响你状态了。"

也不知道是为什么，夏习清忽然就慌了，仿佛有什么见不得光的秘密被人生生扒开外衣，马上就要揭晓一样，他不经思索便开了口："没有。跟你没关系。"

话说得太快，倒像是说给自己听似的。覆水难收，反正都说到这份上了，夏习清干脆说得更过分些。

"我都不记得你刚刚说什么了。"

紧紧地包住自己的壳，无论如何也不能出来。

他第一次这么害怕。

"Action！"

"你在看什么？"

听见高坤的话，江桐撇过头，没有任何回应。事实上，他很想狠狠地质问面前的这个人，问他那天晚上为什么要跟踪他，为什么想杀他。如果他可以顺顺利利把这些话都说出来，他一定会质问。

可他没办法。

想到这里，江桐只想安静离开，上次这个人也没有真的杀自己，这一次救了他，算是相抵，以后再也别遇到就好。又撇过头看了他一眼，发现他眉骨伤口的血仍旧没有完全凝固，血已经淌到了脸颊。除此之外，他的指关节也磨破了皮，嘴唇破开，下颌骨青紫一片。

江桐微不可闻地叹了口气，两手扯了一下自己身上这件又旧又大的工作服，最后还是解了扣子，露出里头那件洗得发灰的黑色短袖。里头这件衣服他已经穿了两年，侧面的接缝处都开了线。江桐用手抓住接缝，费了好大的劲扯开。

听到布料崩裂的声音，高坤转过头看他，发现江桐把自己里面那件 T 恤下摆扯烂，使劲使得脸都皱到一起，这才扯下来一条长长的黑色布条。

舒了口气，江桐凑过来，一只手拿着布条，另一只手准备去抓高坤受伤的右手，还没碰上，就被高坤躲开，他像是受了什么刺激似的，一下子站起来退了两步，情绪激动：“别碰我。”

江桐愣了两秒，仰头看了高坤一眼，脸上露出尴尬的神色，他眨了两下眼睛一句话也没有说，收回了自己的手，把从自己衣服上扯下来的黑色布条塞回口袋里，低下头飞快地扣好自己工作服的扣子。

一只手的手掌撑着地面，江桐勉强地站了起来，尽管他的肚子还是很疼，脚也很痛，但他现在只想离开这里。

高坤看着他的反应，注视着他一系列的举动，心里竟然有点不舒服，像是小时候在田里玩耍时不小心踩到一只小蜗牛那种感觉。

他咬了咬后槽牙：“哎。”

江桐的肩膀又缩了一下，可这一次他没有停下脚步，反而是一瘸一拐加快了步伐。

血糊住了睫毛，高坤抬起手用手背擦了一下，皱着眉，眼神厌恶地看着手背上那团血污，又看向前面那个固执的男孩，抬脚快速赶了两步：“你走这么快脚肯定废掉。”

　　江桐怎么会不知道，他的脚疼得要命，可他现在这个样子再怎么努力也甩不开身后的人。

　　他每走一步，口袋里黑色布条的尾端就随着他踉跄的步伐晃动几下。高坤一伸手，抽下了那根布条，飞快地在自己的手掌上缠了好几下，裹住了正在流血的指关节。

　　"我让你别走了。"

　　没有反应。

　　"站住！"

　　江桐终于停下，听觉上的障碍让他在感知这个世界的时候只能借助塞在耳朵里的助听器，它们旧得发黄，时不时会发出嘈杂刺耳的声音。从10岁的时候第一次戴上，从寂静无声的世界被解救出来，江桐就已经习惯了这种嘈杂。

　　可身后这个人的声音太过清晰，好像没有借助这个小小的仪器，而是通过另外的媒介，笔直地钻进心里。清晰到令人恐惧。

　　"我有病。"对方若无其事地走到自己的身侧，"会传染的那种。"

　　江桐抬头望着他，耳朵里嵌着的助听器有些松动，他往里塞了塞，站定了脚步："什……么……病……"他说话的样子还是一如既往地吃力，认真得就像刚学会说话的小孩。

　　那个染着一头红发的男孩垂下头，没有说话，江桐也没说话，有些局促地站在他的面前。

　　镜头晃动，就像一个人挣扎不已的内心。高坤的眉头狠狠地皱着，手指攥紧又松开，喉结上上下下，如鲠在喉。

　　倘若把沉默拆开来看，一定是无数次看不见的挣扎。无论是怎样的沉默。

　　"那天晚上把你吓坏了吧。"他终于开口，却仍旧低着头，用脚踢开一颗不大不小的石子，"我当时疯了，觉得自己活不长了，不想就这么一个人孤零零地病死，烂在哪儿了都没人知道。我这辈子太他妈操蛋了，凭什么偏偏是我，我没做错什么，我凭什么，我只是想赚钱！而且我真的没办法……"

他说了好大一堆，语速也快，又带着很重的情绪，江桐听清了一部分，剩下的全靠猜。但他听见他不想一个人死。

自己也不想。

忽然抓住的一个共同点让江桐放下了戒备心，人有时候就是这么莫名其妙，上一秒还怕得要死，现在又忽然不怕了。他咬了咬下嘴唇，试着开口："那、那……你……现、现在……还……想……"

"现在不了。我当时就他妈是脑子抽风，其实我看到你之后就不想杀……"他的话没说完，像是在犹豫措辞，可最后想了很久也没继续，而是抬头冲江桐扬了一下还瘀青的下巴，"我叫高坤，你叫什么名字？"

突如其来的发问让江桐措手不及："江……江……"

"江什么？"

高坤的追问让天生说不清楚话的江桐更慌了，一时紧张弄得什么都说不出，舌尖死死抵在齿背，想努力地发出那个"桐"字，可却好像哽住一样，怎么都发不出来，急得脸都通红。

"哎哎，你着什么急啊。别咬着舌头。"想伸手拍一下他，可一伸手就看见自己手上的血，高坤皱起眉，伸出脚碰了碰他的脚尖。

江桐一下子抬起头。

"怎么，想起来你名字了？"高坤挑了一下眉，却不小心扯到自己眉骨的伤口，又倒吸了一口凉气，"卧槽，真他妈疼。"

"桐……"

"捅？"

他的发音不太准，听得高坤一头雾水："江统？"江桐摇摇头，伸手在空中比画了两下，对着空气写了半天他的"桐"字，可高坤还是不明白，他把手伸到高坤的手边，情急之下准备在他的手掌上写，又一次被高坤躲开。

江桐的眼睛有一瞬间的黯淡，马路上的车子呼啸而过，汽车鸣笛声尖锐而突兀，惊起茂密枝叶中藏匿的鸟，扑腾着翅膀钻出来向遥不可及的天际飞去。

它的鲁莽和惊慌携走了一片巴掌似的绿叶，如同惊羽一枚，随风悠悠地落下来，打着转落到了江桐和高坤之间。

江桐伸手一抓，细长的手捉住了那片梧桐叶，夕阳照透了它的脉络，就好像照透了江桐白皙手背下的毛细血管一样。

他脸上一瞬间染上欣喜的神色，举着那片叶子在高坤的面前摇晃。

"晃什么啊晃。"高坤一副看傻子的表情看向他，"不就是片梧桐叶子。"

梧桐？高坤的眼神闪动一下："你叫江桐？"

江桐立刻点点头，一副开心的模样。越接近夜晚，晚霞的色彩越沉越浓，给江桐那张过分苍白的面孔添上几分血色，像是超市里进口冰鲜货架上摆着的漂亮水果。

"江桐……还行，凑合听。"高坤也说不出什么有文化的话来，咳嗽两声从他手里夺过那片叶子，拿在手指尖转着，"考考你，我叫什么？"

"高……坤……"神奇的是比起自己的名字，"高坤"这两个字他倒是发得标准得多，说完了脸上还露出一副等待表扬的表情。高坤停了转叶子的手指，看了看叶面，挺干净。

他用叶子轻轻碰了一下江桐的头："行啊，挺厉害。"

"Cut！"

终于赶在夕阳西沉之前结束了这一段的拍摄，中途好几次切换镜头，好在两个演员的戏都连上了，效率才没有被拉下来。拍完了，周自珩和夏习清都跑到监视器那儿去看，和周自珩这种经验丰富的老手不一样，夏习清心里其实还是有些紧张的，尽管他平常都是漫不经心的懒散模样，可一旦做起一件事，好胜要强的心比谁都重。

"高坤刚刚加的那个脚的动作不错。"昆城习惯在片场也叫角色名，他指了指屏幕，"和后头用叶子碰正好照应上了。"他抬起头去看周自珩，"挺不错啊，你们有什么临场发挥都可以来，只要不影响进度，我是绝对鼓励的，别把戏演得死死的，没意思。演人不演戏。"

昆城说了这么一大堆，夏习清心不在焉，没太听进去，刚才拍戏周自珩脚尖伸过来的时候就已经吓了他一跳，差一点 NG。

"江桐也很不错，眼神的表现力很有天赋。"

夏习清回过神，对着昆导笑了一下。

"先去吃点东西。"昆城看了一下手表，"八点半的时候我们专程去拍夜场，高坤和江桐吃完饭立刻去换造型。"

周自珩见夏习清有些恍惚，等导演一走，他就拉住了夏习清的胳膊："怎么了？累了？"

"没。"夏习清抹了把脸，"有一点累。"两个人跟着剧组的大部分人离开，周自珩前脚上了自己的保姆车，小罗正把他的晚饭拿出来，一回头发现夏习清人不见了。

"欸？他人呢？"

小罗"啧"了两声："你忘啦，蒋茵姐给他配了保姆车和助理啊，又不是坐咱们的车。"他把筷子塞到周自珩手里，"快吃吧，早上六点熬到现在，你还真不觉得累啊。"

以往拍戏的时候，一喊 cut 周自珩就变得沉默寡言，演戏的过程中消耗了太多的情绪，让他在回归自己时变得倦怠，可有夏习清在的时候就不同，对于变回周自珩，他迫不及待。

筷子夹了一根青菜塞进嘴里，实在是食之无味，周自珩低头扒了口饭，小罗看着问道："是不是空调不够凉？热得吃不下饭吧。"他又调低了几度，听见外面吵吵嚷嚷的，从座位上站起来看了一下，"怎么这么热闹？"

隔着遮光玻璃看不清，小罗干脆拉开了车门，脑袋探出去瞄了一眼："哎，笑笑你们干吗呢，有冰棍？哎哎给我一根，都什么味的啊？"

自家小助理被勾搭了出去，周自珩嫌弃地抬起头往车门那儿望了一眼，谁知正巧看见夏习清迈着长腿进了车里，"砰"的一下拉上了车门，把手里捏着的一个袋装冰棍扔在他的桌子上。

周自珩脸上的惊喜藏都藏不住："给我买的？"

"不吃是吧？"夏习清抓了冰棒就撕开了袋子，"那我自己吃了。"

"吃！"周自珩飞快地夺过自己心心念念的冰棒，撕开袋子就往嘴里放，冰得牙齿都打战，还嘴硬说好吃。

"没人跟你抢，人人都有。"

原来刚刚小罗说的冰棍是夏习清买的。意识到这一点的周自珩瞬间失望起来："每个人都有啊。"

"可不是，花了我不少钱呢。"夏习清极为顺手地拿了周自珩面前的筷子扒拉了两下他正吃着的饭菜，又放下筷子，"你刚刚不还吵吵嚷嚷地要吃冰棒，又不吃了？"他抓过周自珩的手腕把冰棍拿到自己的跟前，咬了一口，"挺好吃的啊。"

见周自珩脸上仍旧不开心，夏习清一下子明白过来，手撑着下巴懒懒笑着，手指优哉游哉地在脸上弹了几下："我给别人买的都是三块钱的，给你买的可是最贵的，三四层夹心呢。"

周自珩没好气地瞥了他一眼。

"你要非觉得不高兴我没关系，但是你得搞明白因果关系。"夏习清手拿着筷子在外卖盒上轻轻敲着，"我呢，是为了给你买冰棒才给他们买，不是给他们买顺带给你捎了一根，明白？"

雪糕上的奶油都一点点化开，顺着往下淌，看着怪可惜的，夏习清掰开周自珩的手抢过雪糕："你不吃算了，浪费。我还不如拿去喂狗。"

"谁说我不吃了？"见夏习清拿了雪糕咬了一口就往外头走，周自珩急了，不管不顾地站起来，忽略了自己一米九二的个子，冷不丁"砰"的一下撞到车顶，疼得重心不稳往下倒，夏习清听见声吓了一跳，连忙转过身子去看，结果就这么被周自珩给扑倒在本来还算宽敞的保姆车里。

这位从来没有演过爱情片的演员，在连番巧合的促使之下上演了一出偶像剧里最烂俗的戏码。

扑倒，贴紧，嘴唇相碰。

软软的触感让周自珩一下子从疼痛中惊醒，他抬起头，生怕压着夏习清，连忙从他身上起来。

"操……老子的背……"夏习清也扶着自己的腰坐起来，眯起的眼睛微微睁开，视线慢慢清晰。

"抱歉，我不是故意的。"

又是习惯性的道歉，无论什么时候都是。

手里的雪糕化了一半，黏腻地淌在指缝，这种黏糊糊的触感让人不舒服。夏习清抬起手，舔了一下指尖滑腻的白色奶油，眼神懒懒地投出去，望着周自珩那副每次道歉时都真诚不已的脸。

他咬了一口雪糕，跪在地上倾身凑到周自珩的面前，吻住了他的嘴。冰冷湿润的雪糕，柔软温热的嘴唇，触及的瞬间就化作舌尖猛烈地入侵，用最柔软的武器进行冰与火的交战，在浓郁的甜蜜中一触即发。

短暂的恶作剧告一段落，夏习清伸出舌尖舔了一下周自珩沾着奶油的嘴角，把手里快化掉的雪糕又塞回到周自珩的手里，眼尾上挑，语气里的笑意挑衅又勾人。

"抱歉，我是故意的。"

一连好几天的夜戏，夏习清睡眠严重不足，整个人的状态都不大好，昨天为了拍一场雨戏，活活淋了一晚上的人工雨，当天晚上回酒店人就不行了。今天的戏全排在白天，早上五点夏习清就起了床，连着灌了三大杯冰美式拍到下午两点半。

终于拍完了自己的部分，夏习清坐在台阶上发着愣，午后的太阳照得他眼睛发晕，感觉自己就快化成一缕烟了。

"习清，你黑眼圈好重哦，要不要让 Cindy 姐给你遮一下？"笑笑蹲在他的跟前替他举着小风扇，脸上露出担忧的表情，"你还困吗？想吃什么吗？"

夏习清摇摇头，手掌撑着脸颊，说话都有气无力："有黑眼圈就更像江桐了，反正 Cindy 姐来了也是把我往丑了化，你去车上坐着吧，我歇一会儿就上去……阿嚏——"他忽然打了个喷嚏，笑笑紧张地问道："该不会是昨天淋雨淋感冒了吧？"

"没，"夏习清用手揉了揉鼻子，又打了个大大的哈欠，"晒太阳晒的。"

三催四请的，笑笑也就回去了，夏习清站起来伸了个懒腰，周自珩正拍着戏，他也只能站在旁边围观一下。

这场戏是高坤发现自己身体不适之后去黑诊所看病的戏，诊所也是华安里社区里租的一个很小的房间，布置成小诊所的样子，里头坐着几个打吊瓶的群演，整个房间只有一个老吊扇，转出来都没什么风，窗户全敞着都闷热难耐。

夏习清站在导演的旁边看着监视器的屏幕。

"我一咽东西就疼。"高坤皱着眉隔着一个小木桌对着诊所大夫解释，"那种刮得慌的疼。喉咙，就嗓子这里好像是肿着的。"

医生是一个看起来五十多岁的中年妇女，戴着老花镜穿着白大褂，伸手摸了一下高坤的喉咙："张嘴。"

看过之后："你这里面都起泡了。"

她站起来到身后的药柜里头翻出来两盒药，"啪"的一下扔在高坤的面前："蓝的一天两颗，绿的一天三颗。"

"你都不说我是什么病？"高坤摸着自己的脖子，眼睛看了一眼那两盒药，又看向医生。

"上火。"那中年妇女翻了个白眼，臃肿的身子费了半天劲才从药柜和桌子之间狭窄的缝里转过来，再一次坐下，"这药你是要还是不要？"

高坤的眉头仍皱着，伸手要去拿药，又收回来一些，抬眼看她："真的只是上火？"

"是你看病还是我看病？"她推了一把眼镜，语气刻薄，"怎么，上火不行，你还想得绝症啊？"

高坤脾气"噌"的一下就起来了，手一拍桌子，引得周围人都看过来，闭着眼睛打吊瓶的小孩都睁了眼哭起来，哭声越来越大。他回头看了一眼，又转过头，压着火问了句多少钱。

"六十五。"

"六十五？你怎么不去抢？"

"你出去打听打听，这都嫌贵？"她的眼神刀子似的在高坤脸上扫着，恨不能剜下两块肉，"没钱还跟这儿闹。要还是不要！"

高坤没辙，从裤子口袋里扒拉出一叠纸币，还是上次帮人打临时工挣的，他把纸币放在桌子下头数了数，抽出好几张拍到桌子上，抓起两盒药就往门外走，撞得门上的风铃丁零当啷响。

"耍什么横，有本事去大医院啊，一辈子穷病。"

"Cut！"昆城喊了停，"休息一下。这条很好，过了。"他转头看向夏习清，"怎么样，习惯演员生活了吗？"

夏习清苦笑了一下："习惯倒是习惯了，就是还称不上是演员。"

"我倒是觉得你挺有天赋的。"昆城笑着说了一句，副导演走了过来，身边还跟着一个女生，夏习清转头去看，那个女孩看起来挺眼熟，年纪看起来二十不到，穿着一个橘黄色的吊带背心，下面是紧身牛仔裤，露出半截细白的腰，身材不错，头发染成黄棕色，戴着两个夸张的大耳环，跟刚刚晃荡不停的风铃似的。

"昆导，我中午刚到，不好意思啊。"

昆城站了起来："没事，正好他们这边耽误了一会儿，等下就是你跟高坤的戏了。"说完，他又走到副导演的身边，两个人商量着其他的事。那个女孩就转过脸看向夏习清，冲他大大咧咧地笑了一下："你好，我是宋念，演玲玲的。"

宋念？夏习清很快反应过来，难怪觉得她眼熟，之前在 B 站刷周自珩演技合辑的时候好像见过她，大概是合作过几次的女艺人。他大方地伸出手，温柔笑道："我是夏习清。"

"我知道，我也喜欢看你们的那个综艺。"宋念的嘴上涂着大红色的口红，衬得牙齿很白，她的长相在娱乐圈里绝对称不上是大美女，但笑起来很是讨人喜欢，属于比较舒服的长相，"你长得可真好看，比我还漂亮。"

这个词算是夏习清的雷区，不过念在初次见面，他也只是微笑着说了句谢谢，两个人没聊几句，周自珩就走了过来。

"哎，宋念你迟到……"

话还没说完，性格开朗的宋念就冲到了周自珩的跟前，跳起来勾住他的脖子："好久不见啊！"

周自珩的第一反应是拍着宋念的胳膊眼睛看向夏习清。

夏习清的第一反应却是撇开脸，还侧着头打了个喷嚏。

喷嚏打完他还低着头，一面揉鼻子一面想着自己刚刚为什么要撇开脸，显得自己多不想看似的。

"你这头发染得酷啊，像樱木花道。"宋念踮着脚伸手去摸他的头发，"早知道我也染个红的，咱俩不是演一对吗？"

是一对吗？我们看的怕不是一个剧本吧。夏习清在心里吐槽。宋念演的这个玲玲是一开始刚来大城市的时候跟高坤在一次打群架的时候认识的，两个人相互有好感，暧昧了一阵子，也是玲玲告诉高坤有快速来钱的办法，高坤这才有了卖血的途径。

不过后来知道高坤染上艾滋之后，玲玲就连夜搬了家，再也找不着人影。

"你这个颜色也挺好看，比红的好看。"周自珩站远了半步，眼睛仍旧看着夏习清，可夏习清却没搭理，手掌挡在眼睛上头遮太阳，正好走过来一个化妆师，夏习清拦了拦："小月，帮我卸一下妆吧。"

"行啊，走呗。"

周自珩还没来得及说话，就看着夏习清两手一揣兜跟着化妆师小姐姐走了，连个头都没回，面子上的招呼都没打。他心里顿时烦躁起来，宋念又在旁边咋咋呼呼说个不停，一贯的好教养在这个时候都不顶用了。

“我去那边休息一下，热得我头晕。”

话说到一半的宋念尴尬地“哦”了一声：“那……那你去吧。”

周自珩找了个树荫坐下，拿出手机看了一眼时间，正好看见赵柯发来的消息。

柯子：双排来不来？找不到人了！

一看就来气。周自珩“啪啪啪”打了一行字怼过去。

珩珩：你脑子有泡吗你觉得一个正在组里拍戏的演员有工夫跟你打游戏？

刚发出去没一会儿，赵柯的电话就进来了，周自珩接通之后没好气地“喂”了一声。

“哟哟哟，谁把我们珩哥惹成这样啊？”赵柯那头也是阴阳怪气，七弯八绕的，“珩哥您这戏拍得看来是不顺心啊。”

“滚你丫的。”周自珩被带得口音都跑了出来，“你不是打游戏吗打什么电话？”

“打游戏哪有看我们珩珩的笑话有意思啊，哎我说，你到底是遇上什么事了，火气大得我隔着电话都觉着烧耳朵。”

“没什么……”周自珩的语气低下来，被赵柯一听就听出不对劲，虽然他平时就是又损又贫，但自家发小的事一贯上心，周自珩什么人啊，那是打着灯笼没处找的天使，从来不跟人生气斗狠的，平时连个小情绪都没有。

能把他气得打字不发标点符号的，估计也就一个人了。

“那什么，你该不会是跟夏习清吵架了吧？”赵柯试探性地开口，听见那头许久不说话，心里也就有了谱，“我说呢，大下午就上头，弄半天是跟习清置气啊。”

周自珩低低地“嗯”了一声，也不说别的。

“为什么啊？”

周自珩低着头，看着不远处有一队小蚂蚁在往自己这边爬，他闷着声叹气，背后的蝉鸣声叫得人心里发慌。

就这样像个抱着电话的闷葫芦似的闷了半晌，周自珩才终于开口。

"我喜欢夏习清。"

他等着赵柯那头发作，却听见电话那边传来一个恨铁不成钢的叹气声。

"哎我说周自珩你是不是有什么毛病啊！老子不打游戏搁这儿等半天你就跟我说这个？！谁他妈看不出来你喜欢夏习清啊！"

这回换周自珩愣住了："有、有那么明显吗？"

"超——级——明显。"赵柯气得脑仁疼，"宇宙无敌托马斯旋转七百八十度转体三周半总得分第一明显。"

"……"周自珩咽了口口水，"那你说夏习清看得出来吗？"

"……妈的我要去打游戏了。"

"哎哎哎等会儿。"

赵柯算是服气了："弄半天你俩没谈恋爱呢，我还以为你俩这回是公费回娘家呢。给我气的。夏习清那么聪明一人，他怎么可能看不出来你喜欢他，你这么巴心巴肝的。"

说得也是，眼看着小蚂蚁就要到自己跟前，周自珩抬起两只脚："其实我不想让他知道，他如果知道我喜欢他，肯定就躲开我了，他那个人只喜欢撩拨还没喜欢上他的人。"

赵柯在那头沉默了半天："他现在对你是怎么个意思啊？你们俩到哪一步了？"

"到情侣都不一定到的那步了。"

"得，算我没问。"赵柯拍了一下自己的嘴，"那你愁啥啊？"

"我觉得他现在跟我的关系很奇怪，我觉得他对我也有点别的意思了，可我不确定，刚刚有个之前合作的女演员来找我，他一见就躲开了。"

赵柯一听激动了："不对啊，照夏习清那作劲，应该逗你才对啊，说不定他真的对你有意思。"他立刻换上一副打小算盘的语气，"要不你试探试探？"

"怎么试探？"

"欸~我刚刚还看了一公众号的推文，就是说这个的，我发给你。"

"咔"的一下赵柯就挂了电话。周自珩一脸莫名其妙，地上的小蚂蚁也走了，他背靠着大树用后脑勺磕了几下树干。手机振了一下，点开一看。

柯子：盘他！"爱情兵法"教你如何让暧昧对象吃醋上钩，脱单成败在此一举！

什么鬼啊……周自珩皱着一张脸。赵柯平常都关注的什么乱七八糟的公众号……

还是点开看看吧。

夏习清实在是累得要命，一进化妆室就拉开躺椅躺上去，化妆师动作轻柔地替他卸完妆就发现他已经睡过去了，只能悄悄给他带上门，让他休息一会儿。

他后来是热醒的，都不知道睡了多久，嗓子又干又痒，揉着眼睛从椅子上起来，把化妆台上放着的一瓶水一口气喝了个干净。也不知怎么，他身上盖着一条薄薄的毯子。

大概是笑笑盖的吧。夏习清掀开毯子，房间里又闷又热，他捞起后颈的头发扎了个小鬏鬏推门出去，片场离这儿不远，走个两百多米也就到了。

刚靠近，夏习清就听见场务小哥吆喝的声音。笑笑远远就看见了他，冲他跑了过来："习清你好点没，刚刚我给你去拿了点糖，补充补充体力，给。"

夏习清瞟了一眼她手里拿着的树莓味棒棒糖："哪儿弄的？"

"小罗车上的，他们保姆车上的小冰箱里全是糖，我就拿了几个。"笑笑剥开棒棒糖的糖纸递过来，夏习清也没拒绝，拿了塞进嘴里。

"自珩他们快结束要转场了。你要等他吗？"

真是甜，甜兮兮的。夏习清睡得有点蒙，现在才回想起周自珩刚刚跟那个宋念黏糊在一块的样子，心里头跟硌了块小石子似的。

"我等他干什么？"

"欸？"笑笑有些不知所措，以前不是每天都一起的吗，这是怎么了……她观察了一下夏习清的表情，"那现在……要不你上车先，咱们吹空调去？"

刚说完夏习清又打了个喷嚏："不了，我那什么，我不热，你去吹空调吧。"说完，他叼着棒棒糖径直走到昆导那儿，随便拉了个马扎坐他旁边看着屏幕。

这场戏是回忆杀，拍的就是高坤和玲玲之前相遇的事。

屏幕里玲玲和高坤并排坐在一个隧道边的草地上，镜头正对着两个人的侧脸，旁边呼啸而过一辆车。玲玲手指夹着一根烟，猛地吸了一大口，吐出灰白的烟雾，她的脸在镜头前开始变得不分明，剪影画一样，镜头缓缓移动着，高坤的侧脸渐渐完整。

玲玲手拿着烟，歪着脑袋冲高坤笑，那种笑里透着股调情的味道，眼角眉梢都是风情。

夏习清也是挺佩服这个宋念的演技，看起来年纪不大，演起来还是挺有味道。

"抽烟吗？"

高坤撇过脑袋看了玲玲一眼，后知后觉地点了头，又道一句："抽。"

"喏。"玲玲把夹着烟的手伸到高坤的跟前。高坤探出手要去拿，她又将自己的手收回去，像是戏弄他似的，脸上还挂着笑。高坤面子上挂不住，准备伸手去夺，谁知玲玲直接将烟送到了他的唇边，涂着鲜红指甲油的指尖有意无意蹭了一下唇角的位置。

高坤反应迟钝地含住了烟，眼睛愣愣地望向玲玲那张笑脸，烟雾像条蛇似的直往肺管子里钻，呛得他连连咳嗽，眼神也仓促地收回来。

玲玲笑起来，越笑越大声。

这一幕越看越熟悉。他不由得开始思考许其琛写这个角色的居心。

夏习清心里头沉甸甸的。

"Cut！"昆城摘了耳机，朝那头挥了个手，"这条很不错，看来老搭档就是不一样啊，默契十足。今天看来是可以早收工了。"

　　渐渐融化的棒棒糖像是腐蚀了口腔内壁的黏膜一样，夏习清拿出来在手上转了转，舌尖舔过被糖抵住的那侧，磨得慌。

　　周自珩和宋念走过来，宋念蹦蹦跳跳的，跟个兔子一样，周自珩则是一如既往地沉稳，跟在后头不紧不慢，也不知道为什么，夏习清看着心里倒觉得挺般配。

　　其实他也不止一次想过，自己如果像对待之前那些个情人一样对周自珩，是不是太残忍了一点？毕竟周自珩是这么好的一个人，没理由忍受自己病态的人格。尽管开始这段关系完全是因为自己不肯认输的好胜心，但到现在为止也差不多了，不如好聚好散。

　　权当是梦一场。

　　梦醒后各过各的人生，谁也不用负责。

　　"昆导，晚上一起吃饭吧，刚刚我听副导演说今晚的夜戏取消了吗不是。"宋念笑嘻嘻地蹲在导演跟前，昆导也说："对，我差点忘了，今晚租的场子出了点问题，得明天才弄好。"

　　"我听说咱们组到现在都还没去聚一次，多无聊啊，一起去吃火锅吧，再去唱歌？"

　　"行吧，你跟老周安排吧。"

　　夏习清原本以为周自珩过来会跟他说话，却没想到他也就只是走过来搁这儿站着，两手插在兜里，也没看他。见周自珩这样，夏习清也不说话，他安安静静坐在马扎上，像个被抽走气力的软体动物。

　　"太好了，那我可就随便安排啦。"宋念站起来抓住周自珩的胳膊，"你想吃什么？我在网上搜下这附近哪儿有好吃的，再找个 KTV，怎么样？"

　　周自珩这次也没躲，脸上带笑："都行，我不挑。"这副任君安排的样子在夏习清眼里都成了十足的宠溺。

　　"听说习清是本地人。"宋念低头看着夏习清笑，"要不你来攒局吧，哪儿有好吃的我都不知道。"

　　夏习清这会儿才抬起头，拿出嘴里的棒棒糖，笑得一脸温柔："我就不去了，我今天有点累，想早点回酒店睡觉。"

"那怎么行！"宋念生拉硬拽把夏习清给拉起来，"哪有地主先走的道理，今天谁逃都可以，你不行。"说完，她转过头去找周自珩求援，"是吧自珩？"

夏习清抬眼去看周自珩，见他笑着附和，也没说让自己休息，他就忍不住又用舌头舔了舔被糖弄得发皱的口腔内壁，在宋念再次转头的时候勾起嘴角："好吧，听你的。"

他已经给过周自珩机会了。

收工收得早，组里目前为止的四个主演加上导演、副导演，六个人一齐去了一家当地算小有名气的店吃小龙虾，尽管大家都是全副武装，可周自珩的个子实在扎眼，一进门就被坐在大厅的好几个小姑娘给认了出来。

"哎哎那是不是周自珩？"

"卧槽！周自珩？！"

"夏习清在吗？"

"好像……哎不对，在最后！"

两人并没有如自习女孩想的那样形影不离，反而是一头一尾，虽说不如愿，可这些难得和明星偶遇的路人粉还是把匆忙拍下来的视频发在了微博上，很快被两人的唯粉以及自习女孩疯狂转发。

自习女孩天天过年："啊啊啊啊啊放粮啦！！！"

我爱自习："啊啊啊啊周自珩的侧影好 A 啊啊啊，习清素颜好白好好看！"

你搞自习我们就是朋友："我的鹅子们终于学会避嫌了吗哈哈哈哈。"

SweetieQ："周自珩旁边是演云意的宋念吧，他俩关系不错啊视频里从进门就在聊天。"

念念不忘："念念今天也好好看！这是剧组聚会吗导演也在。"

柠檬精是也："忽然 get 到了周自珩和女生的 CP 感，身高差好萌。"

因为这个偶遇视频，粉丝和路人开始猜测起这几个人的私下关系，大部分的粉丝都为了控评说着场面话，还有一部分跟 CP 粉撕惯了的毒唯则拿这个视频当实锤，一口一个"自习只是营业"，咬死了两个人根本没关系。

没多久小范围的撕逼就开始发酵，"偶遇周自珩夏习清"的热词也上了热搜。当然，网络上发生的这一切几位当事人完全不知情。周自珩挨着昆导刚坐下，宋念就坐在了他右边的空位上，后走进来的夏习清和杨博顺着空位坐下来，就在周自珩的斜对面。

杨博是个实打实的东北人，吃小龙虾吃得少，光是给一只虾剥壳的工夫夏习清都吃仨了，他看着实在费劲，于是用肩膀撞了撞杨博的肩，戴着塑料手套的手抓起一只虾："我教你怎么吃。"

他麻利地拧了虾头，握着虾尾拇指食指一捏，虾壳从中间绽开一条缝，两边一剥，一条完整的虾肉就出来了。

"会了吗？"夏习清侧过头，一看杨博还是没剥好，"啧"了一声，把手里的虾扔进他碗里，"你这手真笨。"

杨博嘿嘿笑了两声，把他剥好的虾塞进嘴里："好吃。"

夏习清哭笑不得，殊不知周自珩把这一切都看在眼里。饭桌上宋念的声音最大，之前还在跟昆导聊着他的云南老家，这会儿便开始爆周自珩的料了。

"昆导你不知道，我头一次见自珩的时候特别怕他，他长得本来就一副脾气不太好的样子，又演的是一个暴躁中学生。"宋念笑得牙齿晃人眼，"我当时都不敢跟他说话。"

"那你俩咋说上话的？"

穿着背心的宋念肩膀撞了撞周自珩，人也歪倒过去："你说。"

周自珩下意识地看了一眼夏习清，又装作没发生似的收回去，笑道："还是你说吧。"

坐在昆导旁边的副导演吃虾辣得脑门冒汗："你俩还让起来了，矫情啥赶紧说！"

周自珩倒不是故意跟她玩推拉，其实他是真的不记得跟宋念第一次说话的场景了，别说第一次说话，第一次合作对他来说都是模糊的。

"当时我刚拍完一场跑步的戏，浑身都是汗，他远远地走过来对我说……"宋念开始学起周自珩那副少年老成的样子，"你的后背湿了，那什么的带子有点明显，披件衣服吧。"说完她就开始笑，"你们都不知道我当时有多尴尬，我好歹也是女孩子欸。"

忙着剥虾的杨博也插入了话题："这种时候就应该直接把外套脱下来搭在女孩身上啊，标准偶像剧展开。"他还故意搞笑地挑了两下眉。

一下子周自珩就成了饭桌上调侃的对象，连昆导都开起玩笑来："这自珩一看就是没谈过恋爱的，太直接了。"

副导演"欸"了一声："自珩现在是单身啊？连自珩都是单身？"

这两个疑问把周自珩弄得有点不好意思，下意识把眼神瞥到斜对面，可那位却根本没看他，一门心思低头吃虾，小声和杨博说着话，音量很微妙，不太小，周自珩能听见，也不太大，听不见说话的内容。

"哎，要不给你俩改改剧本，让你和玲玲在一块得了哈哈哈。"副导演说完又立马解释，"开玩笑开玩笑，一改就乱套了。"

昆城是个好脾气："剧本可不能改，戏里面谈恋爱算怎么回事啊，你俩戏外可以试试啊，年纪也合适。"

周自珩下意识想开口反驳，可想到赵柯说的话，又硬生生把话咽回肚子里，想着宋念应该也会反驳，谁知宋念倒是大大方方把话一接："我倒是不怕试，关键人自珩不知道看不看得上我啊。"

又把话抛到他这儿了，简直是烫手山芋。周自珩都不知道怎么办了。

就在这时候，又有一人参与了这场"逼恋"戏码。

"看得上。"夏习清开口收敛了许多他在周自珩面前的轻佻，只剩几分温柔，但还是懒懒的，"周自珩说了，他以前喜欢过一个穿白裙子的小姐姐，你明天穿条白裙子，没准这事就成了。"

他怎么也没想到夏习清会拿这件事打趣，心里越发不舒服。

周自珩原本长了张戾气极重的脸，眉骨高挺，眼窝又深，压得一双眉眼深邃至极，夏习清已经看惯了这个人对他笑脸相迎，也知道他其实是世界上最好的脾气和秉性，现在也是难得见到他这样脸色难看，看向自己的眼神里都带着刃。

夏习清倒是不疾不徐地端起酒杯，隔着桌子朝他扬了扬，笑着赔罪："我都把你初恋的事抖搂出来了，你可别怪我，哥哥我也是操心你的大事。"

见他如此，周自珩心里说不上什么感觉，跟掉进了荆棘丛里一样，无论怎么躲都被扎得头破血流，索性一了百了，反正他也不想继续玩这种没有结局的游戏了。

一场游戏玩到最后，总得分出个输赢。

"怎么会呢？"周自珩也笑起来，眼底的戾气渐渐淡去，"不过那个不是我初恋，只是我单方面喜欢别人很多年，从来没在一起过。"

"哦？"昆城也有些好奇，"什么样的女生能让你单恋这么多年？"

"其实我也只见过她一面，还是头一次拍戏的时候，你要让我说我其实也不记得她长什么样了。只是我当时怕镜头，一直哭，哭得跑出了片场，遇到她了，她就安慰我一直陪着我。"每次说到这些，周自珩的表情都会不自觉变得柔软。

这种下意识柔软倒像是个倒刺，扎在夏习清的手掌心。

说什么不喜欢她了，看来都是扯淡。哪个男人会忘了自己心里的白月光白玫瑰。

得不到的才是最好的。

宋念点点头："所以你后来一直拍戏，也是因为她？"

"一开始是的，我找不到她，就想着如果我一直拍戏，到所有人都认识我的地步，她会不会有一天在电影院、电视或者网上看到我，想起我就是那个男孩。就好像人们在夜晚抬头，最亮的那颗星星一定会被记住。"

周自珩说着又低头喝了口茶："不过这个念头我也放弃了，我觉得拍戏对我来说事实上是一种表达方式，有更重要的意义。"

说了半天，周自珩也没有提自己变心的事。倒不是说出来破坏他痴心的形象，难以启齿，只是他就是想梗着，梗着自己也梗着夏习清。

宋念听得感叹了几声："真是好男人啊。"她喝了点酒，那张漂亮的脸孔上泛起红晕，手腕搭上周自珩的肩膀，人也倾倒过去。

周自珩没有推开她，他感觉到了宋念的频频示好，傻子也能感觉到，不然导演也不会替她说话。

女士香水的气味令他晕眩，周自珩目光转移到夏习清身上。

此时的夏习清显然已经从初恋的话题里抽身，咳嗽了几声，又侧过脑袋跟杨博说话："你都没吃多少，我给你剥。"

杨博觉得不好意思："别别别，你吃你吃。"

"我吃饱了，头疼吃不下太多。"夏习清低头认真剥虾，两丛又密又长的睫毛垂着，遮挡住眼睛。

耳边是宋念和导演们的声音，可周自珩的一双眼睛就这么盯着夏习清的手，那双纤瘦又骨节分明的手，给自己画画的手，如今在给另一个男人亲昵地剥着虾。

"头疼？"杨博也注意到之前夏习清一直打喷嚏，于是摘了手套用干净的手背抵上他的额头，又摸了摸自己的额头做参照，"我觉得你有点发热，是不是感冒低烧啊？"

夏习清摇摇头，把装着虾肉的碗推到杨博面前，自己摘了手套扔在一边："吃吧。"

杨博笑得像个小孩："谢谢~你真厉害。"

"那是，我吃虾都可以不剥的，扔嘴里直接吐壳。"

周自珩看着两个人你来我往，后槽牙都要咬碎。

他觉得今晚纯粹是自己给自己下了个套。

夏习清是不会吃醋的，他其实根本都不在乎，嫉妒到发狂的人只有自己罢了。

一顿饭吃了两小时，宋念又嚷嚷着去 KTV，杨博在后头开口："习清有点发烧。"可他底气不足，声音也不大，没人听见，夏习清抓了一下他的胳膊："没事，正好去 KTV 坐坐，别扫大家的兴。"

其实他酒喝得有点多，加上重感冒，脑子昏昏沉沉，头重脚轻。几个人开了间中包，里头昏暗得很，周自珩一进去就跟服务员说多开几盏灯，反倒被紧挨着他坐下的宋念调侃："怎么，你怕黑啊，这么大一屏幕还不够亮？"

周自珩没说话，看着夏习清跟在杨博的后头走进来，一屁股坐在角落，似乎也没有多大的不适反应。宋念是个活跃气氛的，唱了好几首欢快的歌热了热场就开始拉拽其他人，昆导和副导演也各唱了两首，连自称不太会唱歌的杨博都来了首《单身情歌》。

"哎，自珩你也唱一首嘛。"宋念推搡着他的胳膊，整个人都要贴上去，周自珩不动声色让了让："我唱不了，我天生五音不全。"

"回回都是这样，没劲。"宋念伸长了脖子把目标放到了另一边，"习清？你来唱一首呗。"

"我也不太会唱歌。"夏习清一开口，嗓子都有点哑，"你们唱吧。"

可宋念偏偏是个会缠人的，一下子就钻到了夏习清跟前，左说右请的，终于让他松了口，拿出手机让他点歌，夏习清感觉自己烧得比刚才厉害了不少，眼睛都有些涨痛，他伸手在宋念的手机上滑了几下，看见一首歌就选了。

"还说不会唱，都唱王菲的歌了还说自己不会。"宋念从他身边挪开，回到了周自珩身边，把麦留给了夏习清。

夏习清头晕目眩的，偏巧这首歌又是个迷幻的调子，自己就跟嗑了药一样，昏昏沉沉。

这是首粤语歌，原唱的调子对男生来说不低，夏习清只降了一个 key，一开口就叫大家惊了一惊。

杨博一巴掌推在夏习清肩膀上："我去，你这还叫不会唱歌？！"

夏习清仰头靠在沙发上，眼睛盯着屏幕，光怪陆离的色彩像是琉璃一样折射在他那张过分漂亮的脸上，纤长的脖颈弧度优雅，有种脆弱精致的美感。

大概是感冒的缘故，他鼻音有些重，唱粤语歌反倒多了某种微妙又特别的味道。

"不要迷信汗腺渗出的绮丽，不要虔诚直到懂得怎样去爱魔鬼。

纪念留给下世，不对别人发誓。"

贝斯和鼓点像是刻意追着心跳，一下一下重重捶在心上。

这歌词真实到周自珩从第一句就听不下去。可夏习清唱得那么决绝，那么冷静，甚至嘴角带笑，仿佛置身事外高高在上。

"和谁亦记得，

不能容他宠坏，不要对他倚赖。

感情随他出卖，若你喜欢犹大。

示爱不宜抬高姿态，不要太明目张胆崇拜。

一字记之曰。"

这几句歌词反反复复被他唱着，嗓音酥迷微哑，编曲妖冶又透着一股子金属冷，大家都沉浸在音乐里，唯独周自珩，眼睛死死盯着屏幕上的歌词。

每一句都戳在心口。

夏习清唱得潇洒，就像是以过来人的姿态在告诫痴男怨女，可这些词究竟是唱给谁听的，他也不知道。

给自己听听也好。

清醒清醒。

"为这为那谈情为了享受，

为你为我为何为他忍受。"

一曲结束，夏习清把话筒关了放茶几上，其他人都叫好，尤其是昆城："习清你这歌唱得真是不错，干脆主题曲也你唱好了。"

"KTV 水平，进了录音棚就出洋相了。"夏习清笑了笑，太阳穴一跳一跳地疼，他懒洋洋跷着二郎腿，手掌撑着下巴朝周自珩望过去，隔着沉沉黑暗和迷乱光线，冲他勾起嘴角。

"好听吗？"

我可是唱给你听的。

见他不说话，甚至都不看自己，夏习清只觉得得意，就像是一个实施了完美杀人案的凶手那样得意，他站了起来："我去洗手间，刚刚喝得太多了，你们继续玩。"脚下有些不稳，夏习清一路扶着墙走了出去。

这间 KTV 属于高档娱乐场所，价格不菲，所以客人也少，洗手间又大又亮堂，就是没人，夏习清浑身发烫，用凉水冲了把脸觉得舒服许多。

镜子里的自己有点狼狈，夏习清扯了面巾纸，对着镜子细细擦拭着脸上的水珠，然后将纸巾团起扔进垃圾桶，刚走到洗手间门口，就被一股蛮力推了进来，踉跄几步差点摔倒，好在他后头是墙，后背抵上烘干机，硌得慌。

可夏习清还是很快换上一副游刃有余的笑脸，他知道这时候会做出这种事的只有一个人。

"怎么这么大火气？"夏习清眼睛里满是调笑意味，"这可不像你。"

周自珩的薄唇抿成一条冷硬的线，都说长着这种嘴唇的人往往薄情寡义。看来面相这种东西往往不太准，至少在他们俩身上都是反的。

"你究竟什么意思？"

夏习清本想保持风度，可听见周自珩这句明显压着怒气的话，不禁气极反笑："我什么意思？敢情这件事是我先挑衅的？你打的什么算盘，以为我看不出来？"

他不知道周自珩究竟是受了谁的蛊惑，顺水推舟跟那个明显对他有意思的宋念演得风生水起，完全就是做给他看，想看什么？想看他为了他周自珩翻脸？为了他哀怨伤感？简直疯了。

周自珩忽略了最重要的一点，对手是身经百战的夏习清，除了真诚这一条路，任何策略，任何招数，他都没有任何胜算。

夏习清靠近两步，缓缓凑到周自珩的跟前，手掌往他胸口一贴，暧昧至极。

可下一瞬间，他那只纤瘦修长的手便攥住了周自珩的衣服，望向他的那双眼睛也微眯起，猎豹一样，透着危险的讯号。

"周自珩，就凭你这段位，也配跟我玩？"他勾起的嘴角满是不屑，耳下苍白的皮肤泛起病态的潮红。

"你是不是都忘了我是什么人了，嗯？"

"对，我不配。"周自珩垂下了头，后退了半步。

"我一个演员，都没有办法在你面前演得合格一点，说着想让你为我……可我连一个亲密的举动都做不出来。我这种段位，的确是不配跟你玩。"

没有任何感情经验，完全是一张白纸，遇到夏习清这样的对手，就只能被他任意拿捏；可老实说，就算是被拿捏被摆布，他也没有怨言，他乐意。

周自珩双手握着拳头，又松开："其实我从来就没想过跟你玩什么手段，我只是太想知道……"

太想知道在你心里我究竟是什么位置。太想知道你有没有那么一点点可能喜欢上我。

太想知道……你是不是早就发现我喜欢你，一直想着什么时候甩开我。

"……对不起。"周自珩抹了把脸，"对不起，今天这件事是我做错了，我不应该不拒绝宋念，老实说这样做也挺折磨我自己的。"他深吸了一口气，之前脸上愤怒的表情都消失无踪，他笑了一下，"你是自由的，你想做什么都可以。"

只是我该死的占有欲在折磨我，不是你的错。

他的心曾经是一片葱葱郁郁的森林。

喜欢上夏习清之后，这片森林就着了大火，熊熊烈焰，浓烟滚滚，再厉害的消防队面对这样的火势也是束手无策，只能眼睁睁看着火焰蔓延，直到烧成一片死灰。

他以为可以及时收手，却发现根本没有回头路。

看着周自珩脸上的笑，夏习清的心突然抽疼了一下，他其实并不想看到周自珩这样，他甚至不明白自己为什么会说出那么刺耳的话去激他，自己好像变了一个人。

倘若换成随便哪个小情人，故意在他面前作秀，夏习清至多甩手走开，就此结束关系，一句话都不会说，他也知道周自珩根本没有做出任何实质性的事，连碰都没碰一下宋念。

他只是在试探。

当他发现周自珩在试探自己的时候，他心底的害怕多于愤怒。

害怕被看清的恐惧触发了自我保护机制，迫使他做出过激反应。

夏习清试着开口，却艰难无比："我……"

等了好久，周自珩也没有等到夏习清的话，他的心就这么随着他的一举一动高高地抛起，又重重地落下。

"你现在不愿意原谅我，没关系。"周自珩甚至不敢碰夏习清，一开始是为了演，现在是因为愧疚，害怕夏习清做出更激烈的反抗，"对不起，你别生气了，我刚刚就一直感觉你有点……"

不舒服。

这三个字还没有说出口，背靠着烘干机的夏习清差点没站住，手扶了一下洗手台才撑住，周自珩心咯噔一下提起来，什么都顾不上直接将夏习清抱在怀里，夏习清使了全部力气去推他，根本推不开。

周自珩这才感受到他身上传来的不正常热度，他松开怀抱伸手去探夏习清的额头，被他躲开，没有办法周自珩只能扶住他的后颈，用自己的额头抵上他的。

"一会儿被别人看到了……"

"看到就看到。"周自珩急得都差点对他发火，很快又压住情绪，把声音放软，"大不了上个八卦头条，只要你不在乎。"

反正我是不在乎的。

夏习清没有说话，也没有挣扎。周自珩吸了吸鼻子，把自己的额头拿开："你发烧了，我们回酒店。"

“我一个男人，感冒发烧又不是什么大病，他们还在包间里，我给笑笑打个电话就行。”

周自珩只当没有听到这句话，自顾自接着说自己的：“你还能走路吗？算了，你别走了。我背你。”说着他就半蹲在夏习清的面前，“上来，我们回去。”

他又想到，生病的人都很脆弱，自己不应该用这么强硬的态度。于是他又回过头，仰着脸看向夏习清：“上来吧。”

夏习清的鼻子发酸，这个人为什么要一再忍受自己的刻薄和荒唐？越是这样，他越是觉得自己可恨又可悲。他不止一次故意让周自珩吃醋，让周自珩失去他应有的冷静自持。周自珩只不过是想知道他心里的想法，就被他这样折磨。

他弯下腰，抱住了周自珩的后背，向他妥协，也向自己妥协。周自珩后绕的双臂牢牢地抱住了他的大腿，将他背好。

夏习清把头埋在周自珩的侧颈。

那首歌果然是唱给自己的。

不能容他宠坏，不要对他倚赖。

说来容易。夏习清从来没有在任何人的身上获得过这么多的爱，多到他从还没有开始的时候就在想，假如有一天，假如周自珩不要他了，他又该怎么办？

如果是以前，他还可以当作什么事都没有发生过一样活得潇洒，因为他从来没有被爱过。

可现在，他分明被爱过了，要怎么才能装作从来没有得到过？

要怎么才能坦然失去呢？

“对不起，你生病了我都没有好好照顾你。”周自珩背着他走进电梯，“我真的……”

“我们这种关系，你本来就没有必要照顾我。”

“没有资格”这几个字恐怕更贴切吧。周自珩低着头，笑着说：“谁说没有必要，就算是朋友，生病照顾一下也是应该的，再不济，我们现在也是同事……"

夏习清浑身刺得疼，明明这些话都是自己逼着他说的，可他也不知道为什么，自己却这么难受。

被他一路背着下了楼，他们这次本来就是开的普通轿车来的，周自珩自己拿着钥匙，把夏习清放到了副驾驶座，给他系好安全带，从后座拿来了一个保温杯拧开盖子递给他："喝点热水。"周自珩坐到了驾驶座上，又伸手摸了摸夏习清的额头，"你出冷汗了。"他又从后座拿了条小毯子盖在夏习清的身上，替他把车窗关上。

这条毯子眼熟得很，夏习清抿了一口热水，记忆在氤氲的雾气里被拨回来。

原来他下午在化妆室睡觉的时候，是周自珩盖的毯子。

酒店离 KTV 不算远，十分钟的车程，路上的时候周自珩给昆导打了个电话，告诉他们自己把夏习清送回去休息。电话挂断，正好是红灯，车子缓缓刹住，等在路口。

"对不起。"

夏习清忽然开口道歉，周自珩怔住了，猛地转过头看向他。

"我……"夏习清的手紧紧抓着杯壁，抿了一下嘴唇，"我知道我做的事有多伤人。"

周自珩从没想过夏习清会对他有愧疚："不，这都还好，我既然说过我都可以承受，那我一定做得到，否则我不会说出来。"红绿灯交换，他踩上油门，"而且是我先挑起来的，说到底是我自作自受。"

夏习清低下眉眼，如果今天他们撕破脸，他心里可能会更好受些。可周自珩这样妥协，反而叫他难过。

一路上烧得昏昏沉沉，感知都变得模糊，直到周自珩把他放在床上才清醒一点，他看着周自珩替他盖好被子，每一个被子角都掖得牢牢的，密不透风。

"你喝了酒，现在也不能随便吃药。"他从自己的医药箱里拿出温度计，使劲甩了两下伸进被子里，"可能会有点冰。"看着夏习清被温度计冰得皱了皱眉，周自珩心里忽然就软成一摊水，只想抱着他不撒手。

量体温的时间他去打了盆凉水，把自己的毛巾浸湿了又拧干，叠好放在夏习清的额头上。

"应该好了。"夏习清自己拿出温度计，周自珩接过来一看，一颗悬着的心下来不少："还好还好，37.7摄氏度，低烧，低烧。"他一面喃喃自语一面把温度计放在桌子上，"不然不吃药是不行的。"

夏习清看着他像只无头苍蝇一样忙来忙去，心里更加难受。

"我小时候经常生病。"说完开场白，夏习清就忍不住在心里嘲笑自己，感冒发烧真的可以当作是脆弱的借口吗？

可周自珩就这么握住了他的手，跪坐在床边眼神柔软地望着他，看得他不忍心话尽于此。

"有一次烧得人都说不出话了，可还是要被拉去参加一场艺术宴会，因为我妈答应了别人要带我出席。"夏习清每一次说到以前的事，眼睛就不自觉垂下来，仿佛关起一扇门一样，害怕被人看到里头藏起的东西，"我其实很难受，发烧的时候浑身的骨头不都会很疼吗？我就哭，我妈一开始还会哄我，告诉我一结束就带我去看病，我还是一直哭，哭得别人都看我，她就觉得我不给她面子，觉得我丢人了。"

他的睫毛微微颤动着，颤在周自珩的心上。周自珩轻轻吻了一下夏习清的手背，又用拇指轻柔地蹭了蹭："那时候你多大？"

夏习清吸了一下鼻子："记不清了，大概上幼儿园？小学？反正挺小的。"他仰着脸望向天花板，轻笑了一声，"从那以后，我生病再也不告诉别人，不给别人添麻烦。只要死不了，都没关系。"

他说这句话的样子，和剧本里的江桐一模一样。

周自珩坐上床边，夏习清立刻撇过脸朝向另一边，他也不介意，只是更紧地握住他的手。

"生病就应该被照顾。"他取下夏习清额头上的毛巾，放在凉水里重新浸了浸，拧干了轻轻搁在他的额头上，"错的不是你，是你的父母。"

夏习清没有说话，他觉得自己任性得过了头。最尖锐的刺扎进一团软肉里，没有遭遇退缩，反倒被他忍着疼用柔软裹住自己的刺。

最后刺和软肉长在一起，拔不出，也割不去。

眼皮重得抬不起来，只感觉有一双手紧紧握着他的手，没有松开过，直到他沉入温热的梦潭。

半夜的时候夏习清被热得醒过来，睁眼的时候发现周自珩隔着被子紧紧地抱住他，大概是怕他踢被子再着凉，抱得紧紧的。

夏习清稍微动了一下，周自珩连眼睛都没有睁开，手就已经摸索着探到夏习清的额头上，又用自己的额头去靠，嘴里还迷迷糊糊念叨着："退了，退了……"

他的手轻轻拍着夏习清的后背，像是惯性动作一样。

"乖……"

很快，他手上的动作渐渐地缓下来，最后归于平静。

等到他终于沉入梦里，夏习清才敢放肆去看他的脸孔，毫无征兆地，眼泪就流了下来。他紧紧地抱住周自珩，无声地在他的怀里哭泣。

为什么要让自己感受到被爱的滋味？

这张被周自珩开出的药方，和毒药也没什么两样。

凌晨五点的时候周自珩被闹钟吵醒，他断断续续睡的时间加起来也不过两三个小时，可早上还有戏要拍，没有办法。

退烧后的夏习清还在熟睡，周自珩坐在床边凝视他许久，最后在他的鼻尖悄悄印上一吻，这才舍得离开。

醒来的时候夏习清浑身都舒坦了很多，大病初愈的感觉有点恍惚，他看着笑笑在房间里忙活着，帮他打开皮蛋瘦肉粥的盖子："这个还有点烫，凉一会儿再吃不然烫着嗓子。"笑笑埋怨了他两句，"我就怕你生病，结果还是病了，自珩说你一起床就带你去看医生，去拿药吃。"

"……他走了？"

"早上五点的戏。"笑笑把从夏习清房间里拖过来的行李箱打开，"你穿什么？我给你拿出来。"

"都可以。"夏习清从床上坐起来，满心空荡荡的，他知道周自珩要去拍戏，可醒来看不到他，还是觉得难过。

自己什么时候已经变成这样了——

患得患失。

后来的一个星期，两个人都维持着之前的那种关系，宋念依然会热情地来找周自珩，可都被他拒绝，她的戏份本来也不多，充其量算是高坤的一个未果的初恋。

她杀青的那天正好是周自珩的一场哭戏，也是他在整个剧本里唯一的哭戏。

那是高坤向玲玲坦白自己染病的戏份。

这一段导演用了手持的特写镜头，捕捉高坤脸上的表情。

"你……你究竟得什么病了？你说啊？"玲玲的表情有些不耐烦，"你这么一直吞吞吐吐什么意思？"

高坤的眼神闪躲着，舔了舔干燥的下嘴唇，哑着嗓子开口："我……"他似乎也厌恶自己这样孬种，咬咬牙干脆地开口，一字一句说得干脆利落，仿佛等待着壮烈牺牲的结局。

"艾滋。我得的是艾滋病。"

另一个镜头对着的是玲玲，她眉头蹙起来，先是不敢相信，而后又笑出来："不是，你开什么玩笑？你怎么可能……"

"抽血的时候，针管……针管二次污染。"高坤低下头，"我要是有一个字骗你，天打雷劈。"

玲玲没有说话，她低头摸了根烟出来，手抖着按了半天打火机，怎么都点不燃那火，高坤试图靠近一步，被她反应过激地退后。

"别过来。"她将打火机扔在地上，烟也从手指间掉落，"你什么时候检查出来的？这个星期？还是上个星期？"她双手抱着自己的胳膊，"你不会传给我吧，我们也没上过床，只是接了个吻。应该不会传染的，肯定不会的……"

她自言自语地说着话，仿佛面前空无一人，可她又看向高坤，眼神复杂。

"你……你以后……"

后面的话她忽然说不出了，也就干脆不说了，直接踩着她的高跟鞋转过身。高跟鞋踏在水泥地上的声音清脆又残忍。

其实高坤一开始就料到了这样的结局，但他还是不想骗她。

镜头里，高坤低着头，脚踩着地上的打火机，廉价的塑料壳在粗糙的水泥地上摩擦着，发出刺耳的声音。

他的眉头要皱起，又被自己强硬地撑开，双手插在口袋里，倔强地咧着嘴角。

之前的特写镜头一点点后退，他的全身逐渐出现在画面中，高坤将脚抬起，放过了那个小小的打火机，他蹲下来将它捡起，又捡起之前被她丢弃在这里的那支香烟，递到自己嘴边，然后像她之前那样按着，按了好几次，终于有了火。

风中闪动的微弱火光一点点吞噬烟卷，一缕飘忽的烟终于得到机会逃逸到天边。

高坤猛地吸了一大口，被呛得涨红了脸咳嗽，越咳越猛，他只能捂住自己的嘴。镜头前的烟雾渐渐散去，眼泪忽然就涌了出来，大滴大滴地往地上掉，浅灰色的地面被液体浸湿成深色，像是旧衣服上怎么都去不掉的污斑。

他的肩膀不住地抖动着，眼泪流了满脸。抬手抹掉之后他又吸了一口，像是叹息一样吐出烟雾，然后低下头，任由眼泪往下掉。

"……这不就学会抽烟了吗。"他的声音沙哑，低头笑着，笑声悲凉又绝望。

"挺简单的。"

他把烟夹在指间，一屁股坐在地上，头埋在屈起的双膝上，浑身颤抖。

烟灰和泪水一样掉落。

片场的人都静静地看着，谁也不说话。

"过。"导演喊了停，可周自珩不像之前一样，不管是多大情绪的戏，他都可以一下子就抽身，可已经结束了，他还坐在那个地方，肩膀还在抖。

昆城发现不对，夏习清就在他的身边，他自然而然第一个问他："自珩最近怎么了？"

夏习清摇了摇头，说了谎："我不知道。"

"失恋了吗？他不是没有恋爱吗。"昆城语气沉重，"我之前以为这一场戏他得磨很久，我看过自珩之前的片子，他是个有天分的，但很明显是没有恋爱经验的。"他笑了笑，"他之前一遇到感情戏，就脱了，从那种情境中脱出去了。如果是一般的那种青涩的感情，还可以用他的演技弥补，但是真的要掏情绪去演的大戏，他演不了，他没有那种撕心裂肺的情绪可以掏。"

昆城看着屏幕：

"所以我以前就说，演员还是得恋爱的，不然让他们去演不存在的东西，太强人所难了。

"他这忽然开窍，我是真没想到。"

夏习清没听完他说的话，也听不下去了："我去看看他。"说着，他走向仍旧坐在地上的周自珩，比他早一步的是搭对手戏的宋念。

"自珩，你没事吧？"宋念开口满是担忧。夏习清的脚步放慢了些。

周自珩仍旧埋着头，抬手摆了一下，像是拒绝，宋念正犹豫要不要拉他起来，一只修长的手伸了过来，抽掉了他指尖还夹着的那根烟，抓住了周自珩的手。

几乎是一瞬间，周自珩的头抬起来。

他比任何人都清楚是谁握住了自己，也比任何人都不敢相信。

夏习清半蹲在周自珩的面前，将烟头在地上蹍了蹍，伸过手去拍了拍周自珩的背："你怎么像个孩子，哭起来没个完。"说完，他又摸了摸周自珩的后脑勺，"这么伤心啊。"

周自珩难得从他的身上得到这些安慰，眼泪又一次不受控制涌出来，实在丢人。

夏习清差点忘了，周自珩本来就是个孩子，没有任何经验，只有一腔热血和赤诚的心，可再赤诚再热切，也有遇冷退缩的时候。

他回头对宋念温和地笑笑："你在这儿他可能觉得有点跌份，没事，他一会儿就好了。"

这么明显的逐客，宋念心里很清楚，她也笑了笑："那我先过去了，我今天杀青，晚上一起吃饭啊。"

等到宋念一走，夏习清就伸手抱住了周自珩，摸着他的头毫不留情地嘲笑："小孩子才会这么哭。"

本来周自珩就觉得很丢脸了，偏偏夏习清还要在他伤口上撒盐，为了保住自己的自尊，他只好回怼道："你也这么哭过。"

夏习清吓了一跳，还以为发烧那天他在周自珩怀里哭被他发现了，他一下子推开周自珩："你那天醒着？"

"什么醒着……"周自珩抹了把脸，"我就没醉啊，醉的人是你，你自己喝得烂醉抱着我哭，一直哭。"

醉？夏习清皱起眉，难道他们说的不是同一天？

"什么时候？"

"思睿跟我们喝伏特加那天，录完节目之后。"周自珩也察觉出一点不对，"不然你以为哪天？"

夏习清躲开了这个话题，生拉硬拽把周自珩拉起来，拿出湿纸巾扔他怀里："自己擦擦。"

"哭得我头疼。"周自珩仰起头，按着自己的太阳穴。夏习清忽然发现，他的左手无名指戴上了一枚素银戒指，之前一直没有的。

他想开口问，又犹豫了。

"导演等着呢，你快过去。"

宋念是个会来事的性格，剧组上下都喜欢她，杀青的时候副导演特意买了个大蛋糕给她庆祝。

晚饭前夏习清回房车上换衣服，车上没人，他自己关上了门也没开灯，忽然听见车外有什么声音，好像是小罗和笑笑。

"这个宋念真是无语，这是他们团队买的热搜吧，还有这些营销号。她怎么这么不要脸啊，谁跟她有绯闻啊，我们自珩是什么家世的怎么会跟她——"

"嘘！你可小点声吧别让自珩听见，还有那谁。这件事蒋茵姐肯定会处理的，都是小事这算什么啊。"

夏习清胡乱把 T 恤套在头上，拿出手机，微博直接推送了一条消息。

"周自珩宋念因戏生情？！各种情侣物品实锤放出？"

这种标题党……他点进去看了一眼，里头无非是一些同款的衣服和鞋子，还有上次一起去吃饭的视频截图，大部分都是断章取义。就算夏习清再怎么混账，也很清楚周自珩对宋念是半点别的意思都没有的。

手指滑到最后一张图，夏习清的手顿住了。

那是他今天上午才发现的那枚素银戒指。相对应地，宋念曾经在自己的微博晒出过一枚款型类似的铂金戒指，不过日期已经是上上个月。

夏习清关了手机，一下子拉开车门，吓了还站在门口的小罗和笑笑一大跳。

"习、习清？你在车里啊？"

"怎么了？你们怎么在这儿？"夏习清把耳机摘下来，装作什么都不知道的样子，"去吃饭吧你们。"说完他自己朝着大部队走过去，路上遇到道具组一个小姑娘，她甜甜地朝夏习清笑了一下："习清，吃饭去？"

"嗯。"夏习清也礼貌地笑了笑，还帮她拿了一个装道具的大袋子，两人并肩走了两步，他忽然想起些什么，"……对了晓梦，你们组负责自珩道具的人是谁啊？"

天还没黑，夏习清借口逃了杀青宴，自己一个人戴着口罩，绕着华安里狭窄拥挤的社区走着，周自珩打了好几个电话，他回了一条短信，说自己有事，去找以前的同学了。

他说过的谎多到不胜枚举，但现在他发现自己越来越不会撒谎了，尤其是面对周自珩的时候。

闷热的空气扭曲着情绪，经过一家老旧的音像店，外放的喇叭音质很差，但放的歌品位倒是不俗，起码不是那种烂大街的广场舞伴奏。

夏习清在门口站了一会儿，望着墙上斑驳的海报，歌词模糊又清楚地往耳朵里灌。

"谁让我的生涯天涯极苦闷，

开过天堂幻彩的大门，

我都坚持追寻命中的一半，

强硬到自满。"

他低下头。

周自珩亲手为他打开那扇幻彩大门，通往天堂。

但他不敢踏进去，他不属于那里。

调转方向漫无目的地打转，到处都是烟火气围绕着，只有他一个人冷冰冰的。如果周自珩没有遇到他，他或许还是那个天资聪颖又幸福的演员，演不出失去的悲痛感。

如果他可以放心大胆地去接受，可以不下意识逃避就好了。

可这完全就是把自己身体里的一部分割裂出去，太难了。

不知怎么的，他走进了一个涵洞，里面好像是积了水，附近一个人都没有，夏习清抬头望过去，这个涵洞和华安里所有的涵洞都不一样，它的顶盖不是不见天光的钢筋水泥，而是薄荷绿的塑料棚盖，还没消退的阳光从上面打下来，折射成漂亮的绿色，如梦如幻。

夏习清卷起裤腿走进去，仿佛被绮丽童话吸引的孩子，一步步靠近洞穴中的珍宝。

烂漫的薄荷色光线将他包裹，涵洞内的墙壁也是蓝绿色的，和变了光彩的阳光融为一体。夏习清觉得惊喜，这个在外界看来混乱拥挤的地方竟然藏着这么一个漂亮的隧道，色彩的美妙让他暂时忘记了地上的积水，也忘了来到这里的初衷。

忽然，他听见声响，正要戴上口罩，却发现隧道的转角走过来的，不是别人。

是同样讶异的周自珩。

"你怎么在这里？"隔着两三米的距离，周自珩远远看着他，两个人的小腿都埋在积水里，水面荡起的波纹扯着两个人，成了唯一的维系。

自己劣质的谎言就这么被拆穿，夏习清不由得低头，哑然失笑，过了一会儿才又抬起头："我不想去杀青宴，四处转转。"

"也不想见我？"

夏习清点点头，没有说谎。

周自珩苦笑了一下，仰头看了看半透明的涵洞顶，薄荷色的夕阳蒙在他的脸上："这个地方是我上个星期发现的，很漂亮对吧，一进来心情就会变得好起来。"

上个星期……

"我小时候最喜欢的地方就是水族馆，走在水族馆的隧道里，我就觉得自己和那些鱼一样，可以自由自在在海里游泳。"周自珩嘴角的笑意渐渐收敛，"好久没去了，以后应该也不能随便去了。"

他低下头去看夏习清："你说这里是不是很像水族馆的隧道？"

夏习清没有说话，他不知道自己应该说什么。

"真好啊。只有我们两个游客。"

"嗯……"

周自珩有一个怪毛病：难过的时候爱说一些乱七八糟没有边界的话。这个毛病早就被夏习清发现了，他在试图转移自己的注意力而已。

"你应该听说过薛定谔的猫吧？"周自珩果然又开始了他一贯的老毛病，"你肯定知道。不过其实大家对这个理论都有误解，人们总是把薛定谔的猫理解成一个二分类的选择，A 或者非 A，其实不是的，那是一种叠加态，是 A 且非 A，就好比被他关在盒子里的那只猫，它的状态并不是生或死，而是生且死。除非他打开盒子确认，这种叠加态都不会坍缩。"

夏习清低着头静静听他说着，像个十分称职的听众。

"我第一次学到这个理论的时候，第一反应是什么，你知道吗？"他顿了顿，没有等夏习清回应，"我觉得那只猫好可怜，如果是我，一定舍不得把它放进去，可如果放进去了，我也一定舍不得打开盒子，去确认它究竟有没有活下来。"

他忽然苦笑了一下："果然，轮到我的时候，我的确不敢去打开。"

夏习清微微皱眉，抬眼去看他。

"如果不打开这个盒子，我可以假装它活着，就这样维持表面的美满。"周自珩舔了舔干燥的嘴唇，"我们会永远困在这个叠加态之中，你或许爱我，或许不会，总之谁也不知道结果。"

"如果我的感情只是简简单单停留在喜欢的层面，我会安于这个叠加态，只要我们在一起的时候快乐就够了。我喜欢你的才华、你的狡黠、你眼角眉梢的风情。你的缺点，你的过去，甚至你和别人之间的暧昧，都不足以影响我。"

夏习清早就看出来了，可亲耳听见他说，夏习清的心还是不由得颤了颤。

"但是不行，我控制不了这份感情疯长，它自己变成了爱，然后我就没辙了，我开始妒忌，愤怒，恐惧，我担惊受怕地藏起来，怕你发现我对你的心思，然后一脚踢开我，转身走到下一个人那里，藏到我自己都失去分寸，没有办法继续藏下去。"

他的情绪越来越重，压得他说话都变得艰难："你知道吗，我居然不止一次地想过，如果你只是一个没有生命的东西就好了，比如一幅画，一个雕塑，成为我的私有物，这样我就不害怕了。"

"这些阴暗面太可怕了，把我活生生变成了另一个人。"周自珩艰难地笑了笑，"它开始折磨我，也逼着我折磨你。我不想这样下去了。"

他的脚步走在积水里，水流的声音回荡在空旷的涵洞，波纹一层层推着夏习清的双腿，试图逼他后退。

他应该后退，他应该逃走。

可夏习清一动不动。

他的脑子转得很慢。

他不想这样下去，是什么意思……

想结束吗？终于不愿意再忍受了吧。

"我现在就想让这个叠加态坍缩。"周自珩站在了他的面前，握住了他的双肩。

这一刻，夏习清竟然希望自己失聪，最好什么都听不到。

原来他也不敢掀开盖子。

"夏习清，我爱你。"薄荷色夕阳的最后一点残光打在他的脸上，他笑起来，"盒子打开了。"

"挺简单的。"

这个表情和语气，和强迫自己抽烟的高坤如出一辙。

夕阳下沉，涵洞开始一点点变暗。

夏习清仍旧低着头，他没有勇气说出自己的答案，其实他也并不清楚自己心里的答案，他的脑子里闪现的都是过往，那些伤害无时无刻不在出现，击溃自己好不容易搭建起来的自信。

"我没有在等你回答。"周自珩摸了摸他的头顶，语气温柔得要命。

他的手再一次垂下，却被夏习清抓住，周自珩有些不解："怎么了？"

夏习清摸到他左手那枚戒指，被周自珩躲开。他抬起头："我问过道具了，他说这个不是给高坤配的戒指，你为什么要戴？"

"不是，这个是……"周自珩的眼神有些闪躲，夏习清便更加确信这有问题："你在心虚什么？"

"我没有。"周自珩很快反驳，然后脸上露出自暴自弃的表情，"我没有心虚。"

他叹了口气，将那枚戒指取下来，摊开手和戒指一起递过去，递到夏习清的面前。

夏习清的视线一开始被戒指吸引，可当他正准备拿起来的时候，却看见了真正的答案。

他无名指被戒指遮住的那个地方，文着一朵红色的玫瑰。

那个花纹和图案，是之前自己趁他睡着时用签字笔在他手上随意画的。

夏习清不可置信地抬起头，看见周自珩躲闪又尴尬的眼神："这个戒指就是我在路边买的，用来遮文身。我怕你看见，就很尴尬，但是我喜欢这个小玫瑰，想一直留着它。"

"我……我知道你现在可能还不喜欢我，也不能完全相信我说的话。"周自珩一脸忐忑，说话都变得语无伦次，"我可以，不是，我是说、我们能不能试试看，你如果真的不喜欢，随时都可以……"

话还没说完，积水里，一双脚忽然踩上他的脚。夏习清的声音闷闷的，好像经年累月浸泡在某种蓝绿色药水里似的。

"天黑了。"夏习清抬头，眼睛亮亮的，仿佛蒙着月光，"抱我。"

周自珩欣喜不已，忐忑的心脏几乎就要爆炸，他紧紧地抱住夏习清，牢牢地抱着，仿佛害怕他反悔似的："你、你的意思是……"

"试用期。"夏习清把头埋进周自珩的肩窝里，"我随时随地可能退货的，这样也可以吗？"

"可以！"周自珩开心得像个孩子，他又差一点哭出来，"当然、当然可以。"

看到他这么开心，夏习清又开始自我怀疑："我可能还是克服不了，我从来没有和别人真正地恋爱过……"

"我也是。"周自珩吻着他的头顶，"我们一起，试试吧。"

天彻底黑下来，周自珩紧紧地握着他的手，走出了那个曾经只属于他们的薄荷色水族馆。

涵洞外面像是换了一片天地，人来人往，摩肩接踵的，两个人都戴上了口罩，躲进忙忙碌碌的人群里。

"提问。"周自珩举起手，笑得像个小孩。夏习清转头去看他："干吗？"

周自珩的眼睛被路边的灯火照亮，一闪一闪的，里头像放着萤火："试用期我可以做什么？"

路边开始变得熙熙攘攘，夏习清挣脱他的手，半低着头看着自己完全湿透的鞋子："我还没想好。"

刚说完就被轻轻撞了一下："牵手可以的吧？"

夏习清左手搭在右手手腕，揉搓了一下被他握得发红的手掌心，语气慢吞吞的，要说又不愿说："……可以。"

刚说完又被撞了一下。

夏习清皱着眉抬起头，对上周自珩深邃的眼睛，那双笑起来会变成上弦月一样的眼睛。

"那接吻呢？"

他的声音半含着温热的气，声音很轻，仿佛在诱人一步步走进他心里头去。

"接吻可以吧？"

夏习清站开了一些，故意做出嫌弃的语气："我看你啊，是真的想上八卦头条。"

"对啊。"周自珩快走两步到夏习清的前面，转身面对着他一步步倒退着走，眼睛看都不看别的地方，只盯着夏习清那双漂亮的桃花眼，"我现在恨不得让全世界都知道，我终于谈——"

"小心。"

后头过去一个推着推车准备赶夜市的大姐，差点撞上周自珩的后腰，夏习清眼疾手快，一把抓住周自珩的胳膊将他往自己这边一扯。

两个人胸膛贴在了一块，夏习清一抬头，鼻尖蹭过周自珩的下巴，怕他站不稳，伸手揽住了他的腰。

"……恋爱了。"周自珩愣愣地说完最后三个字，低下眉眼去看他。

四周灯火逐渐亮起，两个人相贴的这一瞬，慢镜头一般，一帧帧勾勒出一个拥抱的形状。

"想亲你。"周自珩小声在他跟前念着，之前那个差点被他撞上的大姐没准备轻易罢休，嘴上得过些瘾。

"哎哟，就不能看着点，这么大的人了还倒着走路，撞倒我这车子看怎么办。"

大姐骂骂咧咧地推着车走开，夏习清也回过神，松开了手又推开他，把他拽到自己的左手边："看着路。"

"想亲你。"周自珩凑过来又重复了一遍，声音带笑。

又来了。

得了点甜头就开始没收敛地招摇，完完全全就是周自珩的作风。

不给他点颜色瞧瞧，还真把他当成什么纯情小天使了。

夏习清抬眼，从他的瞳孔顺延向下，眼神黏滞，盯了一会儿黑色口罩下面的嘴唇，又一次抬眼，定定地望着周自珩深邃的眼瞳，颤动的眼睫末梢全都是风情。

撩拨完毕，夏习清轻笑一声，两手插进裤子口袋里朝前头走着。留被他这一眼望得失了半边魂的周自珩站在原地。

这双眼睛太勾人了。

周自珩感叹一万遍都不够。

回过神来，周自珩慌张赶了几步："哎，等等我。"

"不等，长这么长腿干什么吃的。"

"用来追你的啊。"

"神经。"

周自珩给小罗发了个消息，让他去应付昆导和蒋茵，自己潇洒利落地关了机。

两个人就这么躲过杀青宴，可饭不能不吃，夏习清领着周自珩去了一家附近的生烫牛肉粉店，周自珩从小在北京城里长大，地道的米粉吃得都不多，别说这种特色的生烫牛肉粉了。

"老板，两碗宽粉，一碗不要辣。"夏习清转过头看向周自珩，"你吃什么？牛肉？腰花？"

"牛肉。"周自珩看了看那盘切得漂亮的肉，碰了碰夏习清的胳膊肘，小声问道，"腰花是什么？"

夏习清坏笑着瞟他一眼：" 这你都不知道啊，周小少爷。"说完，他又拿手指头戳了一把周自珩的侧腰，凑到他耳边，阴森森道了句，"肾。"

周自珩立刻捂住自己的腰。

夏习清还故意说得绘声绘色："新鲜的腰子拿出来对半一剖，中间的白筋一掏，用快刀，一刀一刀片成薄片，放在滚汤里涮两下，又脆又嫩，特别好吃。"

听得周自珩忍不住打了个抖："我要牛肉的，牛肉。"

"好。"老板麻利地从高汤捞出白软的米粉放入碗中，舀了牛肉汤、卤汁、葱花、萝卜丁，又将新鲜的牛肉片汆烫断生码在粉上，递给周自珩。又照样做了另一份，浇了一大勺辣卤给夏习清。

店子里开着空调，两人对坐着一人一碗粉，吃得舒服极了。

"我以前上学的时候最喜欢吃的早餐就是牛肉粉，生烫的或者卤牛肉。"夏习清觉得不够辣，又舀了一勺辣椒油放进碗里搅和了一下。整个碗都红彤彤的，看得周自珩犯怵。

"你们一大早吃这么辣，胃不难受吗？"周自珩夹起一筷子粉，送入嘴中，又嫩又滑，好吃极了。

"还好啊。"夏习清舀了一勺酸豇豆放在周自珩的碗里，"我们这儿早餐很多的，一个月三十天不重样，热干面、三鲜豆皮、烧卖、面窝、蛋酒……数都数不清。"

"那你都得请个遍。"周自珩端起碗喝了一口汤，冲他笑了一下，活像只大型犬似的，黏人又乖觉，"不然我就赖在武汉不走了。"

"那你别走，就在这儿赖着。"

出了粉面店，两个人又沿着夜市吃了一路的小吃。两个人的手机都关了，谁也不理，就安安静静地轧着马路。

夏习清过去从来没真正与人恋爱过，虽然说不出口……

他瞥了一眼身边的周自珩。

但他的确是他的初恋。

"我不想回酒店。"周自珩手里拿着一串荸荠，咬下一个吃得脆响。

夏习清想起之前那个绯闻："酒店门口估计现在应该有一大堆的记者蹲点呢。"

周自珩不明所以，侧头看他："为什么？"

"你不知道？"夏习清白了他一眼，"现在你跟宋念的绯闻在全网都闹得沸沸扬扬的，你居然不知道？"

"我一下午都在拍戏，手机都不在我身上，后来我拿到手机之后就一直给你打电话一直联系你。"周自珩吃掉了最后一个荸荠，含含糊糊地继续道，"后来就关机了，我去哪儿知道什么绯闻。"

夏习清没好气地瞟他一眼："那你现在知道了？周自珩出道以来第一个绯闻。"

周自珩把手里的签子投进不远处的一个垃圾桶里，没脸没皮贴上夏习清的胳膊："我的第一个绯闻不是和你吗？"

"滚蛋。"

"不滚。"周自珩一条胳膊揽住夏习清的肩膀，"全国的自习女孩都得给我做证，我的绯闻对象有且仅有夏习清。”

黏糊劲。夏习清瞪他一眼，也不说话。周自珩的手碰了碰夏习清的脸侧，叹口气：“不想回去，不想跟那些人瞎搅和。”

小巷子快走到了头。

周自珩悄悄牵起他的手：“我从小就在这个圈子里，这么多年演了好多戏，大家总是说我年少成名，比别人省了好多时间。”

“你也失去了很多时间。”夏习清的声音都不自觉放软，心里想起了周自珩卧室里的放映机，想到那个乖乖软软的周自珩，可爱极了。那么小的小孩，就在娱乐圈里扮演着各式各样的角色，所幸他没有丢了自己。

而且比任何人都纯粹，都美好。

“时间是很宝贵，一维，单向，过去了就不会再回来。”周自珩把手指嵌进夏习清的指间，牢牢握着，“但如果你在。”

“我就想，和你一起浪费时间。”

夏习清的心跳乱了。

“不对。”周自珩忽然转头看向夏习清。

“想和你浪费一切。”

昏黄老旧的路灯打在地上，照得两个人的人影长长的，缠在一起，相依相偎。夏习清低头看着，沉默了很久，像是犹豫着什么。

周自珩先开了口：“回去吗？累了吧。”

“我带你去个地方。”夏习清拽住了他，忽然开口。

周自珩也没有多问，就这么跟着夏习清回到空荡荡的片场去取了车，剧组里几乎没人，估摸着还在吃饭，夏习清拉开车门进了驾驶座：“上车。”

黑色的车如鱼一样溜进了车流里，将两个人的心事和秘密藏匿在繁华都市里。

这是周自珩的车，夏习清也是头一次开，手心落了汗，黏糊糊的，等红灯的工夫他把手伸到方向盘侧面储物盒，想找找有没有湿纸巾之类的东西。

“哎别拉开。”

话说得太晚，夏习清已经拉开了盖子，里头冒出来一大堆包装可爱的糖果，多得都溢了出来，就跟刚爆出来的爆米花似的。

糖果落了满车，两个人都怔了怔，又对视一眼，笑了出来。

这个小小的储物盒，完完全全就是自己的心。零零碎碎的甜蜜多到一碰就要溢出来，怎么都装不下。

车窗外风景变换，从偏僻树丛变成高楼林立，转而又变作一片沉沉的静湖，星辉揉碎了洒在湖面上，波光粼粼。周自珩累了一天，又哭又笑的，累得睡了过去。

这是一片依湖而建的别墅群，安静得很，夏习清开着车从大门过，被保卫拦了一下，他取下口罩去看，里头走出来一个年纪近四十的保安，他先是眯着眼瞅了一眼驾驶座上的夏习清，又见他整个人侧过身子趴在驾驶座的车窗上，笑眯眯喊了一声“林叔叔”，对方这才认出来。

“这不是习清吗，这得有多少年没见你了。”

夏习清嘴角含笑，见对方放行，他也只寒暄了一两句，就开车进了小区。

梦里感觉有人在轻轻拍着自己的脸，周自珩抓住了那只手，顺着手指摸到了他手上画画留下来的茧，每次他都能凭借着这茧一下子认出来。

夏习清看着他闭着眼睛捉了自己的手放在嘴边吻了又吻，恶狠狠地捏住他的下巴，晃了两下子：“还睡，再睡我就先奸后杀。”

“你来啊，求之不得。”周自珩两手一摊，眼睛仍旧闭着，“正好圆了我车震的梦。”

夏习清白眼就要翻上天，推了一把周自珩的脸，自己解开自己的安全带：“我本来以为我已经算不要脸的了，没想到你还真是青出于蓝。下车！”

听他这么说了，周自珩揉了把眼睛跟着下了车，站在车边伸了个大大的懒腰。四处一看，面前是一个三层高的独栋别墅。

"我还以为你是带我私奔的。"周自珩望着这栋别墅，看着淡黄色的墙壁，不像是新的，"难不成你是给我买房了？你要包养我啊。"

"想得美。"夏习清从口袋里拿出串钥匙，对着路灯找了找，捏着其中一把走向别墅大门。周自珩这会儿才当真，原来这个别墅真的是他的。

"这是哪儿啊？"

夏习清低着头将钥匙插进门锁里，转动了两下，将大门推开，里面黑暗一片，什么也看不见。他的脚步停滞在边缘处，一动不动。

"怎么了？"

"这是我以前的家。"夏习清低头苦笑了一声，"不，是我小时候住的地方。"他深深吸了一口气，没发觉自己的手指都在发抖。

周自珩愣住了。

原来夏习清轻描淡写说的"一个地方"，竟然是他以前的家。他曾经生活过的地方。

也是他曾经饱受折磨的地方。

他不禁想起那天晚上，喝醉之后的夏习清在自己怀里无声哭泣的模样。

"你说你不想去酒店，这个房子还算过得去，凑合住一晚也可以，反正没人，十多年没人住了，也不知道有没有电。"夏习清像个没事人一样，他进去半步，伸手到旁边去摸了摸，找到灯的开关，"啪"的一声，大堂的水晶吊灯亮起来。

"灯还是好的，那就好。"夏习清走进去两步，发现周自珩没有跟上来，他又回过头去看，想起来自己是没有告诉过周自珩他的家世的，可能到现在他也以为自己不过是一个小画家，夏习清笑着解释，"我忘了跟你说，我家是做房地产生意的，寰亚集团，你应该知道。一开始是在这里发的家，后来生意做大了，就去北京……"

话说了一长串，忽然被周自珩握住手，夏习清愣了愣，抬眼去看他。

"你手好凉。"周自珩揉了揉他僵住的掌心，深邃眉眼里满是温柔，他靠近一步，将夏习清抱在怀里，吻了吻他的耳朵。

"谢谢你。"

谢谢你的信任。

突如其来的一句感谢，让夏习清耳朵一热。心里有一肚子话想说，却又不知从何开口。

周自珩把他的双肩一握，推着他翻转过去，又从背后把他抱住，胸膛贴着他的脊背，一点点推着往前走："寰亚集团……原来我们习清哥哥是大少爷啊，早知道你这么有钱，我就让你包养我好了。"

每次周自珩叫他哥哥都带着股调笑的意味，夏习清拿后肘拐了他肚子一下："我可包养不起你周小公子。"

"包得起。"周自珩从后头亲了一下夏习清的后脑勺，"跟我上床不要钱，我倒贴钱还不行吗？"

夏习清扭过头，冲他挑了挑眉尾："你让我上我给你钱。"

周自珩捧着他的脸就这么别扭着亲了一口他的嘴唇："那还是我倒贴吧。"说完，他推着夏习清肩膀往前走着，想要赶紧转移这个话题。

也不知道他什么时候才会打消这个念头。

这栋别墅不小，里面的家具都蒙着白布，一看就是很久没有住人，这场景让周自珩不禁想起了第一次和夏习清录制《逃出生天》的情形，也是许多蒙着白布的家具，华丽而冷清的装饰。

"我带你上楼去逛逛。"夏习清说话没什么情绪起伏，这让周自珩有些担心，他已经足够了解夏习清，他越是没什么情绪，说明他藏得越深。

可周自珩能做的也只有紧紧地抓住他的手，陪着他一起。

一层的客厅做了挑高的处理，大约有四米高的空间，因而楼梯也很长，右侧是扶手，左侧是整面墙壁那样高的书柜，里面摆满了各式各样的书。夏习清拖着周自珩的手一步步走上去，见他一直在看旁边的书架，便道："我小时候经常坐在这个楼梯上看书。有时候看累了就靠在这儿睡着了。"

一想象到那个画面，周自珩的嘴角就不自觉勾起。

好想看看他小时候，一定是全班最好看最可爱的小孩。

周自珩被夏习清拽着上了二楼，二楼有一条深邃的走廊，像极了美术馆里的艺术长廊，深米色，对着的墙面上依次挂着十幅画作，中间经过一个房间，夏习清试着开了开门，竟然没有上锁，他自己都觉得有些吃惊，打开了房间门口的灯。

"这是我母亲的收藏室。"夏习清拉开了门，站在门边，周自珩望了一眼，这是一间非常大的房间，进去才发现里头还套着一间，里面放置着各种蒙着布的画框，大的和人差不多高。

"这些都是画？"

"对。"夏习清点头，想到上一次习晖跟他说过的艺术馆开幕的事，这些收藏品夏昀凯没有带走，估计也是留给他了，可他居然不上心到都没有专程请人保管，就这么搁在旧房子里。

也是，他那么讨厌母亲，也那么讨厌自己，看见这些画估计恨不得一把火烧个干净。

"我母亲出身艺术世家，外公年轻的时候是有名的雕塑家，外婆是油画名家。生在这样的家庭，我妈也就自然而然成了一个艺术鉴赏收藏家。"

夏习清随手掀开了一幅画上的蒙尘布："她一辈子都为自己没能成为一个画家而遗憾，不对，"夏习清苦笑，"说是遗憾，倒不如说是怨恨，她没有绘画创作的天赋，尝试了很多年都一直平庸，可她能一眼辨别出画的好坏，挖掘了许多当时还没有成名的画家。"

这样的故事发展下去，周自珩已经可以猜出后续："所以，你的妈妈生下你之后，发现了你的才华。"

夏习清的手指轻轻蹭着画框："她只不过是发现了救命稻草。"

也发现了致命毒药。

他拍了拍自己的手掌，转到另外一幅画跟前："她觉得我隔代继承了外祖父母的天赋，所以从小就逼着我学画，那个时候我也才四五岁，什么都不懂，每天关在一个小小的房间里，只有画笔和颜料。"

看起来色彩斑斓，其实是一片灰暗。

"我那个时候不愿意学，哭闹不停，她就骂我，说一些我当时根本听不懂的话。那个时候，她和夏昀凯的关系也变得越来越差，每天都吵架，甚至打架。"

对于这个所谓的父亲，他依旧叫不出口，只能用名字来代替。

收藏室里放着一个突兀的梳妆台，夏习清踱着步子走到那面镜子前，出神一般望着镜子里的自己。

在周自珩的眼中，夏习清的身上总是有一种与众不同的气质，那是一种精致的脆弱感，沉静的时候如同一件没有任何瑕疵的白瓷，美丽且易碎。可就像他自己说过的那样，艺术品即使碎了，也是艺术品，他的每一个破碎的棱角都闪烁着美的光彩。

"他们为什么会结婚？"周自珩靠在门框上，"联姻？"

艺术界和商界的联姻在这个圈子里也不算少见，尽管艺术界的人往往清高，看不起满身铜臭的商人，可经济基础决定上层建筑，烧钱无比的艺术圈更是少不了资本的支撑。

"不是，我外公可看不上那个时候的夏昀凯。"夏习清低头看着梳妆台，上面没有化妆品，倒是放着许多手掌大小的精致摆件，本应该是对称摆放的现在不知道怎么乱了，夏习清一个一个将它们对应着摆好，"听说我妈当初是一意孤行嫁给夏昀凯，她这一双慧眼，也只适用于艺术品，看人就走眼得太厉害。"

说完，他转过身，反手撑着梳妆台看向周自珩："你想想，她一个艺术界的天之骄女，谁都不放在眼里，一颗心扑在一个男人身上，差点跟家里闹得决裂。结果呢，"夏习清低头笑了笑，"看着他一个又一个地在外面找女人，每一个都不如自己。"

对于天生骄矜的人来说，无异于凌迟处死。

"怀我的时候，我妈回了趟娘家，回来的时候不小心撞破夏昀凯和外面的野女人在他们的卧室乱搞，捉奸在床。"夏习清耸了耸肩，"她当时大概是连着肚子里的我一起恨的。"

他总是用那么轻松的语气说出这些话，周自珩也拿他没有办法。

"那……后来呢？"

"后来？"夏习清舒了口气，"后来……她得了产后抑郁，整个人都变了个样，可在外面的时候还要装出一副和从前一样端庄大方的样子，回家之后又打又砸，有时候和夏昀凯闹得天翻地覆，有时候抱着我哭，有时候和夏昀凯一样打我。"他笑了一下，指了指上头，"还有好几次，抱着我站在顶楼的栏杆外面，说要带着我一起去死。"

看着他那样的笑，周自珩的心脏像是被什么狠狠地刺了一下。

他走上前，走到夏习清的面前，伸手要去摸他的脸，被夏习清躲开，这一躲，让周自珩的心脏更难受。可下一秒夏习清又把头抵在了周自珩的肩膀上，几不可闻地叹了口气。

周自珩摸了摸他的后脑勺，又亲了一下夏习清的头顶。他出生在一个美满的家庭，对于夏习清所遭遇过的种种几乎无法想象，人们总说推己及人，可这些在周自珩眼里也不过是空话，没有亲身经历过，所谓的感同身受也不过是麻痹自己善良神经的漂亮话而已。

"你现在就开始可怜我了吗？"夏习清靠在他的身上，声音冷冷的，像是薄薄的一层冰，"这只不过是冰山一角。"

夏习清就像是一个偏激的小孩，不断地在周自珩的面前撕着自己的伤口，一面狠心撕扯，一面笑着对他说：你看，这个好看吗？

这个烂得彻底吗？

这个吓人吗？

周自珩轻轻捏着他的后脖子："说不可怜肯定是假的。"他的手指有一种熨帖的温度，"我这么喜欢你，你就是被小树枝刮一下我都觉得可怜，替你疼，谁让我这个人的脾气就是这样，不喜欢的人我都会同情他们。"他抱住夏习清，"你是我最喜欢的人，你说我可不可怜你。"

"反正你就是个逻辑鬼才。"夏习清懒得跟他辩驳什么。

可他听见周自珩说这些，就忽然不想继续说下去了，告诉他那些事对周自珩来说太残忍了。

"我挺好奇的，你长得应该和你妈妈很像吧。"周自珩手顺过去捏着他的下巴，将他的脸抬起来，轻轻吻了一下他的鼻尖。

夏习清这次倒是没有再骂他，只是从他怀里出来，牵着他来到了里面的一个套间，套间里有一个柜子，夏习清拉开了第三个抽屉，从里面找出一张照片来。

周自珩原本以为这是夏习清母亲的照片，递过来一看，相片里竟然是一幅油画，似乎是在某个画展上拍的。

画上画着一个端坐的女人。一头乌黑的长发拨到一侧，面容姣好，仪态矜贵，白皙的颈间佩戴着一串光彩莹莹的珍珠项链。令周自珩没有想到的是，画中人比他想象中和夏习清还要相像。

"这要是在鼻尖上点上一个痣，说是你本人我都信。"周自珩觉得有些熟悉，可又觉得当然应该熟悉，和夏习清几乎一模一样，他伸手揽住夏习清的肩膀，顺着摸了摸他的耳朵，"这样的女性完全有自傲的资本。"

就好像你也有权骄傲一样。

周自珩从他的手里接过照片，眯着眼仔细看了一下，发现画的下面有一个小小的标签，上头写着一个名字。他的脸上不禁流露出惊喜的神色："这是你画的？"

"嗯。"夏习清的眼睛凝视着照片里的那幅画，"这是我15岁的时候画的，也是我第一幅拍卖出去的画。那个时候她已经走了五年了，全凭记忆画的。"

纵然再怎么不懂艺术，周自珩也能看得出笔触之间藏匿的温柔和爱意。尽管这个母亲做了那么多伤害他的事，但在夏习清的眼里，她始终是他的母亲。

"为什么是照片？"周自珩问道，"这张画现在在哪儿？"

夏习清摇摇头："我不知道。这张画在我母亲的画廊被人买走了，我找人打听过，好像是一个普通的收藏家，后来又被辗转卖到了海外，后来就找不到了。"

作为一个称职的故事讲述者，夏习清抬起头："想知道我妈是怎么死的吗？"

周自珩愣了愣，眼神软了下来。

夏习清双手绕住他的脖子，嘴角微微勾起："没什么的，要说就都说出来好了。"

"这些事，你跟别人说过吗？"

"我可不是那种拿着所谓惨痛经历骗取别人同情心的渣男。"说完，他又笑着摇头，"好吧我是渣男，但我是凭本事渣。"

说完这句话，夏习清就被周自珩用手指戳了一下额头，他笑着把周自珩的手指握住，放到嘴边吻了吻。

他是真的不愿说出口。可对方是周自珩，他又不愿意隐瞒，毕竟有着这样经历的自己，需要坦诚一点，好让周自珩有选择的余地。

听过之后再考虑，要不要接受这样一个残缺的人。

"许其琛都不知道，他只知道我以前经常被夏昀凯打，这个事没办法瞒，他是我同桌。"他扯了扯嘴角，"夏昀凯为了自己的面子，从来不打我的脸，就用那种又细又长的高尔夫球杆狠狠地打我的后背，绑起来打，不然我会跑。"

他说得绘声绘色，眼神倔强："打完我能下床之后还是得去上课，有一次午休的时候，许其琛忽然把我推醒。"讲到这里他忽然笑起来，"你知道吗，他那个人平常都没什么表情的，我现在都能回想起他当时眼睛瞪大一脸惊慌的表情。"夏习清模仿当时许其琛的样子，"你后背渗出血了，校服都染上了。"

"然后我就瞒不住了，他那个人又聪明，一般人打架谁会被打成那个样子。"夏习清叹口气，"但是我还是没办法对他说出别的事，不然两个可怜兮兮的人在一起，每天的日子也太苦了。"说完，夏习清笑了一声，将那张照片放回了抽屉里，带着周自珩走出了收藏室，走过那个长长的画廊。

"我的母亲死于药物滥用。"夏习清像是毫无负担地说出这些话似的，

“产后抑郁症持续加重，她每天都依靠药物才能在外人的面前保持体面。说白了，在外面的时候她就像一个天使，回到家又变成一个疯子。长期在这两者之间转换，到后来她也没办法自如地改变角色了。”说到这里，他忽然停下脚步，无比认真地看着周自珩的侧脸发问，“你说，我这么能演，是不是也有遗传的原因？”

说完，他轻笑一声，扶着扶手继续朝楼上走去。

周自珩的手都是发冷的。

他第一次觉得自己的温度这么渺小，这么不值一提，掏空了能不能将夏习清的心暖过来呢？

他不确信。

“她掏空心思建了一座美术馆，用我的名字命名，作为我的10岁生日礼物，她专程请了法国的一个蛋糕师，将我的蛋糕做成雕塑的模样，仿照着玛主汉·莫荷的雕塑名作《母爱》做的，一切都很体面。”走上最后一级台阶，夏习清停下脚步，像是在等待周自珩。

“然后呢，那座美术馆……”

“然后她就在那座美术馆开业的当天，死了。”夏习清继续朝前面走着，声音没有丝毫的波澜，“浑身抽搐，倒在了我和我的蛋糕前。”

周自珩上前一步，牵住了他的手，指尖冰凉，和这湿热温暖的仲夏夜格格不入。

“我当时根本没觉得怎么样，大家都好慌，我还说，没事的，妈妈在家经常这样，她一会儿就好了。”夏习清笑道，“然后她就再也没有好起来。”

夏习清的脚步顿了顿，停驻在一扇深蓝色的门前，沉默了半分钟。

“那个蛋糕我一口都没吃呢，好可惜，再也没有人会为我做那么漂亮的蛋糕了。”

其实也不是为我，是为了她自己。

他的手握住了门把手，手指收紧，在打开的瞬间忽然犹豫了。

周自珩几乎是一瞬间就感受到了他情绪的变化，他的肩膀在发抖，越抖越厉害，像是得了某种重病的病人那样，身体开始不受控制。

"怎么了？"他抱住夏习清，语气有些犹豫，"这是……这是什么房间？"

夏习清低着头，紧紧地咬住自己的后槽牙好让自己抖得没那么厉害，他以为自己已经可以轻易地面对这些过往了，以为那些过去都已经过去，已经不足以成为折磨他的梦魇。

潘多拉的盒子总归是要打开。

"这是我的房间。"夏习清努力地克服冷战，试图转动门把手的那一刻，一只温暖干燥的手掌覆住自己的，周自珩的声音也是暖的，如同一汪年轻的温软的泉水，缓缓地淌过来，覆在这不堪一击的冰层。

"如果你真的克服不了，没关系的。"周自珩的拇指一如既往温柔地蹭着他的手背，"我舍不得。"

舍不得亲眼看着他走入痛苦之中，这对他来说实在煎熬。

夏习清无声地吸了口气，抿起嘴唇。

"不，我需要你。"他抬眼去看周自珩，"如果你不在，我永远都不敢踏进来。既然你都有勇气让叠加态坍缩——"他勾了勾嘴角，"我也可以。"

说完，夏习清打开了那扇门。

里面漆黑一片，什么也看不见，沉沉的黑暗将一切吞噬得彻底，可那些回忆却如同海啸一样席卷而来，毁天灭地。

夏习清故作镇定地打开了灯。这个房间终于亮起来，其实就是一个再普通不过的儿童房，深蓝色的墙纸和天花板，小小的书桌，还有孤零零的一张单人床。唯一不同的是，墙壁上贴满了夏习清小时候画的画。

周自珩注意到，他的窗户和阳台，全都装上了铁栏杆。

看起来就像一个小小的监狱。

"我记得你在真心话大冒险的时候问过我，为什么怕黑。"夏习清的声音很沉，仿佛是一颗被轻轻放在湖面上的石头，重重地、沉默地下坠。

"从我记事的时候，他们每次吵架我都会哭，可能是影响到他们了，于是我就被扔进我的小房间里，反锁上，关上灯，让我在黑暗里自我反省。

可我那个时候什么都不懂，只会害怕。"

他缓缓地走到了阳台的那个栏杆那儿，手指抓住晃了两下："还是很坚固。"

"有一次家里来了客人，他们刚吵完架，我还哭个不停，所以自然而然地我就被关起来了，但是我好害怕，于是我就跑到阳台大声地哭，客人好像听见了。"夏习清背靠着栏杆坐下来，坐在地上，"为了避免这种丢人现眼的事再次发生，他们就锁住了阳台，一劳永逸。"

周自珩几乎无法想象，夏习清的童年是在怎样畸形的家庭中度过的。

"哦，差点忘了。"夏习清单手脱下了自己的上衣，低头指了一下自己腰间的那道陈年疤痕，"这个你看过吧。"

"我妈有一次在家发疯，对我说，都是因为我的出生，她的人生才走向不幸。"夏习清的眼睛忽然就湿了，"如果我不存在就好了。"他的手虚握着，仿佛握住一把利刃，一下子刺进自己的身体里，"她亲手捅进来，拔出去，然后把我锁在这里。"

"她以前也曾经抱着我说，我是她这辈子创作出来的唯一一件艺术品；可后来她又那么痛苦地控诉我，说我是她悲惨人生的罪魁祸首，她必须毁掉我。"

"可我，"夏习清终于泣不成声，"我只想成为她的孩子。"

周自珩几乎崩溃，他上前紧紧地抱住夏习清，这个人终于还是和当初那个在他怀里无声哭泣的人融为一体，同样这么赤裸，这么痛苦。

"我那个时候还那么小，只有五岁，就在那扇门的背后，我捂着伤口满手是血，撕心裂肺地喊着爸爸妈妈，没有人来救我。"

"房间里好黑，没有声音，只有我一个人，只有我。"夏习清浑身颤抖，眼泪像是断了线的珠子，"如果当时有一个人来救我就好了。"

我以前奢望过爱。

我极尽所能展示自己的闪光点，学着去做一个不会让他们丢脸的小孩。

但后来我才发现，我需要的根本不是爱这样的奢侈品。

我只是需要一个人，在我害怕的时候，替我打开这扇门。

每一个成年人的背后，都藏着一个封存在时光下停止生长的孩子。

扭曲残酷的童年在时间的淬炼下熬成了一剂免疫针，悄无声息地扎进夏习清的皮肤中，注入他的血液里，让他从骨子里对"爱"这个字失去感受力，也失去了信心。

人不是有机体的集合，是经历的集合。

周自珩抱着夏习清，轻柔无比地吻去他的眼泪。

"有我在，这扇门以后不会再关上了。"他的手轻轻地拍着夏习清的后背，摩挲着他微微凸起的脊骨。

他不想再去评价夏习清父母做过的所有事，那些已经没有意义了，他只想陪着夏习清，让他在多到漫出来的爱意之中生活，去过他想要的自由人生。

让他明白，他从来都值得被爱。

夏习清的手松松地垂在周自珩的腰侧，说完那些过去，他似乎就被掏空了，再没有气力，就连心脏都是垂死挣扎一样，缓慢地在空荡荡的胸口跳动。

周自珩试探地去碰那个他从来不敢碰的伤口，第一次看到的时候夏习清还是完全不清醒的状态，可这一次他是清醒的。他将夏习清抱起来，放在那个小小的床上，俯下身子吻上了那个可怕的伤痕。

两个人蜷缩在那个小床上，周自珩紧紧地将他抱在怀里，相偎相依，如同两个在一叶扁舟上相互依靠的漂流者，稍有不慎就会坠入汪洋大海。

周自珩的眼神温柔得要命，夏习清忽然间觉得自己是一个很卑鄙的人，好像在用这种惨痛的经历在骗取周自珩的同情。

明知道他是善良至极，明知道他喜欢自己，还要说出这些让他难过，让他心疼，然后十倍百倍地用温柔来回馈自己。这样的做法，实在是狡猾得过分。

可夏习清没有别的办法。经历或许可以藏起来，骨子里流淌的血液和基因不会，他最害怕的是自己越活越像母亲。他从流言谈资中听过许多类似的话："你和你那个风流成性的爸爸简直是一个模子刻出来的。"

都是一路货色。

可只有夏习清知道，他真正像的是他的母亲。阴郁，自负，用尽一切手段维持自己表面的矜贵，撕开美好皮囊，内里满是脓血和残渣。

"我不想变成她。"

沉默了许久，夏习清忽然说出这么一句，令周自珩意外，但他也只意外了不到一秒钟，很快就明白过来夏习清口中的她是谁。

"你不会的，你和她不一样，你善良又坚强，而且……"周自珩抓住了他的手，放到嘴边轻轻吻了吻，"你有我在。"

夏习清抬眼去看他，眼神里仍旧有种说不清的消沉意味。

"我们是两个世界的人。"夏习清骨子里对于爱情的回避再一次起了作用，"你很好，是我见过最好的人，但我恰恰相反，我们无论在哪一方面都站在对立面。"

他似乎是害怕周自珩反驳，抢着继续解释："其实最残忍的不是虚假的爱，最残忍的是，当你爱上一个人的时候，那个瞬间是真的，你确实爱上了他，他也切切实实地爱着你，可是……"他忽然就哽咽了，夏习清觉得可笑，他只不过是想到真的有那个时候就已经难以承受了，这实在是太不像他了。

"可是什么？"

他深吸一口气："可是，感情总有一天会被消磨殆尽，你不再爱了，"他望向周自珩，眼睛里有情绪在闪躲，"那个瞬间，也是真的。"

周自珩终于明白，夏习清为什么会抗拒与人建立亲密关系。

"所以，"他摸着夏习清的耳朵，音色沉沉，"你拒绝我，不是因为你不喜欢我，而是你害怕最后的那个瞬间。"

被他这一下子抽丝剥茧抓住重心，夏习清的心重重地跳了一下，像是撞在胸膛里那样。周自珩永远有自己的一套逻辑，不论他说什么，他总是能抓住那个要害。

可夏习清想表达的并不是这些："我想说的是，你现在因为一时的荷尔蒙上涌喜欢上我，可这种感情沸腾之后一定会冷却，到时候伤害的是你自己。"

周自珩的眼神依旧坚定："你为什么这么笃定一定会冷却呢？"

"因为我们根本就是完全相反的两个人。"夏习清的语气硬起来，像是临时竖起的刺，"完全相反的事物硬生生凑在一起，没有好结果。"

周自珩忽然笑了一下，松开怀抱着夏习清的手。夏习清皱了下眉："你笑什么？"

"我高兴啊，我想到了一个非常科学的例子来佐证我的观点。"周自珩往下缩了缩，面对面缩着身子躺到他对面，咳嗽了两声清嗓子，"你说我们完全相反，我就先假设这一点成立。"

"理工男。"夏习清瞥他一眼。周自珩伸出食指在他的嘴唇上压了压，然后笑道："你知道吗，我忽然想到咱们第二次录节目的时候，你还记得吧，关于宇宙大爆炸的那个情诗。"

"依照那个理论，在爆炸发生的一万亿分之一秒之后，宇宙中就有了粒子、电子、夸克、反电子、反夸克。总而言之，就是正反粒子。"他的嘴角微微勾起。夏习清看着他笑，不由自主伸出食指，想要去戳一下他上扬的嘴角。

却被周自珩躲开了。

伸出的指尖停留在半空，周自珩也伸出自己的食指，戳上了夏习清的指尖，笑了笑，眼睛明亮。

"在尚且混沌的宇宙里，正粒子和反粒子相遇，碰撞，湮灭成光子。"

说完，方才相触的指尖就这么被他握在掌心。

夏习清终于相信十指连心这样的话，他此刻的心跳像是被转移到了指尖，在他温热的掌心猛烈跳动。

"在宇宙的高温作用下，光子继续产生正反粒子，连锁反应一样，它们不断地相遇，不断地湮灭。这里有一个科学家还没有破解的谜团，为什么最后这些正反成对的粒子到最后只剩下了正物质？没人清楚，我们只知道，这些粒子的幸存率是十亿分之一。"他松开自己的手，手指张开的瞬间，无名指那朵小玫瑰若隐若现。

"然后，宇宙的温度一再降低，低到那些电子都被原子核吸引，成为原子，无数的原子在引力的牵引之下变成恒星，恒星有的爆炸了，有的留下来，比如……"他从自己的口袋里拿出一个橙色的棒棒糖，"太阳——宇宙的某个小角落里诞生的一个小小的恒星。"他将"太阳"的糖纸剥下来，塞到了夏习清的手上。

"再过亿万年，这个小恒星又去吸引其他的重物质和气体，形成行星。"自己又拿出一颗蓝莓味的糖果攥在手里，"比如地球。"

他抓着蓝莓糖果，像抓住一只小小的飞机一样环绕着夏习清手里举着的"小太阳"："又过了相当漫长的一段时间，这个小行星上出现了罕见的液态水，慢慢地，出现了生命体。最后最后，出现了你和我。"

周自珩看着夏习清的眼睛，比宇宙星光还要温柔。

"这些都是那些幸存的粒子创造出来的。你和我身体的每一部分，这张床、这个房间、地球、太阳、星系……都来源于那些十亿分之一。归根结底，源于正反粒子的相遇。"

漫长的宇宙起源论结束于此，周自珩凑过来，吻了吻夏习清的眼睛。

"所以，完全相反的事物相遇，或许会创造奇迹。"

说完，周自珩捧着夏习清的脸，吻上他的嘴唇，蜻蜓点水的一个吻，却在分离的瞬间窃走他的心。万有引力也无法解释的吸引。

"论证完毕。"

完全赢不了。

这么多年撩拨过无数颗心的所谓经验，所谓战无不胜的累累战绩，在这个人的面前变得不堪一击，企图缴械投降的瞬间，发现自己早就没有了武器。

我们每一个人，都由无数个十万分之一的幸存粒子组成，散落在数十亿的人海。

　　所以我和你相遇，是无数个微小粒子前赴后继，湮灭碰撞，创造出来的奇迹。

　　珍贵又难得。

两个人就这么蜷着在这张小小的单人床上睡了一夜，清早天不亮又匆匆起来，要回到剧组拍戏。给这座别墅大门上锁的时候，夏习清的心忽然重重地落了下来。

他抬头，看了一眼三楼那个小小的阳台，隐约间仿佛看见了一个小男孩，满脸笑容地朝自己挥手。

"怎么了？"

夏习清低头笑了笑，转过身看了周自珩一眼。

"起得太早，出现幻觉了。"

宋念杀青之后，接连给周自珩打了许多电话，也给他发了不少的微信，周自珩一概不理，原先拍戏的时候也遇到过许多类似的情况，他一般总会向对方解释一下，表明自己绝对没有恋爱的心思，但宋念实在缠人，又让他知道她的团队买热搜炒作的事，就算是像周自珩这样善良的性格也难免觉得反感。

加上他现在一颗心只扑在夏习清的身上，什么都顾不了，每天的生活就是拍戏和喜欢夏习清。

宋念：我知道你对我没那个想法，但我怎么说都是女孩子，杀青宴你们直接丢下我跑了，那么多的记者来探班，我也是要脸的。

周自珩看见她发过来的最后一条，如果换作是别人，他是会道歉的，但对于宋念，他毫无愧疚之心。

周自珩：不要装了，那些记者也都是你团队找来的，我没有义务出面。

发完这一句，周自珩拉黑了宋念。一般的明星不会做这些，就算是撕破了脸也不至于断绝联系，但周自珩的家世让他自混圈子起就有了天然屏障，这种看起来很虎的事在他眼里也没什么。

后面几天的戏都是重头戏。随着高坤的病越来越严重，周自珩每天花在化妆上的时间也越来越多，有时候夜戏熬到凌晨，早上天不亮又要起来做造型。

夏习清心疼他，说他太拼命，可周自珩反倒乐在其中。

好不容易拍完了在疾控中心的一场戏，昆城、周自珩和夏习清三个人坐在车里，夏习清看着车外的那些病人跟他们挥手说再见，心里忽然就酸了一下。

其实在他私生活最混乱的时候，还真的想过会不会得艾滋。他甚至想，如果真的感染了也没什么，反正活着就挺没有意思的，连他自己都不知道自己活下来究竟是为了什么，硌硬夏昀凯？还是单纯不想被人看低？

他的目光从车外转移到车内，看着正在跟导演说戏的周自珩。

几乎是一瞬间，周自珩也看向了他，冲他笑了一下，然后像什么都没发生似的，继续跟导演讨论下一场的演法。

这么一个笑，凑巧得像是特意给他的一个答案。

坚持活了二十五年，遇到了周自珩。

好像……也不算亏。

"其实现在国家免费发放药物，对于艾滋病人来说救治已经没那么难了。"周自珩叹了口气，低头看向手里的剧本，"可能对他们来说，心理上的压力远远大于身体上的煎熬。"

"大家对于艾滋病的观念还是太陈旧，因为不了解所以产生歧视和恐惧，这些观念很难改变，但是影像作品可以传播。"昆城拍了拍周自珩的肩膀，"这也是拍电影的意义之一啊。"

周自珩也抬起头，小罗递过来几罐咖啡，他接过一个，抛给夏习清，夏习清接过来，抬头看向他。

"重任在身。"他笑了一下，闪闪发光。

夏习清也笑了，手撑着下巴看向车窗外。

他以前很讨厌理想主义者，这些自信过了头的人总是妄想可以拯救世界，企图成为这个世界重要无比的一个部分。

事实上，许多所谓理想主义者都只不过是罹患救赎妄想症的重症患者罢了，他们中的大多数最终会死于理想和现实间无法填补的那道鸿沟。

重重地摔下去。

夏习清一贯喜欢冷眼旁观这种理想陨灭的惨烈现场，直到遇见周自珩。

这个闪闪发光的理想主义者。

他这么耀眼，光是看着，夏习清就舍不得把他拉下来。希望他可以在广袤的自由天际任意飞翔。

看着车窗上倒映着的周自珩的脸孔，夏习清不由得微笑。

如果可以，他也愿意这么一直仰望。

转场回到了之前他们租下来的那个房子，也就是江桐的住处，在高坤检查出艾滋无路可走的时候，江桐收留了他。高坤每天在疾控中心和出租屋两头跑，剩下来的时间都是在打零工，偶尔有休息的时候，高坤都在学手语。

等待补妆的时候，周自珩和夏习清对台词，导演在一边指导走位，一下午将他们在这个出租屋的几个日常片段都拍好。

"这些都是片子里比较正面阳光的片段，"昆城吩咐打光师，"光源要强一点，但是要柔和。"

天黑下来，他们就进入到夜戏。

这一场的夜戏令周自珩很担心，江桐在梦中梦见自己的母亲回家，收拾行李，一开始说要带着江桐走，可最后她自己走了。江桐也从噩梦中惊醒。

光是看剧本，周自珩都觉得触目惊心。

"昆导，"趁着夏习清在化妆，周自珩坐到了昆城的身边，"这一段戏重要吗？"

"当然了。这一段是揭露江桐过去的一个引子。"昆城又就着剧本跟周自珩讨论了一大堆，周自珩一个字都听不进去，他原本想如果不重要，不如去掉算了，免得夏习清掏空心血去演，最后被剪掉。

可导演这么重视，周自珩也只能频频点头，心里忐忑不安。

偶尔撇过头去看夏习清，也只能看到他在认真背台词，低着眉眼看着手里的剧本。补妆完毕，很快就要开拍，等待昆城安排走位的时候，夏习清开口："昆导，江桐这一段是梦，为了区分现实，我决定在梦里把江桐演成正常说话的样子。"

他又解释了一下："他的梦从某种程度上来说是反映他的愿望的，他很想念他的母亲，所以才会梦到她回来，带他走，同样地，我觉得他也希望自己是一个正常的孩子，不会因为说不出话被嘲笑。"

昆城思考了一下，决定采纳他的建议，试着演一遍。

"《跟踪》第45场 A 镜第1次，action ！"

江桐独自一人坐在老旧的沙发上，静静地摆弄着旧风扇的扇叶。

敲门声忽然出现，他站起来的瞬间，声音消失了。正要坐下，敲门声再一次出现。

江桐先是缓慢地走了两步，不知为何，忽然加快了步伐，焦急地打开了那扇门。

门外站着一个浑身是伤的女人，她的身上是廉价香水和血腥气的混合，枯黄的卷发，破了好些洞的渔网袜，还有早就花掉的妆。

"桐桐？"她笑起来，鲜红的口红糊在唇角，"桐桐。"

江桐愣在原地，一句话也说不出口。

"桐桐，我是妈妈啊。"那个已经离开了许多年的女人温柔地拥抱了他，拍着他的后背，"妈妈在这儿呢。"

江桐就这么愣着，任由她将自己牢牢抱住。

"对，妈妈回来了。"女人松开了自己的胳膊，扶着他的肩膀将他推开了一些，"你都长这么大了……"

她的语气犹疑了一些。

因为这位演员没有料到，扮演江桐的夏习清已经落泪了。

他的眼泪在拥抱的那个瞬间，一大滴，从眼眶里掉了出来。

连监视器后面的昆城都暗自一惊，他见过不少情绪来得很快的演员，但这样的还是头一个，他甚至都没有要求夏习清一定要在这里有哭戏。只有周自珩，一言不发地站在角落，比任何人都担心。

但女演员也很专业，导演没有喊停，她就很快顺着演下去。她把自己破旧的行李箱拿进来，笑着摸了摸江桐的脸颊："妈妈这次回来，是要带你走的。"说完，她拉着江桐走到那个小小的卧室，一下子拉开了衣柜，从里面抱出一大堆的衣服裙子，通通塞进箱子里。

"妈妈，"江桐呆呆傻傻地站在衣柜边，手指伸到耳朵里，却摸不到助听器，他的眼睛里满是迷茫，"你真的回来了吗？"

"对啊，傻孩子。"妈妈从衣柜边站了起来，再一次摸了摸他的脸，"妈妈这次带你走，我们再也不回来了。"她看了一眼四周，"再也不留在这个地方了。"

江桐忽然笑了，像个孩子一样欢欣雀跃，他也像妈妈一样，在衣柜里翻找着自己的衣服，一件一件塞进那个小小的破破的行李箱里。

镜头里，是他和妈妈交叠在行李箱里的手。

可下一秒，当他把自己洗得发黄的白上衣塞进去的时候，那上面忽然滴了好几滴血。

一滴，又是一滴，连成一片。

他一抬头，看见妈妈的脸上都是血，从头顶一直淌到下巴上，她浑身都是伤口，甚至还有烟头烫伤的大大小小的疤。

江桐忽然就慌了。

"妈，我去、我去给你拿纱布，拿药……"他匆忙站起来，走到洗手间，拉开镜子后头的储物柜，从里面找出了一个小小的医药箱，再次合上镜子的时候，他清清楚楚地看见，镜子里的自己同样浑身是伤。

妈妈。

要去给妈妈包扎。

等到他回到卧室，里面空空如也，没有妈妈的踪影，也没有行李箱。他发疯似的抱着医药箱跑出来，看见一个身影打开了大门，离开了这个破旧的出租屋。

妈妈！

江桐开口呼喊，却发现自己怎么也发不出声音，他拉开大门，光脚顺着楼梯跑下去。

什么都没有，她已经走了。

江桐一个人抱着自己小小的医药箱，咬住牙齿，咬得紧紧的，下颌的肌肉都在颤抖。

又青又肿的眼眶里满是泪水，但一滴都流不出来。

"过。"昆导站了起来，"这一条很好。挺好。"他心底有些触动。原以为这条戏要想呈现出他想要的效果，起码要磨上三四条。夏习清的感觉太对了，甚至比他想象中还要好。昆城不禁怀疑，许编的这个剧本，就是为他写的。

补了好几个镜头，总算是拍完了这个梦境。夏习清坐在休息室，等着道具组重新布置场景。他其实不太敢想，如果这出戏在他带周自珩回家之前拍摄，他能不能稳住自己。

可现在的他，似乎已经释怀了很多。

结束拍摄好一会儿了，夏习清发现自己的脚下有点生疼，低头查看了一下，才发现脚底接近脚趾的部分被地上的什么东西给划了一下，有一个不太深的小口子。

太恍惚了，都没发现自己被割伤。

就在他准备叫笑笑的时候，周自珩端着一盆热水走了过来。

"你从哪儿弄的？"

"你拍的时候我就让笑笑帮我烧水了。"周自珩半跪在地上，手伸进去试了试水温，然后抓住夏习清的脚就准备放进去，被夏习清躲了一下。

"我自己来。"他看了一眼休息室的门，"你别这样，等会儿让人看见了不好。"

"怕什么？"周自珩还是固执地抓住他的脚腕，却发现他的脚掌心隐约有一点血痕，"怎么回事？你受伤了？"

"这也能算伤？你以前拍戏不是又断胳膊又断腿的，我这就划了一下。"夏习清怕他说，主动把脚放进水盆里，自己伸手去洗。可周自珩却倔得很，非得帮他洗，两个人别扭了好一会儿，夏习清害怕随时有人进来，看见他们这么闹更不好，只好装死任他洗。

"那你快点，别耽误事。"

周自珩垂着头笑："耽误不了。"他的动作温柔极了，站起来拿了一条柔软的毛巾，还有他们常备的小急救箱，再次蹲下仔细替他擦干水，把脚搁在自己的膝盖上，然后给那个小小的伤口消毒，最后贴上一个创可贴。

"好了。"完成一切工作，周自珩低头吻了吻他白皙的脚背，然后抬头冲他笑。

夏习清低头看着他："傻子。"

周自珩捏了捏他的脚踝："刚刚演得真好，我本来还很担心你。害怕你会情绪失控。"

"都说出来好像好了很多，"夏习清扯了扯嘴角，"一直压着才容易爆发。"

"你一定会越来越好的。"周自珩仰着脸对他笑。

这个人很奇怪，不笑的时候过分锋利的五官总是给人一种强烈的天然压迫感，可一笑起来，他那一对深邃的眼睛就会肆无忌惮地弯起来，像新月一样，嘴角也扬起，温柔里透着股孩子气。

越来越好吗……

他究竟是哪里来的信心，可以源源不断地撑着他去坚信那些美好结局。

夏习清垂着眉眼笑了一下："你看过《麦田里的守望者》吗？"

看见周自珩点头，他继续说："我记得里面有这样一句话，'一个不成熟的理想主义者会为了理想悲壮地死去，而一个成熟的理想主义者则会为了理想苟且偷生'。"他的眼睛看向周自珩，"你更像那个不成熟的前者。"

过分热烈，过分孤注一掷。

周自珩站起来，又弯下腰，两只手撑在站得直直的膝盖上，凑到了坐在椅子上的夏习清跟前。

原以为他要反驳，毕竟他总是有自己的逻辑。

可周自珩却肯定了夏习清的论断。

"没错。"

周自珩凑过来亲了他一下，眼神坚定又柔软。

"我的理想是你，等价替换下来，我的确是愿意为了你悲壮地死去。"

夏习清在这一刻确信，这个人一定是天生的正粒子，而且迫不及待地抱住负面的自己，在炽热中湮灭。

"对于一个表演艺术者来说，这是充满戏剧美感和冲击力的结局。"

拍完那场戏，夏习清还真的做了梦。

梦里头的母亲坐在自己的身边，扶着他小小软软的手，蘸了颜料一笔一笔画在画板上，阳光饱满得像是快要滴落下来的蜂蜜似的，蒙起了一切，亮晶晶的，很漂亮。

全是好事，没有争吵打骂，没有歇斯底里，也没有死寂的黑暗。

醒来的时候，夏习清发现自己躺在剧组的躺椅上，道具组匆忙地布置着，来来去去，搬了好些东西。

他侧了侧头，发现周自珩也睡着了，头上还盖着剧本，这才想起来，他们刚拍完一个外景戏，一会儿估计得转场了。夏习清坐起来，找了半天才看见正和小罗坐在车外的小马扎上追剧的笑笑，两个人亲密得很，夏习清就这么抱胸懒懒靠在车上，静静地看着。

"哎呀你别挤我。"

"我哪儿挤你了，你自己老往我身上扑。"

"谁扑了！明明是你往我身上靠……"笑笑抬手正要打小罗，忽然发现车旁靠着的夏习清，脸上分明是玩味的笑，被现场抓包的尴尬都把她给弄得结巴了，"习习习……"

"嘻嘻什么嘻嘻，我还没亲上呢你还笑，你妈给你名字还真是没起错。"小罗正要撞她一下，却被笑笑躲开，一下子没稳住直接摔地上，"哎你干吗啊！"

笑笑站了起来，躲远了两步，笑得尴尬："习清，找我有事吗？"

小罗一听也赶紧从地上爬起来："习清啊，那个，那什么……"

夏习清憋着笑，仍旧靠在车边，故意逗他俩："我刚刚可什么都没看见。"他还特意把耳朵里的助听器拿出来，"也没听见。"

笑笑拿脚踢了一下小罗，小罗又赔笑，这一幕夏习清看着觉得可爱极了："公费谈恋爱可真好啊。"

说完这句话，他自己忽然反应过来，正儿八经公费谈恋爱的不是自己和周自珩吗？

好在小罗没有吐槽，夏习清也赶紧把这个话题给别开："放心吧，我肯定不会告诉蒋茵姐，笑笑，有冰水吗我想喝。"

"有，冰可乐喝吗？"见夏习清点头，笑笑立刻上车拿了两罐冰可乐递给他，"今天可就这一罐，多了就不能喝了，对身体不好。"

"知道啦。"夏习清接过可乐，冲她眨了眨眼睛，又朝着小罗扬了下眉，"走啦，你们慢慢看。"

见夏习清转身离去，小罗这才松了口气，看见笑笑还一脸花痴地望着习清走的方向，有点不高兴："你看什么呢！"

"习清真的好好看啊……"笑笑一脸被帅哥迷住的表情。

这话不假，习清本来就好看，可小罗还是不服输道："我还是觉得自珩帅。"

笑笑一撇头："自珩当然帅了。"

"你这个花心的女人，谁都好看谁都帅。"

"才不是，"笑笑一脸姨母笑，"两个超级大帅哥站在一起，有我什么事，我只想看帅哥们谈恋爱～"

被小情侣议论却毫不知情的夏习清独自走回了躺椅那儿，周自珩还浑然不知地睡着，夏习清坐下来，轻手轻脚将他头上的剧本拿下来，周自珩的眉头皱了皱，翻了个身侧对着他，夏习清看了一眼人来人往的片场，视线又回到周自珩的身上。

不知怎么的，就是想逗他。夏习清拿起一罐可乐，手指扣在那个拉环上，凑到周自珩的耳边。

"嗤——"

是碳酸气体迫不及待离开密闭空间的欢呼。

夏天的声音。

"习清？"

不知道是谁叫他，周自珩又被汽水声惊醒，两头没顾上，夏习清手里的可乐被周自珩抬起的手一打翻，就这么从他侧脖子那儿洒下来。

"操……"见势不妙，夏习清赶紧扯了纸巾，可周自珩已经醒了，皱着眉头还有点蒙："你干吗呢……"他抬手把夏习清的手抓住，又摸了摸自己黏糊糊的侧颈，"这什么啊？"

"可乐啊。"夏习清假装什么都不知道似的拿起洒了一小半的可乐喝了一口，"我本来想给你喝的，谁知道泼了。"

　　周自珩从躺椅上站起来，拽着夏习清的手腕就往角落走，夏习清"哎"了半天，路上还遇见昆城。

　　"哪儿去啊，一会儿搭好就拍了。"

　　"洗个脖子。"

　　被周自珩拽上了房车，夏习清就这么看着本来还坐在车底下追剧的笑笑和小罗非常识相地相约走开，活像望风似的，周自珩"唰"的一下子就把车门给拉上了，然后一把搂住夏习清的腰，就这么凑了上来。

　　"热。"夏习清推了他一下，车里头没开空调，的确又闷又热，可周自珩也不撒手，就这么抱着他一路往后跌跌撞撞地走，找到空调遥控摁了一下。一股冷风一下子就蹿了进来，弄得夏习清后脖子的鸡皮疙瘩都起来了。

　　"你弄我一身。"周自珩稍稍抬了一下下巴。就靠着这个自下而上的角度加上他抬眼看别人时候的表情，在某站剪手的剪辑下攻遍了整个娱乐圈。

　　明明就是个小孩子。

　　夏习清勾起嘴角，两手往后一撑靠坐在身后的桌子上，半截短裤下白生生的长腿半敞开将周自珩围在里面。

　　"你弄我一身的时候还少啊。"

　　说完他还特意用脚背钩了钩周自珩牛仔裤腿那儿露出的脚腕。

　　那眼神真是，浪得没边了。

　　周自珩喉结滚了滚，整个人压上来，声音都低了几分："你不是挺喜欢的吗。"

　　"我说了不喜欢吗？"夏习清把可乐罐推到一边，眼神盯着周自珩的嘴唇，又抬眼看了看他，眼睛里全是朦胧暧昧的水汽，气息全都混在一块了，就是不直接吻上去。

　　看着周自珩快要忍不住强吻他，夏习清稍稍一偏头，嘴唇贴上了他的侧颈，伸出舌头轻轻舔了一下，抬眼的瞬间，眼睫如同一片剪羽撩在周自珩的心上："好甜啊。"

　　周自珩浑身燥热，两手将夏习清给拦腰一抱，把他整个人抱到桌上，手捉住他的两只手腕半边身子压下去，都这样了，夏习清还像是不怕死一样，两腿盘上去，对着周自珩的脸轻轻吹了口气。

这段时间两个人相处起来都太温情脉脉了，简直不像他夏习清的作风。

"这么能忍啊？"夏习清的嘴唇缠上去，细细地吻着他的下唇，又用牙齿咬住，拿捏着力度轻重正好地磨着。

周自珩的呼吸都乱了，仿佛他咬着的不是嘴唇，是他脑子里维持理智的最后一根弦。结实的胸膛一起一伏，周自珩压着心里的躁动，冷静道："一会儿还有戏。"

"我说了要做什么吗？"夏习清歪着嘴角笑了一下，"小小年纪不学好，脑子里都想的是什么。"

还能有什么。

"都是你。"周自珩低头吻了吻他，舌尖挑拨着追赶湿热口腔里藏匿的柔软，可很快又退出来，"要拍戏了。"

"拍什么戏，本来就是公费恋爱。"夏习清伸手抱住他的脖子不让他走，对着他那张好看的脸亲了又亲，"你可别忘了你还在试用期，伺候不好我，老子赶明儿就蹬了你找下家。"

这句话一下子就把周自珩给激得冒了火，什么都不管不顾了，摁住夏习清的后脑吻下去。

车外梧桐树上的蝉一个赛一个地叫唤。

副导演在房车外面转悠了少说也有四五圈，回回都在问："自珩呢？在车里吗？"

"没，我也不知道他去哪儿了，我给您找去。"

眼见着挡不住了，小罗给笑笑使了个眼色，把副导演支开，自己趁没人的时候溜达到房车的旁边，刚要敲车门，车门就从里边"哗"的一下拉开，周自珩弯腰从里面走出来，和小罗迎面撞个正好，耳朵一下就红了。

小罗是个明白事的，见他这样立马咳嗽了两声："那什么……自珩啊，副导演找你，八成是要开拍了。"

"知道了。"周自珩站在车门边上，像是遮挡什么似的，小罗见了立刻借口走开："我去给大家买点冰棒，你们快点过去。"

见小罗走开，周自珩两手抓着车门，半个身子钻进车里，还没看清楚，一个长长的什么东西就砸了过来，周自珩吓了一跳，捡起来一看。

"皮带都不系，你是想等着穿帮再回来拿？"

夏习清的声音还带了点黏糊的鼻音，衬得语气越发懒散。他也不管人催，穿好运动短裤从里面慢悠悠走出来，见周自珩就这么堵在门口，拿手轻轻拍了一下周自珩探进来的头。

周自珩笑着，缠住他吻了一小会儿才让他出来。

"大腿根磨得生疼。"

"给你揉揉。"

"去你大爷的。"

下午的戏拍的是高坤给江桐剪头发的桥段。看见周自珩午休的时候夏习清就满脑子黄色废料了，早就把下午是哪几场戏忘得一干二净，这会儿看见周自珩拿着剪刀听昆城说戏才想起来，本来就发软的夏习清这会儿后脊柱更软了。

周自珩那手艺，指不定给他剪成什么样。

夏习清也跟着走到导演的旁边，跟他打着商量："昆导，你看能这样吗，您就拍几个他给我剪头发的镜头，然后再请理发师给我剪，剪成您想要的那样，然后镜头再一接。"

昆城缓缓地点了点头，像是认可他的建议似的。

周自珩拿着剪刀站在昆城后头"咔嚓咔嚓"对着空气剪了两下。

"可我就是想要他给你剪的那样。"

夏习清彻底没了辙，只能这样将信将疑地开拍了。

"这个只能一条过啊。"昆导笑道，"一刀下去就没有后悔药了。"

周自珩咧嘴笑了一下，又冲着夏习清眨了一下左眼。

"你要是敢把我的头发剪坏了，试用期立刻结束。"夏习清皮笑肉不笑地对着他。

"你长得这么好看，剃光头都是好看的。"周自珩笑着握住剪子，"你就放心吧，我不会给你剪成狗啃发型的。"

"本来就成天被狗啃。"

夏习清叹了口气，死到临头只能放弃挣扎。

"《跟踪》第68场第1镜第1次，action！"

坐在沙发上的高坤看着江桐弯腰拖地，头发茸软软地贴在白净的脖子上。

"哎，你头发真长了不少。"

江桐似乎是没有听见，仍旧卖力地拖着地板，高坤伸着腿蹬了一下小凳子，蹬到了江桐的跟前，他这才直起腰，抬起手抹了一把额头上的汗，眉毛轻轻抬了抬，像是在问他怎么了。

"你，头发，太长了。"高坤一字一顿，摸了一把自己刺茸似的短发。

江桐眉头皱了皱，正想要继续弯腰拖地，高坤站起来将他手里的拖把一把夺走："我说你这耳朵挺好，只听自己想听的。"他想伸手去抓他的发尾，可手又在半空中顿住了。

看见高坤这副样子，江桐低头咬了咬嘴唇内侧，用手语打了几下，抬眼看他一眼，又费劲地开口解释："外面……理发……贵。"

"能有多贵啊。"高坤将拖把往地上一扔，伸手进裤兜里，摸了半天也没摸出几个钱，他抓了抓自己的后脑勺，看见电视柜上的剪刀，"对啊，我给你剪。"

江桐还以为是自己听错了，又用疑问的语气重复了一遍他的话。

"没错，"高坤走上前去，隔着空气用手赶他，把他赶到了沙发上，"坐好。"他又钻进卧室里，不知从哪儿翻出一条旧床单，裹在了江桐的身上，在他的脖子那儿打了个结。

江桐抓着那个结想解开，仰着头看向高坤，拼命地摇头。

高坤脖子边的淋巴肿得很大，说话嗓子生疼，他还是忍着疼冲江桐笑："听话。我以前在外面理发店做过学徒，跟着那个什么托尼老师，你就放心吧。"刚说了没两句，高坤就又不知跑到哪儿去了，折腾了半天，又在房里大声喊着，"桐桐，家里还有没有镜子啊？"

桐桐？

江桐像是受惊的小兔子似的，肩膀轻微地抖了一下，飞快地低下头。

这个名字有多久没有被人叫过了，他已经记不得。

高坤从房间里出来，佝着背："我问你话呢，家里还有镜子吗？"

"啊……嗯。"江桐抬起头，又飞快地低下来，围着个花里胡哨的旧床单从沙发上起来，走到了卧室的衣柜那儿，蹲在地上翻找了好一会儿，从衣柜抽屉的最里面找出一个盘子大小的旧镜子，外头套着一个红色塑料的镜托，都磨得变了颜色，可镜子却擦得很是干净。

高坤接过镜子放在沙发前的茶几上，调整好角度，随口问了句："你怎么还有这么女生的东西？"

江桐半低着头，打了个手语。

高坤的手语学得还不好，但他这一次却看懂了，这是一个很基础很简单的词。

妈妈。

原来是他妈留下来的镜子。

高坤眼神暗了几分，嗓子里头磨得慌，他咳嗽了两下，戴好手套高高兴兴地绕到了江桐的后头，用梳子梳了几下他柔软的头发："人都说，头发软的人脾气好，看来是真的。"

江桐也不说话，只微微低着头，可又被高坤戴着手套的手扶着下巴往上扳了一下："摆正了。"

面上装得挺像样，可高坤也只是打肿脸充胖子，都忘了应该先洗个头发再就着湿的剪，可他们也没有吹风机，左右都只能将就。食指中指夹住一绺头发，高坤看了一眼镜子里的江桐，一副连眼睛都不敢睁开的可怜样，他咬咬牙，小声嘀咕了一句："不就是剪个头发吗……"

"咔嚓"一下，剪了。

江桐悄悄睁开眼，看见一小撮被剪掉的头发在自己的眼睛跟前晃荡，他伸手一抓，高坤又拿走了，像是故意逗他，江桐要转头，就被高坤扶住了脑袋："别乱动。当心我给你剪秃了。"

都到了这份上，江桐也只有任人宰割的份，他索性望着镜子，一开始还怯生生躲着不愿意开口，可慢慢地，他就开始参与到了自己的理发大业上。

"这、这边……长……"

"晓得晓得。"

"这、这一撮，给……"

"哎哎你别动啊祖宗。"

看着镜子里高坤手忙脚乱的，一会儿剪头发一会儿替他拨开剪掉的碎发，江桐不禁笑了起来，笑容浅浅的。这一笑，反倒把高坤给吓了一跳，手都停住了。

江桐疑惑地转过头去看他，高坤这才反应过来："看什么，转过去。"

他拿着剪子细细地剪着他的后脖子，尽他所能把发尾修剪整齐。

"过！"

导演刚说完，夏习清就立刻抬起一只手呼叫造型师："阿明老师！月姐！快来救我！"

整个剧组都跟着笑起来，周自珩拿着剪子站在旁边："我觉得我剪得挺好的啊，长度也刚好。"

阿明老师笑着小跑过来，还特意给周自珩卖了个面子："剪得还行，比我想象中好太多了。"他拿了自己的一套装备，摊开放在沙发上，火速给夏习清修了个型。

这个头发实际上也不太短，和夏习清开机前留的发型差不多，昆城之前也特意交代，让周自珩下手留着点，别剪得太短，不符合江桐给人的感觉。

看着自己这一头头发在造型师的手里回了春，夏习清悬着的一颗心这才沉下来："谢谢您，谢谢您。"

"你怎么不谢我啊。"周自珩扁起嘴，"我昨晚上在酒店看了一晚上剪头发的视频呢。"

"我谢谢你全家。"

重新开机后又补了后面的镜头，这才算完事，之前连续拍了好几个昼夜，一直没有给休息，晚上的夜戏有可能通宵，昆城特意给他们多留了一个小时的吃饭时间，好好休息，等着晚上的大夜戏。

周自珩、夏习清和杨博三个人一起出去外面吃饭，三个人都戴着帽子遮掩造型，怕遇到狗仔拍了剧透。吃完饭还特意从一个小区里头穿回来，经过了一个篮球场。

夏习清觉得特不习惯，一直把手伸到脖子后面摸。

"习清短发很好看啊。清爽。"杨博还以为他是因为不满意周自珩的手艺，特意替他圆场，事实上也确实好看，之前到脖子的长发总觉得精致过了头，太像漂亮女孩了，现在剪了短发，少年气猛增。

"我就是不习惯，"夏习清把手揣进兜里，"不过也省了扎小辫了，凉快。"

周自珩在他旁边走着，一颗篮球弹到他们前面的地面上，接着又滚到了他们俩的脚边。

正当他要弯腰去捡时，被夏习清抢了先，伸手一捞就把球掌在手上。

不远处篮筐底下站着俩小孩，看起来也就是高中生模样，身上还穿着校服："哥，球帮我们丢过来一下吧。"

夏习清压了压帽檐，把球在地上拍了两三下，一面运球一面朝着球场走了几步。

"接好了。"

脚跟发力，夏习清轻捷得像只猎豹一样，身体微微后仰将那颗球远远地投向球框。

那个瞬间，周自珩几乎可以看到他浑身紧绷起来的肌肉线条，流畅又漂亮。

双脚落地，球也顺着抛物线稳稳地落入篮筐。

"可以啊习清，空心三分球。"杨博特给面子，夏习清也回过头，把帽子取下来薅了一把头发又反戴上，露出一排漂亮整洁的牙齿，笑得像个十七八岁的孩子。

周自珩莫名产生了一种幻觉，好像他和夏习清之间并没有相差那五年。

恍惚间，他似乎看到了夏习清骄傲又耀眼的少年期。

"发什么呆呢。"夏习清撞了一下他的肩膀，周自珩低头笑笑："我想到你刚刚拍戏时候的样子了，觉得特乖。"

事实上，他满脑子幻想的都是高中时期的夏习清，坐在明亮宽敞的教室里，犯懒或是认真听讲。

在体育场恣意奔跑，在篮球场挥洒汗水。

都是他已经错过的夏习清，只能在心里惦记一下，毕竟时间没法逆转。

正巧杨博接了个电话，独自朝前头走过去。夏习清拽了一把周自珩："哟，弄半天还是喜欢那种乖巧的小天使啊。"夏习清扬起嘴角笑了笑，"没事，我能演啊。你要是喜欢我天天演给你看，活生生让你看腻为止。"

周自珩摇了摇头："算了，我还是喜欢你这样的。"

夏习清挑了一下眉："哪样的？"

只见他勾了一下嘴角，人模狗样地揽住了自己的肩膀。

"带劲的。"

一连下了两个多星期的雨，拍摄取景的社区都淹了大半，直接把剧组的拍摄计划打乱。蒋茵也特地飞来武汉开会，好在之前的拍摄时间安排得很紧凑，原定两个月拍摄的内容都压缩到了一个半月，为后续的变故预留了很大空间。

"所以先拍后面的剧情？"夏习清不禁有些担心，"可是这样周自珩的体形……”

“可以的。”周自珩直接把话接了过来，“这几天我会努力减重，再加上妆容，我觉得没有太大的问题。”

“也是没办法的事，不然我们就赶不上柏林电影节了。”昆城摸了摸下巴，叹口气。

蒋茵手拿着签字笔，轻轻在桌面上点了点：“别说电影节了，这都是后话。我们原先计划的定档日是世界艾滋病日12月1日，意义相符，时机也不错，双十一之后双旦节之前，避开强档。但是后期剪辑制作至少得预留出两个月的时间，加上送审的时间。你们算算。”

周自珩凝眉：“最迟要在八月拍完。”

可现在距离七月也只有一周，时间太紧张。

“不补镜头的话，可以顺利杀青。”昆导看了看场次安排，“剩下的镜头也不多了，没几场了。”

下雨的这些日子，组里把所有需要雨的戏都拍完了，就连副导演都开玩笑：“这算是我进过最省钱的组了，下雨戏全是真雨。”

他们刚刚转场到戏中江桐打工的便利店，场务和道具人员正在布置，夏习清和副导演站在一边等待，听见副导演开玩笑，夏习清也道：“武汉就是这样，这两年其实还好一些了。”

正巧，刚化完妆的周自珩走了过来，站在了夏习清的身边，听他继续说道：“以前我读高中的时候，动不动就淹了，体育场地势低，整个淹成了湖，马路上开车都像是开船，我还在路上摸到过一条鱼。”

周自珩倒是先笑起来：“淹到你哪儿？”

“我那个时候比现在矮一点，可能一米八还差点，最厉害的时候淹过膝盖了。”夏习清靠在门口回忆道，“那个时候班上可多男生背着女生出去，把她们放到公交站台什么的。”说着说着他忽然笑起来，“那个时候琛琛还差点被背着回去，他嫌丢人死活不答应，两个人差点没吵起来。”

副导演大笑：“习清你没趁机会去背背班上的女同学啊？”

周自珩想象了一下那个画面，侧过脸去看夏习清，看热闹似的笑道：“对啊，那你呢？”

“我？”夏习清痞里痞气地笑了一下，“我自己都顾不上，谁闲得没事背她们啊，我都恨不得有个人背我，每次下雨都要泡坏我好几双球鞋。”

话刚说完，就听见周自珩一个劲傻笑，连副导演都有点莫名其妙。

有这么好笑吗？

等到副导演去忙活别的事走了，周自珩才拿肩膀撞了一下夏习清：“我背你啊。”

夏习清瞟了周自珩一眼，正巧场务叫了他的名字，他应了一声，把手里喝了一半的咖啡塞到周自珩的手上，准备过去导演那儿。

“不让你背你不也背了？”

轻飘飘留下这句话，笑笑撑着伞把夏习清接走了，只留下周自珩一个人在原地傻笑。

昆导的身边站着另一个新进组不久的演员郭阳，四十多岁风度翩翩的一名男演员，配上戏里西装笔挺的造型，很容易给人以好感。开会的那天晚上夏习清就已经和他见过面，两个人事先也已经对过戏。

“幸好我也是个高个子，”一米九的郭阳笑起来，“否则江桐这高个儿在一般人面前还真演不出柔弱的样子来。”

昆城也大笑起来：“这是我拍过男演员平均身高最高的一部戏，我每天都跟掉坑里似的。”

郭阳在演艺圈也是摸爬滚打很多年，早年不得志一直没能大红大紫，但步入中年之后反而因为自身儒雅的气质和精湛的演技获得了不少年轻女粉丝的喜爱。

在这部戏里，他演的是因在便利店买烟注意到江桐的一位企业高管程启明，他看见江桐想到了自己的弟弟，对他非常好，时常借着买东西的名义来看他，出差的时候也会带礼物。

江桐一开始是抵触的，但渐渐地也愿意接受他的好意。而后，陪着高坤去化验时，从医生口中得知他体内的病毒已经产生抗药性，并且很有可能是传染给他的人本身就已经吃过药，产生抗药反应了，他吃药又晚，免疫几乎没有了。如果想要继续治疗，依靠国家免费派发的一些药物远远不够，可他们没有钱自费买药。

看着高坤因为并发症高烧入院，江桐拼了命地打工，还是没办法帮到他，只能向程启明借钱求助。碰巧的是，高坤和玲玲混在一起的时候，两人看杂志曾经看到过程启明的专访。

那个时候玲玲还八卦地提过一嘴："听我一个在高级会所打工的小姐妹说，这个男人不喜欢小姑娘，只找会所的小鸭子陪酒。"

高坤因此误会了江桐，两人大吵一架。

这是他们今天需要拉完的戏份，也是这部片子的最后一场雨戏。

"江桐来了，正好，那我们一起说吧，这段是两个文戏加一个冲突戏。"一个小助理替昆导撑着伞，他走到了玻璃门外面，"等一下我们会用几个不同角度的镜头，有一个是这个门外的。所以你们走位的话要注意下，尽量能让这个机位拍清楚。"

大概地解释了几遍，昆城回到监视器前。

"准备拍第一条了。"

"《跟踪》第74场 A 镜第1次，action！"

凌晨十二点，接班两个小时的江桐已经连续搬了十几箱货，一一填补货架上的空缺。他怕生人，听说都不方便，没办法当收银员，只能做一些更苦更累的活。

收银的同事阿奇忽然捂着肚子走过来，拍了拍他的肩膀，特意大声地对他说："江桐，我去上个厕所，肚子疼死了，你帮我站一下柜台，谢啦。"

江桐半低着头，把手套取下来放在衣服口袋里走到柜台前，好在凌晨一向没有什么人，他也不必太担心。

谁知刚这么想着，门口便利店自动欢迎的语音就响了起来，江桐迟钝地抬了抬头，又迅速低下，视野里只有一双穿着昂贵西装的腿。

这个客人接了一杯咖啡，又站在柜台前，和善地开口："你好，麻烦给我拿一包黄鹤楼满天星吧。"

对方的声音实在温柔，江桐只听见"黄鹤楼"三个字，匆匆忙忙蹲下给他找了一包，低着头推过去。

"不是的，我想要满天星，蓝色软包的。"

蓝的。

江桐知道自己找错了，又蹲下来找到蓝色的黄鹤楼，双手拿着递给了客人，嘴里结结巴巴地说着对不起，很小声。

接过烟的那双手很干净，指甲修剪得整洁。

"谢谢你，请问多少钱？"

江桐扫了一下，眼睛谨慎地往上瞥了一下子，看见了屏幕上的数字，吃力地报给了站在面前的客人。

他从钱包里拿出一张一百元的纸币递给江桐，耐心地等着他找零，最后说了句谢谢，推开门离开了。

等到门口的自动语音结束，江桐才松了口气，抬头的时候只能看见一柄黑伞下的半个身影，拉开车门钻了进去。

"Cut！"

昆城性格虽好，但在拍戏上非常精益求精，这一条买烟的戏拍了足足21次。实际上他也觉得纳闷，夏习清和周自珩一对戏就张力十足，可跟其他人就总是欠了那么点意思，总是要磨上好一会儿才能找到那种感觉。

"等一下那几场戏，就是江桐跟程启明渐渐熟悉的几场戏，你要表现出一种近似于对父亲的依恋感，但是那个尺度不能太过，要好好把握。"

听见昆城这么说，夏习清就觉得更难了。

从小缺失父爱的孩子，长大之后往往会出现两种人格上的倾向，一种是对于父爱情结的极度渴求，总是期望从别人身上找寻类似的替代情感，另一种则是对于父爱及类似情感的反感。

夏习清明显是后者，要让他演一个前者，完全是鸿沟式的跨越。

硬着头皮演了几次，昆导依旧觉得不满意："你的眼睛里只有软，没有那种对他敞开心了的依赖。"

说戏说了好久，站在一旁的周自珩也参与了讨论："导演，你真的觉得江桐对程启明敞开心了吗？虽然我是站在高坤的角度来看的，但我觉得江桐其实真正依赖的人只有高坤，如果不是迫不得已他不会去求助程启明的。"

两个人因为角色差点吵起来，不过这在剧组里也已经是常事了，大家都各干各的没人插手，两个人说到不可开交了，夏习清才终于发表了自己的观点。

"如果他真的对程启明有依赖，一定在一早就告诉他高坤的病了，他一直藏着瞒着实际上就是一种不信赖。"说着，他又顿了顿，"何况，像江桐那种生活环境，从小看着自己的母亲带着各种各样的成年男性回家，稍有不快就又打又骂，这样子的一个成长环境，我觉得他会对一个中年男人产生依赖感是不现实的。"

周自珩担忧地看了他一眼，又对着昆城重申了一遍自己的观念。连从旁观战的郭阳都站了队："其实我也觉得他们的分析更合理一些，如果让我演江桐我也会演得比较害怕畏缩。"说到这儿他又开始打趣，"不过我只能演中年江桐哈哈哈。"

昆城这才妥协，觉得还是自己的思路有些偏，但他从来都是一个愿意接受演员建议的导演，拍戏本来就是一个团队创作，导演有时候也不一定比演员对某个角色的感受更深。

"那我们按着这个思路再来一遍。"

又拍了三四条，周自珩在监视器旁边盯着，看着镜头里夏习清眼底的情绪。对于夏习清而言，装柔弱根本不是什么难事，再配上他那张面孔，完全没有违和感，但厉害的是，他看程启明的眼里除了胆怯和畏缩，还有一种复杂的情绪，那种接受他人好意的不自在，和藏在骨子里的一种倔。

那些情绪，是属于夏习清的。

"好了。"昆导看了一眼手表，已经是凌晨三点，"我们抓紧时间，天亮可就拍不了了。"

最后一场就是高坤参与的冲突戏了。造型师将郭阳带下去换衣服，化妆师上来给夏习清补妆，周自珩就在旁边帮着他对戏。

说着台词，夏习清撇过眼去看周自珩，他的脸色非常难看，右边的嘴角是疱疹，有的已经破掉。他的眼窝深陷，脸色是不健康的黄，脖子的淋巴也肿起。尽管他知道这是化妆师的功劳，可说不上为什么，光是看着夏习清就觉得心疼。

"别看我。"周自珩拿剧本遮住了自己的脸。

"别看他，"化妆师小姐姐用手扶住了夏习清的下巴，"光顾着看他，妆都没办法化了。"

"谁看他了。"夏习清把头撇过来，听见周自珩在自己旁边笑。

他忽然想起来自己最开始的时候，是为了不让其他的小鲜肉跟周自珩一起拍戏，非得搅局才过来试镜的。这么一想，当初的自己也真是够傻的。

可如果他不来，他们或许到现在也只是戳不破的那种关系。

"《跟踪》第76场 A 镜第1次，action！"

一场大雨下个不停。搬完货的江桐悄悄进了员工休息室，把外套脱下来用毛巾吸了点水，这才重新穿到身上。

关上格子柜的时候，他看见了里面放的便当盒，还有一小盒巧克力。

挨过这一晚，明天一早的时候买上一份热腾腾的三鲜豆皮，带着一起去医院找高坤。江桐关上了柜门，拿出手机看了一眼时间，正要放回去的时候，来了一条短信。他匆匆将手机塞进裤子口袋里，从休息室走出来，四处望了望。

便利店的外面站着一个西装笔挺的男人，依旧撑着那把黑沉沉的伞。他将伞面往后靠了靠，露出脸来冲江桐微笑了一下。

江桐瞟了一眼收银台，今晚跟他一起搭夜班的是一个女生，正低头专心致志地追着剧。他借口出去，看见程启明就连连弯腰。

程启明走到便利店的檐下，收了伞，和善地笑道："别人都有换班，怎么你每天都是通宵的夜班？"

雨声大，好在他的声音也大，江桐这才勉强听清，他半低着头，想解释又解释不出："我……我……"

"我就问问，别紧张。"他自然而然地伸手拍了拍江桐瘦弱的肩膀，江桐却敏感地躲了躲，没抬头。

"哦对了，"程启明立刻换了话题，"你说有事要跟我说，是什么事？"江桐的身上有股子消毒水味，很明显，他又问，"是跟你那个生病的朋友有关？"

这一句江桐听得很明白，他立刻点头，下意识想比手语，可手刚抬起来又放下，十分艰难地向他解释："病、病……很重……需要、要很……多……钱……你、你……"他太着急了，不小心呛住咳嗽好几声，程启明上前一步拍了拍他的背："你慢点，慢点。"他抬眼看了看便利店里面，"这里不方便说话，要不你跟我去车上说？"

江桐看了一眼车，摇了摇头："我……我想、想……借一点……钱……"最后一个"钱"字他说得很轻，骨子里的卑微和从小到大的困窘让他实在没有办法大大方方地提钱。可他又害怕程启明以为自己是骗子，想跟他说清楚，他从打工服口袋里拿出记货本子和笔："你……您……等……我……"

说完，他飞快地蹲下来，拼命地想把自己想说的话都写上去，高坤得了什么病，为什么得的病，为什么必须得自费治疗，来龙去脉都一笔一画写清楚，可越写越着急，浑身打战。

"你别急，来，我们起来说。"程启明一把拉起江桐，"我们还是去车里，你可以坐着，在这儿站着多不方便。"

江桐先是摇头，可摇着摇着又点了头，任程启明打起伞，半揽着他的肩膀走到了那辆昂贵的轿车边，替他绅士地拉开了车门。

"进吧。"

江桐刚要弯腰进去，忽然冲出来一个人，使了不知多大的劲一把将他拉出来，江桐吓了一跳，抬头一看竟是高坤！

"高……高……"

"你给我过来。"高坤原本打着的伞现在掀翻在地上，雨水噼里啪啦打在他的脸上，他的眉毛拧成了一团，伸手一把推开程启明，"你他妈干什么？"说完又推一下，"你想带他去哪儿？"

程启明想解释，还没解释清楚高坤就要出手打人，江桐立刻挡在他们的中间，急得说不出话，只能啊啊地叫着，抓住高坤的手，之前手里拿着的小本子都掉在地上。

高坤忽然想到自己手上才打完针，还有针眼，立刻收回自己的手，可心里的火却下不来："你松开我，松开！"

江桐被他吓了一跳，愣愣地松开抓住他胳膊的手，望着他的眼睛。

"回家去。"见他愣在那儿不动，高坤又吼了一声，"我让你回去你听不懂人话吗？"

"你别这样，他是为了帮你才——"

高坤直接打断了程启明的解释："我让你说话了吗？麻烦你离他远一点，要祸害祸害别人去，你别找他！不要以为自己有两个钱就可以随随便便糟蹋别人！"

江桐忽然就明白高坤的意思了。

他沉默着弯下腰，拾起自己已经淋得不像样的小本子，一句话不吭递给高坤，可高坤正在气头上，和程启明都没拉扯完，哪里顾得上江桐。

"我告诉你！你喜欢男的女的我都管不着，但是你不许动江桐！他不是你那种人，你给我离他远一点！"高坤说着说着，想起了之前在防疫中心看到的那个男孩子，也是白白净净的，比江桐年纪还小一些，只不过是在酒吧玩了一晚，就被人灌醉迷奸染上艾滋，无端变得和他一样，每天胆战心惊。

高坤拿胳膊肘推搡着江桐："回家去，回家。"

江桐的本子又被他推掉了，他又匆匆拾起来，站起来正想要给他，就发现高坤倒在了自己的脚边。

他吓得立刻跪在地上，在滂沱大雨里慌忙抱住高坤的头，又掉转了身子对着程启明，想把怀里的小本子递给他可又没办法，只能不断地向他磕头，本就不连贯的声音被大雨割碎。

"救……他……求、求求……您……"

连着磕了好几下，程启明于心不忍，只能蹲下来两人一起将高坤抬起来弄进车里，关上了车门。

"你去副驾驶座，我们现在得把你朋友送去急诊。"

江桐坐上了副驾驶座，可整个人几乎都要扭转过去，浑身发抖地盯着躺在后座昏迷不醒的高坤。

程启明看了他一眼，叹口气，发动了车子驶向医院。

"过。"

这一场拍了14次才拿下，三个演员在雨里拉扯了一个半小时，导演一喊停几个助理立刻撑着伞上前，拿着浴巾裹在他们的身上。蒋茵给夏习清安排的车子路上出了问题，笑笑只能暂时把他接到周自珩的房车上，反正现在这个时间又下着大雨，蹲点的狗仔几乎没有。

"总算是赶在天亮前拍完了，再这么耗下去就得生病了。"笑笑拿了干净衣服和早就备好的热红茶，替周自珩卸干净脸上的妆，"习清病才好了半个月。"

夏习清笑着说了谢谢，笑笑这才跟着小罗去了前面的驾驶座，还十分贴心地帮他们把帘子拉上了："你们可以睡一会儿，回酒店估计天都亮了。"

夏习清上车的时候周自珩就已经换好衣服了，现在就剩他了。

"转过去。"

周自珩脸上似笑非笑，声音压低了几分："我从里到外哪里没看过。"

夏习清懒得跟他拉扯："爱转不转。"他自己飞快地脱了上衣，周自珩乖乖拿了毛巾替他擦干上身，又替他把短袖拢在头上。

脸上的妆早就被大雨冲得一干二净，又换上了白色短袖，夏习清现在活脱脱就像个学生，素净又清爽。

"裤子也让我帮你？"周自珩拿起桌子上的裤子，抖了一下，下一秒就被夏习清抢过去，狠狠瞪了他一眼。

虽然说笑，可顾忌着驾驶座上的助理，周自珩还是把脸转了过去，脑子里都是刚才戏里的画面，情绪还没完全抽离。

夏习清换好衣服，整个人躺倒在房车里的沙发床上，感觉自己都被掏空了。

周自珩也侧躺下来，亲了亲夏习清的眼睛，小声道："都哭肿了。"

听了这话，夏习清拿手背挡住自己的眼睛，满心想着拍戏的事："这么肿下去明天可就连不上戏了。"

"别遮住。"周自珩吻了吻他的手心，"你哭起来很好看，我喜欢看。"

夏习清拿开手，拍了一下他的额头："我怎么觉得你这家伙有施虐倾向？你该不会骨子里是个病娇吧？"

"病娇？什么是病娇？"周自珩抓住夏习清的手又亲了亲。

"就是……"怎么解释呢，夏习清想了想，觉得解释不清，"算了，你自己回头查去。"他看着瘦了很多的周自珩，看起来都少了几分以前的总攻气场，倒实实在在像个20岁的小孩了，红头发都挡不住的少年气。

夏习清先是摸了摸他的脸，又顺下去捏了一下周自珩的腰："你瘦了一大圈，这段时间掉了得有十五斤吧。"

"快二十斤了。"周自珩叹了口气，"昆导说还得再瘦点，我的腹肌什么的都没了。"

这些天周自珩的盒饭全都是蒋茵特别安排的，有时候就吃一碗水煮油麦菜，再不济拍戏中途吃点切成小块的苹果，眼看着人就瘦了下来，原本引以为傲的身材就这么变成了一根瘦竹竿。

演员的身材本身就需要根据角色调整，这是本职，以前拍戏周自珩也不是没有经历过，他也挺乐意为了艺术献身，可现在跟喜欢的人一起拍戏，总还是不想让他看到自己难看的样子。

夏习清戳了戳他凹陷的脸颊，叹了口气："赶紧杀青吧。"

再这么瘦下去，身体都熬垮了。

"你是不是看不下去了？"周自珩笑道。

"为什么这么说？"

周自珩低头抱住夏习清，声音小了许多："你之前不是说，你只是喜欢这张脸，还有身材……"

还没说完，夏习清就笑出来。周自珩抬头看向他："你笑什么？"

"笑我怎么会被你这种傻子骗到手。"

"你……"

"虽然我不嫌弃白条鸡，不过杀青之后你最好快点给我把身材练回来，不然……"夏习清凑到周自珩的耳朵边，含着他的耳垂上那枚小小的银质耳钉，舌尖湿热，磨过冰凉的金属和逐渐滚烫的皮肤。

和他的声音一样，软软的。

"很多姿势就没法解锁了。"

一个半月的时间一晃就过去，整个剧组紧赶慢赶总算把最后几场戏控制在了八月中旬。之前的一场大雨把计划全都打乱，组里先拍摄了剧本后期高坤重病的部分，为了演戏他一度瘦到120斤的病态身材，后面快要杀青的时间又来补之前的场，周自珩每天除了拍戏，还要拼了命增重健身。

小罗把牛排和白煮蛋都从便当盒里拿出来："自珩的身体快成气球了。"

周自珩看见这些都犯恶心，可为了拍戏还是得继续："算了，现在健身好歹有动力，等到杀青再健身就晚了，广告什么的也没法拍。"

"你还挺会安慰自己。"夏习清拿着自己的豪华盒饭一屁股坐在了周自珩的身边，当着他的面美滋滋地吃着自己的糖醋排骨和宫保鸡丁。

"你能不能行行好，吃饭的时候离我远一点。"闻着夏习清盒饭的香味，周自珩都绝望了。

事实上为了演江桐，夏习清之前几个月的盒饭也都是减脂餐，快要杀青了才有了点好的菜色。他用筷子夹起一块糖醋排骨，送到周自珩的嘴边：“你偷偷吃一块，没事的。”

“谁说没事？”背后传来一个气场强大的女声。周自珩一听就立刻坐到了对面。

夏习清也收了筷子，把肉放进嘴里，吊儿郎当地边吃边笑道：“蒋茵姐，你也太铁面无私了，他可是你亲小叔子。”

蒋茵也跟着坐下：“他以前不也这么过来了。”说完，蒋茵瞪了一眼夏习清，“你不招他他也不至于。”

“行行行，我招他。”看着周自珩在蒋茵背后连连点头，夏习清也认了，“我今天可就杀青了，再招惹不上了。”

这句话一说完，就看见周自珩冲他皱了皱眉，很是不高兴的样子。

笑笑给蒋茵倒了杯茶，蒋茵接过来说了句谢谢，转头又跟夏习清说：“说到杀青，今晚剧组是不是得给你庆祝一下？怎么说也是你第一次演戏。”

“算了。”夏习清想到前天习晖联系他，外祖父重病，杀完青还得回一趟习家解决遗产处理的事。

尽管夏习清对习老爷子的遗产没有任何的想法，但就像习晖说的，总不能让本来属于他母亲的东西落到别人手里。

“我在北京还有点事，杀完青就得回去一趟。”

周自珩光顾着看夏习清，都没顾上吃饭，蒋茵拿高跟鞋尖踢了他一下，这才回神：“那行吧，正好我晚上就得赶回去，我让助理多买一张机票，我们一起吧。”

夏习清的最后一场戏在病房外的走廊长椅上，也是剧组最后一场租用医院取景的戏。他身上穿着饭店打工的衣服，旁边坐着一身西装的郭阳，两个人对完最后一遍词，镜头被推过来，对准了夏习清的脸。

“《跟踪》第121场第1镜第1次，action！”

“喝点咖啡吧。”程启明将手里的纸杯递给江桐，自己也挨着他坐下，“刚打完工？”

江桐点点头，轻轻抿了一口咖啡，可还是苦得皱起了脸。

程启明看见他的腿边有一个不锈钢保温桶，于是关切地问道："给他的？"

"买……的……"江桐最近的状况也不好，声带长期使用不正常的发声方式，嗓音嘶哑得厉害，程启明看了也觉得怪可怜的："喝点热的。"

自从高坤被送进ICU，江桐就辞了便利店的工作，每天晚上陪着他在病房里，偶尔他清醒一点，江桐也好照顾他，陪他说会儿话。

程启明看着他眼下的乌青，扭过头从公文包里拿出一份文件夹递给他："你看看，这是我上次跟你说过的。"

江桐将咖啡放在地板上，接过文件夹打开，里面都是关于成人教育的资料，他看了没多久，就把文件夹递回给程启明，一句话也不说，只低着头抿着嘴唇。

"你还没仔细看，"程启明叹口气，"你不是很喜欢画画吗，等高坤病好了——"说出这句话，程启明感觉有些不妥，又换了说辞，"我是说，等他的情况稳定下来，你就可以去学画画了，这些学校我都看过了，可以申请助学金，我也会帮你，你不用太担心钱的事。而且……"他的声音低了些，"你不要误会，我真的只是觉得你和我弟弟很像，我心里对他有愧疚，看见你就觉得很心疼。仅此而已。"

江桐听了这些，匆匆拿出便利贴写了句话递给程启明。

"您帮他就是帮我了，我非常感谢您。"

程启明看了不禁有些恼怒，他和江桐说的是他自己以后的前途，可他怎么都听不进。

"我都说了，他我会帮的，可是你要知道这不是普通的病，高坤现在几乎可以说是最坏的情况了，有些事情不是花钱能解决的。"

他的语气有些急了，也忘了顾及江桐的心情。刚说完就有些后悔，可话都叫他听了，也没办法收回来。

江桐点了两下头，两个手掌捂着整张脸，整个人蜷着身子弯下腰来，像一只瘦弱的小虾。

"你……你这是，我知道你们是朋友，"程启明试图寻找一种合适的措辞，"但是你也要为你自己考虑啊。"

过了好久，江桐才抬起头，发红的眼里隐忍着泪水。

他揉了揉自己的鼻子，拿出便签写了句话，肩膀抖着，字迹歪歪扭扭，怎么写都写不好看。忍了好久，最后还是落下一滴眼泪，滴在便签上。

"他说遇到我之后，他不想死了，我也是这样想的。"

程启明将那张纸接过来，仔细地看了好久，最后也只能点点头。

"好。那就等他稳定下来，我们再谈这些。"将那张便利签收在西服口袋里，程启明站了起来，"我先走了，明天我会叫人送些水果补品来。"

江桐匆忙站了起来，对着程启明深深鞠了一躬，一直到他走了很久，江桐才直起身子。忙了一上午没吃饭，头有些晕，他连忙扶着墙坐下，从口袋里拿出一根棒棒糖。

之前他逼着高坤戒烟，高坤就只能去外面买那些一块钱一根的棒棒糖含在嘴里，偶尔也去给他买一些。

江桐低下头，满脑子都是之前他还健康的样子，生龙活虎的，给他修自行车，跟在他后头送他上夜班。他慢慢地剥开糖纸，将那个晶莹剔透的糖球塞进嘴里。

不知怎么的，眼泪就是止不住，江桐看了一眼走廊过道的护士，抬手悄悄把眼泪擦了，可刚擦了没多久，泪珠又往外涌，江桐又用手掌去抹，可就是控制不了。他学着高坤的样子将糖球"嘎嘣嘎嘣"咬碎了，糖太甜了，甜得发苦。

含着一嘴糖碴，江桐一个人孤零零地坐在长椅上，哭得抬不起头。

镜头渐渐地拉远，将整个医院走廊都囊括进去，一个长镜头，塞下了一个有喜有悲的小人间。

"过！"

这场哭戏拍了五六遍，最后一遍状态实在太好，导演还特地临时换了一个长镜头。

"好，这条过了。江桐辛苦了。"昆城从监视器那头过去，拍了拍夏习清的肩膀，"习清辛苦了，终于杀青了。"

片场的女工作人员好多都被夏习清的情绪感染了，一个个上去给他递纸。

"习清好可怜，哭得我都想哭了。"

"就是，我都不敢看正片了，这是我跟过最虐的一个组。"

哭得太狠，有点喘不上气，夏习清深深吸了口气，一转头就看到了周自珩，吓了一跳，他的手里捧着一大束红玫瑰，笑着朝他走过来。

这画面，让他一下子回到了之前和周自珩一起拍杂志的那一天。

夏习清发了怔："你从哪儿买的……"

"恭喜杀青。"周自珩笑得温柔，将花递给他，这么大一束花，拿着脸上臊得慌，夏习清接过来立刻给了身边的笑笑，谁知这家伙直接一把抱住他。原本就是杀青，这些在外人的眼里也都是再正常不过的事，更何况全剧组都知道他俩关系好。

借着拥抱的劲，周自珩凑到他的耳边低声说。

"习清哥哥哭得我心都碎了。"

又来了。

"你……"

"想亲你的眼睛。"

夏习清彻底没辙了，只能把眼泪都往他肩膀上抹。

除了周自珩，其他几个同组的主创也都上前一一和他拥抱。大家都知道夏习清还有事情要处理，剧组的时间也很紧，杀青宴只能免了，夏习清自掏腰包，在当地最有名的饭店订了整个剧组的外卖，又买了一个大蛋糕，这才离开。

飞机落地北京，夏习清好好睡了一觉，起床第一件事就是好好地收拾了自己一番。没跟周自珩在一起的时候，夏习清对自己的外表相当花心思，毕竟是个学艺术的，又在 gay 圈里，脸蛋身材都是一顶一地重要。

头发弄了造型看起来总算不奇怪了，前头的头发全都吹了起来，额头上还有一个小小的美人尖，不在正中间，偏左歪着，倒也符合夏习清这种不周正的性子。

习晖开了车接他过去，夏习清路上跟他寒暄了几句，也再没有多说。习晖一辈子黄金单身汉，没有结婚也没有孩子，对艺术没有半点兴趣，只想做生意，为此早就跟习老爷子闹翻，小儿子不孝，女儿又因为躁郁症早逝，旁系的亲戚对二老毕生收藏虎视眈眈，只想着熬到他们不在的那天就立马瓜分。

到了习家，夏习清跟着习晖一起上楼，到了习老爷子的房间外，门口站了好几个年纪不大的孩子，八成也都是那些亲戚带过来的小孩。夏习清很少来习家，最近一次都是出国留学前，认识他的亲戚少之又少，更不用说这些孩子。

可他最近可是网上的流量之一，这些孩子没有不认识他的，见到夏习清先是一愣，然后相互间窃窃私语起来。

夏习清半低着头，理了理袖口的衬衫纽扣，只当什么都没听见，等到里面的医生出来，直接走进房间。

习老爷子的床俨然成了家庭病床，他苍老的脸上满是沟壑纹路，但穿着仍旧讲究，即便是卧病在床，脸上还戴着呼吸机的面罩，狼狈如此，也存着最后那份老艺术家风骨。

他的旁边站着一个年纪约四十岁的男人，穿得倒是名贵，他斜眼看了一眼夏习清，不客气道："这又是谁进来了，管家，把他请出去。"

夏习清笑了一下，侧过头去看习晖，还没开口，习晖便解释道："这是爸爸的表侄。"

"表侄？"夏习清眼神飘过去，语气悠然，"我还以为是我又多了个亲舅舅呢。"

对方明显是被这话狠狠刺了一下，眼睛在夏习清和习晖跟前转着。夏习清也懒得给他脸了，拉了张椅子慢悠悠到床前，大大方方坐下来。

卧病在床的老爷子似乎是听见声响，睁了睁眼，看见夏习清的脸，恍惚间像是看见了自己的女儿。

"昕儿……昕儿回来了？"

听见外公叫着母亲的小名，夏习清心头一酸，伸手握住外公的手。

习晖在旁边看着，又扭头看向那个不自知的表侄："表弟，你没事就下去喝点茶吧，这些天干守着，真是辛苦你了。"

"你！你们这是为了谋习家的财产！"

"谋？"夏习清抬头，"我是外公的亲外孙，"他又转头看了一眼习晖，"这是外公唯一一个儿子，您是哪位？"

被夏习清这么一怼，那人脸上青一阵白一阵，半天也吭不出一句话。

习晖打电话叫了人，上来把这些不相干又不甘心的亲戚们通通请了出去。

习老爷子的律师也到了家里，趁着清醒，他们清点了所有藏品、流动资金和不动产。

夏习清很清楚习晖的目的："我只要藏品和艺术馆，其他的资金和不动产都给你。"习晖见他这么直接，也就不藏着了。一直到习老爷子走的那天，夏习清一直都在他的床前陪着。他从来没陪过一个长辈这么久，没想到唯一一次有机会竟然是这样的场面。

习老爷子走的那天，让夏习清推着轮椅带他去了一个房间，里面放着一个石膏雕塑，是一个面容姣好的女人，抱着一个漂亮的婴儿。

"这是……我亲手……在你出生的时候……"外公连连咳嗽了好几声，喘着气勉强继续道，"早就该送给你……"

夏习清鼻子一酸，手指摸上那尊雕塑。

在这短短的十天，他似乎第一次感受到了属于家人的温暖。

尽管来得实在太迟了。

　　处理完所有事务，夏习清暂时将藏品都放在习家的保险库里保存，准备等到艺术馆开业再做打算。葬礼那天，夏习清作为外孙，和习晖一起站在最前面替习老爷子抬棺，夏昀凯也露面了，可夏习清只当看不见他这个人，一句话也没有说。

　　回家之后，夏习清窝在自己的房子里画了好几天的素描，趴在工作室木桌上午睡的时候，微信的声音把他吵醒，是周自珩的消息。

　　道德标兵：我落地了，你在哪里？

　　夏习清揉了两下眼睛，刚睡醒手发软懒得打字，拿过手机发了一条语音。

　　"我在家啊。"

　　手机那头的周自珩从混乱嘈杂的接机现场出来，好不容易上了车，这才戴上耳机点开语音，夏习清的声音比平时软上许多，黏黏糊糊的，像是刚睡醒，听得周自珩心都酥了，四个字的语音听了十几二十遍，嘴角压都压不下来。

　　"自珩怎么这么高兴？"司机大哥看了一眼后视镜，向小罗问道。

　　小罗一脸门儿清的表情，应付道："谁知道呢？"

　　"去哪儿啊自珩？回公司吗？"

　　"回家，回我公寓。"

　　八月下旬，北京的暑热还没有完全消散，但总不是南方的湿热，突然从武汉回来，周自珩反倒还有些不习惯。

　　一出公寓电梯，周自珩便直奔夏习清家门，按了半天门铃也没人回应，他靠在墙上发了条消息，便用指纹开了自己家的门。

　　"去哪儿了……"周自珩自言自语地换了鞋，走到客厅的沙发上仰头躺下。

　　房间里很安静，周自珩一连给夏习清发了好几条消息，听见微信提示音，他站起来找了一圈，发现夏习清的手机居然在沙发上。

　　"人呢？"周自珩站起来，一边喊着他的名字一边上楼去找，几个房间都是空荡荡的，只好又回到客厅。

"你多大了还跟人玩捉迷藏，"周自珩试探性地走到落地窗那儿，一把拉开帘子，"不在，"他退后了几步背靠着泳池边，面对着落地窗，"快出来啊，我知道你在这儿……"

话没说完，一只湿淋淋的手抓住了周自珩的脚踝，向下一拽，周自珩重心不稳，整个人都后仰摔进了泳池里。

夏习清出了水面，用手抹去自己脸上的水，将头发通通往后捋过去，手掌推上他胸口把还没反应过来的周自珩怼到了泳池的边缘，强势又狡猾地按住他的肩膀。

周自珩看着裸了上身从水中出来的夏习清，白皙精瘦的皮肤上像是蒙了层丝缎，水光粼粼，浅金色的阳光穿透落地窗，一寸寸镀在夏习清线条流畅的肩背上。他浑身淌着水，皮肤薄得几乎透明，逆光下漂亮得只差一条璀璨鱼尾。

"我等你等得快断气了，"夏习清的手抚上周自珩的脸侧，与他炽热的眼神对视了片刻，便亲密无间地贴上他的胸膛，嘴唇凑上又不完全贴上，隔着点微妙的距离，微微喘息着的声音几乎就要把周自珩的魂给勾走，"快给我人工呼吸。"

周自珩伸手拦腰，一个用力抱着他翻转过去，局势立刻颠倒，夏习清的两只手都被他捉住摁在泳池外的大理石地板上，欺身吻了下去。

湿软舌尖相触的瞬间，天雷勾了地火，火势转瞬便可燎原。

一吻落定，周自珩捏住夏习清的下巴，亲了亲他的鼻尖："谁让你进来游泳的？"

一双白生生的长腿在水里荡着，勾住周自珩的小腿。夏习清笑着搂住他的脖子，头歪了歪。

"谁说我是进来游泳的？"

周自珩任他搂着，又道："我听语音，还以为你睡着呢。"

夏习清拿鼻尖蹭了蹭周自珩的下巴，声音比语音里头还要酥，听得周自珩耳根子都软了。

"我现在挺想睡的。"

浮在水面的两具身体紧紧地搂抱着，磨蹭着，肌肉贴着肌肉，再次吻在一起的时候舌头都要缠住，肆无忌惮地在对方的口腔里搅弄着，连心口躁动的欲望都被翻搅起来，生生吞掉理智。

或许是许多天没有见，夏习清这次的热情劲比以往还要多上许多，他的手直接伸到水底将周自珩的上衣脱了，黑色短袖就这样在水面浮着，被他们掀起的波浪推得很远。

"想不想我？"周自珩缠吻着夏习清的耳朵，舌尖使劲往他的耳朵眼里舔，一进一出，像是仿照着性交似的，舔得夏习清盘在他腰上的腿都软了，躲也躲不掉，只能紧紧抱着周自珩的肩膀，喘着气。

"说啊。"周自珩怎么都不罢休，夏习清只能伸手下去，揉着鼓鼓囊囊的那一处，听见周自珩在自己的耳边闷哼一声，他心里便得意起来，随着水波凑上去，伸出粉红的舌尖，从他凸起的锁骨一路舔上他的耳根，活像只狡猾黏人的猫。

"看出来你想我了。"夏习清抓着周自珩下面在水里晃了晃，"硬成这样了。"

周自珩本来也不想遮掩什么，搂着夏习清的腰将他抱到了池边的地板上，深蓝色泳裤的裤腰卡在夏习清的胯骨上，周自珩浮在水上，抓住他的大腿挤到了夏习清的两腿之间，脸凑到了夏习清的胯骨跟前，舔咬着他胯骨上那块薄薄软软的皮肤，等到那片白皙全都染上红色，周自珩又顺着往下，咬住了泳裤裤腰往下拽。

夏习清喘得厉害，嘴上还是不饶人："你是狗吗？"

泳裤被拽下来，里头形状漂亮半勃起的阴茎弹了出来，戳在周自珩的脸上。周自珩对着顶端吹了口气，吹得夏习清后背一颤，又将顶端含进嘴里，夏习清食髓知味地"哼"了一声，手扶住周自珩的后脑勺："嗯……再深一点……"

周自珩的手穿过泳裤用力地揉着夏习清柔软的臀肉，心里的躁动快将他烧着，快速吞吐了几下，周自珩干脆扯下了他的裤子，将夏习清的一条腿抽出来，泳裤就这么挂在另一条腿的膝盖窝。

夏习清倒下来抱住他的肩膀，黏腻地吻着他的下唇，浮力让一切都变得轻松，周自珩让那两条又细又白的长腿借着浮力推起来，盘在自己的腰间，自己伸手下去顺着臀瓣往下，在夏习清的尾巴骨那儿揉了一下，谁知就这一下，怀里的人竟打了个战，软塌塌趴在他身上，吻都吻得慢了些。周自珩多揉了几下，便伸手下去探那敏感的穴口，竟发现往常紧到几乎插不进一根手指的穴口现在竟松软得很，轻轻一下便插进去一节指头，里头很快也涌出一团滑腻的液体。

周自珩有些惊讶："你自己做了扩张？"

"你扩张的技术太差了。"夏习清抱着他的脖子不让他看自己的脸，嘴硬得要命，"还不如我自己来。"

周自珩心猛地跳了两下，一下子伸进去整根手指，夏习清毫无防备，一个没忍住抱着他哼出声，周自珩插了两下，又伸进去一根手指，比平时顺利很多。

"别……别用手了。"夏习清咬着周自珩的肩膀。

"我没拿套。"周自珩的手指在里头按压磨蹭着，找到夏习清以往的敏感点，狠狠摁了一下。

"啊……"夏习清的腿忽然缠紧了，像条受惊的水蛇那样缠得紧紧的，声音一下子拔尖。周自珩不愿这么轻易地放过他，就着那个敏感点狠狠地磨了一阵，到夏习清全身的肌肉都绷紧的时候又忽然抽出自己的手，夏习清也像是被抽了半根筋似的，整个人一下子懒下来，如同抱着浮木那般抱住周自珩。

他被周自珩在水里推着，抵到了池壁又翻了个个儿，周自珩压着他的后背贴上来，声音低沉："趴好。"

夏习清的两条手臂被他从水里拿出来搁在黑色大理石地板上，整个人半趴着，下身泡在水里，周自珩的手扶着他的小腹，将他的屁股贴到自己的小腹，拿那根硬到青筋暴起的阴茎蹭着他的穴口，一下一下往上面戳着，但就是不戳进去。

"想不想让我操你？"

明明池子里的水是凉的，可夏习清的额头都渗出一层汗，浑身热得连水都灭不了，他喘着粗气用手抓住地面："少废话……你他妈还上不上了。"

周自珩又去舔咬他的耳朵，痒得夏习清眼圈都红了，自己把右手伸下水里去抓周自珩的性器，狠狠撸了几把便往自己下面塞。

"没戴套。"

"别戴了……"夏习清的手不得劲，硕大的龟头怎么都塞不进去。

"习清哥哥太心急了。"台阶都给了，周自珩当然顺着他的意拨开他的屁股狠狠地顶弄进去，仗着他自己扩张第一下就顶到了最深。

"啊……"夏习清被顶得根本趴不住，上半身下意识就向后仰去，腰线漂亮得像是体操选手，周自珩右手横在他的小腹上，整个把他圈在怀里，左手抓住夏习清修长的脖子，手指抵在他柔软的唇瓣上。夏习清喘不上气，后背紧紧地贴着周自珩的前胸，那根家伙一进到自己的身体里，浑身的气力都像是被抽走了一般，越操越软，被他整个人撞得一颠一颠的，可又被两只健壮的胳膊紧紧箍着，颠不出去。

"操慢点……慢点……"夏习清的胸膛起伏剧烈，"喘不上气了……自珩……"

周自珩喜欢听他在做爱的时候叫自己的名字，总带着点求饶的意味，可越是这样他就越是不想让夏习清得逞，箍着他的腰调整了角度，狠狠操着前列腺，池水都一并被他操进了那个穴口，里面胀得又酸又麻。

他见夏习清的确是喘不上气了，只好将他放倒在地面上叫他趴着，自己摁住他的腰再一次后入进去，水里的交合让周自珩有种发狂的快感，他们像是远离文明的野兽那样，又或是两条滑腻的交尾的鱼。

"啊……啊……轻点……自珩……"

夏习清被他撞得趴在地面上，泛着水光的黑色地板衬得他的皮肤越发雪白，他就这么软软地趴着，两只手臂伸长了，随着周自珩的撞击一下一下地在地面蹭动，手指抓不住滑溜的地板，什么都抓不住，下身浸在水里，又烫又凉。

周自珩抓着那一点怎么都不放过，死命地顶弄，里头的嫩肉都受不住了，夏习清的肩背全在发抖，穴口咬得死死的，周自珩知道他要射了，于是舔着他的后脊骨疾风骤雨般连着猛插了几十下。

"不行……别操那里了……嗯……嗯……啊啊！"听见夏习清尖着嗓子叫了出来，便伸手过去摸他下面的阴茎，果然在顶端摸到了一丝黏腻。

周自珩推着他的屁股将他弄上去，自己也撑着地板上了岸，又像哄小孩似的将夏习清抱在怀里，夏习清刚射完，身上没力只能任由他搂着亲了又亲，然后被他打横抱到了真皮沙发上，沙发沾了水，像是把人吸住了一样，紧紧粘着。周自珩把他侧放到沙发上，自己躺到他的背后，抓住他在上面的那条长腿往后，用手肘勾住，逼迫他将两腿分开，另一只手穿过来抱住他，手指拧着他胸口上的乳尖，下身挺着，用龟头慢条斯理地磨着湿淋淋的穴口。

磨了没两下，那股子情欲的火再一次死灰复燃，夏习清转过头去缠着周自珩吻起来，舌头亲得发麻了周自珩也不进来，只紧紧地肉贴肉地抱着他，消不了火。

"进来……快点……"

周自珩的下身戳了戳穴口，戳得夏习清浑身战栗，四肢百骸都痒了起来。

"求我啊。"

"求你……"被情欲磨红了眼睛的夏习清也顾不上什么别的了，情态勾魂又黏人，"求你……操进来吧……"

"叫老公。"

"你怎么也这么多恶趣味……"

“叫不叫？”周自珩狠狠顶了一下穴口，顶得夏习清又是一抖：“叫……叫……”他伸出舌头钻进周自珩的口腔，色情无比地舔了一番，吻得自己都头晕目眩，这才叫了出口。

“老公，老公……操我……”

周自珩这才罢休：“腿抬好。”他扶着自己的阴茎硬生生挤进那个狭小的洞口，两个人同时发出一声喟叹，侧入的姿势让周自珩可以十分省力地抽插，手还能腾出来抱着夏习清和他接吻。

“啊啊……舒服……自珩……啊……”夏习清彻底被操开了，浪荡地叫着喊着，偌大的公寓里除了他们谁也没有，他也再没了顾忌，越叫越浪。周自珩伸出一只手抓住他被操得乱晃的阴茎，一边往里撞一边撸着他的性器，双重的快感让夏习清一下子被抛到了天上，爽得脚趾都蜷在了一起。

“啊……”刚喊出口，夏习清的脸就被扳到了后面，被一个湿热的吻死死堵住，舌尖几乎要伸进他的喉咙，“唔……唔……”

终于被松开，夏习清吻着周自珩的脖子，声音被情欲浸泡得软透了：“再深一点……老公……自珩……操深点。”

“那你自己动。”周自珩忽然扶住他的腰，将他被操得软趴趴的身子扶正了立在自己的腰间，自己躺平在沙发上，阴茎从穴口里滑了出来，被夏习清压坐着。

夏习清怀疑周自珩一定是背着他看了什么不该看的小黄书，一会儿是叫老公一会儿自己动。可他现在被欲望烧得人都不清醒了，本来又不是什么假正经的人，骑乘就骑乘吧。稍稍抬起来一点，夏习清扶住周自珩的阴茎，自己放松了肌肉一点点往下坐。

“太大了，啊……”

周自珩拍了一下夏习清的屁股，“啪”的一声响得清脆。

“再吃进去点，对……啊……”夏习清双腿分跪在他的大腿两侧，一上一下缓缓动着，浑身都打着抖，从胸口红到了脖子。

“啊……太深了……”夏习清的眼睛都湿了，扭着腰磨着，看得周自珩眼睛都红了，两只大手抱着他的屁股上下颠着，整根阴茎都吃了进去。可这还不够，夏习清用手拍了一下周自珩的胸肌，像是嗔怪一样带了些许哭腔："你倒是动啊。"

"好好好。"周自珩光是看着夏习清这么坐在自己身上都硬得快爆炸了，这下子也终于忍不住，抱着他的屁股耸动着精壮的腰狠狠往里凿，撞得夏习清一下子没了骨头，嗯嗯啊啊地胡乱叫着，整个人直往他身上扑倒，神志不清地舔着周自珩的胸口和锁骨，比嗑了药还动情。

"自珩……老公……操我，操死我……"

他叫得实在磨人，周自珩的眉头皱着，太阳穴都渗出汗来，只想着狠狠往里干他。他两条胳膊将夏习清的后背抱住，让他紧紧地贴在自己的胸口，抱得一丝丝缝隙都没有，逃也逃不走，下身像是打桩机那样狠狠地往那个可怜的穴口里猛操，夏习清的脸只能侧贴着他的锁骨，这种半强迫的方式把他的理智都插没了，毫无挣扎的可能，只能软着身子任他这样抱着狠操。

快感毁天灭地，他嘴里的呻吟一出口便被撞得支离破碎。

"不……不行了……下面……啊……啊啊……"

周自珩什么都听不进了，穴口咬得紧紧的，囊袋拍打肉体啪啪作响，他舔吻着夏习清的侧脸，吻得他湿淋淋的，他喜欢看他漂亮又无力的样子，完完全全属于自己，没有任何反抗逃走的能力。

不知操干了多久，夏习清整个人理智全无，只能凭借快感和本能舔吻着周自珩的肩头，口齿不清地在他耳朵边叫着，含含糊糊的，听得周自珩几乎可以直接高潮。

"喜欢我操你吗？"周自珩眼神发狠，几乎忍耐到了极点，"嗯？习清哥哥？"

夏习清喘得上气不接下气，一下一下被撞得抵上他的耳朵。

"喜欢……"

他早就知道答案，但又没有料到答案。

"喜欢你，我喜欢你……"

绷断了最后一根神经，周自珩闷哼一声直接射在了夏习清的身体里，愣神抱着他不住地喘息。

夏习清却乖乖趴在他身上，浑身汗津津的，从他的侧颈吻到他的下巴，又舔又咬，像只小猫。

"说，"他连逼供的声音都是懒洋洋的，带着浓浓的情欲气息，"在哪儿学的这些有的没的？"

周自珩捏了捏他的屁股，手指伸到下面把里头黏糊糊的精液导出来，眼神缠人地看着夏习清："我就……在网上看了一些小说……"

夏习清被他抠得难受："什么乱七八糟的小说……"

"不是乱七八糟的，"周自珩解释道，"是我们的 CP 粉写的，自习女孩写的。"

"你……你是不是有病啊看自己的同人文。"夏习清正要骂他，又被他翻身压倒在下面，头昏眼花。

"可多了，看都看不完，里面的花样也学不完。"周自珩拿嘴唇磨着夏习清的嘴唇，"我们再试试别的？"

"来啊。"夏习清挑了挑眉，眼神又酥又浪，"我就怕你顶不住。"

"顶得住，"周自珩拧了一把他的胸口，"顶得死死的。"

周自珩杀青之后就把头发染回了黑色，拍戏的日子告一段落，他回了趟西山别墅在家陪父母过了几天，趁着九月份开学季回 P 大继续上学。

赵柯见周自珩回学校了，激动得很，还以为自己眼花。

"哎，你剪短发了？真帅。"他撞了撞周自珩的肩膀，一顿挤眉弄眼，"怎么样？"

周自珩把笔记本从包里拿出来开了机，自己戴好眼镜，语气不善，连正眼都没看赵柯一眼："你还敢说，我没揍你你就该谢天谢地了。"

"为什么要揍我？！"赵柯一把抓住周自珩的肩膀，"你、你你俩崩了？我靠不是吧我好不容易搞一次 CP 啊！你可不能给我弄黄了！"

周自珩扒开他的爪子，侧过头给了他一个和善的笑容："托您老的福，差点黄了。"

"不能够啊。"赵柯还想说，教授就进来了，他十分看眼色地闭了嘴，微信上发了一长串，事无巨细一一全问了，周自珩只当没收到，认认真真地听课学习。

一上午的大课上下来，赵柯的骨头都散了，拉上周自珩去食堂吃饭，好久不去食堂，P大的姑娘们都以为自己出现幻觉了，一个个都围着靠着周自珩，很快，"周自珩回P大上课"的词条被顶上了热搜。上热搜上得他心烦，周自珩发了个微信给自家嫂子，让她把热搜给去了。

"晚上回宿舍吗？"赵柯在教学楼层的咖啡机买了杯咖啡递给周自珩，他接过来抿了一口，帽檐压得低低的：" 不回，我今天回公寓。"

"哟，不知道的还以为你公寓藏人了。"赵柯纯粹就是胡诌，谁知周自珩怡然自得地喝着咖啡，也不反驳，赵柯这才反应过来，"卧槽？真的藏人了？"

周自珩咳了一声，把喝完的咖啡杯扔给赵柯，自己打电话叫小罗接他回去。

赵柯像是得到什么惊天大八卦一样，火速给阮晓发了个消息。

赵柯："自习同居了！"

自打戏拍完，除了之前已经定下的广告，还有回归《逃出生天》，周自珩就没有再接其他的工作，每天往返于学校和家里，两个月的时间过得飞快。

天气渐渐地冷下来，北京的秋天格外漫长，给人一种要入冬的错觉，却又总还差着那么一口气，等不到冬天真正到来的那一刻。

晚上折腾到后半夜，夏习清缺觉缺得厉害。清早睡得迷迷糊糊，感觉抱住自己的胳膊松开了，半梦半醒间被周自珩捧着脸吻了好几下，他嫌黏人，抬手用手背遮住自己的脸，恍惚间感觉周自珩坐起来，夏习清又伸长胳膊抱住他的腰，一开口嗓子还有些哑。

"大清早的去哪儿……"

"上午有课，固体物理，赵柯说这个老师要点名。"听见夏习清迷糊的发问，周自珩心里暖洋洋的，但无奈得上课，只好抓起床头的衬衣套在身上，一颗一颗扣着扣子，扣到最尾那颗抓起夏习清的手亲了亲，"乖，你再睡会儿。"

夏习清松开胳膊躺到一边，听见周自珩套毛衣外套的声音，抬手捂住自己的脸：“天……不敢想象我居然跟一个大学生搞对象……还是早上上课要点名的那种。”

见他胳膊都露在外面，光溜溜的，周自珩怕他着凉，替他把被子都盖得严严实实，然后俯下来亲了两下夏习清的脸：“大学生不好吗？最近不是流行年下吗，上学认真学习，回家还要给你做饭暖床，你去哪儿找这么好的大学生啊。”周自珩又特别不要脸地咬了一口他的耳朵，“关键长得还不赖。”

“你可少看点同人文吧大明星。”夏习清翻了个身背过去，抱住一大团被子闭上了眼睛。

被子全是周自珩清爽干净的味道，像是秋风里翻涌的云，将他这片无根的落叶温柔地裹挟其中。

“哦对了，嫂子昨天告诉我，为了宣传电影，我们可能要上一些综艺节目，让我问一下你愿不愿意。”

夏习清闭着眼，离彻底睡着就差一点了，只能半迷糊地应了句：“行……”猫叫似的挠在周自珩的心尖上，害得他又忍不住走到床边，低着头细细吻着他的侧脸，半醒时候是夏习清最柔软最没有防备的时间段，每吻一下就能听见他轻轻地哼着，从鼻腔里发出的黏腻声音，像是抵抗，又像是嗔怪。

周自珩很难控制住自己不去沉溺在他难得的乖顺之中。

绝对又强烈的占有欲，在微凉的清晨时分，总是会自动自觉地化作一池秋波，浸没爱人柔软温顺的躯体。

再次醒来的时候已经不知道几点，夏习清伸手过去关掉了床头的灯，起来洗漱收拾，随便吃了一点周自珩买的零食点心，就钻进了自己的工作室。自从拍完戏回来，两个人每天换着房子睡，有时候在夏习清的家里，有时候又换到周自珩的房子，不过多数时候是夏习清作妖——想用他家的泳池泡温泉。

可是这间工作室周自珩从来没有进来过，通常周自珩回来夏习清都会放下工作陪他，他也从来没过问过夏习清的艺术创作。

穿了件耐脏的褐色牛仔外套，夏习清戴上电焊护目镜，对着自己之前做好的小泥稿和线稿开始扎架子，像这种石膏雕塑他已经很久没有做过了，在佛美的时候倒是经常帮着导师做，可正儿八经由他独立创作的雕塑，这个未出世的还是头一个。

为了做雕塑，他上个月就把工作室里的画都收了起来，这个房间事实上是整个公寓除了客厅之外最大的地盘，但现在也堆满了钢筋和雕塑泥。钢筋焊接冒出的火花映照在夏习清的护目镜上，璀璨耀眼。

大骨架刚焊好，夏习清就累得要命，坐在钢筋材料上靠着墙休息。之前在美院的时候做雕塑往往都会请一些白人模特为他们扎架子作参考，从身高、身形、体态各个方面，这样才能保证不失真。

可这一次，夏习清能依照的只有自己的心。

手机来了一条消息，夏习清放下喝了一口水，将手机拿过来。

蒋茵：最近《跟踪》要开始宣传了，还得麻烦你配合一下。

说话语气跟警察叔叔似的，夏习清不禁笑起来，回了个 OK 的表情包，趁着休息的工夫登上微博，距离上一次在线已经不知道有多久了，夏习清的微博留言多到页面卡住，他等了好一会儿才可以正常查看。

习惯性先点进评论里，满屏幕的"习清哥哥想你！求自拍！"的消息像是一颗颗冲破屏幕的红色小爱心，直冲冲地往夏习清的脸上喷。

还是发个自拍吧。

夏习清打开前置摄像头，发现自己还戴着防护镜，他左看右看，觉得这个眼镜还挺好看，于是直接按下了快门。

就这么，夏习清将自己戴着电焊防护镜的草率自拍传到了微博上，聊表慰藉。

没一会儿这张不怎么走心的自拍就被粉丝疯狂转发。

我的心上人是个小画家："啊啊啊啊啊新鲜的习清哥哥！"

才华横溢夏习清："习清哥哥戴的什么墨镜好酷！防伪标痣超级可爱！"

自习女孩冲鸭："这个眼镜好有科技感哦，看起来像科学家～～BTW 习清这是临时拍的吗？真·新鲜自拍。"

这都被发现了？夏习清想不明白，这哪里是自习女孩，分明是显微镜女孩。

过年就要搞自习："啊啊啊真的！习清背后有钟，真的是现拍现发的！"

原来如此啊。夏习清回头看了一眼自己的工作台，还好还好，没有什么不可描述的东西。

他又刷新了一下首页，正好看见周自珩转发了《跟踪》的官博，点进去一看，是宣发的物料，两张电影拍摄期间的剧照。

第一张是缭绕烟雾里，高坤隐约迷幻的侧脸，肆意流淌的灰白烟缕，隧道外苍翠的远山，还有他深红色的短发，分明是艳丽交杂的色彩，但构图和视角却透出一种微妙的苍凉感。

第二张则是深夜暗巷，一轮苍白的月亮高高吊着，在那些交错纵横的违章电线和不断向上扩张的杂乱建筑上蒙了层惨淡灰白的光，越往下，越黑暗，两个人影一前一后，走在前面的江桐脸上带着一丝惊慌和恐惧，后头的那人已经被黑暗吞去了面孔，胳膊上的刺身隐约可见，那一头鲜活的红发，成了黑暗中的一团火。

两张图片都没有完全展现出男一号和男二号的完整造型，甚至连脸都是模糊的，但独有的现实苍凉的风格却独树一帜，加之自习 CP 粉积攒了太久的热情，没有多久，这个宣发物料就转发过十万，评论三万。

身为绝对男一号的周自珩转发的时候只附带了一句话。

@演员周自珩：虽然我染发抽烟喝酒刺文身，但我知道我是个好男孩。

噗，这是谁给写的文案。

夏习清下一秒又觉得，这大概是周自珩自己写的，可是他这么写，不怕崩了自己娱乐圈第一 Alpha 的人设吗？

他也跟在周自珩的后头转发了一条，看似玩梗，实则调情。

@Tsing_Summer：好男孩为什么要跟踪别人？ //@ 演员周自珩：虽然我

染发抽烟喝酒刺文身，但我知道我是个好男孩。

很快他们俩的转发被粉丝顶上了热转，自习女孩时隔多日见到两人互动，高兴得跟过年一样。

自习女孩冲鸭："姐妹们发糖啦！！！快来嗑啊！"

你搞自习我们就是好朋友："还能因为什么？因为他喜欢你啊！"

这一条评论一出现就被顶上了热门第一，下面齐刷刷地都是刷着同样的一句话。

因为他喜欢你啊。

说不清为什么，夏习清嘴角上扬，心情大好。连带着看自己尚未完工的钢架都顺眼得很，还没上泥就觉得应该不会失败。

谈恋爱的时候果然会给人一种全世界都很美好的错觉，尤其是偷偷摸摸地谈恋爱。荷尔蒙上涌，多巴胺作祟。

许多主创陆陆续续转发了《跟踪》的官博，连戏份不多的杨博都转发了，可夏习清注意到，宋念并不在其中。之前拍戏的时候合作双方都互相之间加了微博关注，夏习清从自己的关注列表点进去，发现宋念刚刚发了一条微博自拍。

@演员宋念：相信付出就有收获，每天都要心怀感恩。[爱心][拥抱]

下面配了一张她睡在另一个剧组躺椅上的照片，身上还放着一本做满了笔记的剧本。

这些没什么，无非是一些心灵鸡汤，巩固自己努力敬业的人设。可夏习清总是觉得不对，所有人都参与了新片的宣传，想必是片方都打过招呼的，偏偏宋念一个人没有转发，而且还在别人宣传的时候发了自己在另一个剧组的照片。

这就有点带节奏的意思了。

可是宋念这个时候出问题，难道不害怕昆城在上映前把她的戏份都剪光吗？

她图什么呢？她又不像周自珩有这种天不怕地不怕的好家世，资源在小花里也不算是顶尖的。这部戏如果被剪光了，就等于白拍了。

这一点夏习清又觉得说不通，只能归咎于自己想太多，毕竟他这个人生来就喜好阴谋论。

他回到了自己的微博首页，发现收到了一条关注人回复，点进去一看，是周自珩在自己刚刚那张自拍下面的留言。

演员周自珩："太太不画画了，改行做电工了吗？"

夏习清一下子把护目镜取下来。他怎么知道自己在弄电焊？可很快，他的注意力就从电焊转移到了另一个地方。

他怎么又叫自己太太！

之前是不知道太太是什么意思，跟着粉丝叫就叫了，现在他明明知道了还故意叫，纯粹就是占便宜。夏习清本来就被他给气得够呛，底下的评论简直跟打了鸡血似的，不知道的还以为捅了哪个土拨鼠的窝。

自习使我快乐："啊啊啊啊啊太太！叫太太我要昏过去了！"

我爱自习："哦哟爱豆亲自来到画手太太微博底下敦促太太少发自拍多给他画画哈哈哈——论和画手谈恋爱的便利性。"

自习世界第一甜："啊啊啊啊周自珩你太会了吧！太太叫得这么顺口让我不得不怀疑他们私底下是怎么称呼对方的。"

看到这条，夏习清脑子里一下子就钻出周自珩叫自己"习清哥哥"的画面，不由得呛了一下。

宇宙第一 Alpha："对了自珩不是马上要过生日了，太太没有生贺的准备吗？去年还有画画呢？"

嗑自习吧姐妹："怎么没有！太太今年把自己当礼物送了吧哈哈哈！"

我的西皮必须结婚："啊啊啊啊啊！去年太太的生贺图我还一直留着当微博背景，期待今年习清太太的生贺！"

他既然看到了这些评论，周自珩肯定也看到了。

夏习清决定以后要好好锁住这间工作室的门。

退出微博看了一眼手机日历，已经是10月6日，距离周自珩的生日还有两周。他忽然想起些什么，搜索了一下周自珩的星座。

说起来，这些事都是夏习清以前最厌恶最瞧不上的行为，记录自己喜欢的人的生日，偷偷地替他准备礼物，搜索关于他星座的描述，傻里傻气，是只有十几岁初恋时候的小孩子才会做的事，可这个时候，夏习清早就把这些固有想法抛诸脑后，星座网站逛得不亦乐乎。

多聪明的人都逃不过爱情的蛊惑。

"性格文雅，平易近人，恋爱高手……"夏习清不自觉照着屏幕上的字念出声，可越看越觉得不像，他索性截了张图，发给了周自珩。

小玫瑰：你一点也不像天秤男啊。

周自珩正在图书馆自习，点开微信一看，竟然是夏习清发给他的什么星座解析，上一次看还是小学的时候，他早就习惯被人说不像天秤男，六年级的时候还特意回家问妈妈是不是记错了他的生日。

差点被妈妈打一顿。

道德标兵：星座这种东西不准的。

很快周自珩又发来一条。

道德标兵：你是什么星座？

小玫瑰：射手。

道德标兵：……好吧我打脸了。

道德标兵：星座真准。

自从得知恋人星座，周自珩同学坐在图书馆再也没有看进去一个字，抱着手机刷了一晚上的星座分析，尤其是看见射手和天秤的匹配指数之后，高兴得毫无学习之心，只想收拾书包回家。

道德标兵：我们的星座配对是90分，天生一对！

傻子。夏习清放下手机，认认真真地把架子调了又调，开始调配雕塑泥，可满脑子都是周自珩笑着说天生一对的样子，两个月牙眼怎么都挥之不去。

他伸出手，轻轻抚摸着这个尚且粗糙、简易的半成品，脸上浮现出比窗外银杏还要温柔的笑。

哪有艺术家不爱自己的缪斯？

倘若有，也只是尚未邂逅罢了。

"明天中午我让小罗接你，明天你没课吧？"

周自珩打开了自己家的门，换上拖鞋往里走，客厅没人，灯却是亮着的，茶几上放着半杯咖啡。

"知道了。"

"明天下午有课吗？"蒋茵那头正给文件签字，随口问了一句，"有的话提前请个假，早就让你把课表给我，一直没给。"

"有一节……"周自珩一边想着一边上楼，听见卧室有声响，推门一看，投影仪开着，好像正放着什么艺术纪录片。

"意大利语？还是西语……"周自珩站在卧室门口看着投影仪喃喃自语。

"你还选了意大利语的课？"

"啊不是，"周自珩反应过来，"是一节公共选修课，一会儿我给老师发邮件请假。"卧室床上的被子团了一大团，床头柜放着一杯绿色的透明洋酒。

睡着了？

周自珩戴着耳机轻手轻脚坐在床上，从一大团裹在一起的被子里翻找着夏习清，这种感觉有点像在一团棉花里找一只小猫。

"录节目的时候多说点话，平常也没让你上这种娱乐性综艺，这也是头一回，多表现表现。"

周自珩应付了两声，掀开被子看见了夏习清熟睡的侧脸，他将带话筒的耳机扯下来握在手上，自己凑过去亲了亲夏习清的耳朵。

"唔……"夏习清迷迷糊糊正要说话就被周自珩捂住了嘴。

"嘘……"周自珩见他睁开眼，冲他做出嘘声的动作。电话那头蒋茵还在交代着节目的一些相关事宜，周自珩已经爬到床上抱住了夏习清，被他这么一折腾，夏习清也彻底醒了，本来也是不小心睡着，睡得不沉，他微皱着眉指了指周自珩的耳机，对着口型问是谁。

周自珩亲了一口他刚睡醒红彤彤的嘴唇，也用口型回答：嫂子。

夏习清点了下头开始揉眼睛，周自珩偏是个不听话的，非得一边打电话一边抱他亲他，推也推不开，原本夏习清是个有起床气的人，都被他磨得没脾气了。

"知道了，我会跟他说的。"周自珩的眼神落到了夏习清的脸上，"不用你联系了，剧组的人都去吗？"夏习清的身上有股混着浓郁草本香气的酒精味，像是一抹微妙至极的苦掺在温温软软的糖水里，勾得周自珩只想吻他的侧颈。

夏习清的觉彻底醒了，酒却还没醒，对于周自珩这种不负责任引火烧身的撩拨方式，他选择用行动表示谴责。伸手把床头剩半杯没喝完的苦艾酒一口灌下去。

"哦，那没事，反正粉丝也只想看……"夏习清靠在床头，一把抓住周自珩的领口将他拽到自己的面前，距离被压缩成咫尺之间。

夏习清歪着头，用鼻尖蹭了一下周自珩的唇线，抬眼冲他挑了挑眉。

动作太迅速，周自珩愣愣地说完方才剩下的半句话。

"我和夏习清在一起……"

一语双关。夏习清冲他痞痞地笑了一下，然后双手搂住他的脖子，吻上周自珩的嘴唇，缓缓舔着，轻轻磨咬，吻得又浅又欲，可就是不深入进去。

那股清冷的草本香气也逐渐发酵成一种暧昧无比的香氛，缠绕着两个人。周自珩的后背都蒙上了一层薄薄的热汗，伸手捧住他的脸正想深入进去，就被夏习清躲开。

电话里说着生日的事，具体内容周自珩已经无暇顾及，满心满脑子都是眼前的人，只能随便扯了个理由挂断了电话，耳机线什么的也都扯到一边去。

没了牵绊，周自珩直接将夏习清逼到了床头，额头抵住他的，声音低沉："你又来招我。"

夏习清拨开他的手，玩够了想躲开："谁先招的谁？打着电话呢非得把我折腾醒了。"正要躺到一边去继续看纪录片，就被周自珩一下子扑倒在床上："我就是要招你。"

"压死我了，怎么这么重。"夏习清皱着眉。周自珩立刻反应过来："哎呀我还背着书包呢。"他赶紧把书包取了下来扔在一边，压在夏习清的身上冲他笑，大型犬一样凑到他的侧颈嗅了嗅，"喝的什么酒，怎么闻起来这么性冷淡？"

夏习清轻笑一声："这个时候说性冷淡，"含住他的嘴唇，"不太合适吧？"

秋日的暮色油画般浓郁，浸在糖水罐头里的橘色夕阳在沉沉暮霭之下，同即将来临的黑夜边缘交换了一个温情的吻。

蒋茵安排的综艺节目和《逃出生天》不同，是一档收视率非常高播出时间超过五年的老牌综艺，因此这档节目的受众也比较广。《跟踪》剧组去了四个人，周自珩、夏习清、杨博，还有宋念。

在后台看见宋念的时候夏习清还挺讶异，之前官博释出物料的时候宋念没有参与宣传，他还以为出了什么问题，可这个时候她又来了。

大概是自己多想了。

服装造型是节目组自带的，为了用自习 CP 炒热话题，造型师直接给夏习清和周自珩安排了类似情侣装的穿搭。夏习清上身穿了件雾霾蓝针织衫，下面是一条深灰色细格纹西装长裤，头发梳起露出额头。周自珩则是白色内搭配灰色烟管裤，外套一件灰蓝色风衣。

节目组的几个主持人 cue 完流程，四个嘉宾一起上场，整个演播厅的粉丝人都没看清就开始尖叫起来。夏习清往台下一看，自习 CP 的手幅和灯牌都快比两个人唯粉的还要多了。

MC 拿着话筒笑道："让我们用最热烈的掌声，欢迎《跟踪》剧组的主创们。来，从杨博开始给观众们打招呼吧。"

　　四个人的站位相当微妙，杨博站在最左，旁边是夏习清，原本观众期待的自习 CP 并没有直接站在一起，中间夹了个宋念。除开几个 MC 手里的话筒，剩下给嘉宾的话筒只有两个，杨博说完开场白把话筒递给了夏习清，夏习清还没张口，台下的尖叫声就铺天盖地涌过来。

　　他笑了笑，对着话筒简单介绍："大家好，我是夏习清。"

　　又是一阵尖叫。夏习清一侧头，看见宋念的手上拿着一个话筒，便没有递话筒过去，宋念自我介绍的时候尖叫声明显小了一大截，她甜笑着将自我介绍说完，把话筒递给了站在最右边的周自珩。

　　周自珩刚接过话筒，尖叫声就淹没了演播厅，他举着话筒说了两句，发现声音并没有出来，夏习清很快反应过来，身子微微前倾准备将手里的麦克风递给周自珩。谁知就是这么一个小小的举动，一下子就引爆了才刚刚平息的粉丝，尖叫声此起彼伏。

　　周自珩拍了拍自己的话筒，又有了声音："喂喂，听得见吧？"

　　观众席里的一个女生声音大得惊人，整个演播厅都听得清清楚楚。

　　"听不见！！用周太太的话筒！！！"

　　夏习清肩膀都抖了一下，台上的几个嘉宾全都没绷住笑起来，周自珩低头憋着笑，台下的气氛更是热烈。

　　"哈哈哈哈哈……"

　　"妈呀姐妹天秀！自习女孩牛逼！"

　　见周自珩的话筒没问题了，夏习清自己拿回麦克风对着刚刚台下的那个自习女孩调侃："我刚蒙了，还以为你抢了他的话筒。"

　　台下又是一阵爆笑。

　　一向被人认为缺乏综艺感的周自珩也开起玩笑来："我的话筒不太好使，还不如你的嗓子。"

　　话筒这个梗在观众的爆笑和调侃中过去了，节目录制终于走上正轨，这档综艺基本以室内的游戏为主，将嘉宾分成几组相互比拼。主 MC 拿了一个抽签盒，晃了晃："这个盒子里有四个球，两个红色的，两个蓝色的，我们来抽签分组啦。"

杨博是个急性子，上去摸了个球立马就露出来给大家看，恨不得巡场一圈。

"好，杨博手里的是红球啊。"主 MC 将手里的盒子又晃了晃，"下面自珩来抽吧。"

周自珩伸手进去，底下全都大喊着："蓝球蓝球蓝球！"

再次伸出手的时候，宋念拿着话筒笑道："我有种预感他真的是蓝球。"

杨博也有样学样："我有种预感他拿的是足球。"

底下笑成一片，周自珩将自己手里的球举起来，果然是蓝的，观众席里面立刻爆发出尖叫和欢呼，连主持人都忍不住笑道："不就是个蓝球吗，不知道的还以为习清也已经抽到蓝球了。"

"哈哈哈哈哈……成功了一大半了！"

"习清一定要是蓝的啊！"

"习清蓝球习清蓝球！"

宋念先摸出一个球，她经常上综艺很懂这里面的套路，拿出球就藏到了背后。

"最后一个就留给我们习清了啊。"主持人将盒子一并递到了夏习清的手上，夏习清先是往里头望了一眼，然后扯了扯袖子盖住手，把球从里面拿了出来，藏在手里。杨博着急了："你们俩倒是拿出来啊。"

"那么现在抽签完毕了，"主持人将杨博和周自珩拉到了两边，"拿到了红色球的站到我们杨博的旁边，拿到蓝球的就站到自珩的旁边。"

宋念看了一眼夏习清没有动，反倒是夏习清，在一阵尖叫声中径直朝周自珩走过去，周自珩眼睛一直盯着他，嘴角带笑，握着话筒的手抵在下巴上。直到夏习清站到了周自珩的身边，台下的尖叫声都没有停止。

"啊啊啊啊我的自习真的是一对！"

"自习当然是一对！！！"

夏习清也朝周自珩递了个短暂的眼神，还以为一切都尘埃落定，谁知下一秒，没有话筒的他就抓住周自珩的手腕，就着他的手对着话筒说道：“我就是过来跟你说一声，”他眼睛看着周自珩，拿出自己手里的红球笑道，“让着我点。”

“啊啊啊啊啊！”

“妈呀夏习清太会了！”

说完，夏习清从周自珩的身边离开，走到了杨博的身边，和他互相撞了撞肩膀。

宋念也耸了耸肩，来到了周自珩的身边。

“好，现在队分出来了，我们开始游戏。”工作人员从后台搬上来一个抽奖大转盘，主持人解释道，“这个转盘上有我们节目的很多个经典游戏，我们现在就请嘉宾代表来转一下这个转盘，看会抽中哪个游戏。”

几个人商量了一番，决定让男一号周自珩来转转盘，周自珩也没有推托，相当酷地站过去转动了转盘，转盘转了很久才慢慢停下来。

“好，各位观众，万众瞩目的时刻终于到了……”主持人的手指着指针，看向渐渐停止的转盘，“游戏是……”

最终，停在指针前的是一个橙色的字条，上面写着四个字。

“你画我猜！”

周自珩登时就蹲在地上抱住了自己的头。

“哈哈哈天助我也！”杨博大笑着用力抱了一下夏习清，然后拉着他巡场抛飞吻，还充当起主持人当面采访起来，“习清你作为获胜方有没有什么获胜感言？”

夏习清一本正经地笑道：“我想知道惩罚项目是什么？”

台下的粉丝和观众笑得前俯后仰，衬得周自珩更加可怜，主持人都不忍直视这个结果：“要不然自珩再来一次？”他对着台下的观众问，“你们觉得呢？”

原以为台下的粉丝会心疼周自珩，让他再来一次，谁承想多数的粉丝都大喊。

"不要！！"

"就这个！！"

"愿赌服输！"

周自珩拿着话筒无奈地笑着："你们都是假粉。"

所谓你画我猜，事实上就是一个嘉宾戴上耳机背过去听歌，另一个则坐在高速转动的座椅上，观察随时可能出现的提示牌，在限定的时间内将提示牌上写的内容用画画的形式展示给队友，队友猜对的个数越多，获胜的概率越大。

"这大概是我们节目史上最没有悬念的一场比赛。"一个女 MC 笑道。

另一个 MC 也跟着笑起来："谁能想到一个画家来参与这种你画我猜的游戏呢？"

"谁能想到自珩的手气背成这样呢？"

"哈哈哈哈哈哈……"

游戏开始，蓝队先站上了游戏台，周自珩自认没有绘画天赋，自行走到耳机那儿背身过去，宋念坐上了座椅，座椅刚转起来她就开始叫，杨博在旁边起哄："你可别光顾着叫不看牌子啊。"

转了一分钟，宋念整个人都被转得七荤八素了，走下座椅的时候差点没摔倒，站在一边的夏习清眼疾手快扶了她一把，宋念这才顺利走到了画板前，拿起笔开始画。

三分钟的时间很短，周自珩耳机里的音乐一结束就转过了身。

"好！念念，时间到了。"主持人走到画板前，看了一眼就笑弯了腰，"念念你这画得……太抽象了，自珩你做好心理准备。"

周自珩比了个 OK 的手势，结果画板一转过来他就蒙圈了，画板上就画了个相当不规则的小圈，还有三条波浪线，最上面还画了个尖尖的嘴，不知道是什么东西。

"这是什么……"周自珩的脸都皱到一块去了。杨博和夏习清还在旁边捣乱。

"这你都看不出来？"杨博拿着话筒笑道，"两个黄鹂鸣翠柳啊。"

夏习清又补了句："一行白鹭上青天。"

周自珩瞪了他俩一眼，无奈地叹了口气。

"小鸟？"

MC 提示："错！"

"燕子？"周自珩试着去理解画里的意思，"河流？河上有只鸭子？不对这个波浪线有点短，不像是河……"

杨博开始哼着歌："门前大桥下游过一群鸭，快来快来数一数，二四六七八～"他把话筒递给夏习清，夏习清憋着笑说了句："冲鸭。"

底下一阵爆笑。

"时间到！"

主持人终于憋不住了，拿过纸板翻转过来："自珩你来，你看看。"

提示板上写着四个大字……母鸡生蛋。周自珩看了差点没昏过去："天哪你这个蛋就不能画成椭圆形吗？我还以为是鹅卵石。"

"我晕得要命，手都拿不住笔，"宋念站起来嗔怪，"那不然等会儿你来画。"

周自珩转过去看了一眼夏习清，夏习清冲他挑了挑眉："我不会放水的你死心吧。"

"好，下面红队上！"主持人把画板复原，"事先说一下我们这次的惩罚可是很厉害的。"

台下一阵尖叫："放水！放水！放水！放水……"

夏习清一脸宠溺地笑："你们好难伺候啊。"随即走到了旋转座椅上。

"游戏开始！"

座椅转动的速度相当快，夏习清把自己的注意力集中到一个点上，极大程度地避免了晕眩，面前闪过一个提示牌，上面写着四个字。

夏习清都怀疑节目组是看碟下菜，这完全不是一个数量级的难度！

座椅慢慢停下来，夏习清扶着栏杆稳了稳身子，镇定自若地走到了画板那儿。

"他真的没有放水，你看走得多稳。"

"像没有转过一样哈哈哈。"

"观众朋友们，我们看一下自珩的表情。"

周自珩不忍直视地再次蹲下，低着头在地上画圈圈。夏习清的手因为晕眩有些不稳，他用左手抓住右手的手腕，在画板上飞速地画着。

"五——四——三——二——一！结束！"

主持人喊了停，夏习清也就放下了手中的笔，瘫倒在椅子上笑起来。他侧过脸看见蹲着的周自珩正抬起头，两个人对视一眼。

"天哪，自珩你这次不得不服了。"主持人将画板捂在胸前，"我做节目这么久，头一次有嘉宾在这么短的时间里把这个游戏玩成这样的。这不用猜了，小孩子都能猜出来了。"

他将画板一亮，杨博就高兴地蹦了三下。

台下一片尖叫声。

"天哪我的小画家！"

"画得太好了吧！"

画板上是夏习清用速写漫画的方式画的一条龙，非常可爱，唯独没有眼睛。

杨博清了清嗓子，相当郑重其事地开口："虽然都到了这个份上了，但是，为了尊重我们的对手，过程还是要走一下的。"他笑着和台下的观众一起给出了答案。

"画龙点睛！"

周自珩从主持人的手里抢过画板假装出一副气急败坏准备扔在地上的样子，台下刚开始叫，他又把手收回来，摸了摸画板，塞到了夏习清的手里，背对着镜头对他眨了一下左眼。

"我认输。"周自珩站回到蓝队的站位，脸上挂着宠溺又无奈的笑。

"遇上他谁能赢啊。"

这句话简直是引爆了整个演播厅，就差掀房顶了。

"好，那我们第一轮游戏结束！"主 MC 刚说完，后台的工作人员就拿来了另一个转盘，"这个转盘上有我们节目以前很多经典的惩罚方式，现在我们就邀请获胜方，也就是我们红队来转动这个转盘，选择本轮游戏的惩罚项目！"

台下的粉丝都叫着夏习清的名字，杨博也跟着起哄，拿着话筒一声声喊着："习清，习清，习清……"

夏习清往蓝队的方向瞟了一眼，看见周自珩站在惩罚转盘边上，相当绅士地颔了颔首，像个小王子似的。

"也不知道我的手气怎么样……"

"只要比自珩强就行。"

"哈哈哈哈哈哈哈哈……"

夏习清笑着走到了转盘前，抓住边缘用力地转了一下。转盘飞快地转起来，所有人的目光都集中在那个固定不动的指针上。

旋转的惩罚盘逐渐慢下来，指针指向橙色和粉色的扇形分区，上下摇摆，橙色的写着"摸恐怖箱"，粉色的写着"指压板背人"，台下的粉丝声音愈来愈大："指压板！指压板！指压板！"

可橙色的区域不断地靠近指针。

"感觉会是恐怖箱哦！"

"我也觉得！"

宋念皱着一张脸："这两个惩罚我都不行啊。"

就在所有人都以为指针一定指向橙色区域的时候，转盘又回荡了一下，最终停在了粉色扇形区域，粉丝们立刻开始欢呼起来。

"啊！！指压板！"

"耶！！太好了指压板！"

工作人员将转盘拿走，主 MC 调侃道："我感觉这一期节目最好看的部分就在转转盘。"台下一阵哄笑，工作人员再次上台，将宽三米长十米的指压板铺在了舞台上。

"指压板背人的惩罚很简单，一分钟的限定时间内，输掉游戏的一方将获胜方背起来从指压板上走过去，而且全程必须听从获胜方的指令，直到一分钟时间结束。"

另一个主持人笑道："简单点说，就是在这一分钟的时间里，赢家可以要求输家背着他做任何事，比如转圈啦，扎马步啊之类的。"

台下的粉丝听完解说就上了头，满心满脑子都想着周自珩背着夏习清的画面，一个赛一个地尖叫着。周自珩举了一下手："提问。"

主 MC 立刻开口："自珩说。"

"惩罚项目既然已经定下来了，那我可以替我的搭档完成惩罚吗？"周自珩脸上没有太多的表情，只是很认真地说，"红队的两个男生她都背不动的，我来背吧。"

这句话一说完，台下周自珩的粉丝更激动了。夏习清什么都没说，他早就料到了，周自珩就是个不折不扣的正派好人，浑身散发着天使圣光。

"那不如这样吧，"夏习清也举起了手，杨博把话筒递到他嘴边，"我们这边也就惩罚一次好了。"夏习清的眼睛看向周自珩，"就当宋念背过我了，我就不上了。"

台下的自习女孩听了这话立刻就有意见了。

"不可以！"

"不行不行！"

"周自珩背夏习清啊！"

民意实在可怕，潮水似的盖过了场上的嘉宾，连主持人都开始安抚："好好好，习清就只是提出一个建议嘛，怕自珩太辛苦。"

杨博是个机灵的，看见台下观众的呼声如此之高，立刻顺水推舟给了个台阶："要不还是背习清吧，习清轻一点，而且我最近脖子扭了，"他立刻扶住自己的脖子，"我怕等会儿惩罚的时候不小心再扭了。"

话刚说完，粉丝还没来得及叫，周自珩就直接拿起话筒："那好吧。"

主持人笑道："答应得太快了吧自珩。"

另一个也跟着调侃："自珩说不定就在这儿等着呢。"

周自珩脱了风衣外套和皮鞋，单穿了件白色短袖蹲在了指压板前，抬头朝夏习清扬了扬下巴，使了个眼神。夏习清笑着走到了他的背后："早知道我就上节目前多吃两碗饭了。"

"现在增肥来得及吗？"

在台下的疯狂尖叫之下，夏习清趴在了周自珩的背上，杀青后周自珩健身恢复到了之前的状态，毫不费力就把他背了起来，还相当刻意地颠了颠。

"啊啊啊啊啊啊背起来了！"

"自习冲鸭！！"

"天哪自习女孩今天过年了！都给我嗑！！"

主持人把话筒递到了夏习清的手上，特意嘱咐："习清现在手上拿的就是这一分钟的指挥权了，习清说什么自珩现在都必须做哦！"

周自珩点点头，夏习清从后头把话筒递到了周自珩的嘴边："你还有什么想说的吗？"

周自珩摇了摇头，夏习清又把话筒拿了回来，刚想说话，就听见周自珩很小声地说了一句："抱紧一点。"

心跳漏了一拍。

没等他反应过来，周自珩就已经背着他走到指压板上了。从主持人到嘉宾都开始开起玩笑来。

"你看自珩的脸都扭到一起了。"

"自珩好惨哈哈哈哈。"

原本自己踩在指压板上就已经够疼了，何况周自珩的身上还背着一个，脚底又麻又疼，刚走上去那几步连连叫了好几声。夏习清又心疼又好笑，拿着话筒："一定要走一分钟吗？"

"对！"

"习清你让自珩背着你深蹲吧。"杨博在旁边出着主意。

"或者转圈也行！"

"对！转圈！"

也不知怎么的，粉丝一下子都对背着转圈这个提议感兴趣起来。

"那就背着转圈吧。"夏习清感觉自己上综艺完全就是为了满足自习女孩，他笑着对周自珩说，"你就转个十圈然后快点走过指压板吧。"

可周自珩个子高，从小到大最不好的就是平衡感。背着夏习清在指压板上转了没有三圈就开始晃，吓得夏习清抱着他的脖子喊道："不对啊周自珩，你怎么三圈就开始晕了？"

台下的粉丝都在笑。主持人调侃道："看来以后自珩得多上点综艺，不然大家都不知道原来自珩的死穴就是转圈哈哈哈。"

"五圈——"

周自珩感觉自己天旋地转的，本能反应下只好紧紧地抱住夏习清的大腿，生怕自己在失去方向感的时候无意识松开手，把他摔在指压板上。

"六圈——"

"七圈——"

周自珩的身子晃动得越来越厉害了，夏习清有些着急，拿着话筒道："不然就八圈吧，可以了可以了。"可周自珩犟得很，还是没停下来。

"八——"

"九——"

"十！"主持人大声道，"好了好了自珩快过去！"

甫一停下来，周自珩的两腿就开始发软，两眼直冒金星，根本分不清东南西北，心里想着往前面的指压板走，可双脚不听使唤，斜着就往主持人和嘉宾站着的地方撞过去。

"哎哎哎自珩！"

"快扶住他！快快快！"

夏习清直接从他的身上挣脱下来，他虽然也跟着转了，但晕眩感并不是很强，他第一个去扶周自珩，这么一扶，周自珩整个人都斜着身子往夏习清的怀里扑，头抵着他的胸口，夏习清哪受得住周自珩的体格，一下子被他顶倒在地，被他压在了身子下面。

开局还以为就是普通的指压板惩罚，可结局走向这么刺激，台下的 CP 粉叫得都像是观摩了床戏现场一样。

"妈呀！珩珩牛逼！扑倒了！"

"太刺激了！"

夏习清被他压得死死的，直到几个笑弯了腰的主持人和嘉宾上前把周自珩拉起来，夏习清才终于解脱。

主持人憋着笑把话筒拿到了站起来扶着自己腰的夏习清面前："习清对这个惩罚有什么看法？"

夏习清苦笑道："我真是自作自受。"原本以为这句话没什么，谁知道粉丝又开始尖叫起来，夏习清这才反应过来，说什么不好，偏偏提了个"受"字，这还不得让这些 CP 粉上天啊。

周自珩坐在地上缓了好久才缓过来，一站起来就悄悄站到后面，一点点不动声色地随着大家的走位走动，直到绕过两个嘉宾四个 MC，悄悄走到了最边上的夏习清身边，夏习清一回头就看到了他，憋着笑道："好了？"

"嗯。"周自珩觉得有点丢脸，也憋着笑。

两个人手上都没有话筒，夏习清压低声音道："你刚刚故意的吧。"

周自珩嘴角勾起，眼睛弯成两弯新月，一句话都不说。

新一轮的游戏开始，四个 MC 也一起加入游戏之中重新洗牌组队。

节目一直录制了四个小时才结束，粉丝的热情不减。录制最后，大屏幕播放了《跟踪》的先导宣传片，片中的镜头不多，大部分是制作花絮和拍摄现场。

播放到剧中江桐被高坤压在墙壁上，脸贴脸用刀子抵住喉咙的那一幕，全场都沸腾了。

"啊啊啊啊啊壁咚！"

"天哪这个张力！"

主持人立刻趁热打铁："大家多多关注《跟踪》，12月1日一定要去影院哦！"

几位嘉宾也都跟着一起宣传，自习 CP 的热度太高，粉丝控了整个场子，戏中真正和周自珩有感情戏的宋念反而落了冷，除了被主持人 cue，全场都没怎么说话。

录制快要结束，台下粉丝拉起了"祝周自珩21岁生日快乐"的横幅，这档节目的主持人在圈子里混了许多年，原本就是人精，看见粉丝如此热忱，主持人立刻顺水推舟卖了个人情："对了，后天就是我们自珩的生日了，大家一起给自珩唱生日快乐歌庆祝一下吧。"粉丝开开心心唱完歌，节目的录制也总算是画上了句点。

刚下舞台，夏习清就接到了习晖的电话，估摸着是艺术馆开业的事，他朝周自珩比了个手势便离开大部队，找了处僻静的楼梯拐角打电话。其他嘉宾则是各自进了休息室，准备下班。周自珩刚进休息室，就让小罗把之前准备好的一些蛋糕、奶茶拿出来。

"录了这么久，他肯定饿了。"周自珩坐在沙发上，正要把奶茶封口戳破，门外就传来敲门声。小罗前去开了门，一看门外的人也不禁愣了愣："自珩……"

"抱歉，打扰了。"宋念独自一人走了进来，周自珩闻声看了一眼，也从沙发上站了起来，之前的事闹得很僵，但宋念毕竟是女生，周自珩尚且还是保留了一些风度："有事吗？"

"嗯。"宋念不请自来，也没有什么好顾忌的，直接坐在了对面的沙发上，看了一眼站在门边的小罗，又转过脸对周自珩说，"我有些事想和你单独谈一下。"

"小罗不是外人，你有什么事就直接说吧。"周自珩没有坐下来，也不打算和她详谈。

宋念只是低头看了一眼桌上摆放的吃的，笑道："这都是给他准备的吧，你还真是体贴。"她又抬眼，对周自珩露出一个笑容，"看来你是真的很喜欢他。"

小罗的脸色变了变，自己先开口："自珩，我去外面看看。"

周自珩"嗯"了一声，见小罗走了，也坐了下来，开门见山道："你想做什么？"

宋念脸上的笑有些苦，轻轻叹了口气："你们俩的事迟早要捅破。有人在背后盯着呢。"

周自珩眉头皱了皱："你觉得我怕吗？"

"我知道你不怕。"宋念轻笑了一声，"你是周家二公子，没人敢动你，但你有没有想过夏习清呢，在娱乐圈里，有钱并不算什么，有势的人才有金钟罩。"

这句话戳中了周自珩的软肋，他面上仍旧镇定，反问道："所以你来就是说这些？"

宋念深深吸了一口气："我是真的喜欢你，虽然你不一定相信，但就凭我这样的人，是不可能和你在一起的，这件事我心里也很清楚。我今天过来，是想给你另一个折中的选择。"她从自己的包里拿出一纸合约，推到了周自珩的面前。

"我们可以做合约情侣，这种事在这个圈子里也很常见。"宋念的表情很真挚，"我可以给你们俩当幌子，有我挡在前面，你和夏习清之间的事没人会相信。"她的语速忽然快了起来，"这条路是你现在最好的选择，我们只是做做样子，很快媒体就会收到消息，到时候就来不及了。"

她的表情不像是在演戏，和她合作过不止一次，周自珩很清楚宋念演戏时候是什么样的状态。如果宋念说的是真的，那么背后一定有人在搞鬼。

周自珩眉头紧皱，他其实一点也不害怕这件事被戳破，他甚至想自己戳破，可他不能在毫无准备的情况下让夏习清蹚这趟浑水，他和自己不一样。

"我知道你肯定不会信我，我愿意给你们当幌子，也不单单是因为我喜欢你。"宋念深吸了一口气，又笑了笑，"我最近也摊上事了，这段时间我一直想摆脱一个纠缠我的人，不——"

宋念顿了一下，眼神暗了暗："是想包养我。可是我现在的经纪公司逼着我，我也没有办法。这是一个两全其美的方法。我不要求我们俩之间演戏，先放出些交往的消息，上个热搜，再找机会一起去一趟国外，权当旅游，让记者拍一下，大家就会相信的。到时候你们还是继续在一起，我绝对不会干预。"

她说了许多，每一句话都十分恳切，发自肺腑。周自珩静静地听着，一句话也没有说。

两个人沉默了很久。宋念等不了了，才打破这尴尬的沉寂："……你说呢？"

周自珩抬起头，将面前的合同推了回去。

"宋小姐，谢谢你的好意。"他脸上露出淡然的笑容，"不过很抱歉，我实在没办法和你一起演这场戏。"

"你……我真的是为了你好啊。"

"我知道。"周自珩看着宋念，"我相信你没有骗我。如果明天媒体真的曝光什么，我也不会后悔今天的决定。"他顿了顿，"我之所以不同意，第一，我并不愿意掩饰我和夏习清的关系，不是我鲁莽，这些事我每天都在考虑，尽管现在节外生枝打乱了我的计划，但如果真的有什么事发生，我也希望通过我自己的能力保护他。"

说着，他忽然笑起来："而且我很了解他，如果我用这种手段维系我们之间的感情，他一定会直接结束，任何一点点可能失去他的风险我都不敢冒。"

宋念盯着面前这个年轻的男人，一时间竟说不出一句话。

"再者，签了这个合约情侣，你和我之间的关系就很复杂了，让一个女生替我做幌子，这种事我周自珩也实在做不来。"他又笑道，"如果你真的遇到了麻烦，我可以帮你，就当作我之前任性拉黑你的道歉。"

宋念皱起眉，害怕他误会只好替自己辩白："我不是要你可怜我，我真的——"

"我知道。"周自珩垂下眼睛，"打从和他在一起的第一天开始，我就知道我今后面临的路会有多难，我早就做好了准备。我没打算逃避。但我想，如果真的有什么困难，我们两个人总是能克服的。就算是披荆斩棘，我也只想和他并肩作战。"

周自珩笑得很坦荡，那个笑容宋念一辈子都忘不了，因为她明白，自己无论多么努力，都无法拥有这样的笑容。

"如果我有公开恋情的一天，对方只会是夏习清。"

"我明白了。"宋念将那份合同收回手中，从沙发上站了起来，她再次抬头的时候又恢复了一个女演员应有的自信微笑，"我今天来这里之前做了很久的挣扎。但我也不后悔。"

等到宋念离开，周自珩立刻给蒋茵打了一通电话。

"嫂子，帮我查一下宋念的团队，我想知道他们现在接洽的都有哪些投资商。"想到宋念之前说的话，周自珩又开口道，"还有，如果最近有媒体曝光关于夏习清私生活的事，麻烦你帮我公关一下。"

刚说完，夏习清就推门进来："小罗怎么在外面站着……"

周自珩见状，挂断了电话。

"你什么时候买的这些吃的？"夏习清坐下来，用叉子切了一小块蛋糕塞进嘴里，"我还真有点饿了。"

周自珩笑着坐到了他的旁边，什么都没说，默默地牵起他的左手。

两个人在休息室休息了一会儿便准备从电视台离开。夏习清的手机又响起来，他挂掉了，转过脸对周自珩说："我有很重要的事要处理，你先回家吧。"

周自珩点了点头，满脑子都是宋念之前说的事，像他这样的状态如果和夏习清待在一起，肯定会被他发现什么。

"正好，我也得去一趟公司。"

　　两个人就这么分头行动了。电视台楼下围了一大群的粉丝，好不容易盼到了爱豆出现，却只有周自珩一个人。

　　"珩珩怎么一个人下来了啊？"

　　"对啊，习清哥哥呢？"

　　周自珩笑着上了车："你们习清哥哥有事先走了。"车门关上，他在里面招了招手，当作和粉丝的告别。

　　回到公司之后周自珩就直奔蒋茵的办公室，刚开完电话会议的蒋茵从会议室回来看见周自珩，心里也就了解了事态的严重性。

　　"宋念既然这么说，那一定是听到了什么风声。"周自珩梳理了一下自己的思路，"她没什么后台，之前的片约也不是很多，说明至少在这之前宋念背后是没有什么金主的，或者说她的金主的能力并不大。"

　　他看向蒋茵："你在很多家媒体都有人，可是这种曝光当红演员性取向的劲爆新闻连你都没有收到风声，可宋念却知道了。"

　　蒋茵十指交叉抵在下巴上："如果她是说谎呢？"

　　"这个在她说的时候我就考虑过了，一来她当时表述的时候表情很诚恳，二来她实在没有必要。"周自珩舒了口气，"如果她只是想要利用我和夏习清之间的事来骗取和我成为合约情侣的机会，大可以直接要挟，而且这种做法实在是太不保险了，如果我和她签约，可后续没有任何同性新闻曝光，她说的话就会被自动拆穿，这种傻事没有几个人做得出来。"

　　"所以，"周自珩说出了自己的猜想，"我想，宋念通风报信这件事唯一的合理可能就是企图制造这场骚乱的始作俑者，和企图包养宋念的是同一个人。宋念应该是在饭局上或者其他的什么时机不小心得知了这些消息，然后过来告诉我了。"

　　虽然知道自己这个小叔子聪明，但是蒋茵这次还是有些意料之外。她原本以为，周自珩一遇上夏习清的事一定会被感情冲昏头脑，这一直是她担心的一点，可他这番缜密的思考却让蒋茵不得不承认，自己的确是小看了周自珩。

"这个我会找人去调查，不过如果真的按宋念所说，这两天就会有动静，可能我的调查也来不及。"

周自珩凝眉思考着，沉默了几秒钟才开口："我有一个想法。"

"你说。"

"人为发生的事，总有它合情合理的动机。如果是记者拍到了我跟夏习清的什么照片，他们放出来是为了利益，所以在真正泄露照片视频之前，他们一定会联系当事人，如果当事人愿意花大价钱买下这些证据，他们的目的也就达到了。可是现在并没有人联系你。"

"说明这件事并不是媒体先发现的。"蒋茵很快明白了周自珩的意思，"如果有媒体真的拍到了什么，第一时间应该会联系我们，而并不是给其他的什么金主投资商，所以……"

周自珩笃定地开口："所以根本没有媒体拍到什么，只是某个知道内情的人在从中作梗。"

范围一下子被缩小，周自珩的心里几乎已经确定下来这个兴风作浪的嫌疑人。

"魏旻这个人渣，死不悔改。"周自珩紧紧握拳，"我当初就应该打死他。"

"你别轻举妄动。"蒋茵思考着退路，"如果事情和我们分析的一样，现在媒体手上应该是没有拍到你和夏习清的实锤，这样事情倒也好办。我现在就去查魏旻最近是不是和宋念的团队有什么关系。"说完蒋茵就开始挨个儿打电话。

再次思考的时候，周自珩又有些犹疑，如果魏旻真的是幕后黑手，他怎么敢动自己？

一瞬间，宋念的话再一次浮现。

"你是周家二公子没人敢动你，但你有没有想过夏习清呢，在娱乐圈里，有钱并不算什么，有势的人才有金钟罩。"

蒋茵在圈子里摸爬滚打太多年，眼线多到不可计数。

"你放心，你帮我这次，下次你要是有什么想找我的，我蒋茵绝对不会推托。"看着自家嫂子笑着挂完电话，脸上的笑一瞬间切换成冷淡的表情，周自珩也就明白了。

"魏旻最近的确是想包养宋念，她没有说谎。"

听了蒋茵的话，周自珩直接站起来。

"你现在不许去找他。"蒋茵厉声喝道，"魏旻既然敢搞你们，那肯定是准备好的，上次你打他那件事他心里绝对是记恨了很久，如果现在他那边安插记者，再激一激你，到时候上头条的人就是你了。"

"我没想去找他。"周自珩转过身子，"我想找夏习清。"

蒋茵叹了口气："夏习清这边是个麻烦事，虽然他是夏昀凯的儿子，但是网络舆论这种东西不是靠钱就能压住的，有时候权都压不住。"

周自珩没有说话，满脑子想着对策。

"我会代替你去联系魏旻，看看他那边有没有什么妥协的条件。"

一想到要向魏旻那种人妥协，周自珩就觉得恶心。可他更不愿意夏习清遭到伤害。

冗长的沉默之后，周自珩轻声说了句谢谢，离开了蒋茵的办公室。

回到家中的时候已经是晚上十一点，周自珩按了对门的门铃并没有人回应，打开手机才发现收到了夏习清的消息。

小玫瑰：今天有很重要的事，可能会很晚回来，你先睡吧明天不是还有广告拍摄吗。晚安。

平日里周自珩也不怎么过问夏习清的工作，最近他似乎忙了起来，经常不在家。

马上要过生日，以往的生日只要不是在剧组，周自珩都会被父母叫回西山，可这是和夏习清在一起之后的第一个生日，周自珩无论如何都想要和他度过。

不知不觉睡着，陷入了沉沉的梦境。

梦里，夏习清推着一个巨大的蛋糕朝自己走过来。

他像以往一样搂住自己的脖子，痞里痞气地笑着，吻住了他。

这个梦境真实得有些过分，浸在梦里的周自珩几乎可以分毫不差地感受到吻的触感，绵长湿润，带着夏习清身上熟悉的香气。

"怎么睡得这么沉……"

周自珩皱着眉费力地睁开眼，看见了夏习清那双漂亮的桃花眼。

"醒了？"趴在他身上的夏习清笑得像个得逞的小狐狸，低头用力地亲了亲他的嘴唇，"做了什么梦，这么不愿醒啊。"

周自珩揉了揉眼睛，一把搂住夏习清的腰，把头埋在他的颈间："梦到你了。"夏习清还穿着昨天的衣服，身上的香水味已经显出温润的后调。

他一晚上没回来。

"你怎么像小孩子撒娇。"夏习清摸了摸周自珩的头顶，然后就这么翻身睡到了周自珩的身边，疲惫地发出一声喟叹，"我好累，抱一下我。"

周自珩将他揽进怀里，揉了一把夏习清的头发，两个人什么都没说，各自将心事存进了温暖的被子里。

夏习清的呼吸渐渐地沉稳下来，周自珩轻手轻脚地松开他，侧躺着静静地凝视着他，仿佛凝视自己最珍视的艺术品。

原以为魏旻会有所动静，拍摄广告期间周自珩都有些心绪不宁，可令他没想到的是，他等了一整天，网上都没有出现任何波澜，平静得过分。之前录制节目的各种粉丝后记和视频在网上疯狂流传着，加之最近临近周自珩的生日，网上关于自习 CP 的热度居高不下。

广告拍摄完毕的周自珩回到家，发现夏习清仍旧不在家。打了个电话过去，听见那头似乎挺忙的样子。

“好，我马上过去。”夏习清又凑近话筒，“自珩，我今天晚上可能回不去了，你先休息吧。”

“那……”

那你明天回来吗？

电话那头的夏习清似乎是忙得焦头烂额，半掩着话筒：“这个不要放在这里，等一下，你们等一会儿。”

终究还是问不出口，不想像个孩子那样任性。

“你忙吧。”周自珩笑着嘱咐，“别熬得太狠，有什么事一定要给我打电话。”

电话挂得太快，连那头的夏习清都愣了愣。

凌晨十二点的时候，之前合作的许多艺人导演都在微博上发了生日祝贺，周自珩没心情回，被子蒙在头上假装自己不在线。

一夜无眠。第二天一早，小罗就领着父亲的司机过来接人，周自珩没办法推托，只能上了车。

“太太说给您做了一大桌子菜呢，”司机精神头不错，发动车子的时候还和周自珩唠着嗑，“大少爷晚点也会回来。”

“他不是在美国吗？”周自珩望着窗外，心不在焉。

“三点飞机就落地了，到时候也是我去接。”

生日这种事，原本就应该和父母一起合家庆祝，周自珩也一直是个孝顺孩子，可现在他满心都想着夏习清，实在是没有庆祝的心情。无论如何，还是要告诉他一声。

打开微信，夏习清的消息栏仍旧没有动静，周自珩思考着措辞，编辑了几个字。

“我今天回我爸那边过生日，你……”

他又一个字一个字删掉，重新打了一行。

“我今天可能得回我爸那边，不在公寓，晚上不一定回来了。”

还想再嘱咐两句，可心里又堵得慌，连手指都变得迟滞。

"怎么这么大一辆卡车？"小罗把车窗降了下来，"是有人要搬家吗？"

司机也摁了一下喇叭，引得周自珩也抬起头去看。

"哎，您麻利点赶紧开啊，别堵在这门口啊。"司机摇下车窗朝那头说了几句，对方也连连躬身："这就开，这就开。"

隔着车窗，周自珩隐约看见合上大门的集装箱里似乎放着许多画框。

他扒上窗户，看见画上隐约有一个男人的脸。

心忽然就慌了，像是被毫无征兆的雷劈了一下。

难不成夏习清要搬走？他这几天一直忙着的事就是搬家？

明知这样胡思乱想不好，可周自珩就是控制不了自己。进入隧道之后，狭窄甬道里酝酿了太久的沉重的阴影一下子覆上周自珩的脸孔，黑压压的，没有光。他每天都为了夏习清和自己的事在想着出路，可他忽略了重要的一点。

夏习清是不是像他一样。

是他太把自己当回事了，夏习清都说过了，自己不过是试用期。试用期里的爱情，随时都可以抛弃，只有自己一个人这么当真。

越过隧道，秋日欠缺火候的阳光再一次出现，照亮这狭窄空间的每个角落。周自珩将编辑了好几遍的信息发出去，手机没电自动关了机。

天意。周自珩将帽檐压下来，谁也不想理。

回到家，周自珩勉强装出一副开心的样子在饭桌上赔着笑脸，母亲一直询问他在外地拍戏的情况，周自珩心不在焉地敷衍着，心里装着事，怎么都高兴不起来。晚饭的时候周自璟和蒋茵才回来。

蒋茵脱了外套递给佣人，和父母道过好便走到了周自珩的身边，压低声音说：“夏习清刚刚说你不接他电话，我给你打电话也是关机。”

“我忘了充电。”周自珩这时候才将手机充上电，听见刚才蒋茜说夏习清，心里又有那么一点点死灰复燃的错觉，“他说什么了？”

“没说什么。就让我跟你说一声，有时间给他回个电话。”蒋茜从茶几的果盘里叉了一小块哈密瓜塞进嘴里，拿出自己的手机，半低着头随口道，“他好像挺忙的，电话里说得不清不楚。”

周自珩“嗯”了一声，等着手机开机。

屏幕刚亮起，还没来得及给他回电话，就听见坐在身边的蒋茜开口：“糟了。”

“怎么了？”周自珩侧过脸去，看见蒋茜已经站了起来：“红姐，我的外套帮我拿一下。”她低头冲周自珩摇了摇头，“我还以为魏旻这两天没动静是放弃了，真是、真是没想到。”

蒋茜的话一下子惊醒了周自珩，他立刻登录微博。热搜榜上第一条赫然写着一行字：

“× 姓网红小鲜肉疑似同性恋。”

点进去第一条微博就是一个营销号，文字内容并没有指名道姓，但句句都可以对应到夏习清。

@八卦头条：现在娱乐圈里最红的一对男男 CP——当红炸子鸡男演员 × 一夜成名的‘艺术家’可谓是家喻户晓，流量惹人艳羡，但据知情人士爆料，这名 × 姓小鲜肉本身就是同性恋，并且曾经有过很多同性伴侣。不知道和他炒作 CP 的另一位男明星知道这件事会作何感想？

周自珩紧紧握着拳，骨节都发白。

“我现在立刻回公司，这件事我会处理。”蒋茜风风火火穿上外套，“周自珩你哪儿都不许去，就在家等我。”

习晖乘车来到了 Pulito 艺术馆新址，这座艺术馆原本是一座四层高的花园洋房，被夏习清买了下来，亲自设计，将它作为 Pulito 的新场馆。

"怎么这么多人？"尽管他早就预估过艺术馆开业当天的排场，可看着车窗外浩浩荡荡的记者，习晖心下起疑，对司机吩咐道，"你去下面打听一下发生了什么。"

"是。"

等到司机一走，习晖便给夏习清打电话，可对方却一直在通话中，无法接通。

没过多久司机便回来："习总，外面都是娱乐记者，好像……好像是因为夏少爷的私生活……"

习晖眉头皱起。

"不争气。"他叹了口气，拨通了另一个人的电话，"带一帮人过来，我把地址给你。"

夏习清怎么也没有想到，自己的开业晚宴刚开始不过半个小时，外面就被一大群记者包围了。他甚至不知道这些记者来的原因，直到助理将网上的热议拿给他看。

那条曝光自己性取向的微博，现如今已经转发过两万。

眼看众宾客都因为外面的纷乱议论纷纷，夏习清心中虽疑惑，但也强装出一副镇定自若的态度，理了理自己的西装领带，拿过司仪手中的话筒，站在一楼大厅的主藏品前开口："各位想必一定是在疑惑，为什么外面会有这么多的记者？"

夏习清的脸上挂着淡然绅士的笑："这座艺术馆暌违十五年在此开业，馆内的每一处细节都是我亲自参与完成的，包括宾客的筛选，所以今天到场的各位，都是我心目中的艺术大家、收藏大家，是我十分尊敬的人。

"艺术的魅力来源于包容的自由和情感的共鸣。我一直以来的创作也是秉承这两点，因而在这里，我也想向各位说明，和许多艺术界的知名人士一样，我也是 LGBT 的一员。"

听着下面宾客的议论，夏习清挑了挑眉："我原以为个人的性取向至少在艺术界不会遭受苛责，难道不是吗？"

此言一出，场内忽然静了下来，这顶大帽子一扣，没有人再敢多说半句，就连一开始看过网上爆料的那些看笑话的人，也不愿顶上"歧视""不自由"的罪名。

"谢谢大家的理解和尊重。那么就敬请各位继续参观本馆，一二三楼均已开放，四楼尚未完工，工作人员将会带领各位，请大家尽兴。"夏习清笑得无懈可击，说了句 enjoy 便将话筒交还给工作人员。

"四楼不允许上，如果有人闹事立刻请出去。"夏习清嘱咐了两句，端起一杯香槟一饮而尽。

现在的情形还可以控制，但如果周自珩来了就完蛋了。

夏习清从西装内侧的口袋里拿出一张没能送出的请柬，看了看，又放了回去。

"打电话给周自珩的助理，让他务必看好周自珩，别来找我。"

这种场面，公关根本是死局，夏习清知道现在蒋茵一定在帮自己公关，但是如果只是压下热搜和相关的爆料，只会适得其反。

天渐渐地黑下来，外面忽然传来声音，站在二楼落地窗的夏习清往下一看，一帮穿着保镖制服的人将门外的记者赶走，远远地，他看见习晖的车子。

原本精心筹划的开业就这么被搅了浑水，夏习清心中恼恨不已，愤怒的情绪像是潮水一样没过去，等到退潮时，巨大的失落感将他包裹住。

临近深夜，宾客相继离开，连工作人员都下班离去，夏习清就这么坐在四楼的门口，一根又一根地抽着烟。

他一点都不担心自己的性取向被曝光，照他之前的作风，这些事情曝光都是迟早的事，可他不愿意牵连周自珩，更不愿意是在今天这个日子曝光。

身上的一包烟被他抽得干干净净，夏习清低头看了一眼手表。

十二点差十分。

他从来没有像现在这样失落过。

一步一步走下台阶，夏习清终于了解爱一个人的感觉。不是爱意包围时无边无际的甜蜜，而是当你发现你为了他做出的一切都变成徒劳，那个瞬间的怅然若失。

空荡荡的艺术馆里摆满了藏品，价值连城，珍贵无比，但在他的眼里不过是没有生命的物件，堆砌在这富丽堂皇的建筑里。

他转过身子，合上了大门，准备将自己的愚蠢和执着锁在这一天的结尾，权当落幕，可身后忽然传来一个声音。

"习清。"

夏习清不可置信地转过身，看见了一个气喘吁吁刚从出租车上下来的人，帽子口罩全戴了，把自己遮得严严实实。

"自珩？你、你怎么来了？"他心有余悸，将周自珩拉进了艺术馆，周自珩摘下口罩，露出笑容，喘着气解释："我、我被我哥关在家里了，刚刚才找着机会翻墙溜出来，我回了趟公寓，你、你不在，我在新闻上看到这个地方，就想试试看，看你在不在这里。"

看着他额头上的薄汗，夏习清忽然像是失去了言语能力似的，一句话也说不出。他回头看了一眼大厅上悬挂的古董钟。

指针还没有旋转至终点。

还好，还来得及。

抓住周自珩的手腕，夏习清一路拽着他上了四楼，周自珩满心疑感，但他还是注意到了地上满满的烟头。

"你拉我上来干什么？"

夏习清打开了四楼的大门。

"生日快乐。"

大门完全打开的一瞬间，周自珩怔住了。整个楼层展出了大大小小数不尽的画，或是水彩，或是油画，唯一的相同之处便是画中人。

每一幅都是自己。

"这是我为你画的，一共有九十九幅，从你小的时候，到你现在，幸好你是童星，不然我还真的没办法记录下你一直以来的样子。"

周自珩不禁想到带着他前往射击场的那个夜晚，夏习清指着自己胸口的那柄枪，还有他一时的玩笑话。

"买夏习清给我画的所有画，拿来给我陪葬。"

夏习清独自向前走着，脚步停在一个比他还高的展品前，上面蒙着一层黑色丝绸，璀璨的水晶灯下泛着细腻的光。

"这个也是为你做的。"夏习清抬手，将丝绸轻轻扯下。

他的面前，出现了一座洁白无比的石膏雕塑。那是一个身形高大的男人，面容朝着前方，似乎望着什么，立体的五官上浮现微笑，如同古希腊古典雕塑那般美好。

他的手中握着一枝玫瑰，温柔而充满力量。

"生日快乐。"夏习清朝他走来，"对不起，我搞砸了你的生日。"他终于走到了周自珩的面前，从自己的西装口袋里拿出一方暗蓝色的请柬，上面的封戳都是一朵玫瑰。

"我熬了好几个通宵，本来想着今天邀请你，把这个亲手交到你手上，没想到你不在，又……又闹出这些事。"夏习清垂着眼睛，睫毛微微颤了颤，"生日快乐。我的惊喜实在是太烂了。"

原来他并没有忘记自己的生日。

“我特意选在今天开业，这个艺术馆是我母亲以我的名字命名的，我、我想让它重生在你生日的这一天。”

10月20日的最后一秒，他得到他最想要的礼物。

周自珩愣愣地打开了那封迟到的请柬，里面掉出一张手写信。

“我给你我设法保全的我自己的核心——不营字造句，不和梦交易，不被时间、欢乐和逆境触动的核心。

我给你早在你出生前多年的一个傍晚看到的一朵黄玫瑰的记忆。

我给你关于你生命的诠释，关于你自己的理论，你的真实而惊人的存在。

我给你我的寂寞、我的黑暗、我心的饥渴。

我试图用困惑、危险、失败来打动你。”

Rose and Renaissance II
Copyright © 2019 by Zhi Chu